Diogenes Taschen

BENEDICT WELLS wurde 1984 in München geboren. Nach dem Abitur 2003 zog er nach Berlin. Dort entschied er sich gegen ein Studium und widmete sich dem Schreiben. Seinen Lebensunterhalt bestritt er mit diversen Nebenjobs. Sein Debüt *Becks letzter Sommer* erschien 2008 und wurde fürs Kino verfilmt. Seine Romane *Fast genial* und *Vom Ende der Einsamkeit* standen monatelang auf der Bestsellerliste, für letzteren wurde er mit dem European Union Prize for Literature (EUPL) 2016 ausgezeichnet. Wells lebt nach einigen Jahren in Barcelona wieder in Berlin.

Benedict Wells

Becks
letzter Sommer

ROMAN

Diogenes

Die Erstausgabe erschien 2008 im Diogenes Verlag
Der Text wurde 2016 für die vorliegende Ausgabe
vom Autor durchgesehen und überarbeitet
Covermotiv: Gemälde von Michael Carson,
›Faith‹, 1999 (Ausschnitt)
Oil on panel
Copyright © 1999 Michael Carson

*Für meine Mutter, meinen Vater
und meine Schwester,
die ich liebe und denen
ich so viel verdanke*

Veröffentlicht als Diogenes Taschenbuch, 2009
Alle Rechte vorbehalten
Copyright © 2008
Diogenes Verlag AG Zürich
www.diogenes.ch
100/18/44/14
ISBN 978 3 257 24022 1

»But I was so much older then,
I'm younger than that now.«

Bob Dylan

On The Road To Raito
(Intro)

Als er bei Neapel vor einem Lokal parkte, hatte Beck acht Stunden Fahrt und sein ganzes Leben hinter sich. Beim Aussteigen fiel ihm auf, dass sein graues Cordjackett zerknittert war. Nachdem er vergeblich versucht hatte, es glattzustreichen, betrat er das kleine Lokal.

Drinnen setzte er sich an einen Ecktisch und griff nach der Speisekarte. Während er las, kamen wieder die Zweifel. Der Abschied von München, die Kündigung, die leergeräumte Wohnung; jetzt hatte er tatsächlich alles aufgegeben. Kein gutes Gefühl. Sicher, er war endlich frei, aber wenn das diese Freiheit war, von der alle immer sprachen, dann wurde sie gnadenlos überschätzt.

Beck klappte die Karte zu. »*Conto?*«, rief er vorsichtig. In seinem Italienischwörterbuch hatte gestanden, dass das das passende Wort sei, um etwas zu bestellen. Oder war es das passende Wort gewesen, um die Rechnung zu verlangen? Egal, der Kellner oder Inhaber des schäbigen kleinen Ladens legte mit einem gelangweilten Blick seine Zeitung weg und erhob sich. Er trug ein hellrotes Hemd, dessen Ärmel hochgekrempelt waren, so dass seine behaarten Unterarme freilagen.

»*Che cosa desidera? Mangiare?*«, fragte er, ohne Beck anzusehen.

Desidera, dachte Beck. Das bedeutete doch »entscheiden«, oder? Wieso hatte er jetzt nicht sein Wörterbuch dabei? Wieso hatte er nie irgendetwas Nützliches dabei?

Er deutete auf die Karte und bestellte Spaghetti Napoli, dazu einen Tee. Der Kellner nickte und nahm ihm die Karte aus der Hand. Dann zog er ab und rief der alten Frau, die am Herd in der Küche stand, etwas zu. Beck schaute sich um. Das Lokal war verlassen, nur ein schwarzer Kater lag zusammengerollt auf einem Kissen unter dem Tresen. An der Wand hingen Bilder von ehemaligen Spielern des AC Milan und ein paar Wimpel. Aus dem Radio an der Theke dudelte ein berühmter Schlager aus den Siebzigern. Draußen spielten ein paar Jungen mit einem Ball.

Als der Kellner wiederkam, stellte er einen Teller vor Becks Nase, in dem ein paar Nudeln in einer roten Brühe schwammen. Daneben stand ein Becher mit heißem Kaffee. Als Beck den Kellner noch mal zu sich rief, um sich zu beschweren, dass er keinen Tee bekommen hatte, entstand ein kurzer Disput. Der Kellner redete auf ihn ein und schien ziemlich genervt zu sein. Beck verstand keine Silbe, aber einmal hörte er das Wort »Familia« raus. *Familia?* Was war nur los? Großer Gott, er wollte doch nur eine beschissene Tasse Tee, wieso musste er sich jetzt diesen Mist anhören?

Schließlich warf ihm der Kellner einen angewiderten Blick zu und stellte ihm noch eine zweite Tasse Kaffee hin, bevor er einfach wieder hinter der Bar verschwand.

Okay, dachte Beck, dann also Kaffee.

Er fing an, mit der Gabel auf dem Teller rumzustochern. Die Nudeln schmeckten, als wären sie schon vor Tagen zubereitet und seitdem in einem Karton aufbewahrt worden. Als er vor einigen Wochen auf seinem Trip durch Osteuropa in Rumänien gewesen war, hatte er einmal etwas ähnlich Schlechtes gegessen. Aber Rumänien war ein armes Land, das immerhin eine gute Ausrede hatte. Für diesen Fraß gab es keine Entschuldigung.

Beck stand auf und ging auf die Toilette. Der Raum war warm und schlecht gelüftet, es stank nach Katzenklo, nur das Sirren einer Mücke war zu hören. Er ging zum Waschbecken. Im Spiegel entdeckte er, dass ein Spritzer Tomatensoße an seinem Bart klebte. Beck wusch ihn ab. Dann betrachtete er sein Ebenbild. War dieser bärtige, langhaarige Mann wirklich er selbst?

Er versuchte sich daran zu erinnern, wie vor über einem halben Jahr alles angefangen hatte. Wie sein altes Lehrerleben Stück für Stück auseinandergebrochen war. Im Grunde hatte alles mit Lara angefangen. Er dachte an ihr ausdrucksstarkes, feines Gesicht und das winzige Muttermal unter dem linken Ohr. Ihm fiel ein, wie er sie das erste Mal auf der Straße gesehen hatte. Sie hatte ihn beschimpft. Nicht zu fassen, war das schon mehr als sieben Monate her?

Alles ging so schnell vorbei. Man müsste die Zeit festhalten, dachte er. Sich einfach auf sie drauflegen, sie ersticken, bis sie keine Luft mehr bekommt …

Bis sie keine Luft mehr bekommt? Die Zeit oder was? Beck schüttelte nur den Kopf. Es war verrückt. Er konnte ganz unten sein, aber so ein Schwachsinn wie »erstickte Zeit« fiel ihm immer ein.

Als er wieder zurückgehen und zahlen wollte, bemerkte er, dass er seinen Geldbeutel im Auto liegengelassen hatte.

Nach kurzer Überlegung entschied er, sich einfach durch das Fenster der Toilette aus dem Staub zu machen. Er kramte eine Zigarette aus der Jacketttasche und steckte sie sich in den Mundwinkel. Dann wurde ihm klar, dass er es ernst meinte. Das gefiel ihm. Er prellte die Zeche. Er lachte kurz und zündete ein Streichholz an. Nein, für dieses Essen wollte er wirklich nicht bezahlen.

Beck zwängte sich durch die schmale Öffnung nach draußen und suchte nach seinem Auto. Er fühlte sich lebendig. Sein kleines Verbrechen berauschte ihn, und so bemerkte er nicht, dass er auf seinem Weg zum Wagen genau an dem Lokal vorbeiging, aus dem er gerade geflüchtet war.

Er blickte nach rechts und sah mitten in die weit geöffneten Augen des Kellners, der doch ein wenig überrascht war, seinen Gast, der noch nicht gezahlt hatte, draußen auf der Straße herumspazieren zu sehen.

Nach einer Sekunde des Nachdenkens, die beide Seiten gebraucht hatten, um die neue Situation zu begreifen, ging es los. Der Kellner brüllte etwas, ruderte mit den Armen und kam aus dem Lokal gelaufen. Beck begann sofort loszurennen, musste dabei jedoch plötzlich lachen. Sein altes Problem. Schon als Kind hatte er blöd vor sich hin gekichert, wenn er beim Fangen verfolgt oder beim Verstecken gesucht wurde.

Nach zwanzig Metern drehte er sich noch mal um, aber der Kellner war nicht mitgelaufen, sondern stand vor seinem Restaurant. »Cazzo!«, brüllte er noch, dann winkte er einfach ab.

Beck setzte sich hinters Steuer seines Audis und ließ den

Motor an. Er warf noch einen letzten Blick auf den Kellner und sah, wie dieser schimpfend in sein Lokal zurückging. Nicht ärgern, dachte Beck. Dann trat er die Kupplung, legte den ersten Gang ein und fuhr los.

TRACKLIST

A-SEITE

»Things Have Changed«

Der erste Song: Über einen litauischen Wunderschüler,
eine Liebesnacht, die keine ist, und über die erste Schießerei.

I

Es war Montag, der 22. Februar, Ende der Neunziger, diesem vergeudeten Jahrzehnt. Wie jeden Morgen stand Robert Beck nackt vor dem Badezimmerspiegel. Meine Güte, bist du fett geworden, dachte er. Für ihn gab es nur eine Erklärung: Gott.

Gott wollte einfach nicht, dass er abnahm.

Die andere Begründung war: Er hasste Bewegung, er aß ungesund, und sein Körper war nicht mehr der jüngste. Man altert einfach zu schnell, dachte Beck. Einmal kurz weggeschaut, schon war man nicht länger ein junger Leadsänger in einer Band, sondern ein siebenunddreißigjähriger Lehrer an einem Münchner Gymnasium. Nicht gerade der erhoffte Lebenslauf.

Er sah wieder in den Spiegel. Jessas, das war ja nicht mehr zum Aushalten, wie fett er war, ständig dieses Baucheinziehen, als ob das was bringen würde. Sport, dachte er. Er müsste mehr Sport treiben. Leichtathletik, oder Yoga.

Ja, Yoga war genau das Richtige für ihn. Yoga und gesündere Ernährung. Beck warf sich einen ernsten Blick zu, dann hielt er inne und betrachtete sein entschlossenes Gesicht. Ein bisschen sah er jetzt ja schon wie dieser englische Hollywoodstar Colin Firth aus. Oder war der Ire? Egal. Eine gewisse Ähnlichkeit mit diesem *englischsprachigen* Schauspieler war jedenfalls nicht zu übersehen, bis auf die zwanzig Pfund Übergewicht natürlich. Beck strich sich über seinen Bauch und kniff tief hinein, so dass er zwischen Daumen und Zeigefinger sein weißes Fleisch hielt. Er hatte das Unheil längst kommen sehen. Obwohl er früher dünn gewesen war, hatte er doch stets geahnt, dass in ihm schon immer auch ein fetter Robert Beck gesteckt hatte, der herauswollte. Dass es in den vergangenen Monaten geschehen war, war somit furchtbar, aber unvermeidlich gewesen. Wie die letzten Alben von REM.

Nachdem Beck das Haus verlassen hatte – typische Aufmachung: Jeans, dunkles Hemd, schwarze Lederjacke –, sah er kurz vor seinem Wagen eine Frau, die wild gestikulierend auf der Straße stand und brüllte. Im ersten Moment vermutete er in ihr eine Verrückte, dann sah er, dass sie in ein Handy sprach.

»Verpiss dich, du Wichser, verpiss dich einfach … Nein, du hörst mir jetzt zu. Es ist aus, okay?! Ich hab das so satt, du kannst mich mal!«

Beck stand vor ihr und lauschte. Er schätzte sie auf Mitte, Ende zwanzig. Sie hatte eine schlanke Figur, hellbraune Haare und ein zartes, fast elfenhaftes Gesicht. Nur die Nase war etwas groß. Randbeobachtung: Sie trug einen

Secondhand-Rock und ein buntes Hippie-Sweatshirt und schien auf irgendeinem »Rettet die Welt«-Ökotrip zu sein. Beck entschied spontan: hübsch, aber nicht sein Typ.

»Du kannst mich mal!«, schrie sie wieder. »Ich hab das so satt mit dir. Du hast dich überhaupt nicht verändert ... Ach ... Nein, vergiss es. Ich hol nachher mein Zeugs, und dann tschüss, dann kannst du mit dieser Tussi zusammenziehen!«

Als sie aufgelegt hatte, sagte sie noch einmal leise und mit geschlossenen Augen: »Scheiße!« Dann erst bemerkte sie Beck, der noch immer, mit leicht offenem Mund, direkt vor ihr stand. »Was sind Sie denn für einer? Lauschen Sie öfter?«

Beck fiel auf, dass sie eine schwarze Schürze trug, auf der in roten Buchstaben »Macchiato« stand. Sie schien in dem Café, vor dem sie stand, zu arbeiten. »Ich hab nicht gelauscht«, sagte er.

»Natürlich haben Sie gelauscht.«

Beck dachte einen Moment nach. »Na schön, ich hab gelauscht«, gab er zu. »Und wenn schon. Sie haben es mir ja schließlich auch sehr schwer gemacht, nicht zuzuhören.«

»Was?«

»Jessas, Sie stehen hier mitten auf der Straße und brüllen rum: *Wichser, Tussi.* Soll ich da einfach vorbeigehen, als ob nichts wäre? Wenn Sie Privatsphäre wollen, dann müssen Sie woanders telefonieren. Wahrscheinlich wollten Sie sogar, dass Ihnen jemand zuhört. Also unbewusst.«

Die Frau dachte tatsächlich einen Augenblick lang über diese Unverschämtheit nach, dann sah sie Beck mit zusammengekniffenen Augen an. »Jetzt hören Sie mal zu, Sie kleiner Hobbypsychologe. Wenn Sie nur ein bisschen Anstand hätten, dann wären Sie einfach weitergegangen, weil Sie bemerkt hätten, dass es mir gerade nicht besonders gut geht.«

Erst jetzt begriff Beck, dass sie kurz davor war loszuweinen.

»Tut mir leid«, sagte er schließlich. »Tut mir wirklich leid.«

Sie krauste die Lippen. Ihr Gesicht bekam den Ausdruck eines kleinen, trotzigen Mädchens. »Ja, allen tut es leid. Ihnen tut's leid, *ihm* tut's leid.« Sie deutete auf ihr Handy, als ob ihr vielgescholtener Exfreund als kleiner Geist darin hausen würde. »Tun Sie mir den Gefallen, halten Sie das nächste Mal einfach Ihre Klappe. Und jetzt muss ich arbeiten.«

Mit diesen Worten wandte sie sich ab und ging ins Café zurück. Beck sah durch das Schaufenster, wie sie mit einer Kollegin sprach und sich von ihr in den Arm nehmen ließ. Irgendwie süß, diese Elfenfrau, dachte er. Müsste man vielleicht bald mal vorbeischauen, in diesem Café.

2

Beck war spät dran, er raste zur Schule. Aus den Boxen dröhnte *Transmission* von Joy Division. Er steckte sich eine Zigarette an und drehte die Lautstärke auf. Kurz darauf hielt er auf dem Lehrerparkplatz.

Als Beck durch die Flure des Georg-Büchner-Gymnasiums ging, spürte er wieder, wie sehr er dieses Gebäude hasste. Hier hatte schon sein Vater unterrichtet, hier hatte er selbst das Abitur gemacht, ehe er nach dem geplatzten Traum von einer Musikerkarriere an genau dieser Schule Lehrer geworden war. Inzwischen kannte er jeden Winkel, jedes Geräusch, jedes Gefühl: Jungs, die heimlich auf den Toiletten rauchten, kichernde Mädchen, ein küssendes Pärchen auf dem Schulhof, hektische Gesichter, Gelächter, Versagensangst, laute Lehrerstimmen. All das wiederholte sich, jeden verdammten Tag. Die Gefühle blieben immer die gleichen, während die Menschen, die sie erlebten, austauschbar waren.

Nachdem er zwei Stunden Deutsch unterrichtet hatte, hatte Beck nun die 11b in Musik. Das Fach teilte er sich mit Norbert Berchthold, einem verklemmten Anfangvierziger, den er aus tiefster Seele hasste. Diese betuliche, unfassbar langweilige Frank-Elstner-Art, diese Hochwasserjeans der Karstadtmarken Le Frog und Barisal, diese weißen Birkenstock-Sandalen mit weißen Socken im Sommer. Norbert Fucking Berchthold.

Das einzig Interessante an ihm war, dass er eine dreizehn Jahre ältere Freundin namens Inge hatte, deren Falten im Gesicht so tief waren, als hätte man mit einem Messer lange Striche in Ton geritzt. Beck nannte sie immer die »grimmige Inge«, weil sie nie lachte. Die grimmige Inge war arbeitslos, und hin und wieder kam sie Berchthold nach dem Unterricht besuchen, dann schlossen sich die beiden im Hinterzimmer des Musikraums ein, rauchten es voll und hörten französische Chansons oder Joe Cocker. Übel nahm Beck seinem Kollegen aber vor allem zwei Dinge. Erstens, dass sich dieser alte Öko-Pazifist vor ein paar Jahren tatsächlich auf die Schienen eines Castor-Transports gelegt hatte. Wie gestört konnte man sein? Und zweitens war da noch die *Werner*-Tasse, aus der Berchthold jeden Tag seinen Kaffee trank. Abartig. Und mit so was teilt man sich dann noch muntere zwei Jahrzehnte lang den Job, dachte Beck, aber ohne mich. Allerdings: So wie es aussah, kam er aus dieser Lehrersache nicht mehr raus, also würde er Berchthold in den nächsten Jahren wohl irgendwie kunstvoll ermorden müssen. Vielleicht Gift in den Kaffee schütten, dann hätte es sich endlich *ausgewernert*.

Beck betrat das Musikzimmer. Mit einem Buch in der Hand kam Anna Lind auf ihn zu. Anna war fast achtzehn und ein wahr gewordener Lehrertraum oder, wie Kollege Ernst Mayer neulich Beck zugeraunt hatte, ein »geiles Stück«. Ihr langes Haar war blond, ihre blauen Augen glänzten, als ob sie ständig den Tränen nahe wäre, und ihr Gesicht hatte eine unschuldige Kühle, die schon fast wieder durchtrieben wirkte.

»Danke«, sagte sie und gab ihm *Das Attentat* von Harry Mulisch zurück. Sie hatte es sich für das Literaturcafé ausgeliehen, das Beck hin und wieder veranstaltete. Anna schenkte ihm noch ein kurzes Lächeln, dann setzte sie sich.

Beck hielt nun eine lockere Stunde über berühmte Orchesterwerke. Es war schon kurz vor der Pause, als er ein Merkblatt über Smetana kopieren ging. Kaum betrat er mit den Kopien in der Hand wieder das Klassenzimmer, bemerkte er, wie einige Schüler jemanden kichernd mit Papierkugeln bewarfen. Rauli Kantas, einen Neuen aus Litauen. Beck hatte gestern im Wegfahren gesehen, wie der Junge nach der Schule auf dem Parkplatz geweint hatte. Zu seiner Überraschung schien es Rauli jedoch nicht zu stören, dass er beworfen wurde. Mit stoischer Ruhe und Kopfhörern auf den Ohren schrieb er einen kleinen gelben Zettel voll. Wieder prallte eine Papierkugel gegen seinen Kopf.

»Lasst das!« Beck ging dazwischen. »Jessas, was ist denn los mit euch, seid ihr alle wieder Kleinkinder, oder was?«

Das Werfen wurde maulend eingestellt. Beck schüttelte den Kopf. Da er es sich zur Gewohnheit gemacht hatte, seinen Schülern die letzten fünf Minuten jeder Musikstunde etwas vorzuspielen, legte er eine CD mit Smetanas *Moldau* auf. Dann trat er vor Rauli Kantas. »Komm mal mit.«

Der Junge setzte die Kopfhörer ab. Den gelben Zettel ließ er in der Hosentasche verschwinden. Er sah seinen Lehrer fragend an.

»Ja, dich mein ich. Komm mal mit.«

Rauli erhob sich. Er war blass und dünn, seine pechschwarzen Haare hingen ihm ins jungenhafte Gesicht. Unter seinem olivgrünen Bundeswehrparka trug er ein verwaschenes Shirt und eine schwarze Karottenhose. Obwohl er bereits siebzehn Jahre alt war, wirkte er eher wie ein rebellischer Vierzehnjähriger. Wahrscheinlich hatten sie ihn deshalb auch mit den Papierkugeln beworfen.

Beck ging mit ihm ins Hinterzimmer und machte die Tür zu.

»Warum ich? Ist was Schlimmes?«, fragte Rauli. Seine Stimme war sanft und nicht sehr tief.

»Nein, nein«, sagte Beck. »Ich wollte dich nur fragen, ob bei dir alles klar ist. Ich hab dich gestern gesehen.«

Rauli schaute ihn misstrauisch an. »Bei was?«

»Wie du auf dem Parkplatz geweint hast.«

»Ach so … *das.*« Der Junge schien seltsamerweise erleichtert. »Ist kein Problem, Herr Beck. Ist alles wieder gut. Wirklich!«

»Fein. Sollte noch irgendwas sein, dann …« Beck fuhr herum. Aus dem großen Vorderzimmer des Musikraums drang plötzlich Lärm. »Wart mal«, sagte er zu Rauli und eilte zum Rest der Klasse zurück.

Die 11b war ein Tollhaus. Niemand saß auf seinem Platz, alle grölten oder buhten. Beck sah, wie der Klassenclown Jesper Lier unter dem Gelächter seiner Mitschüler auf einem Tisch stand und eine Stripshow veranstaltete. Er wedelte mit seinem ausgezogenen Hemd herum. Zwei giggelnde Mädchen knisterten mit Geldscheinen und taten so, als würden sie sie ihm zustecken. Dazu dröhnte aus den Boxen *You can Leave Your Hat on.* Irgendein Schüler musste die CD mit Smetanas *Moldau* einfach durch eine von Joe Cocker ausgetauscht haben, die Kollege Berchthold hier vergessen hatte.

Mitten im Refrain drückte Beck die Stopptaste. Alle murrten enttäuscht und setzten sich auf ihre Plätze. »Jessas, ihr seid wohl völlig verrückt geworden?« Beck ging auf Jesper Lier zu. »Wir beide reden nachher. Und was euch angeht …«, er wandte sich an die Klasse, »kann man euch nicht mal fünf Minuten allein lassen? Wir können nächste Stunde auch gerne eine Arbeit über Notationen und Partituren schreiben, wenn euch das lieber ist. Oder aber ihr reißt euch ein bisschen zusammen. Verstanden?«

Ein lautes Aufstöhnen ging durch die Klasse. Ja, ja, ihr mich auch, dachte Beck. Er wollte noch etwas sagen, als es zur Pause läutete. Alle packten ihre Sachen und verließen fluchtartig den Raum. Beck seufzte, dann ging er wieder ins Hinterzimmer. Dort traf ihn fast der Schlag. Dieser Rauli Kantas hatte sich einfach eine seiner sündhaft teuren E-Gitarren umgehängt.

»Was machst du da?«, fragte Beck ein wenig ängstlich, wie jemand, dessen Gegenüber gerade eine Waffe gezogen hatte. »Leg die wieder weg.«

»Wow, ein weiße Fender Stratocaster!«, flüsterte der Junge. »Die muss voll teuer sein. Darf ich anschließen?«

Beck wollte eigentlich nein sagen, aber dann dachte er daran, dass dieser Junge gestern noch geweint hatte. Er nickte. »Aber nur kurz.«

Rauli schmiss den Bundeswehrparka achtlos auf den Boden. Beck stöpselte währenddessen die Gitarre an den Verstärker. Der Junge schwang die Stratocaster einmal heftig herum. Was mach ich da nur, dachte Beck, dieses komische Kind haut mir das Teil bestimmt noch zu Schrott.

Und dann spielte das komische Kind. Durchs Zimmer donnerte ein mächtiges Gitarrenriff, vorgetragen in rasender Geschwindigkeit. Raulis lange Finger huschten über die sechs Saiten und entlockten der Gitarre winselnde, schneidende Klänge, die Beck nicht mal im Traum hinbekam. Der Junge griff Akkord um Akkord ab, verrenkte seine teuflisch schnellen Finger und ließ sie hoch- und runtersausen, bis Boden und Decke vibrierten und die Zimmerlampe hin- und herschwang. Ein Orkan tobte durchs Zimmer, Tische und Stühle fielen um, Holz splitterte. Beck musste sich am Türrahmen festhalten, um nicht auch davongeweht zu werden. Das Klavier zerbarst unter dem Getöse, die Scheiben des Fensters sprangen mit einem Klirren in tausend Teile, während die Wände tiefe Risse bekamen, getroffen von dieser Urgewalt. Und im Auge des Taifuns stand, völlig ruhig, ein Junge mit einer Gitarre in der Hand.

Beck musste vor Freude grinsen. »Das reicht!«, sagte er schließlich, als er endlich wieder ein ernstes Gesicht hinbekommen hatte.

»'tschuldigung«, sagte Rauli, dessen Zunge beim Spielen wie eine kleine rote Robbe aus dem Mundwinkel herausgehangen hatte.

Beck starrte ihn fassungslos an. Dieser kindliche Litauer war verdammt noch mal so gut wie Jimi Hendrix, ach was, er war *besser* als Jimi Hendrix. Und trotzdem lief er hier einfach so durchs Schulgebäude, ohne dass irgendjemand etwas von seiner Begabung mitbekam.

Nachdem Rauli sich bedankt hatte und in die Pause gegangen war, blieb Beck noch allein im Hinterzimmer stehen. Er spürte, wie sich der Wind drehte. Binnen Sekunden reiften in ihm Pläne heran, er sah, wie er mit Rauli spielte und diesen Rohdiamanten zu einem Juwel schliff. Er sah, wie er zur Musik zurückkehrte.

Dann entdeckte er, dass der Junge seinen Parka auf dem Boden liegengelassen hatte. Als er ihn aufhob, fiel etwas heraus. Ein durchsichtiges Tütchen mit verdächtigem Inhalt. Beck roch daran. Das altbekannte Aroma stieg ihm in die Nase, weckte Erinnerungen an stickige Proberäume und herrliche Abende an Seen mit längst verlorenen Freunden. Er betrachtete das Tütchen lange. Erstklassiges Hasch, kein Zweifel.

»Scheiße«, sagte Beck.

»Was wollen *Sie* denn hier?«

Es war Nachmittag, Beck saß an einem Ecktisch im ›Macchiato‹ und wurde von der Elfenfrau bedient, die er am Morgen bei ihrer Trennung belauscht hatte. Sie hieß, wie er von ihrem Namensschild ablas, Lara. Die letzte Viertelstunde hatte sie ihn erfolgreich ignoriert, was bei zwei Gästen nicht einfach war.

Beck räusperte sich. »Ich wollte mich entschuldigen. Das von heute Morgen war blöd von mir. Ich hätte nicht lauschen dürfen.«

»Allerdings.«

»Es tut mir leid, wirklich. Es ist mir einfach nicht mehr aus dem Kopf gegangen …« *Sie* sind mir einfach nicht mehr aus dem Kopf gegangen. »Schauen Sie, ich hab was für Sie. Kleine Wiedergutmachung.«

Er griff in seine lederne Aktentasche und holte eine Schachtel Frigor-Pralinen heraus, das waren die besten, die sie im Hertie hatten. Frigor-Pralinen, mehr geht nicht, dachte er. Er hatte auch überlegt, ihr Blumen zu schenken, aber das wäre ja lachhaft gewesen, sie waren ja schließlich nicht in einem Dienstagabend-Hausfrauen-Filmchen, sondern in irgendeinem drittklassigen Café. Er betrachtete Laras lange schlanke Gestalt und ihre spitzen Ohren, von denen immer eines wie eine Antenne unter ihren Haaren hervorschaute.

Zögernd griff sie nach den Pralinen. Sie schien verlegen. »War's das?«, fragte sie, aber ihre Stimme klang etwas wärmer.

»Nein.«

»Nein? Was wollen Sie denn noch?«

»Einen Kaffee.« Beck lächelte entwaffnend. »Bitte.«

Lara musste ebenfalls lächeln, widerwillig zwar, aber immerhin. Ein Anfang. Es war zwar komisch, sich an eine junge Frau ranzumachen, die eigentlich nicht sein Typ war, aber sie war wirklich süß, das musste er zugeben. Und er hatte ja Zeit. Er würde die nächsten Tage einfach immer wieder im Café vorbeischauen, viel bestellen und den guten alten Robert-Beck-Charme spielen lassen. Und wenn's nicht klappte, dann eben nicht, aber einen Versuch war's wert.

Während sie wegging, griff Beck in seine Hosentasche. Es knisterte. Er hatte das Tütchen mit dem Hasch einfach behalten. Das war für ihn die einzige Lösung gewesen. Hätte er es Rauli zurückgegeben oder ihm heimlich wieder in den Parka gesteckt, wäre das eindeutig kriminell gewesen, wegen so etwas wollte er nicht den Job riskieren. Und hätte er Rauli gemeldet, wäre dieser von der Schule geflogen. Das war auch nicht in seinem Interesse. Denn dieser Junge und seine Begabung waren vielleicht genau das, was er all die letzten Jahre vergeblich gesucht hatte: gottverdammte, wahre Inspiration und der Weg raus aus den miefigen Räumen des Gymnasiums, zurück auf die Bühnen der Welt.

Am Nachmittag saß Beck in seinem Arbeitszimmer, dem stillen Zeugen seines gescheiterten Traums. Überall lagen Fotos von seiner alten Band Kopfgeburt herum, auch der Zeitungsartikel über den magischen Abend in der Muffathalle 1987, als sie bei einem Konzert als Vorgruppe von New Order aufgetreten waren. Der Höhepunkt seines Lebens. Kurz darauf hatten sie ihn aus der Band geschmissen.

Obwohl Beck einen Haufen Schularbeiten zu korrigieren hatte, tat er lange nichts. Schließlich nahm er seine Akustikgitarre und zupfte darauf herum. Er musste wieder an diesen Rauli Kantas denken. Wieso hatte der Junge gestern auf dem Parkplatz eigentlich geweint? Aber dann beschloss Beck, dass es ihn nichts anging, und fing mit dem Korrigieren an.

Es war früher Abend, als er endlich fertig wurde. Inzwischen lag er auf dem Bett und schaute fern. Es lief gerade *Godzilla gegen Mechagodzilla*. Beck stellte auf lautlos und holte aus dem Nachttisch das Jahrbuch seiner Schule heraus. Auf Seite 112 fand sich ein Foto von ihm und Anna Lind, es war für das Literaturcafé gemacht worden. Beck sah sich das Foto lange an. Annas blonde Haare verdeckten das linke Auge, wohingegen das rechte ihn anzustarren schien. Er konnte einfach nicht aufhören, Annas schönes Gesicht und das Auge anzusehen, dieses verführerische rechte Auge, das sich auf ihn heftete …

Er fing an zu onanieren. Das war jetzt seit fast fünfundzwanzig Jahren sein Patentrezept gegen Langeweile. Den Fernseher ließ er einfach laufen. Während im Hintergrund das japanische Militär gegen Godzilla kämpfte, stellte Beck sich vor, wie Anna nach Schulschluss zu ihm ans Pult kam. Sie entschuldigte sich dafür, vorhin so falsche Antworten gegeben zu haben, und revanchierte sich, indem sie sich langsam vor ihm auszog. Obwohl Beck sich bewusst war, was das für eine armselige Pornoheftchenscheiße war, erregte es ihn.

Aber dann war der Film vorbei, und es kamen die 18-Uhr-Nachrichten. Sie zeigten eine Explosion in einem Waisenhaus in Bangkok, überall sah man Krankenwagen und weinende obdachlose Kinder mit blutverschmierten dünnen Oberkörpern. Beck stellte seine Tätigkeit sofort ein. Darauf muss dann schon ein anderer kommen, dachte er, sich bei solchen Bildern einen runterzuholen.

Er räumte die Taschentücher weg und richtete sich auf. Neben ihm auf dem Bett lag das Jahrbuch. Seite 112 war umgeknickt, aber noch immer aufgeschlagen. Annas rechtes Auge starrte ihn vorwurfsvoll an.

5

Wer war Rauli Kantas? Er hatte keine Freunde. Einige Schüler hatten angeblich gesehen, wie er mit einem Revolver gespielt hatte. Er hatte oft eine schwarze Sporttasche dabei. Außerdem beschrieb er andauernd diese gelben Zettel, von denen niemand wusste, was darauf stand. Und neulich hatte Beck von einem Kollegen gehört, dass Rauli die 11. Klasse zum zweiten Mal nicht schaffen würde und damit das Abitur vergessen könne.

Beck tat das zwar leid, aber er interessierte sich nicht wirklich dafür. Ihm ging es nur um die Musik, und Rauli war von dem Vorschlag regelrecht begeistert gewesen, mit ihm nach dem Unterricht zu jammen. Er schien keine Eile damit zu haben, nach Hause zu kommen. Und so lungerten sie nach Schulende oft noch zusammen im Hinterzimmer des Musikraums herum. Beck ließ den Jungen bei diesen Sessions auf seiner weißen Stratocaster spielen, während er selbst am Klavier saß. Meist improvisierten sie, er griff eine Melodie von Rauli auf oder gab selbst eine Idee vor. Ihr Zusammenspiel war teilweise so gut, dass Beck mittlerweile ein Aufnahmegerät mitlaufen ließ.

Ärger gab es nur, als Norbert Berchthold und die grimmige Inge feststellten, dass sie aus dem Musikraum vertrieben werden sollten. Doch die beiden beschlossen schnell, sich eine neue Bleibe zu suchen. Berchthold warf ihm noch einen beleidigten Blick zu. Ja, ja, dachte Beck, während er die Tür hinter ihm schloss, verpiss dich einfach, Berchthold, und nimm deine verdammte *Werner*-Tasse mit.

Als sie weg waren, schloss Beck das Mikrophon an. Heute wollte er den Jungen endlich einmal singen hören. »Vielleicht fangen wir am besten mit *Wonderwall* von Oasis an«, sagte er. »Kennst du den Text?«

»Klar, Oasis ist ein Lieblingsband von mir.«

»Es heißt: *eine* Lieblingsband von mir.«

»Okay, danke.« Mit seiner leicht weinerlichen Miene sah Rauli ständig aus, als ob er sich entschuldigen wollte.

Beck nahm ihm die Stratocaster aus der Hand und stimmte sie kurz. Rauli griff sich das Mikro und kratzte sich damit an der länglichen Narbe auf seiner linken Backe, die seinem knabenhaften Aussehen einen morbiden Anstrich verlieh. Beck hätte gern gewusst, welches dunkle Geheimnis dieses Mal zu erzählen hatte oder wieso Rauli schon seit Tagen zu hinken schien. Er beherrschte sich. »Also, auf drei geht's los«, sagte er. »Eins, zwei …«

Und dann sang Rauli endlich. *Wonderwall.*

Beck hatte Mühe, sich auf sein Spiel zu konzentrieren. Raulis Stimme übertraf all seine Erwartungen, das sonst hohe Krächzen wurde zu einem rauchigen, überraschend tiefen Klang, der etwas in seinem Innern sofort berührte. Es war kaum zu glauben, dass dieser stille Kerl, der sonst nie den Mund aufbekam, so viel Energie und Leidenschaft hatte. Sein Gesang war wie Zauberei. Die Zeit stand erst still, dann raste sie rückwärts, die verdorrten Pflanzen am Fensterbrett fingen wieder an zu blühen. Beck spürte, wie auch er selbst jünger wurde, seine Haut straffte sich, und mit einem Mal war er nicht mehr Lehrer, sondern wieder Teenager. Er lag auf dem Bett seines winzigen Kinderzimmers, rockte auf seiner ersten Gitarre und sang dazu, es klang furchtbar und gleichzeitig verdammt noch mal großartig.

Während Rauli den Refrain herausschrie, wanderte Becks Blick durch den Musikraum und blieb an der Zeitleiste mit den Köpfen der berühmtesten Komponisten und Dirigenten der letzten Jahrhunderte hängen. Ob Vivaldi, Mozart, Rossini, Bach und Beethoven: Man konnte die Verzückung in ihren Augen sehen. Sie hatten Jahrzehnte voller untalentierter Musikschüler miterlebt, aber dieses Genie entschädigte sie für alles.

Als Rauli fertiggesungen hatte, öffnete er vorsichtig die Augen, blinzelte herum und sah schließlich zu Beck. »Und?«, fragte er leise. »War es gut?«

6

Zu Hause konnte Beck kaum stillsitzen. Man müsste Songs für den Jungen schreiben, dachte er, aber das war ja das Problem, es fielen ihm schon seit Jahren keine mehr ein. Sein halbes Leben hatte er versucht, einen Hit zu schreiben. Ein paarmal hatte er das Gefühl gehabt, kurz davor zu sein, aber letztlich hatte er es nie geschafft.

Doch erst mal hatte er andere Probleme, er musste ein verdammtes Wichtelgeschenk basteln. Seine 5. Klasse hatte sich das Wichteln von ihm gewünscht, und als ihr Klassenleiter hatte er notgedrungen zugestimmt. Alle, auch Beck, mussten ihren Namen auf einen Zettel schreiben und in einen Topf werfen, dann zog jeder einen Zettel und würde die Person, deren Name darauf stand, zur nächsten Stunde beschenken. Bedingung war: Es sollte etwas Selbstgemachtes sein. Und so musste Beck nun für Nadine Meier, eine elfjährige Schülerin, die er überhaupt nicht kannte, etwas basteln. Er wusste nur, dass sie am Fenster saß und dass Vögel ihre Lieblingstiere waren, aber was nützte es ihm?

Gerade als er beschloss, doch etwas zu kaufen, klingelte das Handy. Es war ein kurzes Gespräch, und als er wieder auflegte, hatte er andere Sorgen als das Wichtelgeschenk. Seine Mutter war gestorben.

Beck hatte an seine Mutter, eine Französin, nur verschwommene Erinnerungen. Als sie damals fortging, war er vier Jahre alt gewesen, unehelich gezeugt. Nach der Trennung war sie wieder nach Paris gezogen. Ihn hatte sie zurückgelassen. Eine tiefe, schlecht vernarbte Wunde. Beck wusste von ihr nicht viel, sein Vater hatte nur selten von ihr gesprochen. Offenbar war sie zu jung und überfordert gewesen, das hatte er herausbekommen. Auch, dass sie malte und ihre Ausstellungen schlecht liefen. Und dass sie schwer krank war. Das wusste er von ihrer Schwester, sie hatte es ihm vor Monaten geschrieben. Beck hatte damals überlegt, seine Mutter in Paris zu besuchen, sich aber nicht getraut. Und jetzt war sie tot.

Seine Tante hatte ihn am Telefon gefragt, ob er zur Beerdigung kommen wolle. Er hatte ihr gesagt, dass er es noch nicht wisse. Das war gelogen. Er wollte nicht. Und er würde auch nicht kommen.

Beck war in einer eigenartigen Stimmung. Er fühlte sich nicht traurig, eher erschöpft und angeschlagen. Ihm war nicht klar, was er jetzt machen sollte. Am liebsten wollte er einfach nur still dasitzen, gleichzeitig wartete er auf eine Reaktion von sich. Dann, obwohl er es nicht wollte, erinnerte er sich dunkel an seine Mutter und wie sie ihn als kleines Kind in den Arm genommen hatte. Jessas, es hätte nicht so schlecht laufen müssen.

Eine Weile starrte Beck noch aus dem Fenster, ehe sein Blick auf Raulis Tütchen mit dem Hasch fiel, das er vor ein paar Tagen konfisziert hatte. Schnell sah er wieder weg. Dann wieder hin. Ach, scheiß drauf. Kurz darauf lag Beck in seinem roten Sitzsack und rauchte nach Jahren den ersten Joint.

8

Ein paar Minuten lang geschah nichts. Beck saß bewegungslos da und dachte nach. Dann sprang er plötzlich auf, als hätte ihn jemand von hinten mit einer Speerspitze gepikst. Er wusste, was er zu tun hatte.

Während er langsam high wurde, fing er an, wie blöd ein Wichtelgeschenk für Nadine Meier zu basteln. Aus Pappe und Klebstoff baute er ein kleines Vogelhäuschen, in das er ein kunstvoll gefaltetes, buntbemaltes Papiervögelchen legte. Auf dem Dach des Vogelhäuschens war ein Haken befestigt, so dass sie es gleich an dem Fenstergriff aufhängen konnte, neben dem sie immer saß.

Als er fertig war, lief Beck ein kleiner Schauer über den Rücken. Er sah sich sein Wichtelgeschenk lange an. Dann holte er seine Digitalkamera aus dem Schlafzimmer und fotografierte es mehrere Male voller Begeisterung. Anschließend nahm er das Vogelhäuschen wieder in die Hand, um es minutenlang noch mal ganz genau zu betrachten. Kein Zweifel. Beck war ehrlich über sich gerührt. Er hatte nicht mehr daran geglaubt, etwas so Liebevolles und Schönes erschaffen zu können.

In diesem Moment klingelte es an der Tür.

Beck richtete sich auf und öffnete. Im Hausflur stand ein

zwei Meter großer glatzköpfiger Schwarzer. »Hallo, altes Arschloch. Gib mir sofort 'n Zehner, oder ich fick dich!«, sagte er und hob drohend seine dunkle Faust.

9

Beck hatte nicht viele Freunde. Früher hatte er jede Menge gehabt, aber das hatte ihn immer irritiert. Er hatte nie gewusst, was diese Menschen an ihm gefunden, wieso sie sich für ihn interessiert hatten. Er war misstrauisch gewesen und hatte nie viel von sich preisgegeben. Jetzt hatte er ein Heer von oberflächlichen Bekannten, mit denen er Billard spielen oder in Clubs gehen konnte, das lag ihm mehr.

Sein einzig verbliebener Freund von früher war Charlie Aguobe. Charlie war siebenundzwanzig, Deutschafrikaner und ständig abgebrannt. Ein Hypochonder mit der Ausdrucksweise eines Sechzehnjährigen. Seinen Job als Türsteher hatte er vor kurzem geschmissen, weil er wieder studieren wollte. Wenn man es genau nahm, war Charlie also ein arbeitsloser Assi ohne Kohle, der die Leute mit seinem Angstgerede über Krebs, Aids oder Tumore nervte und seine Konversationen mit einem Vokabular bestritt, das hauptsächlich aus Wörtern wie »Ficken« und »Schwuchteln« bestand. Er war der Schlagzeuger von Becks ehemaliger Band.

»Los, zehn Mäuse her«, sagte er.

»Vergiss es.« Beck ging ins Arbeitszimmer zurück. Er ließ sich auf einen Stuhl fallen und zündete sich eine an. Charlie war ihm einfach gefolgt. Er hatte sich aus der Küche ein Bier und ein Sandwich geholt, plumpste nun auf den roten Sitzsack und fragte, was es so Neues gebe.

Beck tat einen Zug. »Meine Mutter ist tot«, sagte er mit einer bekifften Entspanntheit und in etwa der Tonlage, in der man jemanden auf einen Zeitungsartikel über ein großes Zugunglück im Norden Kasachstans hinwies.

Charlie brauchte einige Zeit, um mit dieser Nachricht fertig zu werden. Im Gegensatz zu Beck hing er sehr an seiner Mutter. Sie hatte ihn und seinen Bruder damals allein aufgezogen, nachdem sich der Vater, ein Ghanaer, aus dem Staub gemacht hatte.

»Ist das wahr?«, vergewisserte er sich noch mal. Er kaute an seinem Sandwich.

»Ja. Sie ist wohl schon gestern gestorben.«

»Woran?«

»Krebs.«

»Welcher Krebs?«

»Ist doch eigentlich egal, oder?«

»Ja, schon.«

Charlie nickte.

»Also, welcher Krebs war es jetzt?«, fragte er.

»Jessas, Charlie.«

»Mir ist so was wichtig, das weißt du. War es ein Hirntumor mit Metastasen, oder war es Lymphdrüsenkrebs? Morbus Hodgkin? Das hat nämlich neulich jemand …«

»Es war ein scheiß Lungenkrebs, glaub ich. Sie hat viel geraucht. Reicht dir das, oder willst du jetzt auch noch irgendwelche Röntgenbilder?«

Charlie entschuldigte sich und wischte sich den Mund mit einer Serviette ab. Wo hat der Typ nur auf einmal die Serviette her, dachte Beck fasziniert. Es entstand eine kurze, ergebnislose Unterhaltung, wie Beck sich nach dem Tod seiner Mutter fühle. Gegen elf Uhr brachen sie schließlich auf, um ins ›Bel Air‹ zu gehen, einen Club in der Nähe des Englischen Gartens. Sie tranken beide viel und redeten wenig, und am Ende ging Charlie mit einer hübschen Frau nach Hause und Beck allein.

10

Eine Woche später saß Beck im ›Macchiato‹ und schrieb zum ersten Mal seit Jahren wieder an einem Song. Er war noch immer bekifft, vorhin hatte er auch noch den Rest von Raulis Hasch geraucht. Beck wusste nicht, ob seine Inspiration vom Joint kam, vom Jammen mit Rauli oder von Laras schönem Gesicht. Er war nur froh, dass er eine vernünftige Melodie und einen ganz passablen Text hatte, er handelte vom Leben eines Musikers. *»There was no business like show-business, there was no delusion like self-delusion …«*

Der Song hieß *These Little Doubts,* und er war für den Jungen. Instinktiv hatte Beck beschlossen, dass seine Zukunft auf den Namen Rauli Kantas hörte. Er würde ihn unter Vertrag nehmen müssen – ein weiterer Großangriff auf das Erbe seines Vaters. Sicher war das ein finanzielles Risiko, aber schließlich wollte er ja nicht ein zweiter verdammter Mike Smith werden, das Genie, das damals die Beatles abgelehnt hatte. Nur, was konnte er tun, um Rauli für sich zu gewinnen?

»Was schreiben Sie da?«, fragte Lara.

Inzwischen hatte sie sich an Beck gewöhnt. Die ganze letzte Woche war er nun schon im ›Macchiato‹ gewesen, immer am Ecktisch und immer mit einem bestimmten Blick, den er Lara zuwarf. Vor hundert Millionen Jahren, also etwa zu der Zeit, als auf der Erde noch Dinosaurier rumliefen, hatte Beck schließlich mal recht großen Erfolg bei den Frauen gehabt, und dabei hatte dieser Blick immer eine wichtige Rolle gespielt.

Während er über ihre Frage nachdachte, starrte er Lara an. Dafür, dass sie nicht sein Typ war, sah diese Elfenfrau ziemlich gut aus. Sie hatte eine Art, eine Schnute zu ziehen, die ihn an die guten alten Meg-Ryan-Filme erinnerte. Er mochte ihr mädchenhaftes Gesicht. Ihm gefiel, dass sie dezent geschminkt war und dadurch etwas Natürliches hatte. Und ihm gefielen ihre Augen, die so groß waren, dass man öfter hinsehen musste, als man wollte. Er dachte daran, wie sie sich gestern Abend noch lange unterhalten hatten. Sie lachte oft, wenn sie mit ihm sprach …

Dann fiel Beck wieder ein, dass sie ihm ja eine Frage gestellt hatte. Er wusste allerdings beim besten Willen nicht mehr, worum es gegangen war. Verdammtes Hasch.

»Was?«, fragte er schließlich.

Sie deutete auf seine Notenblätter. »Ist das ein Song? Schreiben Sie Musik?«

»Nur zum Spaß. Ist nicht für mich.«

»Nein? Für wen dann?«

»Ach, für einen Freund.« Freund? Wieso hatte er das gesagt?

»So, so. Darf ich mal sehen?«

Beck verdeckte das Notenblatt mit dem Songtext. »Es ist noch nicht fertig.«

»Schade. Und was ist, wenn Sie es fertighaben?«

»Wissen Sie was? Wenn ich das hier jemals fertigkriege, dann spiel ich Ihnen mal was vor. Natürlich nur, wenn Sie wollen.«

Jetzt galt es. Der Köder war ausgelegt.

»Sicher will ich«, sagte sie. »Wie oft lernt man schon jemand kennen, der Songs schreibt? Wissen Sie, als ich ein kleines Mädchen war, hab ich immer für Musiker geschwärmt.«

»Ich war mal Musiker.«

»Ja, und ich war mal ein kleines Mädchen … Außerdem ist es doch gar nicht für Sie. Oder doch?«

»Nein, nein. Sie haben recht. Ich war nur nostalgisch.«

Er sah sie an. Sie sah zurück. Für einen Moment war alles so leicht. Dann mischte sich ein anderer Gast ein und bestellte einen Espresso, und die Stimmung war dahin.

Als Lara später mit der Rechnung zu Beck kam, sah sie ihn länger an als sonst. »Das macht dann sechs siebzig, Mr. Robert Beck *Music-Star*.«

Beck blickte erstaunt zurück. »Woher kennen Sie meinen Namen?«

Sein Herz tat einen kleinen Sprung bei dem Gedanken, dass sie sich vielleicht heimlich über ihn erkundigt hatte.

Lara deutete auf seine Mappe mit den Notenblättern, auf der groß und fett stand: ROBERT BECK, MUSIK.

»Ach so.« Beck ärgerte sich. Wie lächerlich war das denn, dass sie sich heimlich über ihn erkundigte, sollte sie etwa mit Mantel und Hut in einer finsteren Seitengasse neben dem Gymnasium stehen und das Kuvert eines bestochenen Schülers entgegennehmen, in dem ein Foto mit seinem Namen lag? Das ist doch Bockmist, dachte Beck, ich muss mich zusammenreißen, bevor es noch peinlicher wird.

»Um gleiche Verhältnisse zu schaffen: Ich heiße Lara Zachanowski mit vollem Namen«, sagte sie. »Also falls es dich interessiert.«

»Ein bisschen.«

»Ich nehm dich übrigens beim Wort«, sagte sie, als er sich in Richtung Tür bewegte.

»Ach ja?«, fragte er, während er registrierte, dass sie zum *Du* übergegangen war.

»Wenn du den Song fertighast, will ich ihn hören.«

»Also gut. Das dauert aber noch ein wenig.«

»Das macht nichts. Solange du ihn hier schreibst.«

Sie drehte sich verschämt weg. Beck blieb erstaunt stehen. Das war doch jetzt gerade ein richtiger Flirt, oder nicht? Wieso lief es auf einmal so gut?

»Mal sehen«, sagte er schließlich und setzte ein verunglücktes, eigentlich richtig dämliches Grinsen auf, ehe er das Café verließ. Draußen haderte er eine Zeitlang mit sich selbst. *Mal sehen?* Was Besseres hatte er nicht? Eine junge attraktive Frau wollte sich mit ihm verabreden, und er sagte einfach nur: *Mal sehen?*

Er fing also tatsächlich wieder an, Fehler zu machen. Er hatte sich in einen Jugendlichen zurückverwandelt, der das erste Date nicht auf die Reihe bekam. Er spürte den Reiz der Schwierigkeiten und Hindernisse, er würde diese Nacht nicht schlafen können, sondern sich sein Versagen vorwerfen und am nächsten Tag wieder im Café sitzen und auf die Erfüllung seiner unrealistischen Sehnsüchte warten. Das alles war ein einziges Elend. Es war herrlich.

Vier Gespräche zwischen Beck und seinen
Freundinnen, über die Liebe:

GESPRÄCH 1

Beck und Melanie, seine erste Freundin, essen Eis. Er ist vierzehn.

Melanie, ihr Eis schleckend: »Ich liebe dich.«

Beck: »Cool.«

Melanie, ungeduldig: »Und, was ist mit dir?«

Beck: »Wie, mit mir?«

Melanie: »Na, liebst du mich auch?«

Beck, gutmütig: »Weiß nicht, ich glaub nicht, wieso?«

Melanie: Wendet sich ab.

GESPRÄCH 2

Beck und Nina, seine dritte Freundin, haben gerade miteinander geschlafen, das Einzige, was sie seit Wochen tun. Er ist siebzehn.

Nina, sich an ihn kuschelnd, flüstert: »Liebst du mich eigentlich?«

Beck, rauchend, lange Pause, dann achselzuckend: »Keine Ahnung. Ist das für dich wichtig? Ich dachte, wir schlafen nur miteinander.«

Nina: Wendet sich ab.

Beck und Franca, seine sechste Freundin, sind gerade im Kino gewesen. Er ist dreiundzwanzig.

Franca, ihren Kopf auf seine Schulter legend: »Du?«

Beck: »Ja?«

Franca: »Ich hab gerade nachgedacht, was das mit uns ist.«

Beck: »Und?«

Franca: »Mir ist aufgefallen, dass ich gar nicht weiß, was du für mich empfindest.«

Beck: »Was meinst du damit?«

Franca: »Na ja, ob du mich zum Beispiel liebst?«

Beck, viel zu überschwenglich lügend und langgedehnt: »Klaaar.«

Franca: Wendet sich ab.

Beck und Jasmin, seine neunte Freundin, kommen aus einem Club, sie sind angetrunken. Er ist zweiunddreißig.

Jasmin, in einem alkoholseligen Zustand: »Ich liebe dich.«

Beck: Nickt.

Jasmin, laut, in die Straße hinein: »Ich glaube, ich liebe diesen Kerl.«

Beck, ängstlich: »Psst, nicht so laut.«

Jasmin, noch immer leicht lallend: »Und was ist mit dir, liebst du mich?«

Beck, inzwischen erfahrener und ruhig: »Ja.«

Jasmin: Küsst ihn.

Beck: »Ich mein, wie man halt so jemanden liebt, nach vier Monaten.«

Jasmin: Wendet sich ab.

In den nächsten zwei Wochen spielte Beck nach der Schule mit Rauli oder hörte ihm zu, wie er Stücke von Oasis sang. Abends saß er dann zu Hause, kiffte (das Zeug besorgte er sich von einem Bekannten von Charlie) und schrieb Songs für den Jungen. Beck musste sich eingestehen, dass er Rauli Kantas mochte. Dieser kindliche Litauer war eine verhuschte, stille Gestalt, nicht unsympathisch. Sie redeten nur wenig, das war angenehm.

Mit Lara redete er dafür umso mehr, er steckte sein Gehalt in Milchkaffees und Kuchenstücke, sie spazierten nach ihrer Schicht manchmal zusammen bis zu ihrer Wohnung, aber es geschah nichts weiter. Nie ging er mit nach oben. Beck wusste von ihr noch immer kaum etwas, nur, dass sie siebenundzwanzig war, Kunstgeschichte studierte und kein Fleisch aß, ansonsten heulte sie sich bei ihm pausenlos über ihren Exfreund Carsten aus. Er würde ihr noch Geld schulden, und außerdem hätte er die Trennung überhaupt nicht verkraftet, neulich habe er sie nachts besoffen angerufen. Dreißigmal.

Beck fragte sich, wie seine nächsten Schritte bei Lara aussehen sollten. Sie mal zum Essen einladen war sicher richtig. Einfach mal was wagen, dachte er. Dann ärgerte er sich. Was wagst du denn, du Arsch, fragte er sich, sie zum Essen einladen ist doch kein Wagnis. Eine Million im Casino auf Rot setzen, *das* ist ein Wagnis. Woher kam nur diese Feigheit, das konnte er doch alles besser.

Beck wusste, dass er nicht mehr so gut aussah wie vor ein paar Jahren, sein Doppelkinnansatz war deutlich sichtbar, und tiefschürfende Unterhaltungen hatte er auch nicht drauf. Trotzdem war es ihm nie schwergefallen, Frauen ins Bett zu kriegen. Die Leute hatten früher oft seine Freundinnen gesehen und zu ihm gesagt: »Nie im Leben, wieso ist *die* mit *dir* zusammen?« Er hatte nur lässig gegrinst und sich nichts dabei gedacht. Vielleicht war das der Grund seines Erfolgs gewesen. Dieses *sich nichts dabei denken.* Bei Lara war es anders. Er wollte sie ins Bett kriegen, sicher, aber da war noch was anderes. Er dachte sich was dabei.

12

Am Freitagabend saß Beck mit Charlie in einem neu-eröffneten Club Nähe Theresienstraße. Charlie redete wie immer pausenlos vor sich hin: dass er unerklärliche Kopf-schmerzen habe und vermutlich schwer krank sei, dass er gestern eine heiße Frau flachgelegt habe, dass Kylie Minogue den besten Hintern der Welt habe, dass er neu-lich im HL-Supermarkt um fünf Mark beschissen worden sei. Als schließlich eine Gruppe Studenten den Club betrat, sagte er, dass es richtig gewesen sei, seinen Türsteherjob zu kündigen, um wieder zu studieren. Es sei damals ein Rie-senfehler gewesen, das Philosophiestudium abzubrechen. Oder?

»Ja, sicher.« Beck nickte gelangweilt. Seine Gedanken waren bei Lara, aber von ihr wollte er Charlie nichts er-zählen, er hatte das Gefühl, dass das nicht zusammenpasse. Stattdessen redete er von Anna Lind, die sich für das nächste Literaturcafé schon wieder ein Buch von ihm geliehen hatte.

Charlie stöhnte auf. »Robert, sag mir bitte nicht, dass du noch immer in diese Schülerin verknallt bist. Ich sag nur Kündigung wegen Sex mit Minderjährigen.«

»Und ich sag nur Anna Lind«, gab Beck, der wie aus dem Nichts in alberner Stimmung war, zurück. »Langes blondes Haar, hinreißende Figur, siebzehn Jahre. Bisschen versaut. Oh, Anna, Anna, Anna.«

»Das ist krank, das muss ich mir wirklich nicht mehr antun.«

Charlie ging auf die Tanzfläche. Sofort wurde er von zwei Frauen angetanzt. Charlie hatte es eben leicht. Er war ein großer durchtrainierter Bulle, stark parfümiert, sehr gutaussehend, dazu ein charmantes Lächeln. Auf so einen stehen die Frauen, dachte Beck. Er selbst war dagegen … Na ja, schwieriges Thema. Den Rest des Abends verbrachte er an der Bar.

13

Ende März saß Beck zu Hause und wartete auf Rauli Kantas. Sie wollten zusammen zum Oasis-Konzert gehen. Beck hatte von einem Bekannten, der beim Vorverkauf arbeitete, zwei Karten bekommen und nach langer Überlegung beschlossen, dem Jungen eine davon zu geben. Schließlich hatte er den festen Plan, Rauli unter Vertrag zu nehmen, da konnte so was nicht schaden. Ein paar Sympathiepunkte brachte das sicher. »Das ist Herr Beck, der Lehrer, der mich mal zu einem Oasis-Konzert mitgenommen hat«, würde der Junge dann später vielleicht zu seinen Eltern sagen, bevor diese gerührt einwilligten, dass Beck der Manager ihres Sohns wurde. Er war sich sicher, dass die Sache mit Rauli gut laufen würde. Bis auf den Zwischenfall mit dem Hasch konnte man sich keinen höflicheren, ehrlicheren Jungen vorstellen.

Es war sieben Uhr abends. Beim Warten zappte Beck herum und landete schließlich bei der Serie *Power Rangers Dino Thunder*. In einer Szene kämpften erwachsene Männer und Frauen, als Jugendliche geschminkt, in lächerlichen, grellbunten Kostümen. Sie fuchtelten mit ihren Händen herum und brüllten Dinge wie: »Achtung, Tyrannosaurus-Attacke!« Ihre Gegner, hässliche Stein- oder Dinosaurier-Klumpen, wurden vernichtend geschlagen und traten den Rückzug an.

Es läutete an der Tür. Beck schaltete schnell aus und öffnete.

»Hallo, Herr Beck«, sagte Rauli mit seiner hohen Singsang-Stimme. Es klang, als würden die Worte nacheinander in einen ächzenden Schredder geschmissen. In seinen Händen hielt der Junge eine rosafarbene Schachtel. »Habe ich Ihnen was mitgebracht.«

»Es heißt: Ich habe Ihnen was mitgebracht.«

Rauli nickte und öffnete die Schachtel. Darin lag ein angedatschter Käsekuchen. »Mein Bruder Genadij ist Bäcker. Ist für Sie.«

»Oh … Toll … Danke«, murmelte Beck. Er nahm den Kuchen und stellte ihn irgendwo auf eine Kommode. Dann führte er den Jungen herum. Das Wohnzimmer war riesengroß, so groß wie Frankreich. Eine Filmsammlung eröffnete den Raum, der von dem gewaltigen Fernseher beherrscht wurde, daneben standen zwei Regale mit Tausenden von Platten und CDs, alles aufgebaut mit Becks Gehalt und dem Erbe seines Vaters.

Rauli sah sich um. »Sie haben ein coole Wohnung, Herr Beck. Ich lebe mit Vater und Bruder, aber unser Wohnung ist nur halb so groß.«

»Hm«, sagte Beck, dem dieser Vergleich unangenehm war und der hoffte, dass jetzt kein längeres Klagelied folgte. Es war schon unnatürlich genug, dass er etwas mit einem Schüler unternahm, das reichte ihm. Von seiner Familie wollte er erst gar nichts wissen.

»Wow, so viele Pokale«, sagte Rauli, als sie an Becks Schlafzimmer vorbeikamen. »Sie waren früher bestimmt eine echt gute Sportler.«

Er hatte die Betonung auf »früher« gelegt und musterte nun den fett gewordenen Beck. Der nickte gequält. Die Pokale waren nicht echt, sondern bestellt. Aus Langeweile hatte er sich an einem Wochenende bei eBay eine Tenniskarriere zusammengekauft, die tragischerweise von einer Verletzung gestoppt worden war. Kreuzbandriss oder so.

Beide standen nun im Flur und wussten nicht, was sie miteinander reden sollten. Sie hatten noch zwanzig Minuten, wie Beck mit Schaudern feststellte.

»Ich muss noch ein paar Mails beantworten«, sagte er schnell. »Du kannst solange fernsehen, wenn du willst. Wenn du Durst hast, hol dir was aus dem Kühlschrank.« Er deutete zur Küche und war über diese Ausrede ganz froh, denn er hatte keine Lust, sich mit Rauli zu unterhalten.

Als Beck nach zwanzig Minuten wieder aus seinem Schlafzimmer trat, suchte er den Jungen. Komisch, im Arbeitszimmer war er nicht, und auch das Wohnzimmer war leer. Nur ein paar CDs lagen auf dem Fernsehtisch gestapelt. Rauli musste sie aus den Regalen genommen haben. Sie waren alle von Bob Dylan. Ausgerechnet Dylan, dachte Beck. Er hasste diesen alten Zausel mit seinen nölenden Nerv-Songs. Die CDs hatte er von seinem Vater geerbt, der sein Leben lang ein riesiger Dylan-Fan gewesen war. Er war zu jedem seiner Deutschlandkonzerte gefahren und hatte sich dort mit anderen Fans Mitte fünfzig getroffen, um heißen Punsch zu trinken und in irgendwelchen miefigen Hallen in Düsseldorf oder Oldenburg Songs über Freiheit und Protest mitzusingen. Das pure Elend.

Beck ordnete die CDs wieder alphabetisch ins Regal ein und rief nach dem Jungen. Niemand antwortete. Er ging in den Gang und rief noch mal. Wo steckte der kleine Kerl nur? Dann hörte er ein Lachen. Beck folgte dem Geräusch und öffnete die Küchentür einen Spalt weit. Wieder ein Glucksen. Drinnen stand Rauli vor seinem Kühlschrank. Ein zweieinhalbtausend Mark teures Edelstahlgeschoss mit einer integrierten Eismaschine, mit der man die Eiswürfel über einen schwarzen Schlauch direkt ins Glas schießen konnte.

Rauli hatte in der Küche verschiedene Tassen und Gläser aufgestellt und versuchte, die Eiswürfel über eine Entfernung von ein oder zwei Metern hineinzuschießen. Immer wenn er einen Schuss abgefeuert hatte, lachte er.

Beck wusste nicht, wieso, aber es war ihm unheimlich. Er schloss vorsichtig die Tür und stellte sich in den Gang.

»Also, wir können losgehen«, sagte er von dort aus überlaut.

Er hörte, wie Rauli in der Küche hastig alles zusammenräumte. Wenige Sekunden später stand der Junge neben ihm und sah so blass und verpennt aus wie immer. »Ah, Herr Beck, habe nur kurz was getrunken.«

Beck nickte nachdenklich, dann sagte er zu dem Jungen, dass man CDs nicht einfach rausnehmen könne, ohne sie auch wieder an ihren Platz zu tun. Rauli druckste jedoch herum. »Kann ich mir CDs vielleicht ausleihen?«, fragte er schüchtern.

Wie bitte? Beck wollte gerade antworten, dass das leider nicht möglich sei, aber Raulis grüne Augen hatten inzwischen einen Grad an Verwässerung erreicht, der es ihm unmöglich machte, diese Hoffnung zu zerstören. Außerdem war es ja nur der bescheuerte Dylan.

»Bringe sie auch sofort zurück, Herr Beck, bitte.«

»Also gut, meinetwegen, aber ich kriege sie wirklich spätestens nächste Woche wieder.«

Rauli rannte zu den Regalen und verstaute mit hastigen Handbewegungen die Bob-Dylan-CDs in seinem Rucksack. »In ein paar Tage kriegen Sie zurück«, sagte er. »Versprochen.«

Beck sah sie nie wieder.

14

Sie waren spät dran, das Olympia-Stadion war bereits gut gefüllt. Beck fand das Konzert ganz okay. Rauli dagegen war begeistert. Obwohl sie ziemlich weit hinten standen, grölte er bei jedem Song mit der Menge mit, und als *Wonderwall* kam, war er nicht mehr zu halten. »Ist gut!«, schrie er beim Refrain und sah zu Beck. Beck nickte, und Rauli grölte weiter.

Nach dem Konzert saßen sie bei McDonald's, er hatte den Jungen eingeladen. Während sie aßen, redete Rauli pausenlos von seiner Familie. Was textet der mich auf einmal mit diesem Zeug voll, dachte Beck. Er musste sich anhören, dass der Vater mit Rauli und seinem Bruder nach Deutschland gezogen war, um Geld zu verdienen. Seine Mutter und seine beiden Schwestern seien in Litauen geblieben und würden nachkommen, sobald der Vater eine Arbeit gefunden habe und so weiter und so weiter.

Beck hörte nur halb zu, er dachte lieber daran, dass Lara vielleicht noch im Café war, sie hatte diese Woche Spätschicht. Er könnte nachher bei ihr vorbeischauen, einen Espresso trinken und sie wie schon gestern zu ihrer Wohnung bringen. Dann sah er wieder zu Rauli, der stumm zurücksah. Vielleicht sollte ich doch ein wenig Konversation machen, dachte Beck. Er hatte zwar keine Lust, aber als Raulis Lehrer spürte er so etwas wie eine unausgesprochene Verpflichtung. Schließlich fragte er den Jungen nach Mädchen.

Rauli sah erst verschämt weg, aber dann begann er von Anna Lind zu schwärmen. Von ihren blonden Haaren, ihren wunderbaren Augen, ihrem Lächeln. Er taute richtig auf und gab erst Ruhe, als Beck ihm mehrmals versichert hatte, dass Anna wirklich das schönste und liebenswerteste Mädchen der Schule sei. Rauli nickte zufrieden.

Beck dachte an die Gerüchte, die an der Schule über den Jungen kursierten, etwa, dass er einen Revolver habe. Absurd.

Sie unterhielten sich noch eine Weile über Tarantino-Filme oder Lehrer, die sie beide nicht leiden konnten, wobei Beck genüsslich Interna ausplauderte, es war ihm egal. Als er dabei einmal lachen musste, dachte er daran, dass er Angst vor diesem Treffen gehabt hatte. Doch wie er jetzt feststellte, kam er ziemlich gut mit Rauli aus, obwohl sie nicht im Musikraum saßen, wo sie hauptsächlich Gitarren- und Klaviersaiten zur Verständigung benutzten. Raulis kindlicher Eifer war einfach ansteckend. Alle Dinge des Lebens beantwortete er mit einer unschuldigen Neugier, er wollte über die Warhol-Bilder an der Restaurantwand Bescheid wissen oder wieso Beck so einen großen Kühlschrank habe, er fragte ständig nach und schien einfach froh, dass sich jemand mit ihm beschäftigte.

Beck war darüber erstaunt, dass ihm ein junges, selbständig denkendes Geschöpf mit eigenen Ideen und Gedanken gegenübersaß, das ein so anderes Leben führte als er selbst und mit dem er sich trotzdem über *Reservoir Dogs* unterhalten konnte. Das war etwas, was er sich immer wieder bewusstmachen musste, dass die Menschen eigenständig und unabhängig waren und auch dann noch existierten und redeten und vor sich hin träumten, wenn er den Raum verlassen hatte oder nicht an sie dachte.

Gegen halb ein Uhr nachts fuhr er Rauli nach Hause. Beck machte allerdings einen kleinen Umweg und lenkte sein silbernes Cabriolet zuerst in die Clemensstraße. Er wollte schauen, ob das Café noch aufhatte, aber nein, es war zu spät. Hinter den Fenstern war es dunkel, sie war bereits gegangen. Einen Moment war Beck enttäuscht, dann entdeckte er zwei Straßen weiter doch noch Lara. Sie stand vor einem Hauseingang und wurde von einer Gruppe Männer bedroht.

15

Beck hielt einige Meter entfernt. Er sagte zu Rauli, dass er im Wagen warten solle, dann stieg er aus und ging zu Fuß weiter. Als er näher kam, sah er, wie Lara von einem Typ, der ungefähr Mitte zwanzig war, bedrängt wurde. Daneben standen zwei weitere Männer, beide ebenfalls in den Zwanzigern.

»Hey!«, sagte Beck. Alle sahen ihn an. »Hey, hey, hey!«, sagte er noch mal laut, ärgerte sich aber sofort. Das war mindestens ein »Hey« zu viel, dachte er, das hörte sich jetzt so an, als suche man Ärger. Einmal »Hey« ist in Ordnung, dachte er, zweimal »Hey« ist schon hart an der Grenze, dreimal »Hey« bedeutet, dass man Schläge will.

Als Lara ihn sah, riss sie sich los. »Robert!«

Der Mann, der sie eben noch festgehalten hatte, trat auf Beck zu. Gutaussehender Matt-Damon-Verschnitt. Er hatte ein helles Polohemd an und stank nach Alkohol. »Was willst du?«

Beck bemühte sich, so ruhig wie möglich zu sein, spürte aber, dass sein Herz unnatürlich stark klopfte. Die Situation war für ihn nur schwer einzuschätzen. »Darf ich fragen, wer Sie sind?«

»Ich bin ihr Freund«, sagte der Typ mit dem hellen Polohemd.

»Ist das wahr?«

Lara schüttelte energisch den Kopf. Beck sah, dass sie Angst hatte, was ihn vor die Frage stellte, ob er auch Angst haben sollte. Lara hatte ihm ja gestern erzählt, dass ihr Exfreund sie schon wieder nachts angerufen hätte.

»Nun, offensichtlich sind Sie nicht mehr ihr Freund. Wenn Sie also nichts dagegen haben, würden wir jetzt gern gehen.«

Mit diesen Worten fasste Beck Lara an der Schulter und führte sie zu seinem Audi, der auf der anderen Straßenseite stand. Für einen Moment glaubte er tatsächlich, aus dem Gröbsten raus zu sein, als er plötzlich heftig herumgerissen wurde.

Er blickte in das nun deutlich veränderte, wütende Gesicht von Laras Exfreund. Ihm fiel auf, dass er selbst um einiges kleiner war.

»Na fein«, sagte Beck schließlich. Er war halb angepisst, halb ängstlich und griff in seine Hosentasche. »Willst du Geld, ist es das?«

Er war einfach zu alt für diesen Mist. Okay, die Geldmethode war natürlich erbärmlich, und das auch noch vor Lara, aber das war nicht die Zeit, den Helden zu spielen. Was sollte das denn, was waren das überhaupt für überzogene Erwartungen, die man da hatte, dass man diesen Scheißkerl jetzt halb zu Tode prügelte, wo kam das her, diese Bilder, wie er den Exfreund mit einem Schlag niederstreckte, das ist doch unrealistisch, dachte er, das ist ja schließlich nicht *Power Rangers Dino Thunder* hier, und wenn man ehrlich ist, dann ist man wahrscheinlich auch schwächer als der Typ in dem Polohemd, dann bekommt man was aufs Maul und wird zusammengeschlagen, und das ist ja auch nicht der Sinn der Sache.

»Ich scheiß auf dein Geld«, sagte Laras Exfreund. »Ich bin noch nicht fertig mit ihr. Sie hat mir ein paar Fragen zu beantworten.«

»Was für Fragen?«

»Das geht dich nichts an.«

Beck spürte, wie Lara sich so fest an ihn klammerte, dass es ihm weh tat. Er sah sich um, ob ein Passant diese Szene vielleicht mitbekommen und Hilfe gerufen hatte, aber sie waren allein. »Ich denke, das geht mich sehr wohl was an.«

»Du lässt mich jetzt mit ihr allein reden. Sie hat mich beklaut.«

»Also das ist doch lächerlich. Außerdem bist du betrunken. Du wirst jetzt erst mal gar nichts mit ihr allein machen. Aber du kannst sie morgen gerne anrufen, da werde ich nicht stören.«

Laras Exfreund kam näher. Er hatte etwas Wildes, Unberechenbares in den Augen, das Beck nicht gefiel und ihm – das konnte er ruhig zugeben, da ging er ganz gelassen mit um – zum ersten Mal richtig Angst machte.

»Halt!«, sagte Beck jetzt und streckte seinen Arm aus. Er hatte vor kurzem eine Fernsehsendung über Gewalt gegen Frauen gesehen, und eine der Hauptthesen dieser Sendung war gewesen, dass Frauen ihre Angreifer laut und deutlich zurückweisen sollten, am besten mit ausgestrecktem Arm, alles andere würde sie nur zu Opfern machen.

Leider hatte Laras Exfreund diese Sendung anscheinend

verpasst, denn er wischte Becks Hand einfach zur Seite und fasste Lara am Arm. Das führte zu folgender Kettenreaktion: Laras Exfreund griff nach Laras Arm, Beck schubste ihn, so heftig er konnte, weg, leider fiel Laras Exfreund nicht hin, sondern taumelte nur ein enttäuschend kleines Stück nach hinten, ehe er ausholte und Beck hart ins Gesicht schlug, woraufhin Beck kurzzeitig ausrastete und vor Wut spuckend nach ihm ausholte, ihn aber nicht traf, was nun die Frage aufwarf, wie die Gegenseite auf diesen unverhohlenen Angriff reagieren würde.

In dieser Situation, in der nun auch die beiden Freunde von Laras Exfreund eingriffen und einer Beck an seiner Lederjacke packte, kam etwas herangehuscht.

Dann fiel ein Schuss.

Es klirrte. Die Frontscheibe eines roten Fiat, der direkt neben Beck stand, zersprang in tausend Teile.

Alle drehten sich um und sahen auf Rauli Kantas, der mit zittrigen Fingern einen Revolver in den Händen hielt und damit hin und her fuchtelte. »Lassen ihn in Ruhe«, sagte er. »Sofort!«

16

Laras Exfreund und die beiden anderen Männer hatten einen Moment lang kreidebleich den seltsamen Jungen angestarrt, dann waren sie weggerannt und in einer Seitenstraße verschwunden. Rauli musterte den Revolver mit großen, erschrockenen Augen, er atmete schnell ein und aus.

Lara sah ihrem Exfreund nach.

Beck dagegen rührte sich nicht. Er stand regungslos an der Bordsteinkante und betrachtete die Pflasterfugen, die im Licht einer Laterne schwarz hervortraten. Dann drehte er sich um und ging auf Rauli zu. Er hob den Finger und wollte etwas sagen, aber es kam ihm einfach nichts in den Sinn. Schließlich tat er das, was er in der momentanen Lage für am sinnvollsten hielt. Er gab dem Jungen eine Ohrfeige.

17

Rauli hielt sich sekundenlang verwundert die linke Backe. »Sie haben mich geschlagen, Herr Beck.«

Beck, dem die Aktion inzwischen leidtat, sagte nichts. Einen Moment wartete er auf beunruhigte Bewohner oder Polizei, aber es blieb still. Schließlich blickte er zu Lara, die neben ihm stand. Sie sprach kein Wort und sah ins Leere. Offensichtlich stand sie unter Schock.

»Scheiße, Sie haben mich geschlagen«, sagte Rauli noch mal, diesmal lauter und energischer.

In diesem Moment beschloss Beck, die Flucht nach vorne anzutreten. Es hatte etwas gedauert, bis er sich erholt hatte, aber nun glaubte er bruchstückhaft verstanden zu haben, was sich eben ereignet hatte.

»BIST DU EIGENTLICH VERRÜCKT?«, schrie er. »Wir sind hier doch nicht in einem Tarantino-Film. Man schießt nicht einfach auf der Straße rum. Hat man euch das in Litauen nicht beigebracht?«

Rauli betrachtete den silbern funkelnden Revolverlauf.

»Das Schuss hat sich gelöst, Herr Beck … Hat sich einfach gelöst … ich wollte das nicht, ich schwöre, wollte nicht schießen, auf einmal ist losgegangen und …«

»Der Revolver!«, sagte Beck und streckte die Hand aus. »Gib ihn mir. Sofort!«

Er hielt die Hand noch eine ganze Weile ausgestreckt, ehe Rauli die Waffe widerwillig hineinlegte. Überraschend alt und schwer. Beck ging die wenigen Schritte zu seinem Audi und schmiss den Revolver ins Handschuhfach. Als er sich umdrehte, stand Rauli plötzlich dicht vor ihm.

Beck schrie auf. »Großer Gott … Musst du mich so erschrecken?«

Er kramte in seiner Jackentasche, holte seine Lucky Strikes heraus und steckte sich eine in den Mund. Als er sich ein Streichholz anzünden wollte, brach es ab. Beim zweiten Versuch klappte es. Nach einigen Zügen kam er wieder zur Ruhe. Er zündete auch Lara eine Zigarette an, obwohl er nicht wusste, ob sie rauchte. Als er sie ihr hinhielt, griff sie wortlos zu.

»Komm, ich fahr dich nach Hause«, sagte er leise zu ihr.

Sie starrte ihn noch immer an, voller Bewunderung oder Dankbarkeit. »Du blutest, du musst ins Krankenhaus«, sagte sie schließlich.

»Egal, ich bring dich erst nach Hause.«

»Deine Nase ist gebrochen.«

»Was?« Erst jetzt wurde Beck der pochende Schmerz in seinem Gesicht bewusst. Vorsichtig betastete er die Nase. An seinen Fingern war Blut.

Lara blickte ihn noch immer an.

»Steig schon mal ein«, sagte er zu ihr. Dann wandte er sich zu Rauli, der wie unbeteiligt herumstand. »Ich hatte dir doch gesagt, dass du im Wagen bleiben sollst.«

»Na ja, hab ich auch gemacht, Herr Beck. Aber dann ich hab gesehen, dass man Sie und diese Frau angreift. Was soll ich machen?«

»Vielleicht erst drohen und dann schießen, nicht umgekehrt.«

»Wollte helfen.«

»Ja, *wollte helfen*«, äffte Beck ihn nach. »Jessas, vielleicht sollte ich deinen Eltern mal erzählen, dass ihr Sohn hier wie ein Irrer rumballert.«

»Das geht nicht.«

»Wie, das geht nicht?«

»Sie können es meine Großmutter erzählen, bei die wohne ich. Mutter ist in Litauen, und mein Vater ist tot.«

18

Beck und Lara fuhren zum Schwabinger Krankenhaus, Rauli hatten sie inzwischen zu Hause abgesetzt. Der Junge hatte sich noch an der Haustür dafür entschuldigt, dass er Beck angelogen hatte. Manchmal rede er einfach gern Unsinn, es tue ihm leid. In Wirklichkeit sei sein Vater bereits vor fünf Jahren als Soldat im Bürgerkrieg gestorben, der Revolver wäre ein Andenken an ihn.

Das schien der Wahrheit zu entsprechen, dachte Beck, dem Jungen war auf eine fast schmerzliche Weise anzumerken gewesen, wie sehr er seinen Vater vermisste.

»Außerdem können Sie ja alles in meine Schulunterlagen nachlesen«, hatte Rauli noch gesagt. Den Revolver hatte er natürlich trotzdem nicht mehr wiedergekriegt, sosehr er auch gebettelt hatte.

Beck hielt vor der Klinik. Lara hatte darauf bestanden mitzukommen, schließlich sei sie indirekt schuld an seiner Verletzung. In Wirklichkeit aber, da war Beck sich sicher, wollte sie diese Nacht nicht allein sein. Sie hatte Angst, dass ihr Exfreund ihr vor der Wohnung auflauern würde.

Der Warteraum des Schwabinger Krankenhauses war fast leer. Auf den Schalensitzen hockten nur noch eine Mutter mit einem hustenden Kind und ein Mann, dessen linke Hand in einem zerfledderten Verband steckte und der in einem monatealten *Focus* las. Beck hatte inzwischen zwei tamponähnliche Stöpsel bekommen, die er sich in die Nase hatte stecken müssen und die sich langsam mit Blut vollsaugten. Dann wurde er aufgerufen. Bei der Untersuchung kam heraus, dass seine Nase nur leicht angebrochen war, zur Stabilisierung bekam er eine schwarze Nasenmaske. Bevor Beck das Zimmer verließ, betrachtete er sich kurz im Spiegel. Zum Abgewöhnen.

Eine halbe Stunde später stand er mit Lara in seiner Wohnung. Es war ganz einfach gewesen. Er hatte noch mal gesagt, dass er sie jetzt nach Hause fahren werde. Sie hatte nur »Ist gut« gesagt, aber es war nicht zu überhören gewesen, dass sie damit nicht allzu glücklich war. Also war er nicht zu ihr, sondern zu seiner eigenen Wohnung gefahren. »Wo sind wir?«, hatte sie gefragt. »Bei mir«, hatte er gesagt, »heute Nacht kannst du hier schlafen.« Darauf hatte sie jetzt aber auch nicht so supertollbegeistert reagiert, wie er gehofft hatte, vielleicht hatte das auch daran gelegen, dass er mit seiner Nasenmaske gruslig aussah, also war er zu Plan B übergegangen. »Keine Angst. Ich seh nur, dass du nach allem, was passiert ist, heute nicht allein sein willst. Ich schlaf im Wohnzimmer.« Das war ziemlich knapp, dachte er, man darf Frauen auf keinen Fall das Gefühl geben, sie wären Flittchen, denn dann schlafen sie nie mit einem, da kann man Brad Pitt oder sonst wer sein, dann ist es aus, selbst wenn sie irgendwie doch kleine Flittchen sind.

»Willst du was trinken?«, fragte er betont lässig und versuchte dabei zu verdrängen, dass er mit der Maske vermutlich wie ein Idiot aussah.

»Ein Bier wär gut … Hast du eins da?«

»Aus der Flasche oder im Glas?«

»Aus der Flasche natürlich.«

»Oki-Doki.«

Beck ärgerte sich. Oki-Doki, das sagte doch kein Mensch mehr, das war das Letzte, wo kam das überhaupt her, Oki-Doki? Egal, dachte er, wahrscheinlich will sie schon weg, aber vielleicht bleibt sie noch, wenn ich ihr jetzt möglichst schnell das Bier bringe.

Beck rannte fast in die Küche und kam mit zwei geöffneten Flaschen Augustiner zurück. Eine reichte er Lara, die auf seiner Couch saß. Couch war gut. Hätte sie sich auf den Sessel gesetzt, hätte das Ablehnung bedeutet. Couch ließ alle Möglichkeiten offen. Er setzte sich neben sie. Während sie anstießen, spürte Beck instinktiv, dass ihn etwas an Raulis Geschichte mit seinem im litauischen Bürgerkrieg gefallenen Vater störte. Aber was?

Lara sah sich um. »Du hast eine schöne Wohnung. Nur irgendwie ein bisschen …«

»Leer.«

»Ja, leer.«

Beide schwiegen. Beck wurde langsam wütend auf sich. Erst Oki-Doki, jetzt *leer*. Na prima, wieso sprach er nicht gleich auch noch sein Übergewicht an oder dass er schon seit Monaten keinen Sex mehr gehabt hatte?

»Wer war eigentlich dieser Junge?«, fragte Lara schließlich.

»Du meinst, der, der uns beinahe erschossen hätte?«

Sie nickte.

»Das war Rauli Kantas, einer meiner Musikschüler.«

Jetzt ist es also raus, dachte Beck, sie weiß, dass ich Lehrer bin. Er hasste es, wenn er anderen von seinem Beruf erzählen musste. Er wollte jung sein, aber als Lehrer wirkte man automatisch fünf bis zehn Jahre älter.

Lara schien zu überlegen, welche Frage sie als Nächstes stellen wollte. »Dann schreibst du die ganzen Songs also immer für diesen Jungen?«

Beck wollte gerade antworten, als er darauf kam, was ihm an der Geschichte mit Raulis totem Soldaten-Vater nicht gefallen hatte. »Dieser kleine Mistkerl«, sagte er. »In Litauen gab's vor fünf Jahren gar keinen Bürgerkrieg.«

19

Einige Flaschen Bier später saßen er und Lara noch immer auf der Couch und unterhielten sich. Das Thema Rauli ging Beck zwar nicht aus dem Kopf, aber er wusste, dass es erst mal Wichtigeres gab. Im Hintergrund lief irgendein gefälliger Schmusewohlfühlkram von Belle & Sebastian. Lara war ziemlich angetrunken, wie er erfreut feststellte, und lachte laut, also lachte er auch laut, bis ihn die Nase schmerzte.

»Das ist doch Schwachsinn«, sagte sie.

»Nein, hör doch mal zu«, sagte er. »Was ist, wenn man in hundert Jahren Kopftransplantationen durchführen kann? Zum Beispiel: Ich lasse meinen Kopf auf einen anderen Körper pflanzen. Was ist dann mit meiner Seele? Kommt die mit? Oder wohnt die doch eher im Herzen? Dann bleibt sie ja bei meinem alten Körper zurück. Es sei denn, die Seele gehört zum Gehirn, dann zieht sie mit mir um. Ich meine, wo ist die Seele, im Körper oder im Geist?«

Lara lachte noch immer. »Ich versteh schon, Umzugsprobleme von Seelen … raffiniert.«

»Ich mein's ernst.«

»Also gut … Ich denke, wenn es eine Seele gibt, dann zieht sie bei einer Kopftransplantation mit um.«

»Dann befindet sie sich also im Kopf.«

»Das hab ich nicht gesagt … Aber ja, doch, eigentlich schon. Vielleicht im Bewusstsein oder so. Das sind aber blöde Fragen, Unfragen. Auf so was gibt es keine Antwort.«

»Was sind denn bitte Unfragen?«

»Ach komm, es gibt doch lauter Zeug, auf das niemand eine Antwort weiß. Wieso müssen wir gähnen, wenn andere gähnen, kann Gott einen Stein erschaffen, den er selbst nicht tragen kann …« Sie schnippte auf der Suche nach weiteren Fragen wie eine Varietékünstlerin mit den Fingern. »Oder … oder wieso gibt es in Entenhausen nur Onkel, aber keine Väter. Wieso haben …«

Während sie noch weitere Unfragen aufzählte, betrachtete Beck sie von der Seite. Es war ein Moment der Vertrautheit, in dem er sie einfach nur gernhatte, ohne daran zu denken, dass er sie vögeln wollte. Dann fragte er sie, wieso ihr Exfreund vorhin gemeint habe, dass sie ihn beklaut hätte. Treffer. Lara stammelte nur herum und antwortete schließlich, dass beklaut »nicht das richtige Wort« sei.

Sie erzählte nun eine ziemlich verworrene Geschichte über vierhundert Mark, die sie Carsten mal geliehen habe und die er ihr nicht mehr wiedergeben wollte, also sei sie mit dem Zweitschlüssel in die Wohnung ihres Exfreunds gegangen und habe sie sich gestern geholt, und heute hätte er ihr deshalb nach der Arbeit aufgelauert und wäre ihr auf dem Nachhauseweg gefolgt und deshalb …

Beck hörte kaum noch zu und schüttelte innerlich nur den Kopf. Das alles klang bei weitem nicht so dramatisch und eindeutig, wie er die Situation empfunden hatte. Jessas, sie war eine verdammte Diebin.

»Wie mich das alles hier ankotzt«, sagte Lara plötzlich.

»Was meinst du?«

»Na ja, München, Deutschland, alles. Das kotzt mich nur noch an. Mein Leben hier, das Studium, diese Scheiße mit Carsten, dass ich hier niemanden kenne … Aber in ein paar Monaten geh ich eh ins Ausland.« Ihr Gesicht bekam Farbe. Sie erzählte von ein paar Modepraktika, die sie gemacht habe, und dass sie sich an einer Modeschule in Rom beworben habe. »Falls man mich dort nimmt, schmeiß ich sofort mein Studium und ziehe im August nach Rom.«

»Find ich gut«, sagte er. »Ich würd's an deiner Stelle genauso machen.«

»Was?«

»Abhauen, solange man noch kann.«

Sie blickte ihn amüsiert an. »Und was ist mit dir? Bist du zufrieden mit dir?«

Beck richtete sich überrascht auf. »Ob ich zufrieden mit mir bin?« Er dachte nach, die Frage war ihm lange nicht gestellt worden. »Weiß nicht. Ich denke schon, ja. Klar, es gibt ein paar Sachen, die nicht so toll gelaufen sind, aber alles in allem geht's mir nicht schlecht. Man wurschtelt sich halt so durch.«

Er lachte gekünstelt und ärgerte sich im selben Moment. *Man wurschtelt sich halt so durch?* Was für eine Spitzenantwort, dachte er, bin ich jetzt plötzlich ein genialer Lebenskünstler oder was?

Dann stand Lara auf, um auf die Toilette zu gehen. Sie blieb unerhört lange weg, und zu spät begriff Beck, dass sie seine Wohnung inspizierte. Als sie wiederkam, trug sie ein Lächeln im Gesicht und hielt ihm ein Foto hin. Es zeigte seine Band Kopfgeburt kurz vor der Trennung, 1987.

»Das bist du, oder?« Lara zeigte auf einen schlanken Fünfundzwanzigjährigen mit langen Haaren.

»Vielleicht.«

»Lange Haare stehen dir.«

»Danke.«

Es folgte das Standardprogramm für Damenbesuche. Beck zeigte ihr in seinem Arbeitszimmer einige andere Bilder und Zeitungsausschnitte von früher, auf denen er als Musiker auf Festivals zu sehen war, schließlich spielte er ihr ein paar alte Songs vor, die sie ganz okay fand, ehe er ihr die beiden neuen Songs zeigte, die er für Rauli geschrieben hatte und von denen sie begeistert war. Die Musikernummer war zwar etwas billig, aber sie wirkte. Wenn man mal ein bisschen älter war, dachte man nicht mehr in Kategorien wie »armselig« oder »lächerlich«, sondern schaute nur noch, ob etwas funktionierte oder nicht.

Und die Musikernummer funktionierte immer.

20

Sie saßen wieder im Wohnzimmer. Lara griff nach ihrer Bierflasche. »Weißt du, das find ich echt gut, dass du Musik machst. Mir fehlt so was.«

»Wie meinst du das?«

»Du kannst Songs schreiben. Ich kann nichts. Ich weiß nicht mal, ob ich das mit der Modeschule überhaupt hinkriegen würde. Das Einzige, was ich richtig gut kann, kann ich nicht vorzeigen.«

»Was ist es denn?«

»Nein, das geht nicht. Ist bescheuert.«

»Jetzt hab dich nicht so.«

Lara dachte kurz nach. »Also gut.« Sie zog den Ärmel ihres Pullovers hoch. Dann winkelte sie ihren Arm an und strich mit der Zunge über die Spitze ihres Ellenbogens. »Tadaa!«, sagte sie, als sie fertig war. »Siehst du? Mein einziges Talent.«

Beck lächelte schwach: »Das beeindruckt mich nicht im Geringsten.« Er versuchte es ebenfalls, scheiterte aber kläglich.

Sie mussten lachen und griffen wieder zum Bier. Beck fühlte sich in diesem Moment ziemlich glücklich und, wenn er ehrlich war, jung und lebendig. Dabei ist sie eigentlich gar nicht mein Typ, dachte er wieder, obwohl sie natürlich hübsch ist. Hübsch und ein bisschen aufgewühlt. Beck wurde unsicher, ob er gerade das Richtige tat. Auf der anderen Seite war das hier ein schönes, junges Ding, das offensichtlich mit ihm flirtete, auch wenn das Lecken von Ellenbogen nur ein interessantes Randgebiet der Flirterei sein konnte, aber immerhin.

»Wieso wolltest du eigentlich Lehrer werden?«, fragte sie.

Beck dachte nach. Er wollte ja nie Lehrer werden! Sein Vater hatte ihn zum Studium gedrängt. Die Bandproben und Auftritte waren sein eigentliches Leben gewesen. Bis sie ihn rausgeworfen hatten und ein paar Tage darauf sein Vater gestorben war. Von diesem Doppelschlag hatte er sich nie ganz erholt.

Damals hatte Beck sein Leben neu geordnet. Er hatte sich entschieden, erst mal auf Sicherheit zu setzen, fertigzustudieren und vielleicht ein paar Jahre als Lehrer zu arbeiten. In seiner Freizeit hatte er an neuen Songs schreiben und irgendwann wieder nur noch Musik machen wollen. Anfangs hatte er sogar einen gewissen Elan verspürt, Klassenfahrten zu Max-Goldt-Lesungen veranstaltet und das Literaturcafé gegründet. Doch als irgendwann klar war, dass es mit seinem Traum von der Musik nichts mehr werden würde, weil er über das Mittelmaß nicht hinauskam, ließ sein Eifer nach. Vor allem, als er begriff, dass er wohl für immer Lehrer bleiben würde. Seitdem funktionierte er nur noch. Er fuhr morgens zur Arbeit, unterrichtete, ermahnte, lobte, fuhr nach Hause, korrigierte, bereitete abends die nächsten Stunden vor, trank oft, fühlte sich unwohl, wurde älter.

Er sah sie an. »Ich bin Lehrer geworden, weil ich gern mit jungen Menschen arbeiten wollte.«

»Das nimmt dir keiner ab.«

»Na, dann eben nicht«, sagte er.

21

Sie sprachen über Beziehungen. Lara gestand ihm, dass sie schlecht allein sein könne, deshalb habe sie auch etwas mit diesem Carsten angefangen. »Mir war natürlich klar, dass die Beziehung keine Zukunft hat, weil er zu jung ist und ich vielleicht bald nach Rom gehe. Aber trotzdem. Die Vorstellung, ich komme abends in eine leere Wohnung …« Lara biss sich auf die Lippe. »Ich weiß nicht. Das geht nicht, da muss immer jemand sein. Nur eines weiß ich genau: Nie wieder einen jüngeren Freund.«

Sie blickte Beck fest in die Augen. »Und wie ist es bei dir?«

»Was willst du hören, die ehrliche oder die unehrliche Antwort?«

»Die unehrliche.«

»Also gut«, sagte Beck. »Ich hatte zwei Beziehungen, die beide ungefähr drei Jahre gingen. Mit der einen bin ich

immer noch gut befreundet, wir haben uns einfach ausein-
andergelebt.«

»Und die andere?«

»Die andere wurde von einem Zug überrollt.«

»Och, wie traurig«, sagte Lara und lachte. »Und jetzt die
ehrliche Antwort.«

»Die Wahrheit ist, ich hatte ungefähr zehn Beziehungen,
die alle nur wenige Wochen gingen – die längste dauerte
vier Monate.«

»Und wieso immer nur so kurz?«

»Keine Ahnung. Ich glaube, ich hab mich immer unfrei
gefühlt, wenn ich fest mit jemandem zusammen war. Ich
brauchte Zeit für mich. Aber wahrscheinlich ist es nur die
Angst, sich festzulegen. Der Trennungsgrund war jedenfalls immer banal. Ich hab mich, wenn es ernst wurde, jedes
Mal wie ein Arschloch benommen. Nur ein einziges Mal
hab ich mir tatsächlich überlegt, mit einer zusammenzu-
ziehen …«

»Die mit den vier Monaten?«

»Genau, die mit den vier Monaten. Ich hab's dann aber
doch gelassen …« Er trank einen Schluck. »Großer Gott,
ich kann nicht glauben, dass ich so ehrlich bin.«

Lara spielte mit ihrer Kette. »Und wie ist es jetzt?«

»Mit Frauen?«

»Ja.«

»Na ja, gerade sitzt doch eine hier.«

»Ja.«

Sie lächelte und sah ihn kurz an, dann senkte sie den
Kopf. So, dachte Beck. Jetzt war Stille. Sie sah ihn wieder
kurz an. Darauf hatte er gewartet, davor hatte er sich aber

auch ein wenig gefürchtet. Man musste etwas tun. Es gab zwar viele Ausreden, immerhin war sie eine ellenbogenleckende Diebin, aber seit Monaten kein Sex mehr, mehrere Flaschen Bier und drei Uhr nachts in seiner Wohnung waren Argumente, die er nicht übergehen konnte.

Beck beugte sich zu ihr vor, überwand die unsichtbare Grenze zwischen zwei Menschen, tauchte ein in ihren Duft, in ihre Aura. Er wartete darauf, wie sie reagieren würde. Sie fing an zu lachen.

Damit hatte er nicht gerechnet, doch sie lachte immer lauter und kriegte sich gar nicht mehr ein.

»Was ist?«

»Kannst du das Ding mal abnehmen?«

»Welches Ding?«

»Du siehst so bescheuert damit aus.«

Beck fiel die Nasenmaske wieder ein, die er die letzten Stunden tatsächlich erfolgreich verdrängt hatte. Vorsichtig nahm er sie ab und legte sie weg. Dann wollte er sich wieder zu Lara runterbeugen, die ihn, inzwischen mehr auf der Couch liegend als sitzend, einfach nur ansah, ehe sie aufstand, ihn bei der Hand nahm und wortlos in sein Schlafzimmer führte.

Während er ihr folgte, spürte Beck ein leichtes Kribbeln. Man ist gespannt, das schon, dachte er, aber eigentlich ist man nicht nervös, das bisschen Sex, dachte er, das bekommt man wohl noch hin.

Schließlich standen sie vor seinem Bett. Sie sahen sich an und lächelten einander zu. Vielleicht der schönste Moment.

»Weißt du, ich steh auf Musiker«, sagte Lara und zog ihn zu sich her.

»Ich dachte, das war einmal.«

»Das war gelogen.«

»Jessas, lügen tust du also auch.«

Sie küssten sich, ihre Lippen waren angenehm weich. Er griff nach ihrem angewinkelten Bein und zog es an seine Hüfte. Sie küssten sich wieder. Lara lachte kurz, vermutlich musste sie noch einmal an seine Nasenmaske denken. Danach fielen sie erst aufs Bett, dann übereinander her.

»Buckets Of Rain«

Der zweite Song: Über ein bewusstseinsveränderndes
Abendessen bei Familie Kantas, unvermutete Wendungen und
Charlies Zusammenbruch.

I

Am Ende der Osterferien saß Beck mit einigen jungen
Kollegen im ›Schiff‹, einer urigen Kneipe in Schwabing.
Beck ging öfter mit Referendaren weg, um sich jung vorzukommen. Er hatte ohnehin das Gefühl, noch immer
in den Zwanzigern zu stecken – der älteste Twen der Welt.
Er war nicht siebenunddreißig, sondern siebzehnund-
zwanzig.

Während die Kollegen Ernst Mayer, Georg Keller und
Oliver Schmidtbauer über schwachsinnige Schüler herzo-
gen, war Beck jedoch in Gedanken woanders. Er musste
wie so oft in letzter Zeit an den Jungen denken. Rauli Kantas
war in den vergangenen Wochen zu einer festen Größe in
seinem Leben geworden. Zwar entwickelte sich die Fami-
liengeschichte des notorisch lügenden Litauers allmählich
zu einer Farce (aktueller Stand: Sein Vater war wieder am
Leben und arbeitsloser Hausmeister in München, dafür
hatte er keine Großmutter und keine Schwestern mehr,

sondern nur einen älteren Bruder, den er weiterhin Genadij nannte), mit der Musik lief es dagegen umso besser. Beck war in Höchstform!

Noch immer jammten er und Rauli zusammen nach Schulschluss. Und abends saß Beck zu Hause, rauchte sein Dope und schrieb neue Songs für den Jungen, die alle zum Besten gehörten, was er jemals zu Papier gebracht hatte. Er dachte inzwischen ernsthaft daran, mit Rauli eine Demo-CD aufzunehmen. Den Vertrag, der ihn zum Manager des Jungen machte, hatte er bereits aufgesetzt. Zum ersten Mal seit einer Ewigkeit sah Beck die Chance, aus dem Gefängnis seines Lehrerdaseins auszubrechen.

In diesem Moment stieß ihn Oliver Schmidtbauer an. »He, Robert, hast du mitbekommen, dass die jetzt in der Zwölften Drogentests gemacht haben? Zwei Kiffer sind schon geflogen.«

Beck konnte, wenn er ehrlich war, diesen Referendar Schmidtbauer nicht leiden. Er war zu jung, zu gutaussehend. Und zu beliebt. Er war im Prinzip der Lehrer, der Beck immer hatte sein wollen, und das gefiel ihm gar nicht.

»Ja, ja, davon hab ich gehört«, murmelte er nur.

»Es heißt, die bekommen das Zeug alle von einem neuen Dealer.«

»Hm.«

»Die wollen jetzt auch bei uns im Kollegenkreis testen«, sagte Schmidtbauer.

Plötzlich war Beck hellwach. Es lief ihm heißkalt den Rücken hinunter. »Was? Wieso wollen die uns testen? Das ist doch absurd, ich meine, was soll das, das …«

Die anderen Referendare lachten.

»Komm schon, Robert«, sagte Schmidtbauer. »Das war doch nur ein Witz. Brauchst dich nicht gleich so aufzuregen … Oder gibt es da was, das du uns erzählen möchtest?«

Jetzt lachten die anderen noch mehr.

Na warte, dachte Beck. Ihm wurde klar, dass er diesen Schmidtbauer eigentlich richtig hasste. Dem ging's wohl zu gut, da musste man mal ein bisschen gegensteuern. Zieh dich warm an, Schmidtbauer, dachte Beck, das kann hier nämlich noch ganz schön ungemütlich für dich werden.

Da klingelte sein Handy. Charlie. Er sagte mit tiefer Stimme, Beck solle sich besser erst mal setzen.

»Wieso, was ist denn?«, fragte Beck.

»Ich werde sterben.«

Fünf Gespräche zwischen Charlie und Beck:

GESPRÄCH I

Vor dreizehn Jahren, Anfang 1986. Charlie und Beck gehen gemeinsam von einer Bandprobe nach Hause. Charlie ist seit kurzem der neue Schlagzeuger der Band. Deutlich jünger als die anderen, aber mit Abstand der Beste, der sich auf die Anzeige hin beworben hatte. Unterwegs erzählt er zum ersten Mal von seiner Befürchtung, krank zu sein.

Charlie: »Ich habe so ein dumpfes Pochen in meinem Kopf, und irgendwie seh ich nicht mehr so gut. Ich hab gestern im Radio einen Bericht darüber gehört. Ich glaube, es ist ein Tumor.«

Beck, damals noch ehrlich besorgt und überrascht: »Vielleicht solltest du zum Arzt gehen? Mit solchen Dingen wartet man nicht.«

Charlie: »Ich hab Angst, dass ich sterbe.«

Beck: »Dann geh zum Arzt.«

Charlie: »Wahrscheinlich sollte ich mich mal durchchecken lassen, eine Blutuntersuchung und so.«

Beck: »Unbedingt, vielleicht finden die ja was.«

GESPRÄCH 2

Mehrere Wochen danach. Charlie hat inzwischen alle paar Tage einen neuen Verdacht. Beck ist zunehmend genervt.

Charlie: »In meinem Blut ist zu wenig Eisen.«

Beck: »Und?«

Charlie: »Das ist nicht gut.«

Beck: »Das ist mir schon klar, dass das nicht gut ist, denn es ist ja zu wenig davon da. Die Frage ist, was machst du jetzt?«

Charlie: »Keine Ahnung. Ich fühle mich einfach schlecht.«

Beck: »Ich finde, du steigerst dich da zu sehr rein.«

Charlie: »Ach was.«

Beck: »Ich hab nur Angst, dass du irgendwann eines von diesen Hypochonder-Arschlöchern wirst, die Flugangst haben und dauernd denken, sie sind todkrank.«

Charlie: »Du übertreibst doch. Ich bin momentan einfach nur schlecht drauf. Ich weiß, dass ich krank bin, ich will nur wissen, was los ist, das ist alles.«

GESPRÄCH 3

Zwei Jahre und unzählige tödliche, nie wahr gewordene Krankheiten später. Beck und Charlie besaufen sich in Becks Wohnung, als Charlie tief Luft holt.

Charlie: »Du, ich muss dir etwas sagen, etwas Ernstes. Ich hab heute mein Blut untersuchen lassen, du weißt schon, wegen dieser Sache von letzter Woche. Ich bin mir ziemlich sicher, dass da was ist. Und gestern hab ich irgendwie so einen Stich in meinem Herz gefühlt. Vielleicht eine Herzrhythmusstörung oder ein Herzklappenfehler.«

Beck, sein Bier trinkend: »Leck mich am Arsch.«

GESPRÄCH 4

Fünf Jahre später. Charlie und Beck sitzen in Becks Wohnzimmer und essen Leberkässemmeln.

Charlie, kauend: »Kennst du dieses Gefühl, wenn du dir absolut sicher bist, dass in deinem Hirn etwas nicht stimmt, dass da was ist, was weh tut?«

Beck: Nimmt die Fernbedienung in die Hand und macht die Stereoanlage an.

GESPRÄCH 5

Es ist spätabends. Beck ruft bei Charlie an.

Charlie, schnaufend: »Ich kann jetzt nicht.«

Beck: »Wieso?«

Charlie: »Ich ficke gerade.«

Beck: »Großer Gott, wieso kannst du nicht sagen: Ich habe Sex, oder: Ich schlafe mit jemanden, oder ... verdammt, wieso kannst du nicht einfach nur sagen, dass du gerade nicht allein bist?«

Charlie: »Weil ich ficke.«

Legt auf.

2

Beck war auf dem Weg nach Hause. Das Telefonat hatte sich recht schnell erledigt. Charlie schilderte mehrere stark angeschwollene Lymphknoten, ein sicherer Beweis für seinen bevorstehenden Tod durch Lymphdrüsenkrebs, und er gab erst Ruhe, als Beck ihm die drei Songs genannt hatte, die unbedingt auf seiner Beerdigung gespielt werden müssten. *Heroes* von Bowie, *Wild Horses* von den Stones und *Atlantic City* von Springsteen. Danach hatte Beck schleunigst aufgelegt.

Das Treffen mit den Referendaren dagegen war noch ganz witzig gewesen. Sie hatten über Andy Shevantich geredet und über Anna Lind, die immer hübscher wurde, ehe Ernst Mayer erzählte, dass er sich mit seiner Freundin verlobt habe, woraufhin ihn alle schief ansahen und bemitleideten und eine neue Runde bestellten.

Als Beck leicht angeheitert seine Wohnung betrat, lag Lara verkehrt herum auf seinem Sofa. Ihr Kopf berührte beinahe den Boden, ihr Gesicht war halb von ihren hellbraunen Haaren bedeckt, während ihre Füße in die Luft ragten. Sie las ein Buch von John Irving und lachte laut.

»Was ist so lustig?«, fragte Beck.

Sie richtete sich auf und klappte das Buch zu. »Ach, nichts … Wie war's?«

»Ganz nett.«

Während Lara zu ihm kam und ihm einen Kuss gab, dachte Beck, wie ungewohnt es war, dass sie seit neuestem einen Schlüssel für seine Wohnung besaß. Sie hatte zwar selbst noch ein Apartment am anderen Ende der Viktoriastraße, doch das war winzig und direkt unter der Wohnung von ein paar Studenten, die auch unter der Woche oft durchfeierten. Deshalb schlief sie oft bei ihm.

Beck hatte sich in den letzten Wochen an sie gewöhnt. Dafür, dass Lara nicht sein Typ war, machte sie ihre Sache ziemlich gut. Und es war ja auch schön, dass nun fast jeden Tag so ein munteres junges Ding durch seine Wohnung lief, mal angezogen, mal nackt, immer fröhlich vor sich hin schnatternd, Pläne schmiedend oder ihn neckend. Auch wenn Lara bei ihm alles durcheinanderbrachte, Tausende Kopien für eine Hausarbeit rumliegen ließ, nie abspülte, schon zweimal etwas auf seiner Couch verschüttet hatte und ihre Klamotten einfach auf den Boden warf. Und was für Klamotten das waren, dachte er, *Klamotten,* das ist das richtige Wort, irgendein Zeugs aus Secondhandläden, weil Lara nicht wie normale Frauen bei H&M einkaufen wollte, wegen … Das hatte er vergessen, aber es hatte irgendwas mit Kinderarbeit oder fairen Preisen zu tun. Wahrscheinlich würde sie nicht nur für obdachlose Waisenkinder in Bangkok spenden, sondern auch noch persönlich hinfliegen und eigenhändig neue Häuser für sie bauen. Großer Gott.

Egal, der Sex war gut, und überhaupt, Lara schien ebenfalls nicht an einer richtigen Beziehung interessiert zu sein, und das kam ihm entgegen. Denn Ende Juli würde sie – falls man sie dort aufnahm – an diese Modeschule in Rom gehen, und da war eine feste Beziehung das Falsche. Also hatte sie sich nach dem Fiasko mit Carsten einen älteren, entspannten und oberflächlichen Typen ausgesucht, der so offensichtlich Bindungsangst hatte, dass ein tiefgehendes Beziehungsdrama nicht zu befürchten war. Beck machte das nichts aus. Er war ohnehin jemand, der keine großen Veränderungen in seinem Leben brauchte, keine Fernbeziehungen, keine Umzüge, keine großen Reisen, keine Kinder. Er wollte sich amüsieren, er mochte Sex und Unterhaltungen im Bett, aber bitte schön keine tränenreichen Trennungen oder tiefenpsychologischen Gespräche, die alle seine Bekannten führen mussten, wenn sie jahrelang mit ein und derselben Frau zusammen waren. Im Prinzip war das mit Lara also die perfekte Beziehung. Ein paar Monate unkomplizierter Spaß, und dann war auch schon wieder alles vorbei, ohne Schmerzen, ohne Verpflichtungen.

»Hier, ich hab deine Post geholt.« Sie deutete auf einige Musikmagazine, den *kicker* und *Men's Health,* das Beck in einem seiner Diät-Anfälle abonniert hatte. Er betrachtete den Aufmacher: *Bauch weg in zehn Tagen.* Auf dem Titel war ein junger, anabolikaabhängiger Kerl mit phantastischen Bauchmuskeln, der selbstsicher grinste. Wichser.

»Da ist übrigens schon wieder ein Brief von deiner Tante aus Frankreich.« Lara drückte ihm das Kuvert in die Hand. »Willst du sie nicht vielleicht doch mal anrufen?«

»Nein.«

»Aber du kannst doch nicht ewig vor der Tatsache weglaufen, dass deine Mutter gestorben ist.«

Beck runzelte die Stirn. Solchen Sätzen konnte man entnehmen, wie schlecht ihn Lara noch kannte. Wenn er wollte, konnte er sein Leben lang vor Sachen davonlaufen, so wie er die letzten zehn Jahre vor der Entscheidung davongelaufen war, auf die Musik zu setzen.

»Ich hab heute übrigens noch mal mit Rauli gesprochen«, sagte er, um das Thema zu wechseln, »und er hat mir schon wieder eine fabelhafte Lüge über die Herkunft der Waffe erzählt.«

Lara rollte nur mit den Augen. »Du bist paranoid. Er hat sie vermutlich irgendwann mal in Litauen auf der Straße gefunden.«

»Ich weiß, dass mit dem Revolver was nicht stimmt«,

sagte Beck unbeirrt. »Glaub mir, dieser Junge verheimlicht mir etwas. Der macht sich doch lustig über mich. Und dann das Hinken, oder diese gelben Zettel. Immer, wenn ich ihn sehe, schreibt er diese gelben Zettel voll, das ist doch alles nicht normal, oder?«

»Ach, sei nicht so streng mit ihm. Ich find ihn ganz nett.«

Beck dachte an den Abend, als sie zu dritt im Kino gewesen waren. Rauli hatte Lara die ganze Zeit angestarrt, als wäre sie eine Außerirdische. Danach – Beck war erst dagegen gewesen – waren sie noch gemeinsam in eine Bar gegangen. Um Lara zu imponieren, hatte Rauli zu viel getrunken und sich übergeben müssen. Anschließend hatte der Junge völlig fertig auf der Sitzbank gelegen und sich von Lara tröstend das Haar streicheln lassen. Am nächsten Tag – Rauli hatte mit seinem Kater und dem bleichen Gesicht wie der Vampir von Schwabing ausgesehen – hatte er zu Beck gesagt, dass er Lara sehr hübsch finde. In seinem Blick war dabei ein ehrlicher Unglaube gewesen, dass Beck mit so einer schönen jungen Frau zusammen sein konnte, und dieses völlig arglose Staunen hatte Beck überhaupt nicht gefallen.

»Zu dir ist er auch anders«, sagte er. »Weil er in dich verliebt ist.«

»Ach ja?« Lara grinste. »Und was ist mit dir?«

»Er kann dich ruhig haben.«

Sie haute ihm feixend auf den Oberarm. »Vorsicht, vielleicht nehm ich ihn wirklich. Er ist schließlich auch Musiker und ganz süß.«

»Er ist überhaupt nicht süß, sondern ein Spinner mit zu viel Phantasie. Und vor allem ist er noch nicht volljährig.

Deshalb brauche ich die Unterschrift und das Einverständnis von seinem Vater, wenn ich ihn unter Vertrag nehmen will.« Er machte eine Pause. »Falls er überhaupt einen Vater hat.«

»Vielleicht solltest du mal bei ihm zu Hause vorbeischauen?«

»Nein.«

»Wieso denn nicht?«

Beck konnte es ihr nicht sagen. Er spürte, wie ihm alles zu entgleiten drohte. Was, wenn Raulis Familie arm und hilflos war? Er wollte weder der Retter in der Not sein noch sonst irgendeine karitative Funktion übernehmen. Er wollte mit dem Jungen Musik machen, das war alles. Okay, er hatte in den letzten Wochen festgestellt, dass er Rauli irgendwie mochte. Das war es dann aber auch. Und wer so viel log wie der Junge, der hatte irgendwas zu verschweigen, und er hatte mit Sicherheit keine Lust herauszufinden, was das war.

3

Als er später mit Lara im Bett lag, fuhr sie ihm durch die Haare. Er rauchte einen Joint und summte vor sich hin.

»Du lässt sie ja wachsen.«

»Ein bisschen«, sagte er.

»Ich finde, lange Haare stehen dir.«

»Ich weiß.« Beck strich über ihren Bauch und musterte dieses grässliche uralte Luke-Perry-Shirt von Beverly Hills 90210, in dem sie oft schlief.

Während sie ihm den Joint aus der Hand nahm und daran zog, musste Beck lachen.

»Was ist?«

»Ach, die machen jetzt bei uns in der Schule so Drogentests.«

»Ehrlich?«

»Ja. Es scheint da einen neuen, aggressiven Dealer zu geben, der die Schüler versorgt, jedenfalls kontrollieren sie gerade pausenlos.«

»Und was ist mit dir, wer kontrolliert dich?«

»Niemand, ich bin unantastbar.« Er grinste.

»Bald krieg ich übrigens Bescheid, wegen Rom.« Lara blies den Rauch in die Luft. »Vielleicht nehmen sie mich wirklich.«

»Und dann?«

»Dann nichts wie weg.«

Zum ersten Mal reifte in Beck der Gedanke, dass er sie vielleicht vermissen würde. Dabei war er kein Beziehungsmensch, sagte er sich wieder, er war der Drei-Monate-Mann, so lange hatten seine Beziehungen zumindest in der Vergangenheit immer gedauert. Aber nun war er sich gar nicht mehr sicher, ob er der Drei-Monate-Mann sein wollte. Er konnte sich inzwischen durchaus vorstellen, der Sechs-Monate-Mann zu werden. Vielleicht, weil er keinen Druck verspürte, da sie ohnehin bald nicht mehr da sein würde. Vielleicht aber auch einfach so. Er nahm ihr den Joint wieder aus der Hand und küsste sie auf die Stirn.

Sie sah ihn lange von der Seite an. »Sagen Sie mal, *Herr Beck,* was ist das hier eigentlich mit uns beiden?«

»Mit uns?«

»Ja, mit uns. Eine Beziehung, eine Affäre? Sind wir jetzt zum Beispiel zusammen?«

Er überlegte. Sie kam fast jeden Tag zu ihm, schaffte Unordnung und leerte seinen Kühlschrank, sie schliefen miteinander, er erzählte ihr von diesem komischen litauischen Jungen … Er hatte wirklich keine Ahnung, was das mit ihm und Lara war, aber es gefiel ihm ziemlich gut.

4

Beck und Rauli saßen im ›Atomic‹ und hörten dem Konzert einer neuen Band namens Kafkas Orient Bazaar zu. Während um sie herum getanzt wurde, besprachen sie an der Bar, dass sie die Songs, die er für den Jungen geschrieben hatte, auf Demo-CDs aufnehmen und dazu eine Releaseparty geben würden.

»Aber vorher würde ich dich gern unter Vertrag nehmen«, sagte Beck.

Er hatte ein wenig Angst davor gehabt, wie Rauli es auffassen würde, aber der Junge war sofort einverstanden und nickte.

»Allerdings brauche ich dafür die Einwilligung deines Vaters.«

Diesmal zögerte Rauli. Er knetete seine Unterlippe und dachte nach.

»In Ordnung«, sagte er schließlich, und Beck atmete auf.

Als das Konzert vorbei war, rannten sie durch den Regen zum Auto. Der Junge torkelte von seinen gerade mal drei

Bier in Schlangenlinien und fiel hin. Überrascht über seine schlechte Verfassung, stand er wieder auf und stützte sich am Audi ab. »Ich bin ja total besoffen, Herr Beck!«, sagte er begeistert.

In diesem Moment beschloss Beck, ihn erneut nach der Herkunft der Waffe zu fragen. »Nur dass wir das klarstellen«, er startete den Motor, »wir befinden uns jetzt in der Wirklichkeit, Kumpel, okay? Du hast mich ein paarmal angelogen, das war sicher ganz lustig für dich, aber wenn du es dir nicht mit mir verscherzen willst, dann sei ehrlich. Noch einmal so ein Ding, und wir unterhalten uns nur noch, wenn ich dich in der Schule abfrage. Dann war's das mit uns. Verstanden?«

Rauli nickte. Er wirkte traurig, dass er sich nun keine Geschichten mehr ausdenken durfte, aber etwas in Becks Blick schien ihm zu verraten, dass er sich diesmal an die Tatsachen halten musste. »Brauchte Waffe als Schutz.«

»Als Schutz wovor?«

»Mein Bruder, Genadij, er war in eine Gang. Ging nicht anders. Was ich über Litauen gesagt habe, ist wahr, Herr Beck. Gibt viel Kriminalität, und Mutter war nie zu Haus, hat viel gearbeitet.«

»Und du, warst du auch in einer Gang?«

»Nein. Habe nicht gekämpft.«

»So siehst du auch nicht aus.«

Rauli war gekränkt. Man sah ihm an, dass er gern bedrohlich gewirkt hätte. »Ich war oft allein auf Straße«, sagte er in seinem radebrechenden Rauli-Deutsch. »Wurde viel ausgelacht, geschubst … Und einmal haben sie mich verprügelt. Meine Rippen und Nase gebrochen. Einer hat

eine Messer genommen und mich damit in das Gesicht geschnitten, hier.« Rauli deutete auf die längliche Narbe an
seiner linken Wange. »Dann kam Genadij und hat in Luft
geschossen. *Pchh! Pchh!*« Rauli machte die Schüsse nach.
»Die Jungen sind alle weggelaufen und haben gerufen, dass
sie mich töten. Genadij hat nur gelacht, aber zu Hause hat
er gemeint, ich soll besser die Waffe haben. Er würde ein
Typ kennen, der erstochen wurde.«

Beck sah auf die Straße und sagte nichts. Wenn er ehrlich
war, hatten ihm Raulis Lügengeschichten besser gefallen.
Der Junge wartete noch auf eine Antwort, dann schwieg
auch er.

Wortlos fuhren sie durch verregnete Straßen, bis Beck den
Audi vor dem Haus, in dem Rauli – mit wem auch immer
aus seiner Groschenroman-Familie – wohnte. Ihm fiel auf,
wie unruhig der Junge geworden war. Irgendetwas schien
ihn zu belasten. Sie hielten nun schon seit zwanzig Sekunden vor der Haustür, doch Rauli stieg nicht aus.

»Was ist?«

Der Junge sah aus dem Fenster und schwieg. Draußen
war es dunkel, Regen prasselte auf das Dach, die Scheibenwischer fuhren hin und her.

»Ist es etwas Schlimmes?«

Rauli sagte noch immer nichts. Er spielte mit einer Sonnenbrille herum, die im Handschuhfach lag, und wippte
nervös mit dem Fuß.

»Herr Beck«, sagte er schließlich. »Ich weiß nicht, wie ich
sagen soll …« Er redete schnell und abgehackt. »Es ist …
Also mein Familie … Wir haben Stromnachzahlung … sie

war zu hoch … Mein Vater hat gesagt, ich soll Sie nicht …
Aber weiß nicht … Müssen essen und …«

»Wie viel?«, fragte Beck.

Rauli senkte seinen Blick. »Hundertfünfzig.«

Beck dachte nicht groß nach und zog seinen Geldbeutel
heraus. Einem Reflex nachgebend, drückte er dem Jungen
zweihundertzwanzig Mark in die Hand, alles, was er dabei-
hatte. Rauli wollte es erst zurückweisen, aber er bestand
darauf. »Nimm es. Ist schon okay.«

Der Junge betrachtete die Scheine wie einen kostbaren
Schatz.

»Nimm's schon.«

Rauli griff zögernd danach und steckte das Geld ein.
»Danke!«, brachte er hervor. Dann stahl er sich schnell
aus dem Wagen. Auf dem Weg zur Haustür hielt er sich
die Hände über den Kopf, um nicht nassgeregnet zu werden.

Beck sah dem Jungen hinterher, bis er im Haus verschwunden war. Dann blickte er wieder zu den Scheiben-
wischern. Hin und her gingen sie. Unermüdlich. Wenn man
wollte, konnte man sie schneller oder langsamer, aus- oder
anstellen. Irgendwie war das beruhigend.

5

Es knallte. Die schwarze Acht prallte mit hohem Tempo
gegen die Bande und versank dann im hinteren linken
Loch. Charlie und Beck spielten Billard, um sich die Zeit zu
vertreiben, bis sie Lara um zehn vor dem ›Bel Air‹ treffen

würden. Beck war dabei mulmig zumute. Zwar hatte Lara selbst ihn schon mehrmals darum gebeten, ihr seinen mysteriösen besten Freund endlich einmal vorzustellen, aber er schämte sich und hatte Angst, was sie von ihm denken würde. Zumal Charlie in letzter Zeit irgendwie heruntergekommen wirkte. Die letzten Wochen waren ihm schlecht bekommen, er war ständig auf Koks und Meskalin, vögelte wahllos durch die Gegend und schlief kaum noch. Zudem trug er seit neuestem eine Brille, weil er behauptete, nicht mehr so gut sehen zu können.

Beck fragte sich, was nur mit ihm los war. Sicher spielte die Sache mit seiner Mutter eine Rolle. Vor einem halben Jahr war sie in die Türkei gezogen, um dort bei Charlies jüngerem Bruder Jonathan – ein recht erfolgreicher Fußballspieler, der 1994 für West Ham United neun Tore geschossen hatte und nun zu Fenerbahçe Istanbul gewechselt war – zu leben und für ihn zu sorgen.

Offensichtlich vermisste Charlie seine Mutter sehr, aber das war es nicht allein. Der Punkt war wohl, dass er noch immer vor sich hin träumte, in wenigen Tagen achtundzwanzig wurde und einfach nicht wusste, was er mit sich anfangen sollte. Kein Platz in dieser Welt war auf seinen Namen reserviert.

Folgende Berufe hatte Charlie schon versucht oder für sich in Betracht gezogen:

Hersteller für Handyhüllen, Barkeeper, Archäologe, Bodyguard, Möbelpacker, Wrestler, Kellner, erster schwarzer Politiker in Bayern, Tänzer, Versicherungsangestellter, Mechaniker, Künstler ohne spezielle Ausrichtung, Seemann, Restaurantbesitzer in Spanien, Restaurantbesitzer in Italien, Restaurantbesitzer in Portugal, Heilpraktiker, Herausgeber einer Musikzeitschrift, Türsteher, lkw-Fahrer, Basketballspieler und Radiomoderator.

Und folgende Berufe hatte er tatsächlich mit Erfolg und länger als einen Monat ausgeführt:

Türsteher.

Und nun wollte er also wieder Philosophie studieren. Der letzte Strohhalm.

Gerade als Charlie zum nächsten Stoß ansetzte, kam eine blondgelockte Frau in einem rosa Pullover an ihm vorbei. Sie blieb stehen, um ihm zuzusehen. Er zwinkerte ihr zu, dann nahm er Maß, aber die Kugel prallte von der Lochkante ab und rollte auf die Feldmitte zurück. Die Frau ging daraufhin weiter und setzte sich an einen Ecktisch zu einer nervös rauchenden Freundin.

Charlie sah ihr nach, dann fuhr er hoch.

»O mein Gott, mir ist gerade was Verrücktes gekommen.« Er deutete auf die Blondine im rosa Pullover.

»Ich hab mir gedacht, dass der Grund für unsere ganze Existenz vielleicht nur darin besteht, dass wir ein paar Sekunden lang zwei scheiß Statisten in ihrem Leben spielen.«

Beck blickte ihn verständnislos an.

»Pass auf!«, sagte Charlie. »Die Frau von eben trifft sich hier mit ihrer Freundin. Also braucht es ein wenig Stimmung. Ein paar versiffte Kerle an der Bar, Jugendliche, die nur rumstehen, und Leute, die Billard spielen. Und da kommen wir ins Spiel. Der ganze Sinn unserer Existenz besteht darin, dass wir in diesem Moment hier sind, um Statistenrollen im Leben der blonden Frau zu übernehmen. Wir existieren bloß in ihrem Bewusstsein. Es gibt uns nur, damit sie im Vorbeigehen kurz schauen kann, ob ich die Kugel ins Loch stoße oder nicht, ehe sie dann zu ihrer besten Freundin geht, einer Hauptrolle, und mit ihr etwas Wichtiges bespricht, während wir im Hintergrund weiterspielen.«

Beck schüttelte den Kopf.

»Aber weißt du, was mir Angst macht?«, fragte Charlie unbeirrt. »Wenn ich wirklich recht habe und der Sinn meines Lebens nur in dieser kurzen Statistenrolle bestand, dann hab ich ja total versagt. Ich meine, ich hab die verdammte Kugel ja nicht reingemacht. Das gerade eben war der entscheidende Moment, die entscheidenden Sekunden meines Lebens, und ich hab's total verbockt.«

Beck musste wider Willen grinsen. »Du spinnst!«, sagte er und sah zu ihm hoch. Und erst da fiel ihm auf, dass Charlie in den letzten Wochen merklich gealtert war. Er hatte in der Mitte der Stirn eine tiefe Falte bekommen, das ganze Gesicht wirkte älter, verbraucht. Er sah zum ersten Mal aus, als wäre er wirklich krank.

6

Als sie zwei Stunden später beim ›Bel Air‹ ankamen, hatte sich bereits eine Schlange vor dem Eingang gebildet. Und in der Mitte dieser Schlange stand Lara. Sie trug eine dünne schwarze Lederjacke, Jeans und ein rotes Top. Nachdem sie Beck mit einem Kuss begrüßt hatte, musterte sie Charlie. Seine enorme Größe schien sie einzuschüchtern. Beck stellte sie einander vor, beide gaben sich die Hand, Charlie machte sofort einen Witz über Leprakranke. Jessas, so ist er eben, dachte Beck, Charlie ist einer, dem nichts Blöderes einfällt, als gleich bei der ersten Begegnung einen Leprawitz zu reißen. Immerhin kannte er den Türsteher des Clubs, und so konnten sie sich vordrängeln.

Drinnen wurde Beck eines wieder bewusst: Er hasste Clubs. Dieses Gedränge, diese Enge, diese laute Musik. Er fühlte sich deplatziert. Er war in diese Clubs ohnehin nur gegangen, um sich jung zu fühlen und Frauen aufzureißen. Doch jetzt fühlte er sich alt, und eine Frau hatte er ja schon. Sie waren nur hier, weil Lara gern wegging und tanzte und er so hatte tun wollen, als wäre das auch sein Ding, aber das war die Lüge des Jahrhunderts.

»Scheiße, sind hier geile Weiber«, sagte Charlie. »Nachher zeige ich diesen ganzen Schwuchteln mal, wie man tanzt, aber erst wird gesoffen.« Er lachte laut – es klang, als rollte eine Mülltonne scheppernd einen kleinen Hang hinunter – und ging zur Bar.

Beck warf Lara einen verlegenen Blick zu. »Na ja, ich kenn ihn schon seit dreizehn Jahren, ich kann ihn nicht einfach …«

»Ist schon gut«, sagte sie.

Sie steuerten ebenfalls auf die Bar zu. Als sie ihre Getränke – Beck ein Bier, Charlie ein Desperados, Lara einen Cocktail – bekommen hatten, wurde gerade eine Couchecke frei. Sie setzten sich, aber eine richtige Unterhaltung wollte nicht entstehen. Die Musik war zu laut, man musste schreien, um verstanden zu werden. Und wenn, dann sprach ohnehin nur Charlie. Über Krebs.

»Ich hatte auch mal fast einen Tumor, knappe Geschichte«, sagte er und pfiff dabei erleichtert.

»Geht das wieder los«, murmelte Beck.

»Ich sag immer: Man darf einfach nichts in sich hineinfressen«, fuhr Charlie fort. »Sonst kriegt man den verfickten scheiß Krebs schneller, als man denkt.«

Großer Gott, dachte Beck. Ihm wurde fast schlecht. Er sah unsicher zu Lara, doch sie schien weder aufstehen noch den Club verlassen zu wollen, sondern ließ sich tapfer auf eine kleine Diskussion mit Charlie ein.

Danach sprachen sie über den morgigen Abend bei den Kantas'. Raulis Vater hatte Beck zu einem Kennenlern-Essen eingeladen. Lara würde ihn begleiten, Rauli hatte sogar darauf bestanden, dass sie mitkam. Beck war das ganz recht. Er wollte auf keinen Fall allein dort aufkreuzen.

»Ich geh mal tanzen.« Lara stand auf und sah ihn erwartungsvoll an. »Was ist mit dir, kommst du mit?«

Beck winkte ab. »Ich glaub, ich mach's hier nicht mehr lange. Bin müde.« Als Lara daraufhin allein auf die Tanzfläche ging, schüttelte Charlie nur den Kopf.

»Was?«, fragte Beck.

»Du bist so erbärmlich, Robert. Willst du sie vergraulen?«

»Ich vergraule sie nicht.«

»Ach komm, du Arsch, die will mit dir tanzen, und du erzählst ihr seelenruhig, dass du jetzt gleich nach Hause ins Bettchen gehst, weil du so *müde* bist? Wie alt bist du, dreiundsiebzig? Du, die ist zehn Jahre jünger als du, die will keinen alten Sack, die will ausgehen und Spaß haben, sonst war's das für dich.«

»Ach, halt die Klappe«, sagte Beck, der von der Kritik dieses – ja, das muss man mal so deutlich sagen, dachte er – von der Kritik dieses *arbeitslosen Versagers* zunehmend genervt war. »Geh einfach ficken, steck dein Ding irgendwo rein wie jeden Abend, und lass mich in Ruhe.«

Das wirkte, Charlie sagte erst mal nichts mehr. Die nächsten Minuten verbrachte Beck damit, Lara beim Tanzen zuzusehen und sich alt zu fühlen. Dann entdeckten sie auf der Tanzfläche einen Typen mit Dreadlocks. Es war Peter Jan, ein alter Freund, der seit dem Abbruch seines Biologiestudiums mit allerlei Zeugs dealte. Zu seinen Kunden gehörten auch Charlie und neuerdings Beck. Charlie zeigte auf Peter Jan und sagte, dass die Schwuchtel wirklich ein alter Wichser geworden sei. Beck nickte erst, aber dann erinnerte er sich, wie Charlie vor einigen Wochen über jemand anderen gesagt hatte, dass dieser Wichser eine echte Schwuchtel geworden sei. Er schien in einer Welt zu leben, in der alle Worte ihre Bedeutung verloren hatten.

7

Es war halb zwei Uhr mittags. Beck war auf dem Weg zum Luitpoldpark, um zu joggen. Die ganze Nacht hatte er nicht schlafen können. Er hatte ständig an Lara denken müssen, wie sie mit jungen Männern tanzte, immer enger tanzte. Ihm war der Altersunterschied nie so bewusst gewesen, aber doch, es waren zehn Jahre. Sicher, er war noch halbwegs jung (das »halbwegs« dachte er sich in Anführungszeichen), und trotzdem … Hatte Charlie recht?

Würde sie ihn fallenlassen? Ich muss was tun, dachte Beck. Zumindest die acht, neun Kilo Übergewicht musste er in den Griff kriegen. Lara sagte zwar immer, dass sie sein »kleines Bäuchlein« liebe, aber das behaupten Frauen oft, bevor sie fremdgehen, dachte er.

Nach einem kurzen Hallo bei Sport-Lang war er ausgestattet mit neuen Laufschuhen, einer Pulsuhr, Stirnband und kurzer Hose. Dazu trug er ein altes Trikot des FC Bayern, in dem er während des Studiums oft gekickt hatte. Es war ihm mehrere Nummern zu eng, er fühlte sich wie eine Presswurst. Und die Hose zwickte auch. Die anderen Passanten schienen ihn alle anzustarren. Jessas, ich seh ja aus wie ein Vollidiot, dachte er.

Endlich hatte er den Park erreicht. Warmmachen war das Wichtigste, das hatte der Typ im Sportgeschäft auch gesagt, Warmmachen und richtig schön dehnen. Beck beugte sich vor und versuchte mit den Fingerspitzen seine Füße zu erreichen. Er kam nur bis zu den Knien und ächzte. Dann hörte er, wie ein Radfahrer nahte. Beck war in der Hocke. Aus den Augenwinkeln sah er, wie der Radfahrer, vermutlich ein verbitterter Rentner, ihn mit einem verächtlichen Gesichtsausdruck bei seinen Dehnversuchen beobachtete. Ihre Blicke trafen sich.

Schließlich sagte der Alte: »Verrecke!«

Dann radelte er einfach weiter.

»Was …« Beck blickte ihm verblüfft hinterher. »Verrecke«, wiederholte er ungläubig. Was sollte das bedeuten? Und doch hatte der alte Radfahrer seltsam weise gewirkt. Es war, als ob Gott durch ihn gesprochen hätte.

Beck schaute sich um, ob jemand die Szene beobachtet

hatte. Der Park kam ihm auf einmal so riesig vor. Vom vielen Dehnen war er völlig verschwitzt, die Pulsuhr zeigte ganz erstaunliche Zahlen an. Das Trikot spannte um seinen Bauch, er bekam kaum Luft. Schließlich schmiss er Stirnband und Pulsuhr in den Mülleimer und ging nach Hause.

BECK UND ICH, TEIL I (APRIL 1999)

Beck und ich stießen vor dem Luitpoldpark fast zusammen. Als ich seine lächerliche Aufmachung sah, musste ich lachen. Er machte nicht mal den Versuch einer Rechtfertigung, sondern fragte mich stattdessen, wie es mir gehe. Wir kannten uns ganz gut, da ich ihn insgesamt acht Jahre als Lehrer gehabt hatte und oft beim Literaturcafé dabei gewesen war. Letzten Sommer hatte ich dann schließlich bei ihm in Deutsch Abitur gemacht und versuchte mich seitdem als Schriftsteller. Nebenbei schrieb ich Konzertkritiken aller Art für den Lokalteil des Münchner Merkur.

Beck erzählte mir ein wenig von sich selbst und dass er ein musikalisches Juwel in seiner Klasse habe. Bald würde er eine Releaseparty machen, ich könne ja kommen.

Ich versprach, es mir zu überlegen. Dann verabschiedete ich mich, da ich es eilig hatte.

»Schau mal wieder bei uns vorbei«, sagte er noch.

Ich nickte. Mir fiel immer auf, wie traurig diese Lehrer waren, wenn sie ehemalige Schüler trafen. Die waren frei, flügge, konnten die Welt bereisen und sich entfalten, während man als Lehrer zur Stagnation gezwungen und

an seine Schule gekettet war wie ein Gefangener an seine
Eisenkugel. Es blieb einem nur noch die Hoffnung auf ge-
legentliche Besuche von außen. Hatte ein bisschen was von
einem Altersheim.

8

Das Abendessen bei den Kantas' stand an, er wartete zu
Hause auf Lara. Neben ihm auf der Couch saß Charlie,
doch der wirkte – wie schon den ganzen Tag über – seltsam
bedrückt. Schweigend sahen sie fern. Auf Eurosport kam
die Übertragung eines Hallen-Turmspringens. Wie betäubt
sah Beck zu. Das ist alles so sinnlos, dachte er. Diese Menschen sprangen ihr Leben lang, jeden Tag, von einem Brett
ins Wasser, dann stiegen sie eine Leiter hoch und sprangen
von neuem vom Brett aus ins Wasser, und zurück auf die
Leiter, hieß es, und dann wieder rein, immer wieder, bis in
alle Ewigkeit. Was waren das nur für Menschen, was war
bei ihnen schiefgelaufen, dass sie Turmspringer geworden
waren?

Kurz darauf kam Lara, und sie brachen auf. Sie fuhren
mit Charlies Wagen, einem knallgelben 80er vw Passat, da
er angeboten hatte, sie bei den Kantas' abzusetzen. »Liegt
auf meinem Weg«, sagte er immer wieder.

Der Junge wohnte in einer heruntergekommenen Wohn-
gegend im Hasenbergl. Sie klingelten. Kurze Stille, dann
schnurrte der Türöffner.

Beck und Lara verabschiedeten sich von Charlie und
stiegen die Treppen nach oben in den zweiten Stock. Alte

Zeitungen lagen auf dem Boden, die Wände waren mit Graffiti beschmiert, es stank nach Urin und Essigreiniger. Am Ende des Gangs brannte Licht, eine Tür stand offen.

Valdas Kantas, Raulis Vater, kam heraus und begrüßte Lara und Beck. »Und wer sind Sie?«, fragte er.

Erst jetzt bemerkte Beck, dass Charlie nicht zu seinem Wagen zurückgegangen, sondern ihnen gefolgt war. Nun ging alles schnell. Als Valdas herausgefunden hatte, dass er ein Freund von Beck war, bestand er darauf, dass er gemäß der litauischen Gastfreundschaft zumindest einen Happen mitessen müsse. Und noch ehe Beck reagieren konnte, war Charlie an ihm vorbei in die Wohnung getrottet. Beck sah ihm fassungslos nach. Warum zum Teufel drängte er sich so auf?

Er betrat nun selbst die enge Wohnung. Während der Vorstellungsrunde musterte er Raulis Bruder und den Vater der beiden. Bis zuletzt war er sich sicher gewesen, dass der Junge ihn wieder angelogen hatte. Raulis Familienmitglieder waren ihm immer wie Märchenfiguren vorgekommen. Und auch jetzt, da sie leibhaftig vor ihm standen, rechnete er noch halb damit, dass es Schauspieler waren, die der Junge für diesen Abend angeheuert hatte.

Sie setzten sich an den Holztisch in der Mitte des Wohnzimmers. Beck sah sich neugierig um. Der ganze Raum war vollgestellt und -gehängt mit Büchern, Fotos, Musikinstrumenten, einem Druck von Cézanne, einem Schreibtisch, alten Magazinen, Hanteln, buntverzierten Lampen, halbvertrockneten Pflanzen und einem grünen Sofa mit mehreren Rissen im Polster.

Dann bemerkte er, dass Rauli seinen Blicken aufmerksam folgte. Er schien sich für die Wohnung zu schämen.

Genadij brachte Kepta Duona, litauisches Brot. Er hatte es selbst gebacken, in Streifen geschnitten und mit Knoblauch in der Pfanne gebraten. Dazu wurde noch eine Platte mit verschiedenen Salaten und ein Schälchen mit Olivenöl serviert. Zu trinken gab es Wasser und den Pinot, den Beck mitgebracht hatte.

Es entstanden einige kurze, verlegene Unterhaltungen, bis Beck eine schwere Hand auf seinem Arm spürte. Er drehte sich um und blickte in das Gesicht von Valdas Kantas. All seine Freundlichkeit von vorhin war verschwunden. »Sie sind also diese Lehrer von Rauli. Mein Sohn spricht dauernd von Sie.«

»Ach ja?«

Valdas sah ihn finster an. Er war der Klischee-Osteuropäer schlechthin, dachte Beck, ein großer, kantiger Anfangfünfziger mit Schnauzbart, er erinnerte ihn ein wenig an den durchgeknallten Ziegenhirten aus der Balaton-Werbung.

»Ja!«, sagte Valdas. »Sie sind diese Mistkerl, der mein Sohn all diese verrückten Dinge von Musik beibringt. Ich dulde nicht. Das ist Teufelszeug.«

Auf einmal war es ganz still geworden.

Beck klammerte sich an das Knoblauchbrot. Er sah zu Lara und Charlie, aber die waren jetzt selbst damit beschäftigt, ihre gebratenen Brotstreifen genauestens zu untersuchen. »Na ja, das ist … Also das ist …«

Plötzlich lachte Raulis Vater laut auf. »Habe nur Witz gemacht. Finde es großartig, dass sich jemand so kümmert um Rauli. Sonst hängt immer nur zu Hause rum. In Litauen auch. Nie ist er rausgegangen, war immer nur auf sein Zimmer mit Gitarre.«

»Papa!«, sagte Rauli hilflos.

»Litauen ist aber auch sehr gefährlich, habe ich gehört«, sagte Beck, als er Raulis verlegene Miene sah. »Und ich denke«, sagte er zu Valdas und deutete dabei auf Raulis Wange, »Ihr Junge hatte einfach nur Angst, ein weiteres Andenken an Straßenkämpfe abzukriegen.«

Einige Sekunden lang verstummte die Unterhaltung wieder.

»Ich fürchte, ich verstehe nicht«, sagte Valdas.

Beck war ehrlich irritiert. »Na, diese Narbe in seinem Gesicht, die hat er doch … Das war doch wegen diesem Jungen aus seinem Viertel, der ihm mit einem Messer …« Er brach ab und sah in Raulis Gesicht, in die verschämten großen Pupillen, die sich davonstahlen. In diesem Moment wurde ihm klar, dass er wieder mal auf den Jungen reingefallen war.

»Diese Narbe hat Rauli, weil er als Kind mit Glasscherbe gespielt hat«, sagte Valdas. »Er war zu neugierig, hat alles angefasst, bis sich hat aus Versehen geschnitten.«

»Sieh an.« Beck schaute zu Rauli, der seinem Blick noch immer auswich. Jessas, wie konnte es sein, dass er dem Jungen alles glaubte, wie konnte er zum Spielball eines Siebzehnjährigen werden? Es lag wohl einfach an der unschuldigen Art, mit der Rauli seine Geschichten erfand. Er erzählte sie so, dass man sie glauben *wollte*. Es war wie Magie, wie kunstvolle Verführung. Raulis Lügen hatten die längsten Beine der Welt.

Nach der Vorspeise gab es eine Pizza vom Blech mit allerlei Gemüsesorten und Thunfisch, dazu Schwarzbrot. Während sie aßen, unterhielt sich Beck ein wenig mit Genadij Kantas. Smarter Kerl, was er sagte, hatte Hand und Fuß. Zudem war sein Deutsch im Gegensatz zu dem seines Bruders und seines Vaters perfekt. »Wir hatten in Litauen Deutsch als zweite Fremdsprache«, sagte er.

»Rauli auch?«, fragte Beck.

Genadij lachte. »Ja, er auch. Ich weiß, er spricht nicht so gut Deutsch, aber das liegt nur daran, dass er zu faul ist.« Rauli protestierte lautstark im Hintergrund. »Ich versuche immer, ihn zu korrigieren«, fuhr Genadij fort, »aber ich habe inzwischen das Gefühl, es ist zwecklos. Diesen stinkfaulen Typen kann man nicht verbessern!« Er warf seinem kleinen Bruder einen neckenden Blick zu. Dann deutete er auf Beck und Charlie. »Woher kennen Sie sich eigentlich?«

»Ach, lange Geschichte, meine Familie hat Charlie adoptiert, als er elf war«, sagte Beck. »Er war unser Patenkind aus Afrika. Eine Zeitlang hat er bei uns im Haus gearbeitet, aber jetzt ist er frei.«

Charlie nickte dazu sehr ernst.

Die Kantas' sahen etwas befremdet aus.

»Hm«, sagte Valdas mit gerunzelter Stirn.

Beck biss in ein Stück Pizza. »Schon okay. War nur ein Witz. Er ist ein alter Bandkollege von mir.«

Valdas lachte. »Das mag ich«, sagte er. Und dann noch mal: »Das mag ich!«

Danach sprach Raulis Vater von den Dingen, die er machen würde, wenn es ihm oder Litauen bessergehen würde. »Litauen« klang aus seinem Mund wie ein verlorener Sohn, der irgendwo bei Vilnius aufs Internat ging und ein paar Probleme in der Schule hatte. »Litauen«, das war ein etwas abgerissener, sorgloser, aber verdammt charmanter Kerl, der mit dem EU-Beitritt bald ein ganz großes Ding am Start hatte. Beck fand diese Schwärmereien ziemlich öde. Und dazu diese Landschaftsbeschreibungen, großer Gott. Er warf Lara einen schnellen, komplizenhaften Blick zu, doch sie beachtete ihn nicht. Stattdessen schien sie völlig hingerissen. Beck fragte sich, wieso sie so fasziniert war. Er lauschte nun selbst wieder dem Gerede von Raulis Vater, und irgendwie schien er nun Dinge zu hören und zu sehen, die er zuvor nicht bemerkt hatte. Auf einmal hatte er die Bilder vor Augen, von denen Valdas sprach. Er roch die vom Regen feuchten Straßen Litauens, er wurde von dem süffigen Bier nassgespritzt, das an geselligen Abenden aus den Krügen schwappte, er hatte Angst vor der Kälte der Seen, in denen man schon im Frühling badete. Beck überkam ein starkes Gefühl von Fernweh. Ihm wurde klar, wie wenig er bisher in seinem Leben gereist und herumgekommen war.

Gejohle drang zu ihnen herüber. Am anderen Ende des Tisches versuchten Rauli und Genadij erst nacheinander und dann zusammen, Charlie im Armdrücken zu besiegen. Sie hatten keine Chance.

»Wisst ihr, was ich gerade gedacht habe?«, fragte Charlie die beiden. »Vielleicht gibt es euch nur, damit ihr in diesem Moment in meinem Leben eine beschissene Statistenrolle übernehmen konntet und im Armdrücken gegen mich verliert. Es war gerade der wichtigste Augenblick eures Lebens, und ihr habt's verbockt.«

Beck schüttelte nur den Kopf.

Nach dem Essen stand er mit Lara auf dem Balkon, sie rauchten. Es war kühl, beide trugen ihre Jacken. Beck dachte an den Clubbesuch von gestern und dass er Tanzen hasste. Tanzen, das ist was für Arschlöcher namens Niko und André, dachte er, und Lara macht es trotzdem. Sie ist mir so fremd, dachte er, sie ist viel zu jung, was will ich hier überhaupt mit ihr, auf diesem Balkon.

In dieser Sekunde lächelte sie ihn einfach an. Ohne es zu wollen, lächelte Beck zurück, ehe er begriff, dass er es eben doch wollte, denn er fühlte sich auf einmal beschwingt. Er betrachtete sie von der Seite, und da war für einen Moment wieder dieses Gefühl, dass er sie einfach gernhatte.

Lara bemerkte seinen Blick und wandte sich ihm zu. »Ist ein schöner Abend.« Sie kam ein wenig näher. »Wieso hast du eigentlich so wenig richtige Freunde?«

Er rührte sich lange nicht, die Frage sickerte in ihn ein. Schließlich zuckte er mit den Schultern und deutete auf Charlie, der jetzt zur Freude von Rauli und Genadij irgendjemanden nachzumachen schien. Er habe mit diesem einen Freund so schlechte Erfahrungen gemacht, dass er keine Lust auf weitere gehabt habe.

Lara sah ihn nachdenklich an. »Wieso musst du über alles einen Witz machen, Robert?«

»Was meinst du?«

»Wieso bist du so traurig?«

»Unsinn, bin ich nicht.«

»Doch, bist du, ich seh das doch.« Sie fuhr mit ihrer Hand langsam und zärtlich über seine Wange und blickte ihm dabei fest in die Augen. Beck fühlte, wie es ihn kribbelte. Auf einmal packte ihn überraschend die Sehnsucht, wenn er Lara ansah. Damit hatte er nicht gerechnet.

Sie hörten Gelächter, und im nächsten Moment kam Charlie zu ihnen auf den Balkon. »Das müsst ihr sehen«, sagte er. »Der Kleine ist die reinste Jukebox.«

Drinnen spielte Rauli auf der Gitarre zwei Songs, die man ihm nannte, und machte ein Medley draus. Wenn Beck ihm zum Beispiel *Purple Haze* von Jimi Hendrix und Lara *Dancing Barefoot* von Patty Smith vorgab, vermischte er die beiden Lieder so geschickt miteinander, als wären sie ein neuer Song. Je weiter die beiden Lieder musikalisch auseinanderlagen, desto schräger klang es.

Dann versuchte der Junge, gleich drei oder vier Lieder miteinander zu verbinden. Und wieder hörte es sich großartig und homogen an, als wäre es ein einziger neuer Song. Beck war fasziniert. Es war weniger Raulis spielerischer Umgang mit seiner Begabung, der ihn erstaunte, sondern die Tatsache, dass der Junge einfach jedes verdammte Lied der neueren Musikgeschichte fehlerlos auf der Gitarre spielen konnte.

Schließlich verlangte Rauli, dass ihm jemand ein Bier bringen müsse. »Brauche mehr, sofort!« Kaum hatte er Publikum, wurde er aufgekratzt, fast übermütig. »Ohne Bier höre ich auf!«

Alle buhten ihn aus, doch da legte der Junge drohend die Gitarre weg. Als Genadij ihm schließlich eine Flasche aus der Küche holte, lächelte Rauli hintergründig. Er trank genüsslich einen Schluck, dann nahm er wieder die Gitarre und spielte weiter.

10

Der Abend klang langsam aus. Rauli Kantas spielte noch immer, aber niemand hörte ihm mehr richtig zu. Es machte ihm nichts aus. Er war in seiner eigenen Welt, seine Haare waren vom Spielen verschwitzt. Charlie dagegen hatte sich rettungslos betrunken und faselte mit Genadij über Politik, als ob er Ahnung davon hätte. Lara hörte schweigend zu.

Beck stand etwas abseits neben Valdas, jetzt kam der wichtigste Teil des Abends. Sie tranken zwei Schnäpse und unterhielten sich über die Zukunft des Jungen. »Er ist gut, oder?«, sagte sein Vater. »Wissen Sie, ich habe Rauli gezwungen, Musik zu lernen. Genadij auch. Ich wollte aus meine Familie eine Band machen, wie die Jacksons.« Er lachte.

Doch schon in der nächsten Sekunde wurde er ernst. »Hören Sie, wir haben nicht viel Geld. Releaseparty, Studio und Demo-CDs, das kostet doch.«

»Das übernehme alles ich«, versicherte Beck. »Ich war früher selbst in einer Band, ich kenne die richtigen Leute und habe noch die Kontakte.«

Valdas musterte ihn. »Wieso tun Sie das alles?«

»Weil ich an Ihren Jungen glaube. Es wäre mir eine Ehre, ihn managen zu dürfen.«

Raulis Vater dachte einen Moment nach, dann war er einverstanden. Ein fester Blick, Hand drauf, und die Sache war erledigt. Sie stießen wieder an.

»Aber was ist mit Schule? Ich nehme an, Rauli wird elfte Klasse schon wieder nicht schaffen?« Es lag auf einmal etwas Misstrauisches, Kaltes in Valdas' Stimme. Beck war kurz unsicher, was er sagen sollte.

»Es sieht leider schlecht aus.«

Valdas nickte stumm. Er sah wieder zu seinem Sohn und murmelte ihm etwas auf Litauisch zu, dann verschwand er in der Küche.

Als Rauli kurz darauf die Gitarre weglegte, stöhnte er vor Schmerzen auf. Wieder hinkte er. Beck sah sich um. Valdas war noch immer in der Küche, die anderen hörten Charlie zu, der gerade über Lymphdrüsenkrebs redete. Inzwischen war er bei den Lymphomen angekommen, als Genadij gelangweilt fragte, was das sei.

»Gut, dass du fragst«, sagte Charlie euphorisch und dozierte über Lymphknotenvergrößerungen und Tumore des Lymphgewebes. Himmel noch mal, dachte Beck. Dann folgte er Rauli in sein Zimmer.

Der Junge bemerkte ihn nicht. Er zog sein vom Spielen verschwitztes Shirt aus. Auf seinem nackten weißen Oberkörper waren zahlreiche blaue Flecken.

»Wirst du geschlagen?« Becks Nackenhaare stellten sich auf. Der Abend, das Essen, all das war plötzlich so weit weg.

Rauli drehte sich um. Seine Augen waren vor Schreck aufgerissen. »Herr Beck, was machen Sie hier?«

»Wer schlägt dich?«, fragte Beck laut.

»Geht Sie nichts an!«

»Und wie mich das was angeht, Rauli. Also, los, wer schlägt dich? Jemand aus deiner Familie?« Beck spürte, wie seine Stimme leicht zu zittern begann. »Glaubst du, ich seh nicht, wie du ständig hinkst? Du musst mir sagen, wer es ist. Ist es Genadij? Dein Vater? Es ist dein Vater, oder?«

Rauli sah ihn noch immer mit diesen riesigen Augen an. Er schwieg.

»Komm schon, du kannst mir vertrauen«

Der Junge ging zu seinem Schrank. Er zog sich ein schwarzes Hemd an, unter dem sein geschundener Oberkörper verschwand. »Niemand schlägt mich.«

»Aber wieso bist du dann dauernd verletzt? Wieso hinkst du? Und sag mir jetzt bloß nicht, dass du die Treppe runtergefallen bist.«

Rauli schüttelte den Kopf. »Versprechen Sie mich, nicht zu lachen?«

Beck war von dieser Frage erst verdutzt. Dann nickte er. Der Junge deutete auf die Innenseiten seines Schrankes und auf die Poster, die über seinem Bett hingen. Es war immer das gleiche Gesicht darauf zu sehen.

»Wer ist das?«, fragte Beck.

Raulis Gesicht bekam einen feierlichen, erhabenen Zug. »Alexei Jagudin.«

»Wer ist Alexei Jagudin?«

»Er ist die beste Eiskunstläufer der Welt.«

Eine ganze Weile betrachtete Beck wortlos die Poster. Sie zeigten Jagudin während eines Sprungs seiner Kür, bei der Siegerehrung, mit Stirnband, auf dem Podium, ohne Stirnband, beim Training auf dem Eis. Jagudin, Jagudin, Jagudin. Der Junge schien ganz besessen von ihm zu sein.

Nachdem Beck sich von Rauli noch seine extrem polierten Schlittschuhe hatte zeigen lassen, setzte er sich aufs Bett. »Ich kapier das einfach nicht. Wieso ausgerechnet Schlittschuhlaufen?«

»Ach, Herr Beck. Ich wusste, dass Sie das fragen. Aber Eiskunstlaufen ist groß. Ist wunderbar. In Litauen ist viel mehr populär als hier.«

»Meinetwegen. Aber warum, Rauli ... Ich meine, großer Gott: Warum?«

Rauli fuhr über die silbernen Kufen der Schlittschuhe, die trotz der leidenschaftlichen Pflege ramponiert und alt aussahen. »Weil ich es nicht kann«, sagte er leise.

»Was soll das heißen?«

Rauli stand auf und starrte auf ein Bild von Alexei Jagudin. »Es gibt eine Sprung«, sagte er. »Jagudins Spezialität. Die dreifache Salchow. Seit zwei Jahren trainiere ich nur für das eine Sprung. Aber ich habe noch nie die dreifache Salchow geschafft. Ein paarmal war ich kurz davor. Aber immer bin ich gestürzt.«

»Aber das ergibt doch keinen Sinn.«

»Vielleicht, einmal in mein Leben, ich schaffe die dreifache Salchow. Dann bin ich glücklich, dann kann ich sterben«, sagte Rauli mit seinem jugendlichen Pathos. Er drehte sich um. »Herr Beck, jede Mensch hat eine dreifache Salchow. Man muss sich ihm stellen. Wenn ich jetzt mit Eiskunstlauf aufhöre, würde ich mein Leben lang denken, ich habe versagt. Ich war so oft kurz davor. Ich muss diese Sprung ein einziges Mal hinkriegen. Nur ein Mal!«

Rauli deutete im Zimmer den Sprung an. Trotz seiner Schmerzen vollführte er zweieinhalb, fast drei erstaunlich elegante, schnelle Bewegungen in der Luft und landete auf seinen Füßen. Wie ein Tänzer sah er aus. Er schien nicht nur in der Musik, sondern auch sonst eine angeborene Grazie zu haben, die andere, normalere Menschen niemals erreichten.

»Wo trainierst du?«

»In Olympia-Eishalle. Fast jede Tag.«

»Und was ist mit der Musik?«

»Brauch ich nicht üben.«

Wahrscheinlich war das der Punkt, dachte Beck. Rauli war der perfekte Musiker, der ohne jede Anstrengung sein Spiel meisterhaft beherrschte. Also hatte er sich etwas gesucht, bei dem er versagen konnte, bei dem ihm alles schwerfiel.

Beck seufzte. »Rauli Kantas, du bist wirklich ein sehr, sehr seltsamer Junge.«

»Ich weiß.«

»Macht dir das denn gar nichts aus?«

»Nein.«

»Aber ich meine, du bist wirklich ein verdammter Freak.«

»Danke.«

Sie hörten Rufe aus dem Wohnzimmer. Die anderen

wollten gehen. Beck stand auf, doch der Junge hielt ihn zurück. »Bitte sagen Sie niemanden das mit mein Eislaufen«, flehte er. »Wenn es jemand an Schule erfährt, lachen wieder alle oder schmeißen mit diese Papierkugeln.«

»Keine Angst. Ich werde nichts sagen, versprochen.«

»Danke, Herr Beck«, sagte Rauli leise. Dann schloss er die Tür und löschte das Licht, und alle Jagudins an der Wand verschwanden in der Dunkelheit.

12

Das ›Bel Air‹ war nur halb gefüllt, Beck und Charlie nickten dem Barkeeper zu. Lara, die vom Wein müde geworden war und ins Bett wollte, hatten sie zuvor bei sich zu Hause abgesetzt. Sie waren noch keine fünf Minuten im Club, da verschwand Charlie schon zum Koksen auf die Toilette. Woher hat der Typ eigentlich immer das Geld für den Mist, dachte Beck. Aber dann landete er mit seinen Gedanken schon wieder bei den Kantas'. Obwohl solche geselligen Familienessen nicht sein Ding waren, hatte es ihm doch gefallen. Und für einen Moment, als Rauli auf der Gitarre gespielt hatte, erschien es Beck sogar richtig, dass er, Lara, Charlie und der Junge zusammengekommen waren. Es war, als hätten sie für eine kurze Zeit eine Band gegründet. Er überlegte, wer wer war; Rauli war bestimmt der Star und Leadsänger, er selbst der Gitarrist, Lara spielte am Bass, und Charlie saß am Schlagzeug. Vielleicht keine gute Band, dachte Beck, aber eine Band.

Charlie kam wieder. Völlig aufgedreht fing er an, von

Lara zu sprechen und dass das mit ihr die perfekte Bettbeziehung sei.

»Ach, halt doch die Klappe«, sagte Beck nur. »Und außerdem, bist du eigentlich völlig verrückt geworden, den Kantas' vorhin von diesem Krebsmist zu erzählen? Was war das, *Lymphome*? Bist du wahnsinnig? Kannst du nicht mal einen Abend nicht von diesem Zeug reden?«

Beck wurde wütend, aber er wusste nicht genau, auf wen. Ihn ärgerte, dass er nicht wusste, wie viel er für Lara empfand. Ihn ärgerte, dass die Kantas' so arm waren, Genadij als Bäcker arbeiten musste und der Vater arbeitslos war. Er hatte bisher immer nur an die Musik gedacht; erst jetzt wurde ihm klar, welche Verantwortung er als Manager dem Jungen und seiner Familie gegenüber hatte. Einen Moment lang fragte er sich, ob er etwas an den Umständen der Kantas' ändern könne. Doch das war auch wieder Bockmist. Wer war er überhaupt, dass er allein etwas verändern könnte? Das ist hier schließlich nicht *Knight Rider,* dachte Beck, da kann ein Mann nicht einfach alles allein auseinandernehmen, das hier ist alles festgefroren und hoffnungslos, so sieht das nämlich aus, man kann nur verlieren. Er war kein Held und auch kein Sozialarbeiter, sondern nur ein verdammter Lehrer, dessen einziger Freund arbeitslos war, kokste und dauernd von Krebskrankheiten redete.

Dann kam auch schon das nächste Bier, dann noch eins, und als das leer war, noch ein viertes. Schließlich fing Beck an, sich mit Charlie über Kylie Minogues Hintern zu unterhalten, sie lachten und redeten über alte Bandzeiten, und für eine Millisekunde war es wieder »wie früher«, als alles noch einfacher gewesen war und ein Fehler nicht gleich das ganze Leben verändert hatte. Dann sagte Charlie, dass er am Morgen eine Absage von der Uni bekommen habe, sie hätten ihn auch im Nachrückverfahren nicht zugelassen, das wäre es dann mit dem Studium. Er wisse nicht, was er jetzt machen solle, und deshalb sei er froh, dass er diesen Abend nicht allein verbringen müsse.

13

Gut drei Wochen später fühlte Beck sich schlecht. Es war Montagmorgen, sein Schädel brummte, sein Magen rebellierte. Der Grund für das alles war Lara. Während er früher aufrichtig gehofft hatte, dass sie in Rom angenommen würde, so wünschte er sich jetzt, dass sie eine Absage bekam und bei ihm in München blieb. Es lag an diesem einen magischen Moment auf dem Balkon der Kantas'. Diese intime Stimmung hatte überhaupt nicht in sein Konzept einer oberflächlichen Kurzbeziehung gepasst. Sie passte generell nicht zu ihm. In seinem Inneren war immer eine Kühle gewesen, die für eine natürliche Distanz zu allen Dingen gesorgt hatte. Doch jetzt spürte er tatsächlich so etwas wie Sehnsucht, wenn er an Lara dachte. Und weil er diese Gefühle nicht zulassen wollte, war er die letzten drei Wochenenden mit Charlie durch Münchens Clubs gezogen.

Beck gähnte und sah auf die Uhr. 7:10. Großer Gott, viel zu früh. Er rieb sich seine Wodka-Birne und rief im Sekretariat an, faselte von starken Fieberanfällen und meldete sich krank. Danach drehte er sich mit einem entschlossenen Grunzen um und schlief wieder ein.

Vier Stunden später schlenderte Beck die Leopoldstraße entlang. Zunächst hatte er überlegt, an seinem erschlichenen freien Tag im Luitpoldpark zu joggen. Aber dann hatte er es doch gelassen. Am Ende rief ihm nur wieder irgendein Rentner »Verrecke« zu. Also lieber spazieren gehen.

Während die Sonne den Vormittag erhellte, spürte Beck sein schlechtes Gewissen. Sicher mussten jetzt seine Kollegen für ihn einspringen. Aber dafür hatte er endlich einen Plan, wie er in Sachen Rauli vorgehen würde. Er würde mit dem Jungen am Wochenende in einem Tonstudio in Ismaning die sieben Songs einspielen, die er für ihn geschrieben hatte, und davon fünfhundert Demo-Alben pressen lassen. Das kostete zwar eine Stange Geld, aber er wusste, dass jeder Scout, der auch nur einen Funken Ahnung hatte, verrückt nach diesem litauischen Wunderkind sein würde. Die CD-Releaseparty sollte dann einige Wochen später in der Turnhalle des Gymnasiums stattfinden. Er würde dazu all seine Bekannten und Weggefährten aus der Musikszene einladen, auch Holger Gersch aus seiner alten Band, der inzwischen ein hohes Tier bei Sony BMG geworden war.

In diesem Moment wurde Beck angerempelt. Es war eine unfreundliche dicke Frau, die ihn, statt sich zu entschuldigen, auch noch beleidigte. Sie trug ein blaues T-Shirt, auf dem in riesiger weißer Schrift stand: LIFE IS FUN!

Er sah ihr nach. Und dann, auf der Höhe von Hertie, entdeckte er einen schwarzhaarigen Jungen, der mit einer Gitarre die Leopoldstraße entlanglief. Schließlich blieb Rauli vor dem Fenster eines asiatischen Restaurants stehen und sah hinein. Drinnen, auf einer Kommode, stand eine dieser goldenen Plastikkatzen, die ständig mit einer Pfote winkten. Der Junge war ganz fasziniert davon. Er holte einen gelben Zettel aus der Hosentasche und schrieb etwas darauf. Dann winkte er der Katze fröhlich zurück.

Was macht er hier?, dachte Beck. Und was schreibt er nur immer auf diese gelben Zettel? Rauli war inzwischen weitergegangen und verschwand mit der Gitarre in der Hand im Passantengetümmel.

Der Junge wird immer seltsamer, dachte Beck. Erst die Waffe und die gelben Zettel, dann dieser Eiskunstlaufmist. Und wieso lief er jetzt auch noch, anstatt in der Schule zu sein, mit der Gitarre durch die Straßen? Beck blieb vor Verwirrung stehen. Und erst jetzt dämmerte ihm, dass dieser Rauli Kantas vielleicht ein paar Kaliber zu groß für ihn sein könnte.

14

Nach einem deprimierenden Besuch bei Charlie, der völlig abwesend gewirkt hatte, stand Beck auf dem Münchner Nordfriedhof. Wie immer am 10. Mai, dem Todestag seines Vaters. Was hätte der wohl von seinen Problemen mit Lara und den Kantas' gehalten? Er wäre ihm wahrscheinlich mit irgendeinem verdammten Bob-Dylan-Song gekommen. »Bob Dylan hat auf alles eine Antwort«, hatte sein Vater immer zu ihm gesagt. Beck starrte auf den Grabstein.

Rainer Beck, 1921–1987.

Das »1987« stand für plötzlichen Zusammenbruch vor dem Fernseher. Seit zwölf Jahren war sein Vater nun schon tot. Er hatte ihm 620 000 Mark hinterlassen und eine zerrüttete Kindheit.

Beck legte einen Strauß weißer Nelken auf das Grab. Er versuchte, sich an etwas Positives von ihm zu erinnern. Es fiel ihm schwer. Sein Vater war ein langweiliger, früh gealterter Mann gewesen. Ein emotionsloser Mathematik- und Sportlehrer. Seine deutlich jüngere Frau hatte er bei einem Urlaub in Frankreich kennengelernt. Sie war mit ihm nach München gezogen, kurz darauf hatte er sie geschwängert. Geheiratet hatten sie nie. War sie anfangs noch fasziniert von seiner Intelligenz gewesen, litt sie bald schon unter seiner Gefühlskälte. Sie fühlte sich zunehmend eingeengt und war schließlich in ihre Heimat zurückgeflohen. Sie hatte ihren Fehler korrigieren wollen, wissend, dass ihr Kind zu diesem Fehler gehörte.

Sein Vater hatte das nie verwunden. Beck dachte an das ewige Sparen, an die kurzen Abfragen statt langer Gespräche, an seine Strenge, an den unfassbaren Geiz, in den er sich hineingesteigert hatte. Einmal hatte sein Vater nach Becks zehntem Geburtstag die Apfelsaftreste aus den Gläsern am Tisch in einer Flasche zusammengeschüttet, aus der sie dann am nächsten Tag getrunken hatten. Hin und wieder hatten sie auch zusammen in neueröffneten Möbelmärkten gegessen, weil da das Essen umsonst gewesen war. Es war klar, dass sich der liebe Gott solche Mätzchen nur eine gewisse Zeit ansah, bis er Rainer Beck dann vor zwölf Jahren, im Alter von sechsundsechzig, aus dem Spiel nahm. Herzinfarkt.

Komisch, dachte Beck. Sein Vater hatte also doch ein Herz.

15

Mit einem Gähnen trottete Beck durchs Schulgebäude. Schon wieder hatte er bis tief in die Nacht an Raulis Songs gefeilt. Im ersten Stock lief Anna Lind an ihm vorbei und lächelte ihn an. *Ach, Anna.* Beck lächelte – Lara hin, Lara her – einen schwärmerischen Moment zurück. Er wusste natürlich, dass das mit ihr Unfug war. Anna war erstens viel zu jung und zweitens viel zu schön. Und doch bildete er sich weiterhin ein, dass sie beide eine kleine Chance hätten.

Während er darüber nachdachte, stieß er in seiner morgendlichen Müdigkeit vor der großen Treppe so heftig mit Referendar Schmidtbauer zusammen, dass dessen Kopien für die Klassenarbeit auf den Boden fielen. Mit einer flinken Bewegung war Schmidtbauer unten, um die Blätter aufzusammeln. Wie eine Spinne streckte er dabei den Hintern in die Höhe, während er auf allen vieren auf dem Boden herumkrabbelte. Beck machte sich nicht die Mühe, ihm zu helfen. Er hatte nur einmal so getan, als würde er sich runterbeugen, war dann aber stehen geblieben und hatte gegähnt.

Als Schmidtbauer alle Blätter aufgehoben hatte, schnellte er wieder nach oben. Er wirkte ob des Zusammenpralls nicht im mindesten sauer. »Hoppla, Robert«, sagte er nur fröhlich. »Da ist wohl einer noch müde.«

Ach, leck mich, Schmidtbauer, dachte Beck, was bist du denn überhaupt so gut gelaunt um acht Uhr morgens. Man musste gegen diesen Typen wirklich was unternehmen. Er stellte sich vor, wie er seinem Kollegen eine Überdosis Schlaftabletten in den Kaffee schüttete und dann zusah, wie

Schmidtbauer sabbernd gegen die Eingangstür der Schule torkelte. Aber er hatte leider andere Sorgen. Am Abend ging er mit Lara und Charlie aus, um Charlies Geburtstag zu feiern. Und dann war da noch diese Sache mit dem Jungen.

Es fing damit an, dass Beck Deutsch in der 11b gab. Thema »Erörterung«, seine Hassstunde Nummer eins. An Tagen wie diesen wollte er einfach nur nach Hause, er fühlte sich leer und ausgebrannt. Wobei »ausgebrannt« sicher das falsche Wort war, da war ja nie irgendeine Art Feuer für diesen Beruf gewesen. Egal, dachte er, jetzt also Erörterung. Schon wieder. Anders als bei seinen Kollegen aus der Mathematik, wo alles Gelernte vorausgesetzt werden durfte, musste Beck dieser Klasse nun schon zum dritten Mal die argumentierenden Stilformen erklären. Kurz vor Ende der Stunde legte er eine Folie auf den Overheadprojektor. *4 Bs – die Vitamine der eigenen Meinung.* Liebevoll hatte er dazu in seinem ersten Dienstjahr vier dicke, farbige Bs aufgezeichnet. Gut, die Folie war etwas kindlich und eigentlich für die 8. Klasse gemacht worden, aber da seine Schüler sowieso alles wieder vergaßen, konnte er sie ihnen auch gleich noch mal in der 9. und in der 11. Klasse zeigen.

»O nein, nicht schon wieder diese doofe Folie«, stöhnte Anna.

Beck überhörte das tapfer und sah sich um. »Also, was sind die vier Bs, weiß es noch einer? Irgendeiner?«

Keiner antwortete. Natürlich, nur ein Idiot würde auf so etwas antworten, dachte er. Er schaltete den Overheadprojektor an. »Also: erstens Behauptung, zweitens Begründung, drittens Beweis oder Beispiel und viertens Bezug zurück zur ...«

»Wie oft müssen wir das eigentlich noch lernen?«, fragte Andy Shevantich dazwischen. Er war das Klassenarschloch, ein unverschämt gut aussehender Typ aus reichem Elternhaus, der sich fast jede Stunde mit Beck anlegte und ihm schlechten Unterricht vorwarf.

»Bis ihr es euch merkt«, sagte Beck.

»Ach, kommen Sie, das brauch ich doch nie mehr wieder. Oder wollen Sie mir jetzt ernsthaft erzählen, dass ich ohne diese vier Bs keinen Job kriege? Nur weil Sie zu faul sind, endlich mal eine neue Folie zu machen. Die anderen Lehrer können auch neue Folien machen, nur bei Ihnen kriegen wir immer dasselbe.«

Heul doch, dachte Beck genervt. Dann läutete es endlich zum Ende der Stunde. Alle, auch er selbst, atmeten erleichtert auf. Augenblicke später war das Klassenzimmer fast vollständig leer. Nur Rauli Kantas war noch da. Er kam nach vorne gehinkt und trug seine Sporttasche.

»Hallo, Alexei«, sagte Beck. »Probierst du heute wieder den dreifachen Salchow?«

Rauli nickte.

»Soll ich dich zur Olympia-Halle fahren? Muss eh in die Gegend.«

Der Junge wollte protestieren, doch bevor er etwas dagegen machen konnte, hatte Beck ihm schon die Tasche abgenommen und war damit zur Tür gegangen. Rauli trottete missmutig hinterher.

Auf der Fahrt sprach anfangs keiner ein Wort. Schließlich griff Rauli ins Handschuhfach. Vielleicht hoffte er, dort seine Waffe zu finden, doch Beck hatte den Revolver längst bei sich zu Hause in Sicherheit gebracht. Das Einzige, was der Junge fand, war eine grünweißgelbe Packung mit lauter kleinen, mit Schokolade gefüllten Knusper-Koalabären.

Rauli aß einige davon. »Ist das nicht komisch, Herr Beck?«, fragte er kauend mit seiner Krächzstimme. »Wer kommt auf Idee, Koalabären mit Schokolade zu füllen? Wieso Koalabären? In Wirklichkeit isst kein Mensch so was. Warum gibt es nicht Schoko-Schweine oder Schoko-Rinder, warum Schoko-Koalabären?«

Beck warf ihm einen zweifelnden Blick zu. Rauli hatte den Wink verstanden und legte die Packung wieder weg. Sie schwiegen.

Irgendwann trommelte der Junge mit seinen Fingern auf dem Türgriff herum. »Okay, da vorne, da ist es … Von hier ich geh zu Fuß.«

Beck musste lächeln. »Hör mal, Rauli, dir ist doch längst klar, dass ich zusehen will, oder? Also warum wehrst du dich?«

»Aber ich will nicht, dass Sie zusehen. Ich mache Fehler.«

»Ist doch egal. Jeder macht Fehler.«

»Aber ich will nicht, dass Sie *meine* Fehler sehen.«

In der Halle war ziemlich wenig los. Das lag vor allem daran, dass kein normaler Mensch im späten Frühling Schlittschuhlaufen ging. Nur Freaks treiben sich hier rum, dachte Beck, ehe er Rauli entdeckte und laut lachen musste. Der Junge hatte sich umgezogen und trug ein Kostüm, bestehend aus einer schwarzen Stoffhose, einem weißen Hemd, dessen oberste Knöpfe geöffnet waren, und einem schwarzen Jackett, das am Kragen und an den Knöpfen mit Goldfarbe verziert war. Er sah ein bisschen aus wie ein spanischer Torero. Zu allem Überfluss trug Rauli auch noch ein schwarzes Stirnband.

»Also, dann zeig mal was«, sagte Beck. »Stell dir einfach vor, Jagudin schaut zu.«

Rauli nickte ohne ein Anzeichen von Ironie. Er holte Luft und glitt los. Mit eleganten, schnellen Bewegungen kurvte er über das Eis. Sein Körper war gespannt. Dann kamen die ersten Sprünge, alle perfekt. Der Junge machte keine Fehler, hatte auch auf dem Eis eine ungewöhnliche Ausstrahlung. Eine Gruppe Mädchen sah ihm bereits hinterher. Dann versuchte Rauli den Salchow. Mit aufgerissenem Mund sprang er ab, drehte sich fast dreimal in der Luft, landete auf den Kufen, fuchtelte eine Sekunde mit den Armen und stürzte hart auf das Eis. Er schrie auf.

Ein junges Paar, das eben noch plaudernd an der Bande gestanden hatte, lief zur Unfallstelle. In dieser Sekunde stand Rauli wieder auf. Als ob nichts geschehen wäre, setzte er seine Kür fort, doch in sein Gesicht hatte sich der Ausdruck des Schmerzes gegraben. Wieder ging es einige

Sprünge gut, aber kaum probierte er den dreifachen Salchow, stürzte er erneut. Mühsam stand er auf, hielt sich die Hüfte, atmete kurz durch, sprintete wieder los. Er zeigte nicht die Spur von Angst. Kein einziges Mal sah er zu Beck, er schien ihn völlig vergessen zu haben, versuchte wieder den Salchow, knallte hin, stand auf, knallte wieder auf das Eis. Es war grausam: Er hatte sich etwas Unmögliches ausgesucht.

Eine Stunde später fuhr Beck den Jungen nach Hause. Rauli starrte stumm auf das Handschuhfach und hielt sich den rechten Arm, den er sich geprellt hatte. Sie bogen bereits in seine Straße ein, als Beck den Jungen fragte, wieso er sich eigentlich, anstatt in die Schule zu gehen, vormittags auf der Leopoldstraße herumtreiben würde.

Rauli tat so, als begreife er nicht. »Häh?«

»Tu nicht so. Ich hab dich gestern gesehen.«

»Kann nicht sein.«

»Ich bitte dich. Du bist vor dieser asiatischen Winkekatze gestanden.«

»Was ist Winkekatze?«

»Du hast sogar einen deiner gelben Zettel vollgeschrieben.«

»Wieso waren *Sie* gestern nicht in die Schule, Herr Beck?«

»Das … Ich hab dich was gefragt. Außerdem heißt es: ›In *der* Schule‹, wie oft denn noch?«

Rauli nickte, aber Beck wusste, dass seine ständigen Korrekturen keinen Sinn hatten. Zwar hatte sich das Deutsch des Jungen in den letzten Wochen verbessert, er wusste jetzt meistens, wann er »ich habe« und wann »habe ich«

sagen musste. Aber irgendwie schien Rauli beschlossen zu haben, auf die restlichen zwölf Prozent Grammatik zu verzichten, und zeigte sich resistent gegen alle Verbesserungsvorschläge.

»Ich war gestern trotzdem in der Schule«, sagte er gerade. »Den ganze Vormittag, Sie können das alle meine Lehrer fragen!«

»Verdammt, Rauli, du tust jetzt empört, aber innerlich *weißt* du, dass ich recht habe. Normalerweise müsste ich dich melden.«

»Sie müssen mich verwechselt haben, wirklich, ich schwöre.«

»Hm«, sagte Beck, der es aufgegeben hatte.

»Aber wieso waren *Sie* noch mal nicht in die Schule?«, fragte Rauli.

»Ich hatte Fieber.«

»Und da gehen Sie einfach am Vormittag auf diese Leopoldstraße?«

»Das ...« Beck verstummte. »Ich hab mir Medikamente geholt, verdammt noch mal«, sagte er schließlich, aber er hatte zu lange gezögert.

Der Junge lächelte in sich hinein und griff ins Handschuhfach, um sich einen Schoko-Koalabär in den Mund zu stecken. »Die schmecken gut«, sagte er und lächelte noch immer. »Die schmecken wirklich gut.«

18

Charlie betrat an seinem Geburtstag als Erster das ›Babylon‹. Beck und Lara folgten ihm. Drinnen war es voll, überall Menschen, Gedränge, Schweiß und Hitze. »Ich weiß nicht, wieso ich mir das in meinem Alter noch antue«, sagte Beck. »Och, der arme alte Mann.« Lara lachte. »Komm, sei nicht so muffelig.«

Wie immer schien sie in Clubs aufzublühen. Charlie lief vor den beiden her, und auf einmal war er ganz verschwunden. Lara wollte ihn suchen, aber Beck winkte ab. »Der taucht schon wieder auf.«

Sie setzten sich an die Bar. Sie bestellte einen Campari Soda, er irgendein neues Modebier, genauso neu wie der Club. Alles wird immer neuer, dachte er, Dinge, die alt werden durften, waren selten.

Lara nippte an ihrem Glas. »Wieso ist Charlie eigentlich dein bester Freund?«

Beck kannte den Grund nur zu gut, aber er sagte ihn nicht gern und blockte auch heute ab.

Stattdessen kamen sie auf das Thema »seltsame Geschichten«. Als Beck sein eigenartigstes Erlebnis erzählen sollte, wand er sich lange. »Also, ich war damals Anfang zwanzig und bin mit dem Bus gefahren«, fing er schließlich an. »Mir gegenüber sitzt eine blonde Frau. Sagen wir mal Ende dreißig. Ein paar Minuten lang passiert nichts. Wir sehen uns kurz an, wie das halt so ist, dann schau ich wieder aus dem Fenster. Plötzlich beugt sich die Frau zu mir vor. Ich denk, was will die denn, und schau zu ihr. Da greift sie mir plötzlich mit der Hand zwischen die Beine.«

»Nein«, sagte Lara.

»Doch«, sagte Beck. »Einfach so, zwischen die Beine, das musst du dir mal vorstellen. Ich bin nicht breitbeinig dagesessen oder so.«

»Und was hast du gemacht?«

»Ja, nichts, erst mal. Auf so was ist man ja nicht vorbereitet.«

»Natürlich nicht.«

»Na ja. Einige Sekunden ist alles gut, ich hatte das fast schon verdrängt, als sie mir wieder zwischen die Beine greift.«

»Ach komm.«

»Nein, wirklich, so war es … Ich weiß, was du fragen willst. Ich hab ihr natürlich gesagt, dass sie das lassen soll.«

»Und die Frau, was hat die gemacht?«

»Die hat gesagt, es täte ihr leid.«

Lara schüttelte den Kopf. »Wahnsinn.«

»Es geht aber noch weiter«, sagte Beck. »Wir fahren also immer noch im Bus, und ich denke mir, das ist wirklich mit Abstand das Verrückteste, was du je in deinem Leben erlebt hast, das musst du nachher allen erzählen, als die Frau mir schon wieder zwischen die Beine greift.«

Lara lachte laut. »Vielleicht war sie ja total geil auf dich.« Sie nahm einen Schluck, musste kurz rülpsen und hielt sich die Hand vor den Mund.

Beck schüttelte unwillkürlich den Kopf, wie immer, wenn Lara sich danebenbenahm und kindisch wirkte. »Ich hab die Frau natürlich ordentlich zusammengestaucht«, fuhr er fort. »Ich meine, da waren ja noch andere

Leute im Bus, die schon immer zu uns hergeschaut haben, es war mir wahnsinnig peinlich. Ich habe ihr also in aller Deutlichkeit gesagt, dass das nicht geht. Daraufhin ist sie ganz traurig geworden und hat sich bei mir entschuldigt. Sie meinte, es wäre ein Reflex in ihrem Gehirn, sie könne nichts dagegen machen. Sie war ganz klein und schuldbewusst und hat gefragt, ob sie ein Taschentuch haben kann. Ich hab ihr eins gegeben, und sie hat sich damit die Augen abgetrocknet und sich noch mal entschuldigt. Dann war erst mal nichts weiter … Ich hab sie nur angeschaut und gedacht, so ein armer Mensch, die hat's sicher nicht leicht im Leben. Und während ich das so denke und total mitleidig werde, greift sie mir schon wieder zwischen die Beine.«

Lara sah ihn mit weit aufgerissenen glasigen Augen an und lachte. Dann beugte sie sich zu Beck vor. »Ich gehe jetzt tanzen. Bis nachher.«

Er blickte sie an. Ihr zartes, waches Gesicht strahlte, ihre Augen glänzten vom Alkohol. Und so eine schöne Frau sollte er allein gehen lassen, nur weil er sich einredete, dass er nicht tanzen konnte?

»Ich komm mit!«

Lara führte ihn erfreut auf die Tanzfläche. Beck sah sich um. Jeder, der hier tanzte, hatte die Augen halb geschlossen. Die Menschen waren alle so gelöst, er fragte sich, wie sie sich so leicht fallenlassen konnten. Dann bemerkte er, dass er so ziemlich der Älteste im Raum war.

Als er sich wieder Lara zuwandte, stellte er erschrocken fest, dass sie ebenfalls die Augen geschlossen hatte und selig vor sich hin tanzte, sich an ihn schmiegte. Auch er selbst bewegte sich jetzt ein bisschen. Lächelte, als Lara ihn ansah, und tat, als mache es ihm Spaß, doch er fühlte sich einfach nur ungelenk und lächerlich. Er war ein Lehrer, der langsam auf die vierzig zuging, ein alter Sack, der hier nichts zu suchen hatte und sich vor diesen jungen Leuten zum Affen machte. Irgendwann tanzte Lara dann von ihm weg, und nach und nach wurde Beck an den Rand der Tanzfläche gespült. Lara war der Mittelpunkt einer Welt, zu der er keinen Zutritt mehr hatte. Nicht sie war nicht sein Typ, dachte er, sondern er war nicht ihrer.

19

Nach einer zähen halben Stunde – einen Großteil davon hatte er rauchend vor dem Club verbracht – fand er Lara und Charlie an der Bar und ging auf die beiden zu. Charlie erzählte gerade etwas und ruderte dabei wild mit den Armen, in der linken Hand hielt er seine neue Brille. »Verstehst du?«, fragte er. »Was wäre also, wenn ich gerade eben nur eine Statistenrolle im Leben des Barkeepers eingenommen hätte? Wenn meine ganze beschissene Existenz nur auf diesen einen Moment ausgerichtet gewesen wäre? Und dann hab ich es auch noch verbockt.«

Lara schien ehrlich beeindruckt. »Wow. Auf was du kommst.«

»Ja, ist mir gerade so eingefallen.«

Beck verdrehte die Augen. Lara streckte ihre Hand nach ihm aus. »Da bist du ja.« Vom Tanzen war sie ein wenig verschwitzt, sie hatte sich die Haare aus dem Gesicht gestrichen. Beck setzte sich zu den beiden, sie bestellten eine neue Runde Getränke und stießen an.

»Also, auf deinen Geburtstag«, sagte er zu Charlie, als die Gläser klirrten. »Achtundzwanzig ist ein gutes Alter, weil man noch nicht dreißig ist. Du hast also noch zwei Jahre Zeit, dann beginnt der Ernst des Lebens, mein Freund!«

Entgegen Becks Erwartungen wurde es noch ein lustiger Abend. Charlie tickte zwar zum Ende hin aus, er rannte zur Tanzfläche, sprang herum, bewegte sich bis zur völligen Erschöpfung, aber Beck fand, dass es dafür mit Lara umso besser lief. Sie saßen noch immer an der Bar und alberten herum.

»Du spinnst doch«, sagte sie gerade.

»Im Gegenteil. Ist dir nie aufgefallen, dass eine Katze ein sehr ästhetisches Wesen ist?«, fragte er. »Ein wunderschönes Tier. Das Einzige, was stört, sind diese kleinen blanken Katzenhintern. Das springt einem doch sofort ins Auge, das passt einfach nicht.«

»Aha. Und deshalb willst du eine Firma für Fellkappen gründen?«

»Genau. Kleine Fellkappen in allen Farben, die man den Katzen hinten aufsetzen kann, um den Anblick ihres unschönen Popos zu verdecken.«

»Du spinnst«, sagte sie noch mal, musste aber lachen. Auf einmal fuhr sie hoch. »Ach ja. Das hab ich dir ja noch gar nicht gesagt.«

»Was gesagt?«

»Die aus Rom haben heute angerufen.«

»Und?«

Beck wusste instinktiv, was jetzt kam. Sie würde ihm sagen, dass sie eine Absage von der Modeschule bekommen hatte. Und damit fingen die Probleme an. Sicher, es war sein Wunsch gewesen, dass sie bei ihm blieb. Nur, was dann? Sie waren offenkundig nur zusammengekommen, weil er der Drei-Monate-Mann war und sie schlecht allein sein konnte. Lange Gespräche und schwierige Entscheidungen standen an, und Beck wusste nicht, ob er sich über diese Absage aus Rom überhaupt freuen konnte.

»Du wirst es nicht glauben. Sie haben mich genommen«, sagte Lara und strahlte ihn an. Ach so, dachte Beck. Das war dann natürlich was anderes.

20

Er hatte Lara in seiner Wohnung abgesetzt und gesagt, er müsse erst noch Charlie, der einen schlechten Eindruck machte, nach Hause bringen. In Wahrheit wollte er Zeit gewinnen, um nachzudenken. Rom, Rom, Rom. Wieso traf es ihn so, dass sie nach Rom ging? Beck überlegte, was ihn an Lara störte. Sie lachte wie eine besoffene Courtney Love, also einfach nur wie Courtney Love. Sie redete andauernd, und von guter Musik hatte sie auch keine Ahnung, sie hörte nur Manu Chao und REM und diesen Mist. Von ihren Ökoklamotten ganz zu schweigen. Zudem gehörte Lara zu jenen egozentrischen Menschen, die immer zuerst auf etwas Schönes hinweisen mussten. Wenn sie im Park spazierten und die Sonne durch die Wolken brach oder ein Eichhörnchen auf einer Bank saß, war immer nur sie es, die mit dem Finger darauf deuten durfte. Aber war das wirklich so schlimm, dachte Beck, oder mochte er diese Dinge nicht sogar besonders an ihr?

Als sie mit dem gelben vw Passat in Charlies Straße einbogen, merkte Beck, dass er noch nicht nach Hause wollte. Er ging mit nach oben. Kaum waren sie in der Wohnung, legte sich Charlie auf dem Küchentisch eine weiße Linie zurecht und sog sie ein.

Beck beobachtete Grabowski, Charlies Hund, eine schwarze Dogge, die schnaufend auf dem Boden lag. Charlie schlief mit so vielen Frauen, die einzige Konstante in seinem Leben schien dieser alte Köter zu sein. Irritiert sah sich Beck um. Überall Kleiderhaufen, selbst auf den Drums in der Ecke, auf der Couch müffelnde Sweatshirts neben dreckigem Geschirr, es roch nach altem Essen und Schweiß, der Fernseher war noch angeschaltet gewesen, als sie gekommen waren. Jessas, man konnte fast schon beeindruckt sein, wie konsequent Charlie diese Versagerkiste durchzog.

»Sag mal, ist eigentlich alles klar bei dir?«

Charlie reagierte lange nicht. Dann stand er auf. »Ich werde Boxer«, sagte er dumpf. Seine Stimme klang, als hätte er beim Sprechen ein Stück Holz im Mund. Er fing an, in die Luft zu hauen. Einen rechten und linken Haken nach dem anderen setzte er ins Nichts. Er keuchte und schlug weiter, immer weiter, bis er atemlos und ganz verschwitzt war.

Beck wurde nervös. »Hey, was ist denn los?«

Charlie kam auf ihn zu und sah ihn lange an. Als ob er verliebt wäre, fuhr er Beck durch die Haare, dann deutete er auf sein Gesicht. »Du hast ja einen kleinen Bart«, sagte er nur und strich ihm über die Wange.

Beck riss seine Hand weg. »Verdammt, was ist los?«

Auf einmal lachte Charlie laut. Er erzählte eine alte Geschichte von einem ihrer früheren Bandkollegen, der sich mal auf das Schlagzeug übergeben hatte, und lachte sich beim Erzählen halb kaputt.

Dann begriff Beck, dass Charlie weinte. Er schluchzte laut vor sich hin, mit verzerrtem, offenem Mund, Speichelfäden hingen herab, wie bei einem kleinen Kind. »Ich schaff das nicht mehr, Robert … Ich kann hier nicht mehr leben«, sagte er so weinerlich, dass es Beck fast das Herz brach.

Doch schon im nächsten Moment stand Charlie auf und fing an aufzuräumen. Die Kleiderhaufen, die überall herumlagen, warf er einfach aus dem Fenster auf die Straße.

»Spinnst du jetzt völlig? Lass das!«

Charlie gehorchte. Er legte sich aufs Bett und machte Geräusche, als ob er wieder weinen würde, doch diesmal war es nur gespielt.

Beck kaute an seinen Fingernägeln. Das hatte er seit Jahren nicht mehr gemacht. »Du brauchst Hilfe«, sagte er schließlich. »He, Charlie, ich ruf jetzt einen Arzt an, wenn du nicht sofort aufstehst und mir sagst, dass es dir gutgeht.«

Charlie rührte sich jedoch nicht. Er sah ihn zwar an, aber auch irgendwie durch ihn hindurch. Dann ließ er wieder dieses falsche, gespielte Weinen ertönen. Der Hund kam ins Zimmer gelaufen und winselte mit.

»Ich ruf jetzt wirklich einen Arzt an«, sagte Beck. »Das ist kein Scherz.«

Erneut keine Reaktion. »Also gut«, flüsterte Beck mehr zu sich selbst. »Also gut.« Dann griff er zum Telefon.

21

Der Notarzt war ein glatter Reinfall. Ein gehetzter Mann mit Brille und einem riesigen, fast schuhgroßen grauen Handy, das andauernd klingelte. Er hatte kaum Zeit, erkundigte sich nur kurz, was geschehen war, sah sich Charlie an, notierte etwas, fragte ihn schließlich, ob er in eine Klinik wolle. Charlie verneinte. Nun, in diesem Fall könne er nichts tun, sagte der Arzt zu Beck, Charlie wäre momentan weder eine Gefahr für sich selbst noch für andere, nur eben ein bisschen überdreht, aber das würde nicht reichen, um ihn gegen seinen Willen in eine Klinik zu stecken. Dann klingelte wieder das Handy des Arztes. Er sagte, er müsse jetzt weg, wenn noch was wäre, könne Beck ja wieder anrufen. Und noch ehe Beck »Wollen Sie mich verarschen?« sagen konnte, war der Arzt gegangen.

22

Eine halbe Stunde später hatte Beck Charlie tatsächlich dazu überredet, in eine Klinik zu gehen. Charlie war inzwischen wieder etwas lebhafter geworden. Allerdings war es eine unruhige Lebhaftigkeit, wie wenn jemand zu

Unrecht für etwas beschuldigt wird und nicht weiß, wie er sich wehren soll. Er versuchte gerade seinen Ikea-Schrank auseinanderzunehmen und redete davon, dass er bald wieder studieren würde. Währenddessen packte Beck für ihn. Den Wahnsinn, dass Charlie seinen Schrank abmontierte, verdrängte er. Er warf einige Pullover und Hosen, die Charlie noch nicht aus dem Fenster geschmissen hatte, in eine blaue Tasche. Dazu ein paar Socken und Boxershorts. Dann ging er ins Bad, um Zahnbürste und Shampoo zu holen. Grabowski lief aufgeregt um ihn herum.

Als Beck wieder zurückkam, riss Charlie gerade alle Kleidungsstücke aus der Tasche. »Die nicht«, sagte er und packte wahllos andere ein. »Und die auch nicht.«

»Herrgott, das ist doch jetzt scheißegal.«

Charlie sah ihn einen Moment lang an und nickte dann. »Hast recht.«

Beck rieb sich die Augen. Er war müde und dachte an sein Bett, aber das war so weit weg, selbst Lara und Rom verblassten. Währenddessen zog Charlie sich um, und bevor Beck etwas dagegen unternehmen konnte, war er in eine lächerliche orangene Robe geschlüpft. Beck hätte ihn am liebsten gepackt und geschüttelt. Wie konnte es nur sein, dass sie sich vor wenigen Minuten noch halbwegs normal unterhalten hatten und plötzlich dieser blanke Irrsinn ausgebrochen war?

Und woher hatte er diese Robe?

Schließlich standen sie mit der gepackten Tasche im Flur und diskutierten, in welche Klinik sie fahren sollten. Charlie wirkte unentschlossen und wischte sich die nassen Hände an seinem orangefarbenen Gewand ab. Zusammen mit der Brille hatte sein Äußeres inzwischen etwas von dem eines wunderlichen afrikanischen Medizinmanns angenommen. »Ich hab was vergessen«, sagte er und ging in sein Zimmer zurück.

Beck sah ihm gähnend hinterher. Der Hund strich um ihn herum. »Hau ab.«

Er fummelte eine Lucky Strikes aus dem Jackett und rauchte ein paar Züge. Dann fiel ihm auf, dass Charlie schon seit zwei Minuten weg war. Er bekam panische Angst, dass er sich etwas angetan hatte, und rannte ins Schlafzimmer.

Es war stockdunkel. Beck hörte ein seltsam vertrautes Geräusch und knipste das Licht an. Der zwei Meter große Charlie sprang mit sehr ernstem, konzentriertem Gesicht auf dem Bett herum. Seine Robe flatterte auf und ab, wie bei einer riesigen orangenen Motte. Als er Beck bemerkte, grinste er.

»Es reicht jetzt!« Beck ging auf ihn zu. »In welche verdammte Klinik willst du?«, schrie er immer wieder.

Charlie schien zu verstehen, dass es ernst wurde. »Nach Haar«, murmelte er.

Beck nickte erschöpft und wollte gehen, doch Charlie rührte sich nicht von der Stelle.

»Was ist denn jetzt noch?«

»Der Hund muss mit.«

Beck schüttelte den Kopf. »Das ist unmöglich.«

Da geschah etwas mit Charlie. Er griff sich Beck und hob ihn mit seinen riesigen Kräften spielerisch leicht zu sich hoch.

Beck sah ihm erschrocken in die Augen, seine Füße hingen in der Luft. Noch nie in seinem Leben hatte Charlie sich geprügelt, er hatte immer Angst vor seiner eigenen Kraft gehabt.

»Der Hund kommt mit«, sagte er laut.

Beck nickte keuchend.

23

Sie fuhren zum Klinikum Haar, er selbst am Steuer des vw, neben ihm Charlie, hinten die Dogge. Die ganze Fahrt über sprach Charlie wirr vor sich hin, vom Studium, seiner Kindheit, seiner Mutter. Als hätte er sein ganzes Leben in kleine Schnipsel geschnitten und einzelne davon aufgehoben, um sie sich noch mal anzusehen. Beck fiel auf, dass Charlie nur in der Vergangenheit lebte. Alles, was er sagte, war schon vor Jahren geschehen.

Er lachte höhnisch auf. »Du versuchst mich auszutricksen«, sagte er und deutete mit dem Finger auf Beck. »Du steckst mit denen unter einer Decke.«

»Unsinn, tu ich nicht.«

»Doch, du hast was ausgeheckt.«

»Nein.«

»Du, ich hab mir was überlegt.«

»Und was?« Beck fuhr eine ruhige Landstraße entlang. Für einen Moment konnte er sich entspannen, er war so müde. Der Hund sah zum halbgeöffneten Fenster hinaus.

»Ich werde Mitglied bei Hare-Krishna.«

Beck bekam nun einen leisen Verdacht, was es mit der orangenen Robe von Charlie auf sich hatte. »Jessas, Hare-Krishna«, sagte er. »Wie kommst du denn ausgerechnet

133

auf *die,* bist du ein verdammter Inder oder was?« Er sah wieder rüber zu Charlie, doch der hatte die Augen geschlossen.

Zehn Minuten später erklärte Beck dem Pförtner der ambulanten Notaufnahme den Fall. Gemeinsam gingen sie zum vw. Der Pförtner beobachtete Charlie, der im Auto saß, die Augen noch immer geschlossen hatte und mit seinen Händen unaufhörlich aufs Handschuhfach trommelte. »Na, dann will ich mal oben auf der Station anrufen.«

Als sie wieder allein waren, suchte Beck nach den richtigen Worten, aber es fiel ihm einfach nichts ein. Charlie sah ihn an. »Der Hund«, sagte er. Für einen Moment klang er fast normal. »Du musst auf ihn aufpassen, Robert. Bitte bring ihn nicht ins Tierheim. Bitte nicht.«

In diesem Moment kam der Pförtner wieder, zusammen mit einem Arzt und einer Nachtschwester. Der Arzt gab Beck die Hand und befragte ihn zu den Ereignissen der letzten Stunden, Charlies Leben, seinen Drogen- und Medikamentenproblemen und dem gescheiterten Versuch, wieder zu studieren. Als Beck das alles zusammenfasste, wurde ihm zum ersten Mal bewusst, wie schlecht es Charlie eigentlich ging. Er redete hier über seinen besten Freund und sprach gleichzeitig von einem depressiven, kranken Menschen, der sich aufgegeben hatte. Und er selbst hatte nichts gemerkt. Wie oberflächlich und egoistisch konnte man eigentlich sein?

Der Arzt hatte inzwischen alles auf einem Block notiert. »Was hat er da eigentlich an?«, fragte er und deutete auf die orangene Robe.

»Keine Ahnung.« Beck musste gähnen. »Ich glaube, irgendwas mit Hare-Krishna oder so, ich weiß auch nicht.«

Der Arzt nickte irritiert. »Haben Sie auch eine Versichertenkarte dabei?«

Tatsächlich steckte eine in Charlies Geldbeutel. Als der Arzt das Geburtsdatum sah, runzelte er die Stirn. »So, so. Das haben wir hier häufiger.«

»Was?«

»Leute in seinem Alter.« Der Arzt sah Becks verständnisloses Gesicht. »Na, Leute, die dreißig geworden sind«, half er nach.

Beck wusste einen Moment nicht, was er sagen sollte. »Ich verstehe nicht. Er ist gerade erst achtundzwanzig geworden.«

»Ich fürchte, da irren Sie sich. Er ist dreißig.«

»Also hören Sie mal, ich kenne ihn seit dreizehn Jahren, ich weiß ja wohl, wie alt er ist.«

»Dann hat er Sie wohl all die Jahre angelogen.« Der Arzt zeigte ihm die Karte mit Charlies Geburtsdatum. 11. 05. 1969.

»Scheiße«, sagte Beck.

»Kann man laut sagen«, mischte sich plötzlich Charlie ein.

24

Kurz darauf hatte man Charlie in die Klinik gebracht. Die automatische Tür war aufgegangen und hatte sich wieder geschlossen. Es war still. Er war weg.

Beck stand noch eine Weile rauchend vor dem Eingang und fragte sich, was diese Nacht für ihn bedeutete. Wenn er, Lara, Charlie und Rauli eine Band waren, dann war das jetzt das Ende der Band. Lara stand kurz vor dem Ausstieg, Charlie war wegen Drogen in die Klinik eingeliefert worden. Noch vor ihrem ersten großen Auftritt auf der Releaseparty des Lebens drohte das ganze Projekt zu scheitern.

Er sah nach oben. Es hellte langsam auf, in zwei Stunden fing schon wieder der Unterricht an, Deutsch in der 8a. Beck schnippte die Zigarette weg. Dann ging er zum vw. Grabowski sah ihn fragend an. »Na, komm«, sagte er zum Hund. »Lass uns nach Hause fahren.«

TRACK 3

»Like A Rolling Stone«

Der dritte Song: Über die Releaseparty, Raulis seltsame
Nebeneinkünfte und das Geheimnis der gelben Zettel.

I

Drei Wochen später, es war bereits Anfang Juni, lag Beck
angetrunken in seinem Bett und starrte eine schwarze Dogge
an, die ruhig, aber traurig zurückstarrte. Grabowski schien
Heimweh zu haben. Der Hund hatte Charlies gemütliche,
chaotische Wohnung verlassen müssen und saß nun in
einem Tempel der Sterilität. Hier gab es nichts Aufregendes
für ihn, keinen herrlich duftenden Müll, keine knisternden
Chipstüten, keine Wurstscheiben, die er unter Pullovern
hervorziehen und verspeisen konnte. Der Hund lag einfach nur da und winselte, bis Beck aufstand und eine Dose
Thunfisch in ein Schälchen schüttete.

Während Grabowski fraß, dachte Beck an das letzte Telefonat mit Lara, das nicht so gut gelaufen war. Für ihn. Ihr
hingegen ging es fabelhaft, sie war gerade in Rom, um sich
für den August eine Wohnung zu suchen, alles war super,
alles war toll. Beck konnte es nicht mehr hören. Er hatte
gedacht, wenn sie erst mal weg und er allein war, würde er

merken, dass sein altes Singleleben doch nicht so schlecht gewesen war, aber auf einmal schien er diesem alten Leben entwachsen zu sein. Sie fehlte ihm.

Charlie fehlte ihm – aus welchen Gründen auch immer – ebenfalls. Noch immer war er im Klinikum Haar, er nahm keine Anrufe entgegen und wollte keine Besuche. Beck wusste nicht, warum, aber er konnte sich nicht auch noch darum kümmern. Er hatte schon genug damit zu tun, die Releaseparty für Rauli zu organisieren.

Eine halbe Stunde später gammelte er noch immer auf seinem Bett herum. Er kam einfach nicht hoch, wie eine auf dem Rücken liegende Schildkröte. Es war erst acht Uhr abends. Neben dem Bett stand eine halbe Fußballmannschaft aus Bierflaschen im Halbkreis um ihn herum. Sie schienen ihn vorwurfsvoll anzustarren. Beck musterte die sechs Flaschen lange. »Was?«, sagte er schließlich zu ihnen, dann drehte er sich mürrisch weg.

Er wusste natürlich, dass es so nicht weitergehen konnte. Zwar kiffte er in letzter Zeit nur noch selten, dafür hatte sich dieses abendliche Trinken eingeschlichen. Er hatte schon früher abends gern was getrunken, aber in letzter Zeit war es außer Kontrolle geraten. Es lag vermutlich an Laras Abwesenheit und vor allem an der Arbeit für Raulis Demo-Album, an den vielen Telefonaten, am Stress. Seine eigentliche Arbeit hatte darunter gelitten. Mit den Korrekturen der Deutscharbeiten war er ewig hintendran, die ersten Schüler maulten schon, wieso das so lange dauern würde. Er konnte ihnen ja schlecht sagen, dass er zu überlastet und besoffen zum Korrigieren war.

Es läutete an der Tür. Er quälte sich hoch, stapfte im Morgenmantel durch den Flur und öffnete.

»Hallo, Herr Beck, ich ...« Rauli stockte. »Waren Sie schon *im Bett*?«

Beck stöhnte auf. Erst jetzt fiel ihm wieder ein, dass sie in *Matrix* gehen wollten. Der Kinobesuch war die Belohnung dafür, dass der Junge bei der Musik so gut mitgezogen hatte. Außerdem hatte Beck, wenn er ehrlich war, in den letzten Wochen ohnehin die meiste Zeit mit Rauli Kantas verbracht. Entweder waren sie im Tonstudio, im Probenraum oder in seiner Wohnung gewesen.

Er ließ den Jungen rein. Sofort kam der Hund auf Rauli zugelaufen, doch noch ehe er ihn erreicht hatte, war der Köter bereits erschöpft. Grabowski taumelte vor Raulis Füße. Die schnelle Bewegung hatte seinen alten Körper überanstrengt, er schüttelte sich, dann würgte er einen schleimigen Haufen Thunfisch auf den Teppich.

Rauli hielt sich erschrocken die Hand vor den Mund. »Ihr Hund hat gekotzt, Herr Beck.«

»Danke, ich hab's gesehen.« Beck holte einen Lappen und wischte den Thunfischbatzen ärgerlich weg. Als er fertig war, gingen sie ins Kino.

2

Sie ließen den Abend bei Pizza Hut ausklingen. Rauli, noch völlig begeistert vom Film, plapperte wieder in einem fort von den zwei Themen, die ihn am meisten beschäftigten. Die Liebe und Anna Lind. Auch wenn er sonst eher ein Schweiger war – über Anna konnte er stundenlang reden.

Beck hörte mehr oder weniger genervt zu. Ohne dass er es wollte, war er inzwischen so etwas wie der Kummeronkel für den Jungen geworden. Das Problem war nur, dass Rauli bei Anna keine Chancen hatte.

»Sie weiß nicht mal, wie ich heiße«, sagte er.

»Niemand an dieser Schule weiß, wie du heißt.«

»Sehr witzig, Herr Beck. Ich meine es ernst, ich hab kein Chance bei ihr.«

»Ach, komm, wieso sollte Anna jemanden wie dich nicht wollen?«

»Ich sehe aus wie dreizehnjähriges Kind«, sagte Rauli finster. »Ich bin fast achtzehn, und es gibt Siebtklässler, die älter aussehen.«

»Na und? Später wirst du froh sein, wenn du jung aussiehst. Du bist ein toller Musiker. Das ist das goldene Ticket bei den Frauen, du musst einfach selbstsicherer werden.«

Rauli grummelte daraufhin wie ein alter Mann vor sich hin, ehe er einen seiner gelben Zettel beschrieb. Überhaupt, diese gelben Zettel: Immer öfter fragte sich Beck, wo sie herkamen, wo sie hinwanderten und was darauf stand. Ein paar Schüler meinten im Scherz, es wäre Raulis Todesliste.

Als Beck den Jungen nach Hause gebracht hatte und wieder in seiner Wohnung war, rief er noch mal Lara in Rom an. Sie war jedoch ziemlich in Eile, da sie zu einer Party in Trastevere eingeladen war, mit irgendwelchen Leuten, die sie gerade kennengelernt hatte. Einer von ihnen war Marc Schumann, ein angeblich ganz bekannter deutscher

Schriftsteller, der mit einem Stipendium in der Villa Massimo lebte, und überhaupt, alles war ja so aufregend.

Dann legte sie auf.

Beck hielt den Hörer noch einige Momente in der Hand. Er wurde eifersüchtig. Auf diesen Marc Schumann, aber vor allem auf Lara. Sie machte etwas aus sich und ging einem besseren Leben entgegen. Er selbst ging zum Kühlschrank. Beck betrachtete das Bier in seiner Hand, das er gerade trinken wollte. Lara war schon so weit weg, fast uneinholbar davongeflogen. Er musste endlich mit diesem abendlichen Saufen aufhören, wenn er mithalten wollte.

Da er wusste, wie schwach er war, schüttete er das Bier weg und leerte auch die verbliebenen Flaschen in der Spüle aus. Er hatte Angst, dass sie sonst, wenn er bereits im Bett lag und am Einschlafen war, nach ihm gerufen hätten.

3

Am Donnerstagvormittag radelte Beck, der an diesem Tag immer frei hatte, die Leopoldstraße entlang. Er hatte sich vor einigen Wochen ein Herrenrad gekauft, ein weiterer hilfloser Versuch abzunehmen. Auf der Höhe der Giselastraße erlebte er ein Déjà-vu. Vor ihm ging Rauli, mit der Gitarre in der Hand. Anscheinend schwänzte er schon wieder den Unterricht. Beck fiel auf, dass der Junge nur noch in schwarzen Klamotten herumlief. Hose, Hemd, T-Shirt, Schuhe – alles schwarz.

»Rauli, he, wart mal.«

Der Junge drehte sich um. Er wirkte überrascht, versuchte aber sofort, es sich nicht anmerken zu lassen. Beck stieg vom Rad und ging auf ihn zu. »Wieso bist du nicht in der Schule?«

»Habe frei.«

»Ach, Blödsinn, du hast jetzt Erdkunde. Wieso bist du nicht da?«

»Wieso soll ich hingehen, Herr Beck, warum? Ich falle überall durch, Sie wissen das. Außerdem sind Sie sowieso die einzige Mensch, den das interessiert. Mein Erdkunde-lehrer Herr Himmler weiß nicht mal mein Name.«

»Hillmer.«

»Was?«

»Großer Gott, er heißt Hillmer, nicht Himmler.« Beck betrachtete den Jungen. »Wieso läufst du hier eigentlich ständig mit der Gitarre rum?«

Rauli schien eine Sekunde lang aus der Fassung gebracht, dann sagte er seelenruhig, dass er die Gitarre nur wieder mit nach Hause nehme. »Habe in der Pause eine Mitschüler etwas vorgespielt.«

Die Lüge war offensichtlich, aber darum ging es nicht. Beck blickte ihm in die Augen, doch Rauli hielt dem Blick problemlos stand. Der Junge ist gut, dachte Beck. Und er weiß, dass er gut ist. Das ist ein Problem.

»Lara wird wahrscheinlich rechtzeitig zur Releaseparty da sein«, sagte Beck schließlich.

Rauli grinste. »Kommt sie allein? Oder kommt Marc Schumann auch?«

»Ach, halt die Klappe.«

Beck hatte ihm neulich von seinem potentiellen Rivalen erzählt. Zuvor hatte er in der Lehmkuhl-Buchhandlung einen Roman von Schumann entdeckt und noch das Bild dieses gutaussehenden Mannes im Kopf gehabt. Er hatte einfach mit jemandem darüber reden müssen, auch wenn das früher nie seine Art gewesen war. Der Eisblock, der ihn all die Jahre umgeben hatte, war dabei wegzuschmelzen, und er war ganz erstaunt, was für ein eigenartiger, gesprächiger Typ da plötzlich zum Vorschein kam.

»Soll ich gemein zu diese Marc Schumann sein?«, fragte Rauli. »Ich kann ihn auch erschießen, wenn Sie das wollen. Habe in mein Leben schon zwei Menschen erschossen.«

»Würdest du das für mich tun?«

»Klar. Macht mir nichts.«

»Okay. Erschieß ihn.«

Der Junge nickte unerwartet ernst. Er holte einen gelben Zettel aus seiner Tasche und notierte etwas. Dann steckte er den Zettel wieder ein.

Beck musterte das blasse, undurchschaubare Gesicht des Jungen. »Ich hab aber gerade Spaß gemacht, das weißt du, oder?«

Rauli zuckte nur mit den Schultern. Dann ging er mit der Gitarre in der Hand Richtung U-Bahn, und kurz darauf war er verschwunden.

4

Am nächsten Tag hielt Beck eine Deutschstunde über Heine. Er war in der Nacht nicht mehr dazu gekommen, sich richtig vorzubereiten, doch niemand merkte, dass sein Tafelbild missraten war. Es war Freitag, sechste Stunde –

alle dösten in Erwartung des Wochenendes vor sich hin. Nur Andy Shevantich beschwerte sich mal wieder. Dieser kleine Wichtigtuer. Beck hasste ihn seit dem ersten Tag, als Andy ihm erklärt hatte, sein Vorname müsse englisch ausgesprochen werden.

Ääääändiieee war der Sohn reicher russischer Immigranten, die im Dunstkreis der Oligarchen zu einem Millionenvermögen gekommen waren und die sich nun der Lebensaufgabe verschrieben hatten, ihren arroganten und gelangweilten Sohn durch das Abitur zu bringen. Er war bereits aus zwei privaten Internaten geflogen, und um diesmal auf Nummer sicher zu gehen, hatten seine Eltern gerade die neue Turnhalle mitfinanziert. Andy selbst war das egal. Er gab Partys, schlief mit Mädchen und Frauen, soff und nahm Drogen, schrieb im Rausch lachhaft schlechte Essays und Kurzgeschichten, die er unter einem Pseudonym an Verlage schickte, und alles mit der Gewissheit, sich sowieso nie sorgen zu müssen. Beck hasste Andy, weil dieser sehr reich war und sehr gutaussehend und weil er wusste, was das wert war.

Aber vor allem hasste er Andy, weil dieses Früchtchen letztes Jahr mit Anna Lind zusammen gewesen war, wenn auch nur sehr kurz. Es war nun mal so: Andys gutes Aussehen öffnete ihm Türen, die sein Charakter wieder schloss.

Es läutete zum Ende der Stunde. Beck war ab diesem Moment für seine Schüler der uninteressanteste Mensch der Welt. Alle packten ihre Sachen und machten, dass sie nach Hause kamen, nur wenige murmelten noch ein flüchtiges

»Wiedersehen, Herr Beck«. Das Klassenzimmer leerte sich schnell.

Er selbst stand hinter dem Pult und ordnete seine Notizen. Rauli war schon wieder nicht da gewesen. Wie dreist konnte der Junge sein? Wahrscheinlich treibt er sich auf der Leopoldstraße rum und macht seine seltsamen Rauli-Sachen, dachte Beck, oder er erschießt gerade Schumann. Egal, endlich Wochenende.

Jemand warf einen Schatten auf den Schreibtisch. Beck blickte auf und sah in die Augen einer umwerfend hübschen jungen Frau, die ihn anlächelte.

Anna Lind deutete auf sein Tafelbild. »Das war eine schöne Stunde. Hab wirklich gern zugehört.«

»Ach, *du* warst das«, sagte er. Was redete er da nur, lauter abgegriffene Witzchen und Sprüche, nie fiel ihm etwas Gutes, etwas Eigenes ein. Anna lächelte jedoch wieder. Beck sah sie an. Dieser Blick, dachte er. Sie wollte doch etwas von ihm. Oder nicht? Er spürte, dass er recht hatte.

»Wegen dem Literaturcafé ...«, fing sie schließlich an. *»Die Asche meiner Mutter.* Ich wollte ...«

»Du wolltest mich wie immer fragen, ob ich noch ein Exemplar für dich habe.«

Anna nickte fröhlich. »Ja, geeeenau«, sagte sie langgedehnt.

Da wurde Beck endlich alles klar! Seit drei Jahren lieh sich Anna jedes Buch nur von ihm aus, um mit ihm ins Gespräch zu kommen. Wie hatte er das nur übersehen können? Bei diesem verführerischen Lächeln, das sie ihm gerade wieder zuwarf. Es war Zeit, dass er endlich handelte.

»Ich hab das Buch bei mir zu Hause«, sagte er. »Du

könntest ja jetzt gleich mit mir mitfahren, wir könnten bei mir vielleicht noch einen Kaffee trinken oder so, darüber reden und …« Beck hatte mitten im Satz aufgehört zu reden. »Oder wir …«, fing er noch mal an, dann ließ er es sein. Er hatte sich grausam getäuscht.

Anna Lind sah ihn schockiert an. Ihr Gesicht wirkte verängstigt, auch abweisend. Sie bewegte sich rückwärts zur Tür. »Oh«, sagte sie nur. »Das …«

Verdammt, dachte Beck. Ihm wurde binnen Sekunden so heiß wie noch nie in seinem Leben. Er schwitzte. »Das war nur ein Witz!«, sagte er jetzt und lachte hysterisch. »Ich wollte dich nicht … Es war nur ein dummer Witz!«

»Ja, hm«, sagte Anna. »So dringend ist das mit dem Buch auch nicht und …«

»Das Buch, ja, genau. Ich bring es dir am besten irgendwann mit.«

Anna nickte verstört, während sie weiter rückwärtsging. Jetzt war sie schon bei der Tür.

»Ich muss nur schauen, ob ich es noch finde«, sagte Beck. »Manchmal finde ich Bücher ganze Jahre nicht.« Er lachte wieder verzweifelt.

»Ja, hm, okay … Wiedersehen.«

Anna verließ schnell das Zimmer. Beck grinste noch immer, während er ihr hinterhersah. Erst als sie weg war, ließ er sich auf einen Stuhl fallen, vergrub den Kopf in seinen Händen und gab Töne wie ein winselnder Wolf von sich.

5

Am Montag hatte Beck in der dritten Stunde Musik bei der 11b. Er war nervös. Jeden Moment würde Anna Lind mit ihren Freundinnen hereinkommen. Vielleicht hatte sie die Polizei und den Rektor dabei, Belästigung Minderjähriger.

Doch als Anna das Zimmer betrat, geschah nichts. Einfach nichts. Sie kam nur vor dem Läuten kurz zu ihm, um sich *Die Asche meiner Mutter* von Frank McCourt auszuleihen. »Danke, Herr Beck«, zwitscherte sie vergnügt, dann setzte sie sich zu ihren Freundinnen.

Wie konnte das sein? Beck war erstaunt, aber vor allem war er unendlich erleichtert. Er stellte sich ans Pult. »Hey, leg das weg, ja?« Er deutete auf seinen Klassenclown Jesper Lier, der die neueste Ausgabe des *Playboy* in der Hand hielt. »Wieso bringst du so was überhaupt hierher mit?«

»Na ja«, sagte Jesper mit gespielter Entrüstung. »Die Mädchen aus der Klasse wollen mir *ihre* Brüste ja nicht zeigen.«

Beck schüttelte den Kopf, aber er war nicht böse. Diese Klassenclowns waren genug damit gestraft, bis zum Studium keine ins Bett zu kriegen. »Hört mal alle her!«, sagte er stattdessen.

Die Schüler begannen zu murren, manche dachten, es stünde ein Test an, und holten ihre Stifte heraus. »Ihr könnt die Stifte wieder einstecken«, sagte Beck. »Es gibt heute keine Arbeit. Ich würde euch nur gern um einen Gefallen bitten.«

Wieder maulten einige. Sie waren so damit beschäftigt, dass sie kaum mitbekamen, wie sich Rauli neben Beck stellte. In der Hand hielt er die Stratocaster, sie war mit dem Verstärker im Hinterzimmer verbunden.

»Es geht um Rauli und die Releaseparty.« Beck hörte, wie Andy Shevantich eine abfällige Bemerkung machte. »Ihr habt ja sicher schon die Plakate gesehen, die auf dem Schulgelände aushängen. Am Freitagabend um acht ist das Konzert und da …«

»Ist das freiwillig?«

»Ja, das ist freiwillig, trotzdem würde ich euch bitten, dass ihr zahlreich kommt und dass ihr vielleicht noch ein paar Freunden Bescheid sagt, damit wir die Turnhalle voll-kriegen.«

»Was kriegen wir dafür?«

»Was wollt ihr denn?«

»Freistunden.«

»Kann ich nicht machen.« Beck dachte nach. »Aber wir könnten vielleicht die letzte Arbeit des Jahres nicht über die Musik des Barock schreiben, sondern über Rockgeschichte. Wer sind die besten Vertreter, wie haben sich einige von ih-nen das Leben genommen, was sind die wichtigsten Alben und so weiter … das bleibt dann aber unter uns, okay?«

Einige schüttelten die Köpfe oder gähnten, ein paar schienen sich zu freuen. Keine überwältigende Reaktion. Beck betrachtete diese Horde pubertierender Halbstarker. Sie alle hielten sich vermutlich für einzigartig, dabei war auch dieser Jahrgang nach dem uralten Schlüssel aufteil-bar in Clowns, Streber, Machos, Muttersöhnchen, Rebel-len, Heulsusen, Klugscheißer, Goths, Ökos, Vegetarier, Sportler und natürlich Anna Lind, die, umgeben von ihren Freundinnen, hoch über allen thronte.

Beck überlegte, ob er noch etwas sagen sollte, dann warf er Rauli einen kurzen Blick zu. »Spiel was.«

Und während die Klasse noch überlegte, ob sie jetzt zu diesem Konzert gehen sollte oder nicht, knallte ein heulender Gitarrenlaut durch den Raum, der alle von den Stühlen riss und augenblicklich für Stille sorgte. Jeder blickte jetzt auf Rauli. Anfangs war sein Spiel ganz leise, kaum hörbar, doch es hatte einen Takt und Rhythmus, der in die Beine ging. Die Musik wurde lauter, druckvoller. Es war eine Eigeninterpretation von *Street Fighting Man* von den Stones. Einige Elftklässler wippten unbewusst mit den Füßen. Rauli wartete noch einen Moment, sah zu Anna, die zurücksah.

Und dann explodierte er! Ein unfassbarer Krach, ein Chor von tausend Kreissägen, ein atemberaubender Lärm, der einem den Boden unter den Füßen wegzog und das Hirn wegblies. Wie kleine Blitze schossen seine Finger über die Saiten der Stratocaster, in rasender, nie gesehener Geschwindigkeit, die alles mitriss, berauschte, keine Gedanken mehr duldete. Niemand blieb noch ruhig sitzen, jeder zappelte willenlos herum, gezogen von den unsichtbaren Fäden eines genialen litauischen Puppenspielers. Rauli holte noch mal Luft und gab alles. Rock 'n' Roll. Ein wahnsinniges Gitarreninferno. Und jetzt brachte er endlich die Wände zum Einsturz, das ganze Schulgebäude wurde dem Erdboden gleichgemacht, ein riesiger Krater öffnete sich, aus dem es unaufhörlich lärmte und tobte. So ähnlich muss der Weltuntergang klingen, dachte Beck.

»Okay, das reicht«, sagte er.

Rauli hörte ihn nicht, wie in Ekstase rauschten seine Finger mit den schwarzlackierten Nägeln umher, während der

Raum von den quengelnden und sagenhaften Lauten der Stratocaster erfüllt wurde.

Erst als Beck ihn noch einmal ermahnt hatte, hörte er auf zu spielen. Es dauerte, bis der letzte Ton verklungen war. Rauli öffnete vorsichtig die Augen und legte die Stratocaster, in seinen Händen ein Mordinstrument, weg. Dann sah er sich um und blickte in offene Münder.

6

Es blieb noch eine ganze Weile ruhig, entgeisterte Stille, dann klatschten fast alle. Niemand dachte groß darüber nach, es war einfach die einzig mögliche Reaktion. Nur Andy Shevantich rührte sich nicht. Er spielte mit einem Stift herum und schien mit sich zu ringen.

Plötzlich stand er mit einem Ruck auf und sah Beck an. »Das reicht«, sagte er laut. »Ich muss mir hier schon lange genug Ihre Unfähigkeit antun, Herr Beck. Es ist das eine, wenn Sie schlecht vorbereiteten Unterricht machen oder unsere Deutscharbeiten wochenlang nicht korrigieren. Aber es ist etwas anderes, wenn Sie meinen, uns hier verarschen zu müssen. *Eine Arbeit über Rockgeschichte?* Nur weil Sie was von uns wollen, stellen Sie auf einmal den Lehrplan um und tun so, als wären Sie unser toller Freund oder was? Sie und dieser komische Freak aus Albanien. Wer weiß, was für Sachen Sie mit dem immer nach der Schule im Musikraum treiben. Wenn ich das meinen Eltern erzähle, dann können Sie was …«

»Raus!«

»Was?«

»Ich sagte RAAAUUUS!«, brüllte Beck und haute auf den Tisch.

Stille. Die Schüler sahen Beck erschrocken an. Auch er selbst war über seinen Wutausbruch überrascht. Doch er spürte, dass diese Releaseparty das Wichtigste in seinem Leben war, und das ließ er sich von niemandem kaputtmachen. Und Rauli ließ er sich auch nicht kaputtmachen.

Andy Shevantich wirkte aufrichtig entsetzt. Er war es nicht gewohnt, dass jemand so mit ihm sprach, und spielte noch nervöser mit dem Stift herum. »Was haben Sie gesagt?«, stammelte er im ersten Moment fassungslos. »Sie wollen mich rausschmeißen? Das … Also … Eins sag ich Ihnen, ich hol jetzt meinen Vater …«

»DEN SCHMEISS ICH DANN GLEICH AUCH NOCH RAUS!«, schrie Beck laut.

Zwei dicke Mädchen aus den vorderen Reihen, die oft unter Andys Pöbeleien hatten leiden müssen, fingen an zu kichern, ehe sie schnell wieder verstummten.

»Und jetzt halten Sie Ihren vorlauten Mund und verziehen sich aus diesem Zimmer, Shevantich. Ich will Sie hier heute nicht mehr sehen!«

Andys Stift fiel auf den Boden und rollte langsam zu einer der vorderen Bänke. Er beanspruchte die gesamte Geräuschkulisse für sich, ansonsten war es still wie im Weltraum. Andy sah sich um, ob ihm jemand zu Hilfe kam. Als sich niemand rührte, schnaubte er, nahm seinen Rucksack und verließ das Klassenzimmer. Im Vorbeigehen zischte er etwas von Becks Untergang, dann knallte er die Tür hinter sich zu.

7

Drei Stunden später war der Schultag vorbei. Beck, der auch in seinen anderen Klassen fleißig Werbung für Raulis Releaseparty gemacht hatte, musste noch etwas für den nächsten Tag kopieren und streifte nun durch das verlassene Gebäude. Mit grimmiger Zufriedenheit dachte er an Andy. Er würde ihn melden, dann bekam dieser kleine Scheißer sicher einen Verweis, vielleicht sogar ein paar Tage Schulausschluss. Aber es würde wohl nicht reichen, um ihn ganz vom Gymnasium zu schmeißen.

Beck wollte gerade zum Hauptausgang raus, als er aus einem Klassenzimmer Geräusche und Gelächter hörte. Vorsichtig näherte er sich der Tür. Als er hineinlinste, schlug sein Herz schneller. Drinnen unterhielt sich Anna Lind mit einer Freundin. Er stellte sich hinter die Tür und lauschte.

»Ja, ich schwör dir, das hat er getan«, sagte Anna Lind gerade.

Beck wurde heiß. Er hoffte, sie sprach von ihm.

»Ach komm, red kein Scheiß, doch nicht mit dem Andy.«

»Wenn ich's dir sage. Er hat ihn angebrüllt und rausgeschmissen.«

Annas Freundin machte ein erstauntes Geräusch. »Jetzt echt, oder was?«

»Ja«, sagte Anna. »Das war so cool. Das war wirklich mal fällig. Und dann auch noch vom Beck. Jetzt weiß ich wieder, wieso ich mich damals in der achten Klasse in ihn verliebt hab.«

Beide lachten albern.

Beck bemerkte, dass er grinste. Er versuchte es abzustellen, aber es gelang ihm nicht, sein Kiefer schmerzte bereits. Er wollte sich noch weiter vorbeugen, um besser hören zu können, doch bei dieser Bewegung stieß er gegen die Türklinke.

»Was war das?«, fragte Anna.

»Keine Ahnung, ich glaub, das kam von der Tür«, sagte ihre Freundin.

Die beiden standen auf und sahen nach.

Beck drehte sich um und lief mit den Kopien in der Hand, so schnell er konnte, davon. Zu seinem Leidwesen musste er noch immer vor sich hin lachen, wenn er sich verfolgt fühlte. Und so rannte er leise kichernd durch das Schulgebäude, bis er durch einen Seitenausgang endlich ins Freie gelangte.

8

Die Wände im Klinikum Haar wirkten vergilbt. Im Raucherzimmer waren die Wände vollgekritzelt und beschmiert, zwei alte Männer diskutierten intensiv miteinander, eine Frau mit Rastazöpfen hörte gelangweilt zu. Endlich stand er vor dem Türschild mit der Nummer 402. Zögerlich trat er ein. Es war sein erster Besuch bei Charlie, sie hatten am Vortag telefoniert. Ihm fiel sofort auf, wie leer das Zimmer war. Nichts Persönliches war darin zu finden, keine Fotos, keine Pflanzen, keine Bücher, noch nicht mal Zeitungen. In der Ecke stand Charlies große blaue Sporttasche, die er damals für ihn gepackt hatte.

»Wieso packst du nicht aus?«, fragte Beck.

Charlie schien lange darüber nachzudenken. Er plappert nicht mehr wie früher einfach los, sondern denkt vorher erst mal nach, dachte Beck, na, das ist ja schon mal ein Fortschritt. Dann ärgerte er sich über diesen boshaften Gedanken.

»Weil ich hier nicht ankommen will«, sagte Charlie schließlich. Das Sprechen bereitete ihm Probleme. Hin und wieder bildeten sich um seinen Mund kleine Spuckebläschen. Vermutlich die Tabletten, dachte Beck. Er legte Charlie den *Spiegel* und einen Nick-Hornby-Roman hin.

Charlie nickte. Er wirkte müde und lag einfach nur im Bett, das alles schien ihm fürchterlich peinlich. Die Falte in seiner Stirn war noch tiefer geworden, unter seinen Fingernägeln war Dreck, er trug einen uralten Trainingsanzug der Bulls. Das Einzige, wovon er hin und wieder sprach, war seine Mutter, ansonsten sagte er nichts. Es war, als ob er in der Klinik vor allem das Schweigen gelernt hätte.

Beck, den es vor dieser Stille grauste, redete dagegen pausenlos. Von Lara, die er gleich vom Flughafen abholen würde und die endlich eine passende Wohnung in Rom gefunden habe, in die sie Anfang August einziehen könne. Von Charlies Hund, an den er sich inzwischen richtig gewöhnt habe. Und von der morgigen Releaseparty. Aber irgendwann fiel auch ihm nichts mehr ein. Er sah auf die Uhr. »Also dann, ich pack's mal wieder.«

Charlie nickte. Er stand mühsam auf. Und dann, noch ehe Beck begriff, hatte ihn Charlie einfach umarmt. Im ersten Moment fühlte sich Beck etwas unbehaglich und verlegen, doch er ließ es über sich ergehen.

»Kommst du wieder?«, fragte Charlie, als er losließ.

Beck erkannte plötzlich, wie sehr dieser Mensch auf ihn angewiesen war. Jessas, dachte er. »Natürlich komme ich wieder.«

9

Am Abend saß er auf dem Bett und sah Lara dabei zu, wie sie ihre Sachen auspackte. Den ganzen Weg vom Flughafen zu seiner Wohnung hatte er sich ihre Schwärmereien anhören müssen, wie schön ihre neue Wohnung sei, wie nett alle zu ihr gewesen seien, wie wunderbar es ihr in Rom gefallen habe und wie gut sie sich doch mit diesem schleimigen Schriftsteller-Aas Marc Schumann verstanden hätte.

Beck hatte wie versteinert zugehört. Als er schließlich ihre Hand nahm und sie fragte, ob sie am Wochenende zusammen zu den Osterseen fahren wollten, schüttelte sie nur den Kopf und meinte, sie wäre am Samstag in Hannover, beim vierundneunzigsten Geburtstag ihres Opas. »Stell dir vor«, sagte sie. »Vierundneunzig Jahre alt. Das muss doch ein tolles Gefühl sein.«

»Nein«, sagte Beck. »Ich glaube, das ist ein ganz beschissenes Gefühl. Man hat ja nichts davon, dass man vierundneunzig ist. Es würde nur was bringen, wenn ich zum Beispiel jetzt schon wüsste, dass ich mal so alt werde. Das wäre toll. Aber wenn man über neunzig ist, das muss furchtbar sein. Du bist einsam, alle, die du gekannt hast, sind tot, für neue Freunde bist du zu alt. Dir tut alles weh. Du gehst abends ins Bett, siehst noch fern, dann legst du die Brille auf den Nachttisch und knipst das Licht aus. Und du weißt, dass du am nächsten Morgen vielleicht nicht mehr aufwachst. Niemand wäre erstaunt, wenn du plötzlich stirbst. Jede Sekunde kann es so weit sein. Und es gibt keinen Ausweg, keinen Vertrag, den man verlängern kann. Deine Zeit ist um.«

Lara sah ihn fassungslos an. »Wieso bist du so gehässig, Robert? Manchmal könnte ich dich echt erwürgen. Alles machst du schlecht. Macht dir eigentlich irgendetwas im Leben Spaß, oder wieso textest du dauernd so negative Scheiße?«

»Wenigstens erzähl ich dir nicht die ganze Zeit von irgendwelchen zweitklassigen Schriftstellern, die sich an mich ranmachen«, sagte Beck. Er äffte sie nach. »*Marc.*«

»Was meinst du denn schon wieder damit? Wie alt bist du eigentlich?«

Er zuckte nur mit den Schultern. Wahrscheinlich irgendwas zwischen fünfzehn und vierzig, dachte er.

Die nächsten Minuten räumte sie wortlos ihre Sachen in seinen Schrank, während Beck den Hund, der ins Zimmer gekommen war, hinterm Ohr kraulte.

»Tut mir leid«, sagte er schließlich. »Es ist nur … Ich hab mich so gefreut, dich wiederzusehen, und jetzt bist du in zwei Tagen schon wieder weg.«

Lara drehte sich um. Sie wirkte ein wenig versöhnlicher, aber immer noch kühl. »Es ist momentan eben eine stressige Zeit. Es verändert sich gerade alles total.«

»Aber wieso muss sich immer alles verändern?«, fragte er. »Wieso kann es nicht auch mal so bleiben, wie es ist? Wer hat bitte entschieden, dass Stillstand etwas Schlechtes ist?«

»Hast du schon mal daran gedacht, dass es auch Menschen gibt, die etwas aus ihrem Leben machen wollen? Ich kann ja nicht ewig hier studieren und als Kellnerin arbeiten.«

»Wieso eigentlich nicht?«

Das war unpassend. Er machte eine entschuldigende Geste. »Ich rede gerade Unsinn, ich weiß. Ich bin wahrscheinlich nur ein bisschen misstrauisch wegen diesem Marc Schumann, das ist alles.«

Sie lachte verstockt. »Robert, ich bitte dich, da war nichts, und da ist nichts, wir haben uns einfach gut verstanden. Vertraust du mir nicht, oder was?«

»Doch, natürlich.«

»Dann hör auf, dich wie ein Kind zu benehmen. Das hätt ich dir gar nicht zugetraut, dass du so unentspannt bist.«

Beck nickte. Vermutlich hatte sie sogar recht, und da war wirklich nichts gewesen, aber das war ja gar nicht das Problem. Das Problem war, dass sie sich in einigen Wochen von ihm trennte, ganz nach Rom ging, dort niemanden hatte und sich irgendwann eben doch von Marc Schumann zum Essen einladen und anschließend durchvögeln ließ, weil sie nicht allein sein konnte. Und wenn es nicht Marc Schumann war, dann würde es eben irgendein anderer sein. Und das, auch wenn Beck es lange nicht hatte wahrhaben wollen, brachte ihn um.

10

Die Turnhalle war leer, die Klappstühle verwaist. Sah nicht so aus, als ob hier gleich etwas Großes stattfinden würde. Noch eine Stunde bis zur Releaseparty, die über die Zukunft von Beck und Rauli entscheiden würde.

»Wieso kommt außer dir niemand?«, fragte Beck. »Vielleicht hab ich zu wenig Werbung gemacht. Wir hätten noch mehr Plakate aufhängen müssen.«

»Das wird schon«, sagte ich.

Um eines gleich vorneweg zu sagen: Mir behagt es überhaupt nicht, mich in die Geschichte auf derart schäbige Weise einzuschleichen, quasi durch die Hintertür. Doch leider habe ich bei diesem Konzert eine kleine, aber wichtige Rolle gespielt. Wieso ich überhaupt dabei gewesen bin? Beck hatte mich eingeladen, ich müsse mir das unbedingt anhören, hatte er gesagt. Meine Nummer hatte er durch einen Anruf bei meiner Redaktion bekommen. Er hatte, eher im Spaß, gemeint, ich könne ja was für den Lokalteil über das Konzert schreiben.

»Ich weiß nicht«, sagte Beck zu mir und sah sich um. »Ich hab Angst, dass kein Schwein kommt.«

»Ach was, Sie …« Ich brach ab und sah ihn erstaunt an. Beck sah anders aus. Statt seiner alten, nach Tabak stinkenden Lederjacke trug er ein modisches Secondhand-Jackett, das Lara für ihn ausgesucht hatte. Seine Haare waren länger, durch das Radfahren und den Stress der letzten Wochen sah er schlanker aus, und er hatte einen Sechstagebart.

Ich wollte ihn gerade auf sein Äußeres ansprechen, als Valdas Kantas herantrat und ihn in ein Gespräch verwickelte. Immer wieder blickten die beiden zu Rauli, der die Verstärkerboxen kontrollierte. Hinter dem Jungen – an Klavier, Schlagzeug und Bass – standen noch drei leicht streberhaft aussehende Musikschüler, die ausgerechnet Becks Kollege Norbert Berchthold empfohlen hatte. Sie sollten die namenlose Begleitband von Rauli bilden, der vorne in der Mitte stehen und die sieben Songs singen würde, die Beck für ihn geschrieben hatte. Wie ich mir diese traurigen Gestalten so ansah, bekam ich ein ungutes Gefühl.

Um acht Uhr war die Turnhalle überraschend voll. Manche Schüler wollten sehen, wie einer von ihnen triumphierte. Einige hofften jedoch insgeheim, dass Rauli sich blamieren würde. Auf den vorderen Klappstühlen saßen Leute aus dem Musikgeschäft, die Beck noch von früher kannte. Adrian de Carolis von *Spex,* Robert Entzian vom Radiosender Star-fm, dazu ein paar Scouts von kleineren Labels und – am wichtigsten – sein alter Bandkollege Holger Gersch von Sony BMG.

Raulis Familie und Lara waren mit Beck hinter der Bühne. Ich stand bei ihnen, weil Beck, der tatsächlich glaubte, dass ich über diese Veranstaltung etwas schreiben würde, gemeint hatte, so hätte ich einen besseren Überblick. Rauli selbst war plötzlich verschwunden.

»Wann kommt er denn wieder?«, fragte Beck. Er kaute auf seiner Unterlippe. »Hat er gesagt, wann er wiederkommt?« Die Sorge über die leere Halle war nun vollständig in die Sorge über den verschwundenen Rauli übergegangen.

Da spürte er Laras Hand an seiner Schulter. »Hey, er kommt«, sagte sie. »Da bin ich ganz sicher.«

Ich betrachtete Lara und überlegte, ob sie sexy war. Ja, doch, entschied ich. Durch ihre offene, nette Art kam man zwar nicht sofort darauf, aber wenn man erst mal das Wort »sexy« hervorgezogen hatte, sprach auch nichts mehr dagegen.

Dann kam endlich Rauli wieder. Beck rannte sofort auf ihn zu, als wäre der Junge soeben nach drei Tagen bangen Wartens aus den Trümmern eines eingestürzten Hauses geborgen worden. »Wo warst du? Bist du bereit?«

Rauli überlegte kurz. Er hatte sich umgezogen und trug nun einen schwarzen Anzug, darunter ein *The-Clash*-Shirt. Seine Haare hatte er mit Gel nach oben gerichtet, die Augen mit Kajal umrandet. Seine Fingernägel waren, offenbar zur Feier des Tages, rot lackiert. Er nickte. »Bin bereit, Herr Beck.«

II

Der Auftritt wurde ein interessantes Desaster. Zu Beginn des Konzerts gab es zwischen den Schülern aufgeregtes Getuschel. Manche bewarfen sich mit zerknüllten Plakaten und Flyern, andere brüllten herum. Es dauerte eine halbe Ewigkeit, bis es still genug war und Rauli anfangen konnte.

Er fing jedoch nicht an.

Ungefähr eine Minute lang tat er gar nichts. Stand einfach nur da und starrte auf das Mikrophon, die Arme hingen ihm schlaff herunter. Er versuchte noch nicht mal zu spielen. Es war gespenstisch. Doch genau in dem Moment, als die Spannung riss und die ersten Schüler murrten oder kicherten, zupfte er an einer Saite.

Das war das Stichwort, nun fingen auch die anderen an. *These Little Doubts,* der erste Song, war eine gitarren- und schlagzeuglastige Nummer. Der Sound war mies, die Begleitband wirkte beflissen, brachte aber nicht viel zustande. Raulis Spiel war ebenfalls fahrig, eine Enttäuschung. Alles klang unkoordiniert, ziellos, wie wenn ein paar Kinder mit Töpfen und Trommeln Musik zu machen versuchten. Auch Raulis Gesang war viel zu leise, undeutlich und verhaspelt. *»There was no business like show-business, there was no delusion like self-delusion«,* sang er, aber niemand verstand ihn. Dann fiel der Verstärker für seine Gitarre aus. Kurzum: Alles, was nur schiefgehen konnte, ging schief.

Nach ungefähr drei Minuten war das Stück zu Ende, und Beck trat auf die Bühne. Einige Schüler buhten, andere verließen den Saal, Holger Gersch und die Gäste aus der Musikszene sahen sich peinlich berührt an. Rauli wirkte hilflos. Beck bat das unruhige Publikum um ein paar Minuten und nahm den Jungen hinter die Bühne. Da einige Schüler wussten, wie gut Rauli eigentlich war, und die anderen beschwichtigten, kippte die Stimmung nicht völlig.

»Was ist denn los mit dir?«, fragte Beck hinter der Bühne.

Raulis Gesicht war aschfahl, selbst jetzt brachte er keinen Ton heraus. Sein Vater redete auf Litauisch auf ihn ein, vergebens. Genadij sagte gar nichts.

»Kann nicht mit andere pissen«, sagte Rauli schließlich, mit sich überschlagender hoher Stimme. Ich fragte ihn, was er meinte. »Wenn ich in Klo stehe, neben andere Leute, kann ich nicht pissen …«, sagte er zu mir. »Ich will es, aber es geht nicht. Und so ist es jetzt mit Singen. Kann nicht singen. Krieg kaum Luft.« Er hyperventilierte und setzte sich auf den Boden.

Ich schaute mich um. Draußen johlten und buhten die Schüler. Drinnen rieb Lara Beck den Rücken, Valdas und Genadij diskutierten auf Litauisch. Niemand hier schien in der Lage, die Situation zu retten. Mir war damals sicher nicht bewusst, dass ich das alles später einmal erzählen würde. Dennoch griff ich ein. Hiermit beichte ich: Ich selbst rettete die Releaseparty und änderte damit den Lauf dieser Geschichte. Ja, ich bin schuld an allem, was danach geschah und Becks Leben (nehmen Sie's mir nicht übel, Herr Beck) für immer ruinierte. Mea culpa. Aber damals musste ich einfach was tun. Ich rannte zu meinem Wagen und holte eine Flasche Wodka.

12

Als ich wiederkam, hatte sich nicht viel verändert. Tristesse, wohin man sah, Rauli lag mit bleichem Gesicht auf dem Rücken. Ich ging mit der Wodkaflasche zu ihm. »Hier, trink was. Das macht dich locker!«

»Ben, bist du verrückt?«, fragte Beck.

Ich überhörte ihn einfach. »Du verträgst doch sicher etwas, oder?«, sagte ich zu Rauli. »Los, sauf.« Dann sah ich zu den anderen. »Ist doch sowieso egal. Wenn hier in fünf Minuten nicht gespielt wird, könnt ihr eh alles vergessen.«

Beck sah für einen Moment so aus, als wolle er sich auf

mich stürzen. Dann linste er wieder durch den Vorhang nach draußen, zur unruhigen Menge.

»Du hast recht!«, sagte plötzlich Genadij. Er hatte die Szene bis dahin stumm beobachtet und nickte mir jetzt zu. Damit war es entschieden. Rauli richtete sich auf, dann stürzte er sich auf die Wodkaflasche. Er trank gierig und ohne abzusetzen. Ich muss gestehen, damit imponierte er mir fast mehr als mit seiner ganzen späteren Karriere.

Als Rauli absetzte, war die Flasche beinahe bis zur Hälfte geleert. Seine Wangen färbten sich rötlich, er schüttelte sich und zog ein Gesicht, als hätte er auf eine Zitrone gebissen. Es verging eine Sekunde. Dann ging er wieder raus auf die Bühne.

Der nächste Song war *Criminal Heroes,* eine von Becks ruhigen Kiffernummern. Rauli schnappte sich das Mikro und sah sich um. Von den Schülern waren immerhin noch geduldige zwei Drittel geblieben. Er blickte in die gespannten Gesichter, dann räusperte er sich. Das erste Geräusch, das er nach seiner Pause von sich gab, war ein Rülpser.

Kurze, fassungslose Stille. Dann brachen alle in ungläubiges Gelächter aus. Doch in dieser Sekunde legte Rauli ein Gitarrensolo hin, das die Decke der Turnhalle vibrieren ließ. Besser als alles, was er bis dato im Musikraum veranstaltet hatte. Die nächste Viertelstunde sang und spielte er vier weitere Songs von Beck. Es fiel nicht weiter auf, dass seine Begleitband nicht mithalten konnte. Rauli spielte auf der Gitarre wie ein Gott, als wäre er aus einer der großen Bands der sechziger und siebziger Jahre direkt hierher auf die Bühne gebeamt worden, und sein Gesang war überwältigend. Es ist schwer zu beschreiben, wie berauschend es war zuzuhören. Jeder hatte so niedrige Erwartungen nach seinem Ausfall, und dann kam diese Musik, die so erfrischend direkt und einfach großartig war.

Beck hatte sich inzwischen aufgerichtet und sah gelöst zu. Alle Anspannung war von ihm gewichen. Das waren seine Songs, die der Junge da spielte. *Er* hatte sie geschrieben. Rauli war *sein* Werk. Vor seinem geistigen Auge bauten sich bereits die Bühnen dieser Welt auf, Verträge wurden unterzeichnet, Meetings abgehalten, Flüge zu internationalen Städten gebucht. Er selbst würde als Lehrer kündigen und endlich nur noch von der Musik leben. Okay, er war vielleicht nicht mehr gut genug, um selbst auf der Bühne zu stehen, aber er war der Manager und Songwriter des größten Talents, das weit und breit zu hören sein würde. Beck dachte daran, wie er den Jungen neulich dazu gedrängt hatte, selbst mal einen Song zu schreiben. Rauli hatte nur abgewunken und gesagt, er könne so etwas nicht. Der Junge braucht mich, dachte Beck zufrieden. Sie waren das perfekte Team.

Dann, nach dem ersten Rausch, begann der Alkohol seine teuflische Wirkung zu entfalten. Raulis Spiel wurde unsauber und fahrig. Er kam mit dem Text durcheinander, seine Stimme versagte. Bis Lied sieben hielt er noch durch, dann spielte er nur noch exzentrisch irgendetwas vor sich hin. Seine Begleitband hatte aufgegeben und ihre Instrumente weggelegt. Ratlosigkeit machte sich breit. Alle sahen jetzt zu Rauli, der mit einem friedlichen, betrunkenen Gesichtsausdruck an den Saiten zupfte und Becks siebten

Song nicht hinbekam. Inzwischen wurde im Publikum wieder getuschelt. Holger Gersch, ich hatte ihn in diesem Moment beobachtet, sprach etwas in ein Diktiergerät. Rauli merkte zwar, dass er unterging, aber er konnte es anscheinend nicht verhindern.

Und dann geschah es!

Mit letzter Kraft riss Rauli sich noch mal zusammen. Die Musik, die nun die Turnhalle erfüllte, war anders als alles, was er bis jetzt gespielt hatte. Es war keiner von Becks Songs. Es musste ein Klassiker sein. Ich überlegte, wo ich das schon mal gehört hatte, es kam mir sofort vertraut vor. Eine dieser Melodien, die man nie wieder vergisst. Auch Beck fragte sich, woher er diesen Song kannte, aber er kam nicht darauf. Niemand kam darauf.

Wie in Trance ließ Rauli seine Finger die sechs Saiten entlangtanzen. Die ungewöhnlichen Laute der E-Gitarre bahnten sich ihren Weg in die Köpfe des Publikums und wühlten dort alles auf. Man hörte nichts als Liebe, musikgewordene Liebe. Es war, als ob die Menschen in der Turnhalle gleich übereinander herfallen würden, von Sehnsucht gepackt. Sie würden sich die Kleider vom Leib reißen, sich küssen, wilde Orgien feiern, sie würden ihre Freiheit und ihr Glück herausschreien, so herzzerreißend war das, was sie da hörten.

Rauli trat an den Rand der Bühne, ging einsam auf und ab, spielte, blickte in offene Münder, blickte ins Nichts, ging weiter auf und ab. Es war grandios. Mit diesem letzten Solo hatte er das Ruder noch einmal herumgerissen. Auch wenn sein Auftritt einem Fiasko oft gefährlich nahe gekommen war, machte dieser letzte Song selbst dem größten

Zweifler bewusst, dass man es hier mit einem Virtuosen zu tun hatte, mit einem Wunderkind.

Als Rauli fertig war, als er dieses eigentümliche Stück, diesen Weltklassiker beendet hatte, brach nach einigen Momenten der Stille Applaus los. Fast alle standen auf und jubelten, schrien, pfiffen, klatschten.

Rauli verbeugte sich, dann hielt er die Gitarre in die Höhe. Es war wie ein Manifest. Alle klatschten noch lauter. »Danke!«, schrie er heiser krächzend in das Mikro. »*Fuck You, Fuck Me, Fuck Everybody ...* Fuck me, ich meine es ernst!«, grölte er noch übermütig, bevor er hinter die Bühne torkelte.

13

In dieser Nacht lag Beck lange wach. Er dachte an das Gespräch mit Gersch, der sich nach dem Konzert eine Demo-CD mitgenommen hatte, oder daran, wie sie noch alle beim Italiener gewesen waren und er Raulis Vater zugesichert hatte, ihm bei seinen Mietrückständen zu helfen, und wie Rauli es belauscht hatte. Aber vor allem dachte Beck an die Zukunft. Jetzt wurde es spannend, und es gab nur zwei Wege, die zum Erfolg führten. Entweder würde irgendjemand einen von Raulis Songs im Radio pushen, oder, noch besser, Gersch würde sich melden und ihnen einen Vertrag anbieten. Das wäre der leichte Weg. Der schwierige wäre eine endlose Tingelei durch kleinere Labels, Auftritte in versifften Clubs, Zeitverlust, Angst, Warterei, Verschleiß.

Er vermisste Lara, die in ihrer eigenen Wohnung schlief, da sie in aller Frühe zum Geburtstag ihres Opas fuhr. Ein kurzer Blick zur grauen Wolldecke in der Ecke des Schlafzimmers, auf der der Hund mit heraushängender Zunge lag. Beck ging zu ihm und kraulte ihn. Er mochte das Gefühl, bei dem alten Köter keine Fehler machen zu können. Er war reduziert auf drei Grundfunktionen. Schlafen, Fressen, Kacken. Das ist noch das pure, unverfälschte Leben, dachte Beck, nicht diese Zukunftsängste oder Labelsuchscheiße.

Grabowski streckte sich, trottete zur Wohnungstür und winselte. Beck seufzte, dann zog er eine Jacke an. »Komm«, sagte er und ging mit ihm nach draußen.

Die Straßen waren menschenleer, bis auf ein paar vorbeifahrende Autos herrschte der Friede der einsamen Zweisamkeit. Der Hund schnupperte am Kopfsteinpflaster, knurrte kurz, machte sein Geschäft in den Büschen.

»Na endlich«, murmelte Beck. Dann sah er, wie auf der gegenüberliegenden Straßenseite ein herumstreunender Dackel ein Schild bepinkelte. Er fragte sich, wo der Besitzer war. In diesem Moment rannte Grabowski schon los, um sich freudig bellend auf den Dackel zu stürzen. Beck, der auf einmal ein lauter werdendes Motorengeräusch vernahm, wollte den Hund gerade zurückrufen, als ein Kleintransporter der Firma ORECON Grabowski mit einem lauten Hupgeräusch erfasste und mehrere Meter mitschleifte. Beck wusste instinktiv, dass er nie mehr diesen dumpfen Jauler vergessen würde, mit dem der Hund sein Leben beendete.

Der Kleintransporter, der aus dem Nichts gekommen

schien, wurde für wenige Momente langsamer, als ob er anhalten wollte, dann drückte der Fahrer aufs Gas, und der Transporter verschwand in der Dunkelheit.

»Hey!«

Beck rannte noch einige Schritte hinter ihm her, doch schließlich gab er es auf. Wenige Meter von ihm entfernt lag Grabowski reglos auf der Straße. Der Dackel von der anderen Straßenseite, der eigentliche Auslöser des Unfalls, war als Erster beim Tatort. Er schnupperte an der toten Dogge, dann lief er weg.

Beck hingegen verharrte auf dem Bürgersteig und überlegte, ob er den Kadaver des Hundes auf den Gehweg hieven sollte. Er versuchte sich das Blut vorzustellen, das aus Grabowskis Wunden lief. Vor allem der Kopf der Dogge schien einiges abbekommen zu haben. Es grauste ihn. Nein, es war ohnehin nicht sein Hund, entschied er. Außerdem war er noch nie ein Freund von großen Abschieden gewesen. Die Trauerfeier seiner Mutter in Paris hatte er versäumt, wieso sollte er dann einen fremden alten Köter von der Straße kratzen und irgendwo vergraben? Wenn man es genau nahm, war das auch keine Art, tote Dinge einfach irgendwo einzubuddeln. Es hatte so etwas von Verdrängung.

Beck wurde wehmütig, gleichzeitig war er noch immer geschockt, verwirrt. Er hob die Hand, um dem Tier einen letzten Salut zu erweisen. »Auf Wiedersehen, alter Freund«, sagte er. »Wir bleiben furchtlos, und wir bleiben tapfer, bis wir dem Herrn …«

Es gab wieder ein Hupgetöse, helles Licht, durchgetretene Bremsen und dieses Geräusch, wenn man zu schnell über einen Tempostopper gefahren war. Ein kleiner blauer Renault hatte den Hund gerade zum zweiten Mal überfahren.

14

Es verging eine Sekunde. Anders als beim Kleintransporter stieg der Fahrer diesmal aus und betrachtete mit Grausen Grabowskis Überreste, die auf dem Pflaster verstreut lagen. Er runzelte die Stirn und versuchte offenbar zu rekonstruieren, welches Tier das einmal gewesen sein könnte.

Und dann entdeckte der Fahrer Beck, der mit aufgerissenen Augen noch immer einige Meter entfernt auf dem Bürgersteig stand. »Es tut mir leid, es war zu dunkel«, sagte der Fahrer und kam mit ausgestreckter Hand wie ein Zombie auf ihn zu.

Beck wich zurück.

»Hören Sie ...«, fing der Fahrer wieder an und ging weiter auf ihn zu. »Ich konnte das wirklich nicht ... ich konnte wirklich nicht ahnen, dass da ein ... O Gott ...« Er hatte wieder auf den toten Hund gesehen, bekam Mühe, sich nicht zu übergeben, und machte eine Würgebewegung.

Beck nutzte das aus und rannte einfach davon.

»Warten Sie!«, rief der Fahrer ihm nach, doch Beck drehte sich nicht um. Sein Gesicht war kreideweiß. Selten hatte er seine Haustür so schnell aufgesperrt wie in dieser Nacht. Keuchend hetzte er die Treppen nach oben und schloss die Tür hinter sich ab. Sein Herz klopfte. Gleich würde jemand klingeln. Er horchte. Gleich. Doch niemand kam, und auch

169

nach zwanzig Minuten blieb die Klingel still. Er sah aus dem Fenster, aber der Unfall war eine Straße weiter geschehen. Beck ließ sich auf einen Stuhl fallen. Ihm wurde klar, dass er den Hund eigentlich richtig gemocht hatte. Und was würde Charlie sagen?

Er sah zur grauen Wolldecke, auf der der Hund immer geschlafen hatte. Der Hund hatte überhaupt oft geschlafen, aber am liebsten auf der grauen Wolldecke. Dann bemerkte Beck, dass er Tränen in den Augen hatte. Er schämte sich dafür, fragte sich, was nur mit ihm los sei, es war doch bloß ein Hund. Aber diese Gedanken machten ihn nur noch trauriger, vor allem als er wieder die graue Wolldecke sah.

Diese verdammte graue Wolldecke!

Beck packte sie, rannte runter in den Hof und schmiss sie einfach in eine dumpf auflachende Mülltonne. Dann legte er sich wieder ins Bett. Draußen wurde es bereits hell, als er endlich einschlafen konnte.

15

In den nächsten zwei Wochen passierten einige Dinge, die Beck mit seinem Beruf versöhnten. Er ging als Klassenleiter mit der fünften Klasse in den Zoo, und es war ganz witzig. Er rief die »Rockwerkstatt« aus und ließ in einer Themenwoche in seinen Musikstunden alle Schüler ein wenig auf seiner E-Gitarre klimpern. Und natürlich genoss er die bewundernden Blicke von Anna Lind, als er selbst in der 11b etwas auf der Gitarre vorspielte, was sie dann nachmachen durfte. Die Releaseparty hatte ihm ohnehin neues Ansehen gebracht. Einmal hatte er sogar gehört, wie einige Sechst-klässler ihn cool genannt hatten.

Das Einzige, was Beck störte, war, dass Raulis Popularität noch viel größer als seine eigene war. Nach seinem ersten Konzert war der Junge kein Freak mehr, sondern der uneingeschränkte König des Gymnasiums. Und das kostete er aus. Als Beck ihn eines Tages wie immer fragte, ob sie zusammen üben wollten, schüttelte der Junge nur den Kopf und sagte, dass er schon was vorhabe. Nach der Schule musste Beck dann mit ansehen, wie Rauli mit einigen älteren Schülern vor einem BMW stand. Beck kannte diese Typen, zwei von ihnen organisierten beinahe jedes Wochenende irgendwelche Undergroundpartys in der Stadt, der Rest war in einer Punkband namens Ugly Flower, die mehr Zeit im Proberaum verbrachte als außerhalb, zu Recht, denn sie war grottenschlecht. Doch viel mehr interessierte Beck, wer das einzige Mädchen in dieser Clique war: Anna Lind.

Sie standen alle vor dem BMW und unterhielten sich. Beck sah von weitem zu wie ein böses Nachbarskind, das nicht mitspielen durfte. Diese Typen lassen Rauli ja kaum noch in Ruhe, dachte er, sie lachen mit ihm, wahrscheinlich wollen sie ihn auch in ihren Proberaum locken, damit er ihnen bei ihrer Grottenmusik hilft, verdammt, die wollen mir den Jungen *wegnehmen*, dachte Beck jetzt erbost, und wieso steht die Anna Lind da so nahe bei dem Rauli, wieso fasst sie ihn dauernd am Arm, und wieso errötet der Junge? Sicher, er sollte sich für den Kleinen freuen, aber verdammt noch mal, das ging einfach nicht.

Rauli war bereits zu Anna und den anderen in den BMW

gestiegen, der Wagen fuhr weg. Beck sah fassungslos hinterher. So war das, wenn die Jungen Erfolg hatten, dachte er. Sie verließen einen, verließen einen immer.

16

Es war inzwischen Ende Juni, und Holger Gersch hatte ihm noch immer nicht geantwortet. Wieso nicht? Beck wurde langsam nervös. Er wollte seinen freien Vormittag dazu nutzen, um sicherheitshalber ein paar Demo-CDs an ausgesuchte kleinere Labels zu verschicken. Bei sommerlichen Temperaturen radelte er zur Post an der Münchner Freiheit, als er ganz unvermutet in der Ferne Rauli Kantas entdeckte, der mit seiner Gitarre die Rolltreppe zur U-Bahn hinunterfuhr. Na warte! Beck stellte sein Rad ab, und nachdem er sich an unzähligen Menschen vorbeigeschlängelt hatte, fuhr er ebenfalls mit der Rolltreppe nach unten. Und noch während er das tat, konnte er Rauli spielen hören. Sehen jedoch nicht, denn die Sicht war ihm von Dutzenden von Passanten versperrt, die vor dem unterirdischen Eingang zum Kino ›Münchner Freiheit‹ standen und dem Jungen zuhörten. Rauli war jedoch nicht allein, er wurde von zwei Obdachlosen begleitet.

Inzwischen war Beck klar, welches Stück die Menschen so verzückte. Es war der Song, den Rauli auch am Ende der Releaseparty gespielt hatte. Es war etwas Bekanntes, aber wieder kam er nicht drauf. Es steckte so viel Liebe in dem Song, wo kam nur diese ganze Liebe her? Beck wollte die anderen Passanten fragen, wie diese verdammte Gitarrennummer denn bloß hieß. Aber er hörte nur zu und trat ein paar Schritte näher. Das macht der Junge also, anstatt in die Schule zu gehen, dachte er, er musiziert mit diesen Obdachlosen. Den Erlös teilen sie sich wahrscheinlich. Beck wurde ärgerlich. Wie konnte Rauli nur betteln?

Dann gab es plötzlich Aufregung. Zwei Polizisten beendeten das kleine Konzert. Die Passanten verzogen sich, manche gingen in den Hertie oder zur U-Bahn, die meisten traten jedoch nur einige Schritte zurück, um weiter zuzusehen. Die beiden Polizisten sagten zu den Obdachlosen, dass sie Hausverbot hätten und mitkommen sollten. Sie fragten Rauli, wieso er nicht in der Schule sei. Der Junge wirkte hilflos. Beck beschloss jedoch, ihn noch ein wenig leiden zu lassen. Zu tief saß die Enttäuschung darüber, dass Rauli in den letzten Wochen kaum noch Zeit für ihn gehabt hatte und nach der Schule mit diesen älteren Schülern rumgehangen war. Und wieso schmiss sich die Anna so an ihn ran?

Schließlich log Rauli, dass er gerade eine Freistunde habe. Die Polizisten glaubten ihm nicht und sagten, dass er jetzt ebenfalls mal mitkommen solle.

»Moment!«, mischte sich Beck ein. »Der Junge hat mit den beiden nichts zu tun.«

»Wer sind Sie denn?«, fragte der bärtige Polizist.

»Ich bin sein Lehrer«, sagte Beck und deutete auf Rauli. »Ich bin zufällig hier.«

Der kleinere Polizist starrte ihn an. »Hat Ihre Schule heute geschlossen, oder wieso sind Sie alle hier?« Er lachte kurz über seinen eigenen Witz, aber als sein Kollege nicht mitlachte, wurde er wieder ernst und schaute streng.

»Im Übrigen darf ich Sie darauf hinweisen, dass dieser Junge hier gar nicht mehr schulpflichtig ist«, sagte Beck. »Das sollten Sie doch wissen. Jessas, er ist bereits siebzehn.«

Die beiden Polizisten sahen Rauli daraufhin erstaunt an und murmelten, dass er aber deutlich jünger aussehe. Beck merkte, wie Rauli einknickte und peinlich berührt zu einem hübschen Mädchen sah, das ihm vorhin noch zugehört hatte.

Dann ging alles schnell. Die Polizisten zogen ab, in ihrem Schlepptau hatten sie die beiden Obdachlosen. Rauli wollte protestieren und ihnen nachlaufen, aber Beck hielt ihn an den schmalen Schultern fest. Das erspielte Geld lag noch immer in dem Strohhut. Langsam verzogen sich auch die Passanten. Rauli bückte sich, steckte das Geld ein und setzte sich den Hut auf.

»Bist du eigentlich wahnsinnig?«, rief Beck. »Spinnst du, oder bist du krank? Sag's mir, ich weiß es nämlich nicht.«

»Was meinen Sie?«

»Jessas, statt in die Schule zu gehen, hockst du hier rum und spielst mit ein paar versoffenen Pennern, ich kann's nicht glauben.«

»Pablo und Alain sind keine Penner.«

»Ist ja rührend. Sag mir jetzt bloß nicht, dass das deine Freunde sind. Großer Gott, die nutzen dich doch nur aus. Das sind Drogensüchtige, Rauli, die sind nur nett zu dir, weil du ihnen Kohle bringst. ... Ich verbiete dir, dich noch mal mit ihnen zu treffen.«

Rauli drehte sich um. Den Hut setzte er ab. »Sie sind nicht mein Vater.«

»Das kommt ja wie aufs Stichwort. Weiß dein Vater eigentlich, was du hier tust?«

»Ja, sicher.«

»Lügner. Dein Vater weiß es nicht, da geh ich jede Wette ein. Und er wird es auch nicht erfahren, aber nur dann nicht, wenn du aufhörst, dich mit diesen runtergekommenen Junkies da zu treffen.«

Die Drohung schien zu wirken. Beim Wort »Vater« hatte sich ein Anflug von Furcht in Raulis Gesicht geschlichen. Mehr Furcht als eigentlich nötig, wie Beck fand, aber er ging nicht darauf ein.

Rauli wand sich vor Ärger und Angst. »*Runtergekommene Junkies*«, wiederholte er verächtlich. »Wissen Sie, Herr Beck, nicht alle Menschen haben Glück wie Sie. Pablo ist Waise, Alex ist früher auf … egal, Sie haben kein Ahnung. Kein scheiß Ahnung von Leben. Für Sie ist Leben nur Stereoanlage und Kühlschrank und McDonald's.«

Beck hatte den Jungen selten so wütend erlebt. »Es ist nur … du hast Talent, Rauli, viel Talent. Eine Gabe, verstehst du denn nicht, was das bedeutet? Wir sind gerade dabei, einen wichtigen Deal zu machen, ich will nicht, dass du hier betteln gehst. Wenn ihr was braucht, dann sag es mir, das ist doch alles kein Problem.«

Rauli schien mit sich zu ringen. Er wollte etwas sagen, aber die Stimme versagte ihm. »Was ist, wenn ich nicht dauernd Ihr scheiß Geld will?«, fragte er schließlich. Der Junge hatte vor Wut oder Scham Tränen in den Augen. »KÖNNEN SIE NICHT KAPIEREN, DASS ICH NICHT IMMER ALLES NUR VON IHNEN HABEN WILL?«

Er stürmte davon.

Beck stand einen Augenblick lang fassungslos da. Dann lief er ihm nach. Die wenigen Passanten, die noch nicht gegangen waren, sahen nun, wie dieser eigenartige Lehrer am anderen Ende des U-Bahn-Schachts den Jungen mit der Gitarre endlich eingeholt hatte, den Arm um seine Schultern legte und auf ihn einredete. Der Junge schien lange Zeit unschlüssig, aber dann nickte er. Es schien sogar fast so, als müsse er über einen albernen Spruch des Lehrers lachen. Am Ende drehten beide gemeinsam um, und spätestens auf der Rolltreppe nach oben trug der Junge den Hut wieder auf dem Kopf.

17

Am Wochenende war Lara mal wieder nicht da, sondern bei ihren Eltern in Niedersachsen. Beck war froh, dass er jetzt nicht allein sein musste, sondern Rauli neben ihm auf der Wohnzimmercouch saß und fernsah. Bis eben hatten sie an neuen Songs gearbeitet. Er hatte den Jungen erneut gefragt, ob er nicht auch mal selbst ein Stück schreiben wolle, aber wieder hatte Rauli nur schüchtern abgewunken. Gerade kam seine Lieblingsserie *Sabrina – Total verhext*, in der es um eine jugendliche Hexe ging. Der Junge lächelte und summte die Titelmusik mit, bis Beck ihn fragte, wie es eigentlich mit Anna laufe.

»Wolltest du morgen nicht mit ihr ausgehen?«

Rauli nickte. Dann zog er den rechten Hemdsärmel hoch und hielt Beck die Innenseite seines Arms hin. Er hatte sich offenbar mit einem Messer vier Buchstaben eingeritzt, die

in blutverkrusteter, roter Schrift einen Namen bildeten:
ANNA.

»Großer Gott … Das muss fürchterlich weh getan haben.«

Rauli zuckte mit den Schultern und betrachtete glücklich die eingeritzten Buchstaben. Dann schrieb er wieder etwas auf einen gelben Zettel und steckte ihn ein.

Beck stieß ihn an. »Was schreibst du da eigentlich immer?«

»Wollen Sie nicht wissen, glauben Sie mir.«

»Aber das ist doch Unsinn. Natürlich will ich es wissen.«

Doch Rauli blieb hart. Die gelben Zettel waren ihm heilig. Und Beck hätte das wohl auch respektiert, wenn, ja wenn am nächsten Tag nicht dieser kleine Unfall passiert wäre. Danach musste er nämlich feststellen, dass er tatsächlich nicht hatte wissen wollen, was auf den gelben Zetteln stand.

18

Am folgenden Nachmittag stellte Beck fest, dass er sich an das Klinikum Haar gewöhnt hatte. Er kannte die kargen Räume samt dem Personal, und niemand sah ihm noch misstrauisch nach, wenn er die geschlossene Abteilung der Psychiatrie wieder verlassen wollte. Anders als beim ersten Besuch, als er noch ein wenig allein in der Station umhergewandert war und sich die Zimmer angesehen hatte, den Fernsehraum, das Patiententelefon, die Tischtennisplatte, bis ihn eine Schwester gefragt hatte, was er hier eigentlich mache. Da hatte er die alberne, aber panische Angst gehabt, sie würden ihn für einen herumstreunenden Irren halten, mit einer Spritze ruhigstellen und einsperren.

Doch mittlerweile kannte Beck sich aus. Er hatte sogar schon mal auf der Station vier mit Charlie zu Abend gegessen. Manche Patienten schienen sich an seiner Anwesenheit zu stören und ihm missgünstige Blicke zuzuwerfen. Sie konnten es offenbar nicht ertragen, dass er die Station wieder verlassen durfte und sie nicht. Die meisten Frauen hier wirkten, als wären sie zum Waschen in einen Fluss gesprungen, die Haare runterhängend, die Gesichter ungeschminkt. Die männlichen Patienten trugen Jeans oder Trainingsanzüge, nur ein einzelner, jüngerer mit langen Haaren hatte Punkklamotten an. Er saß abseits, hörte mit einem Discman Musik und schwieg. Niemanden kümmerte hier sein Aussehen, keiner wollte imponieren. Wem auch? Dem anderen Geschlecht? Klingt sicher nicht vielversprechend, wenn man erzählt, dass man seinen Traumpartner in der geschlossenen Psychiatrischen kennengelernt hat, dachte Beck.

An diesem Tag wusste er, was er zu tun hatte. Entschlossen klopfte er und trat ein. Charlie stand am Fenster und drehte sich erst nicht um. Beck stellte sich neben ihn. »Ich muss dir etwas sagen«, fing er an. »Der Hund ist tot.«

Charlie sah weiter nach draußen.

»Hast du gehört? Er ist tot.«

Charlie runzelte die Stirn und atmete tief ein und aus. »Grabowski?«, fragte er schließlich. Noch immer sprach er sehr langsam, aber nicht mehr so abgehackt wie noch vor kurzem. Auch die Spuckebläschen an seinem Mund waren verschwunden, sie hatten die starken Medikamente inzwischen abgesetzt.

»Ja, er ist gestorben«, sagte Beck.

»Ich hab mir schon so was gedacht.«

»Wieso?«

»Weil du die letzte Zeit immer ausgewichen bist, wenn ich nach ihm gefragt habe.«

»Aber wieso hast du nicht weiter nachgefragt?«

Charlie setzte sich aufs Bett, das Gehen fiel ihm noch schwer, seine Finger zitterten. »Weil ich es ja nicht sicher wusste. Mir ging es sehr schlecht, und solange noch eine kleine Chance bestand, dass Grabowski lebt, konnte ich an ihn denken und mir vorstellen, dass wir spazieren gehen. Weißt du, was ich meine?«

»Ich glaub schon.« Beck stellte die Sporttasche, die er mitgebracht hatte, auf den Tisch. »Ich hab hier übrigens was für dich, 'n paar frische Klamotten.«

Er packte aus. Es waren einige Hemden und Hosen in Übergröße, die er neu gekauft hatte, aber auch ein paar Sachen aus Charlies Wohnung.

Charlie griff sofort nach einem alten, ausgeleierten grauen Shirt. *FC Bayern – Deutscher Meister 1994* stand darauf, vorne war ein Mannschaftsfoto mit einem Opel Vectra, hinten waren die Spielernamen zu lesen. »Wo hast du das denn gefunden? Ich weiß noch, wie ich mir das damals am Marienplatz gekauft habe.«

»Ja, ich erinnere mich … Da fällt mir ein: Ich hab noch was für dich.« Beck kramte in einer Seitentasche seines Jacketts und holte ein kleines Büchlein mit Fotos heraus. »Das lag auf deinem Nachttisch. Übrigens bin ich im Hausflur fast mit einem Inder zusammengeprallt, der danach bei dir geklingelt hat. Ich hab ihm gesagt, dass du nicht da bist.«

»Ach, das war wahrscheinlich Bakshi.«

»Wer zum Teufel ist Bakshi?«

»Ein Freund.«

Beck verschränkte die Arme. »Ist das einer von diesen Hare-Krishna-Typen? Ich sag's dir jetzt zum hundertsten Mal: Das sind nicht deine Freunde. Lass die Finger von denen. Ich weiß noch, wie du diese orangene Robe anhattest.«

»Das war doch nur Spaß.«

»So sah es aber nicht aus.«

Charlie antwortete nicht. Stattdessen nahm er das Fotoalbum in die Hand und sah es sich an. Er betrachtete lange ein Bild, das ihn als Zweiundzwanzigjährigen während des Philosophiestudiums zeigte, vor dem Brunnen der LMU München. »Ich erinnere mich noch so genau an diesen Tag.« Charlie deutete auf das Foto. »Ich weiß, dass wir an dem Abend auf eine Party gegangen sind. Du hattest doch deine neue Freundin dabei, die ...«

»Die Meike.«

»Meike, genau. Jedenfalls haben wir uns am Abend betrunken, und du hast mit mir um hundert Mark gewettet, dass es Kobolde gibt.«

»Ja, ich weiß. Du hast mir das Geld übrigens bis heute noch nicht gegeben.«

»Wieso? Es gibt doch keine Kobolde.«

Beck sah ihn verdutzt an. »Aber darauf hatte ich doch damals gewettet. Ich hab gesagt, dass es keine Kobolde gibt.«

»Nein, *ich* hab gesagt, dass es keine Kobolde gibt. Du hast das Gegenteil behauptet.«

»Nein, hab ich nicht. Wieso hätte ich denn behaupten sollen, dass es Kobolde gibt?«

Sie stritten kurz, wer damals an die Kobolde geglaubt hatte und wer nicht, dann betrachteten sie wieder das Bild. Charlie deutete auf seine eigene junge, fröhliche Gestalt. »Ich hatte damals so viel Kraft und Energie, das ist alles weg … Ich hätte niemals das Studium abbrechen dürfen, oder?«

»Nein, das hab ich sowieso nie verstanden.«

»Damals war alles irgendwie … Ich hab viel mehr geatmet. Weißt du, was ich meine? Heute hab ich das Gefühl, ich kann nicht mehr richtig atmen, egal, wie tief ich Luft hole … Ich fühl mich immer so kraftlos, wie am Ersticken … Es ist so wenig Luft da.«

Beck dachte nach und ließ dabei seine Zunge ratlos durch die Mundhöhle irren. Ihm fiel nichts ein, was er antworten konnte. Charlie hörte sich anders an. So ruhig, nachdenklich, ehrlich. Eigentlich gar nicht unsympathisch.

»Wie ist Grabowski eigentlich gestorben?«, fragte er unvermittelt.

»Er ist überfahren worden … zwei Mal.«

Charlie nickte. »Ah«, sagte er schließlich, ehe er wieder aufstand und aus dem Fenster starrte.

Es sind Gespräche wie diese, die das Leben als lieblosen Unfug enttarnen, dachte Beck.

19

Er saß am Klavier im Musikraum, Rauli lag auf den Dielen des Holzbodens. Sie übten die neuen Stücke, die Beck geschrieben hatte, und malten sich währenddessen aus, was sie mit dem vielen Geld machen würden, das ihnen der Sony-BMG-Deal mit Gersch bringen würde.

»Ich will unbedingt nach Finnland reisen«, sagte Rauli, und Beck wurde in diesem Moment bewusst, dass ›Rauli‹ eigentlich ein finnischer Name war. Er überlegte, bei diesem Thema nachzuhaken, ließ es aber sein.

»Weiß Charlie schon, dass sein Hund tot ist?«, fragte stattdessen der Junge.

Diese Frage löste in Beck etwas aus. Früher hätte er nie über persönliche Dinge gesprochen, doch auf einmal war alles anders. Er musste einfach darüber reden und begann, von seinem Besuch in der Klinik zu erzählen.

Rauli hörte erst nur halb zu, dann aber wurde er immer begieriger und schien alles aufzusaugen. Vor allem das mit der Luft, die mit den Jahren immer dünner wurde, interessierte ihn. Und dann, fast unmerklich, holte er von irgendwoher einen gelben Zettel heraus und fing an mitzuschreiben. Versteckt tat er das, hinter einer schwarzen aufgeklappten Gitarrenhülle aus Holz. Beck redete vor sich hin und blickte auf den Boden. Schließlich erzählte er nicht mehr von Charlie, sondern nur noch von sich selbst und von seiner Angst, irgendwann so zu enden wie sein einziger Freund, desillusioniert, verloren, einsam.

Rauli schrieb auch mit, als Beck am Klavier wahllos einige Tasten anschlug. »Ist es nicht komisch?«, fragte er und spielte einen c-Moll-Akkord. »Wie einfach und kompliziert es ist. Ich brauche nur vier oder fünf Tasten in der richtigen Reihenfolge zu spielen, und schon hab ich einen Welterfolg. Auf der anderen Seite ist es viel wahrscheinlicher, dass ich mein Leben lang die Tasten in der falschen Reihenfolge spielen werde.«

Dann sprach Beck davon, dass er gar nicht älter geworden sei, sondern nur unbeweglicher und ängstlicher. Er redete und redete, und Rauli schrieb, noch immer hinter der großen Gitarrenhülle verborgen, mit. Er schrieb, bis Beck ihn entdeckte. »Was machst du da? Schreibst du mit?«

Rauli ließ den gelben Zettel blitzartig hinter der Gitarrenhülle verschwinden. Er streckte die Hände aus und zeigte, dass sie leer waren.

Beck nickte nur. Ihm spukte zu viel im Kopf herum. Wie ein alter Crooner saß er an seinem Flügel und begleitete sich zu seinen Gedanken. »Mir fällt das Spielen schwer«, sagte er. »Bei dir sieht es immer so leicht aus. Ich muss mich immer konzentrieren, selbst bei den einfachen Sachen.«

Rauli zuckte mit den Schultern. »Dafür schreiben Sie gute Songs.«

Beck lächelte schwach. »Stimmt, das ist nicht so schwer. Das ist wie Fahrradfahren, es geht einfach, ich muss nicht nachdenken.«

Kurz darauf wurde Rauli unruhig. Er redete von dem Date, das er gleich mit Anna im ›Roxy‹ hatte, und fuhr ihren eingeritzten Namen auf seinem Arm nach. Dann stand er auf und betrachtete sein blasses Gesicht im Spiegel des Hinterzimmers, richtete die gegelten Haare und sprach davon, wie sehr er Anna liebe. Beck schüttelte nur den Kopf. Er war sich nie sicher, ob Rauli diese flammenden Liebesbekundungen wirklich ernst meinte oder ob er einfach Spaß daran hatte, so übertrieben vor seinem Lehrer zu schwärmen.

Um zwanzig vor sieben war der Junge dann gegangen. Beck blieb noch im Musikraum und klimperte ein wenig vor sich hin. Anna Lind, dachte er. Ihn ärgerte maßlos, dass da offenbar etwas zwischen ihr und Rauli lief, sie war schließlich so etwas wie *sein* »Projekt«. Und nun musste er mit ansehen, wie der Junge ihn mühelos überholte. Es durfte verdammt noch mal nicht sein, dass er alles bekam. Den Ruhm, die Frauen, das Geld, die Zukunft, das Rampenlicht. Immerhin hatte er selbst doch die Songs für die Releaseparty geschrieben, dennoch sprachen alle nur von Rauli Kantas. Dabei ist der Kleine doch eigentlich von mir abhängig, dachte Beck.

Dann bemerkte er auf dem Tisch den Rucksack, den Rauli immer bei sich trug und in seiner Aufregung vergessen hatte. *Der Rucksack.* Beck versuchte nicht daran zu denken und spielte weiter, aber der verdammte Rucksack ging ihm nicht mehr aus dem Kopf. Er wusste, dass Rauli ein Geheimnis hatte. Ahnte, dass es in dem Rucksack verborgen war. Spürte, dass es etwas mit den gelben Zetteln zu tun haben musste.

Und dann geschah es.

Beck konnte mir später nie genau erklären, wie es passiert war, doch ich vermute, es war so: Er nahm den Rucksack in die Hand, und dabei fiel das Kästchen heraus. Fertig. In Becks Geschichte spielte noch eine piepende Digitaluhr im Inneren des Rucksacks eine gewisse Rolle, die Rauli wohl an das Treffen mit Anna erinnern sollte und die er, Beck, abstellen wollte. Ich lasse den Leser an dieser Stelle selbst entscheiden. Die Sache mit der Uhr und dem Treffen ist natürlich gut ausgedacht, aber wieso sollte Rauli seine Uhr nicht einfach getragen haben?

Na ja, seien wir mal so gnädig, Beck Glauben zu schenken. Jedenfalls fiel das Kästchen heraus. Es hatte die Größe eines kleineren Schuhkartons und war verziert mit lauter Musikern: Joe Strummer, Jimmy Page, Robert Smith, Chuck Berry, David Bowie, Lou Reed, Syd Barrett, John Lennon, Iggy Pop, Johnny Ramone, Angus Young, Ian Curtis, Jim Morrison, Ray Davies, Jimi Hendrix, Sid Vicious, Paul Weller, Ian Brown, Andy Gill; es war unmöglich, sie alle aufzuzählen. Das Kästchen war vollständig mit den ausgeschnittenen Köpfen ehemaliger Rock-, Pop- und Punkhelden zugeklebt. Dann stellte Beck erstaunt fest, dass es auch Bob Dylan von einem Album, das er Rauli geliehen hatte, hierhergeschafft hatte. Der Junge musste einfach das Albumcover zerschnippelt haben, um Dylans Lockenkopf auf dem Kästchen zu platzieren. Ausgerechnet diese verdammte Nervensäge.

Und dann erst entdeckte Beck die gelben Zettel. Es mussten Hunderte sein. Ein Meer aus gelben Zetteln. Sie waren vollgekritzelt, mehr bleistiftgrau als gelb. Beck hob einen auf. Vorne stand ein Text auf Englisch, der ihm zunächst nicht viel sagte. Hinten standen einige Musiknoten. Es dauerte einige Sekunden, bis Beck begriff. Bis dahin hatte er überlegt, ob der Text oder die Melodie, die auf dem Zettel standen, gut oder schlecht waren. Er hatte in den falschen, weil gewöhnlichen Kategorien gedacht, erst dann war ihm klargeworden, dass sie nur genial sein konnten. Als würde man seine Hand unter siedend heißes Wasser halten. Für einen kurzen Moment dachte man, es wäre kalt, ehe man verstand, *wie* heiß es war.

Beck rannte zu seiner Gitarre und holte dabei seine Lucky Strikes aus der Jacketttasche. Er hatte sich noch nie in seinem Leben schneller eine Zigarette angezündet. Er nahm einen tiefen Zug, dann spielte er. Es waren nicht viele Noten, die auf dem gelben Zettel standen, aber sie waren zweifellos besser als alles ... Beck dachte nach, dann fügte er nichts mehr hinzu. Sie waren zweifellos besser als alles.

20

Beck spielte einen Zettel nach dem anderen durch. Bevor er anfing, wusste er nie, wohin ihn Raulis Geniestreiche als Nächstes tragen würden. Mal tauchte er in den spröden Charme eines Morgens auf dem Land ein, mit nebelverhangenen Wiesen und Tau auf den Blättern. Bei der nächsten Melodie war er plötzlich auf einer Beerdigung, senkte den Kopf und trauerte, sah in das Antlitz eines weinenden kleinen Mädchens, das bereits die Züge einer alten Frau im Gesicht trug, bevor der folgende Zettel ihn direkt zum Mund einer schönen Unbekannten führte.

Raulis Ideen und Songfragmente waren berauschend. Beck zitterte, fühlte sich nervös, glücklich, angespannt. Ihm wurde bewusst, dass Rauli ein besserer Songschreiber war, als er selbst es jemals würde sein können. Der Junge hatte in dem Kästchen Melodien, die alles überdauern würden. Noch in hundert Jahren würden sich Menschen an sie erinnern, sie pfeifen, sie an ihre Kinder weitergeben. Diese Songs würden sich einreihen neben *Hey Jude* von den Beatles oder, wenn's denn sein musste, *Like a Rolling Stone* von Bob Dylan.

Und dann entdeckte Beck die Melodie, die Rauli am Ende seines Konzerts gespielt hatte. Er hatte immer gedacht, er kenne sie bereits. Dabei war sie einfach so gut, dass sie mühelos in ihn eingedrungen war und ihm ein vertrautes, wohliges Gefühl gab. Sie hatte das Zeug zum Welthit, das Beste aus Raulis Wunderkästchen. Diese eine Melodie würde alles verändern. Holger Gersch würde auf die Knie sinken. Es steckte so viel Liebe in den Noten, dass es ihn zerriss. Beck las, was auf dem Zettel stand: *Finding Anna.* Natürlich. Daher kam das ganze Gefühl in dieser Melodie. So hatte der Junge also diesen einen Song genannt, den schon bald jeder kennen würde. Und mit einem leichten Schaudern wurde Beck klar, dass Rauli all seine albernen Liebesbekundungen immer ernst gemeint hatte. *Finding Anna.*

Auf einmal war da etwas in Becks Erinnerung. Es tauchte nur ganz kurz auf, wie ein Blitz irgendwo in der Ferne, den man aus den Augenwinkeln wahrnahm.

Er sah, wie Rauli etwas hinter der Gitarrenhülle schrieb.

Beck stand auf und hastete zur Hülle. Und tatsächlich lag da ein gelber Zettel, vollgeschrieben mit Sätzen und Notizen. Der Junge musste sie in wenigen Augenblicken hingeschmiert haben. Manches wirkte noch unfertig, aber Beck wusste, worum es ging. Um ihn selbst. »The Bitter Smile« stand oben rechts am Rand. Die Melodie auf der Rückseite war ruhig, Midtempo, klare, einfache Struktur.

Loving melancholy,
Hating death,
Old man,
You're not longer a storyteller.

Das waren die ersten hingeschmierten kryptischen Zeilen.
Beck rieb sich die Stirn. Er las weiter:

Where is your soul, friend,
Even the devil hates you.
Your life is dead,
But you're still here.

Beck schüttelte den Kopf, das ist alles typisch Rauli, dachte
er, viel zu pathetisch. Dann konnte er einiges nicht entzif-
fern, bis er auf diese Zeilen stieß:

No moves, no actions,
Just tired reactions.
It's a freezing disaster
Your hopes are cold
Your heart is Alaska.

Beck kratzte sich am Hals, er bekam kaum Luft. Die Luft
wird dünner, je älter man wird, dachte er. Erstaunt sah er,
dass genau das nun auf dem Zettel stand. Danach kam wieder etwas, das der Junge in wenigen Sekunden hingekritzelt
hatte.

I know you're a cheater,
But you're not a liar at all,
I can see the bitterness
In your smile.

Nothing in your hands,
Old man, now it's over.
Searching yourself,
You have wasted your life.

Beck ließ sich auf den Boden fallen. Er fühlte Leere. Einfach nur eine riesige Leere. Dann bemerkte er ein kleines Polaroidfoto, das ebenfalls aus Raulis Rucksack gefallen war. Auf der weißen Rückseite stand »Leena, 1997«. Auf dem Bild war eine gut vierzigjährige Frau zu sehen, mit langen schwarzen Haaren. Ihr zartes Kinn stützte sie auf ihrer Schulter ab. Sie lächelte nicht, sondern sah ins Nichts. In ihrem Blick lagen Liebe und große Trauer, als stünde ihr etwas sehr Schlimmes bevor …

Eine Tür knallte.

Beck drehte sich erschrocken um. Hinter ihm stand Rauli.

21

Ihm fielen sofort die verweinten Augen des Jungen auf. Ohne etwas zu sagen, war Rauli mit zwei Schritten bei Beck und riss ihm das Foto aus der Hand. Er presste es fest an sich, vergewisserte sich, dass es wirklich noch da war. Dann steckte er es in seine Hosentasche und sammelte hastig die gelben Zettel ein, die überall auf dem Boden verstreut lagen, bis sie alle wieder in dem bunt verzierten Kästchen waren. Das Schlimmste war, dass er dabei kein einziges Wort sprach.

»Was ist das?«, fragte Beck schließlich, einfach nur, um das Schweigen zu brechen. Und weil er noch immer nicht glauben konnte, was er gerade gesehen, gehört und gespielt hatte. Er wusste nicht, was er fühlen sollte, er war wütend auf den Jungen, aber auch traurig, dass die gelben Zettel wieder weg waren. In dem Kästchen verbargen sich Schätze, Wunder, Wahrheiten, Zauberklänge. *Finding Anna.* Wie konnte ein Siebzehnjähriger eine solche Melodie schreiben?

»Sag schon, was ist das?«, fragte Beck noch mal.

Rauli sah zu Boden, er ließ seine rechte Hand über den Rand des Kästchens gleiten. Seine Stimme war leise und brüchig. »Das ist das Herz meines Lebens.«

Eine Weile standen sich Beck und Rauli schweigend gegenüber. Es war Sonntag; sie waren die einzigen Menschen in der Schule, im einzigen hell erleuchteten Zimmer des abendlich dunklen Gebäudes. Beck war sich nicht sicher, ob er sauer oder mitleidig sein sollte. Er fühlte sich verraten und ahnte zugleich, dass dem Jungen etwas Schlimmes widerfahren sein musste. Er machte sich bewusst, wie feinfühlig Rauli war, wie verwundbar, und dann war da noch das Foto, wer war die Frau auf dem Foto? Natürlich ahnte er es.

Aber dann musste er daran denken, dass der Junge sein

Leben mit einigen Textzeilen auseinandergenommen hatte. Dass er die Zettel vor ihm versteckt und so getan hatte, als könne er keine Songs schreiben.

Rauli sah ihn an. Er öffnete den Mund, um etwas zu sagen, aber er schien zuerst auf eine Reaktion von Beck zu warten, eine kleine Bewegung mit den Augen vielleicht, eine Geste.

Beck rührte sich nicht. Er konnte fast physisch spüren, wie sehr dieser verletzte Wunderknabe litt. Sicher, er war der Ältere und sollte zuerst etwas sagen. Er musste sich in den Schatten des Jungen stellen und seine Rolle als väterlicher Berater akzeptieren. Doch er konnte es nicht. Alles in ihm sträubte sich dagegen, als versuchte man eine Katze in einen Karton zu stecken, während diese sich krampfhaft mit allen vier Pfoten am Rand festkrallte. Beck nahm sein Jackett, das er im Rausch des Spielens ausgezogen hatte, und verließ, ohne sich umzudrehen, den Raum.

22

Die Nacht war mies. Er konnte nicht schlafen, dachte zu viel nach, rief Lara bei ihren Eltern an und weckte sie auf, ehe er schließlich einsam auf seinem Balkon stand, wo er rauchend den Morgen erwartete.

Ein paar Stunden später hatte er auch schon Musik in der 11b. Die ersten Schüler trudelten ein, bald waren alle da. Nur Rauli Kantas' Platz blieb leer. Nach Unterrichtsende spähte Beck im Schulhof umher, ob der Junge sich vielleicht da herumtrieb, aber er sah ihn nicht. Auch nicht an der U-Bahn-Station beim Hertie. Rauli war verschwunden. Beck dachte an die geröteten Augen des Jungen. Wohin ging jemand, dessen Herz gebrochen worden war?

Schließlich radelte Beck nach Hause. Auf seinem Weg kam er an der St.-Ursula-Kirche vorbei, vor dem Tor eine schwarzgekleidete Menschenmenge. Auf einem Schild war zu lesen, dass in wenigen Minuten die Trauerfeier für einen Hans Zankl stattfand. Beck stieg vom Rad. Er dachte an seine Eltern. Ihm wurde wieder bewusst, dass sie nie richtig da gewesen waren. Oder war er einfach nur undankbar? Vielleicht hätte er damals doch zur Beerdigung seiner Mutter gehen sollen.

Aus dieser Überlegung riss ihn der Anblick des schwarzhaarigen Jungen, den er zu seinem Erstaunen inmitten der Schar der Trauernden entdeckte und der, etwas abseits stehend und mit dem Rücken gegen die Kirchenwand gelehnt, einen gelben Zettel beschrieb. Beck überlegte, dann entschied er, sich nicht zu erkennen zu geben. Er wartete, bis alle Trauernden die Kirche betreten hatten, ehe er draußen sein Fahrrad abstellte und ihnen hineinfolgte.

Drinnen war es unruhig, es dauerte, bis sich alle gesetzt hatten. Viele Menschen nahmen von Hans Zankl Abschied. Rauli würde sicher niemandem auffallen, mal wieder trug er ausschließlich Schwarz.

Beck setzte sich neben den Jungen in die letzte Reihe. Rauli nahm keine Notiz von ihm, fasziniert sah er den anderen Gästen und ihrer Trauer zu, ihrer Angst vor dem Tod, ihrer Erleichterung, noch am Leben zu sein. Er sog alles in sich auf. Der Organist spielte *Herr Jesu Christ, dich zu uns wend* von Bach. Rauli bemerkte ihn noch immer nicht. Erst als Beck ihn anstieß, drehte er sich zu ihm. Im ersten Moment wirkte der Junge überrascht, dann nickte er nur.

Die Trauerfeier verging schnell. Die Tochter des Verstorbenen hielt eine kurze Rede, der Pfarrer sprach einige Worte des Abschieds. Dazwischen Orgelmusik und ein weiterer Choral von Bach. Dann löste sich die Versammlung auch schon wieder auf. Wie lange und individuell man lebte und wie schnell und konventionell man im Vergleich dazu verabschiedet wurde, dachte Beck. Jeder der Anwesenden ging zum blumengeschmückten Sarg und sagte noch etwas oder besprengte ihn mit Weihwasser. Beck und Rauli blieben sitzen.

»Nur um sicherzugehen: Du kennst hier niemanden?«

Der Junge schüttelte den Kopf. »Wieso sind Sie hier?«

»Ich schätze, ich war auf zu wenig Beerdigungen in meinem Leben. Ich hab da noch Nachholbedarf.«

Sie beobachteten, wie eine offenbar nahe Verwandte des Verstorbenen mit Tränen in den Augen einen Strauß abstellte. »Wegen gestern …«, fing Beck an. »Ich hätte die Zettel nicht lesen dürfen, und du hättest mich nicht anlügen sollen. Wir sind quitt.«

»Quitt.« Sie gaben sich die Hand.

»Dieses *Finding Anna,* das hast du doch ganz am Ende auf deinem Konzert gespielt, oder?«

»Ja.«

»Das war nicht schlecht.« Beck senkte den Blick. Instinktiv hatte er entschieden, den Jungen nicht wissen zu lassen, dass er ihn als Songschreiber für genial hielt. Er sollte denken, er wäre ganz passabel, aber nicht mehr.

Es schien zu wirken, denn Rauli sah ihn erstaunt an. »Nicht schlecht?«, fragte er leise.

»Ja, doch, war ganz gut. Kann man was draus machen.«

Rauli öffnete den Mund, um noch etwas zu sagen, aber dann schwieg er wieder.

»Das gestern mit Anna ist nicht so gut gelaufen?«

»Sie hat gesagt, ich bin zu jung für sie. Dabei ist sie jünger als ich.« Rauli lachte bitter vor Empörung.

»Das tut mir leid.«

»Wieso, Herr Beck?«

»Wieso was?«

»Wieso immer ich?«

Beck kratzte sich am Kinn. »Ach, weißt du, Mädchen in deinem Alter sind schwierig, die wollen oft nur Ältere. Das ändert sich. Wenn du mal Anfang zwanzig bist, stehen sie Schlange bei dir.«

»Es ist nur … Alle tun, als ob ich noch ein kleine Kind bin. Meine Stimme ist nicht tief, ich bin nicht groß. Aber ich will nicht jung aussehen. Ich will das nicht!«

»Freu dich lieber, dass du noch jung bist. Alt wirst du schon von allein.«

»Das ist einzige Sache, die gut ist. Ich werde älter«, sagte Rauli. Er schob seinen schwarzen Pulloverärmel nach oben und deutete auf den blutig eingeritzten Namen seiner Anna, dem er offensichtlich noch ein »P« hinzugefügt hatte. »Scheißding ist nur, dass ich es nicht wegkriege. Jetzt steht hier Annap. Was ist ANNAP?«, fragte Rauli, obwohl er selbst es geschrieben hatte.

»Ach, ärger dich nicht. Die Haut verändert sich. Das wächst wieder raus.«

»In Leben wächst alles irgendwann raus, oder?«

Beck dachte nach. »Ja, ich glaube schon.«

23

Die Bänke hatten sich geleert, nur sie saßen noch zu zweit in der hintersten Reihe und sprachen über die Zukunft des Jungen. Beck sagte ihm, dass er ein wunderbares Leben vor sich habe, voller Geld, hübscher Frauen und Ruhm, ganz viel Ruhm. »Du musst nur noch ein bisschen warten, dann wird alles …« Beck brach fassungslos ab. »Sag mal, *weinst du?*«

Rauli hatte tatsächlich angefangen zu weinen. Schamhaft versuchte er die Tränen zu verbergen und sah in die andere Richtung. Großer Gott, dachte Beck. Er wusste nicht, was er mit seinen Händen anfangen sollte. Vorsichtig berührte er die zitternden Schultern des Jungen. Rauli schluchzte kurz auf. Dadurch hatte er die Sympathie eines älteren Paares gewonnen, das eben noch am Sarg gestanden hatte und ihm nun einen mitleidigen Blick zuwarf.

»Jetzt sag schon, was ist los?«, fragte Beck leise. »Ist es irgendwas Schlimmes?«

Der Junge schniefte und zog dann mehrmals die Nase hoch. »Habe nur gedacht, dass, egal wie schön und glücklich mein Zukunft sein wird, ich irgendwann sterben muss. Niemand kann mir dabei helfen, es ist, wie sagt man? *Unvermeidlich.*«

»Aber komm, du bist erst siebzehn, du solltest jetzt nicht an den Tod denken.«

»Sicher. Es ist nur: Menschen, die nicht an ihre Tod denken oder keine Angst vor ihn haben, sind auch nur Tiere.«

Beck schüttelte über diesen Vergleich den Kopf. »Trotzdem. Darüber kannst du doch noch genug nachdenken, wenn du mal älter bist. Bis dahin hast du noch ein bisschen Zeit.«

»Zeit geht vorbei.«

»Weißt du doch gar nicht. Vielleicht gehen nur *wir* an der Zeit vorbei. Und dann sagen wir ›Hallo, liebe Zeit‹ oder ›Mach's gut, Zeit, bis später‹.«

Rauli lachte und weinte jetzt gleichzeitig und wischte sich die Nase an seinem Pullover ab. Dann standen sie auf.

Sie traten vor den Sarg, um Hans Zankl die letzte Ehre zu erweisen. »Auf Wiedersehen«, sagte Beck, »mein alter Freund!«

Er schwang mit dem Weihwasserstab umher, dass es spritzte. Er fühlte sich befreit. Dort lag ein Fremder, doch noch nie hatte er derart von jemandem Abschied genommen, noch nicht einmal von seinem Vater.

Auch Rauli blieb noch einen Moment vor dem Sarg stehen. In sein Gesicht war ein feierlicher, erhabener Ausdruck eingekehrt. Seine Bäckchen traten hervor, wie immer, wenn er glücklich war. »Mach's gut, Hans«, sagte er, dann verbeugte er sich tief vor dem Sarg und lächelte Beck dabei an.

»Everything Is Broken«

Der vierte Song: Über das richtungsweisende Gespräch mit
Holger Gersch, eine Reise mit Lara und eine falsche Entscheidung.

I

Das Licht im Kino ging aus, Beck hielt Lara noch mal den
Popcornbecher hin. Sie sahen sich die Verfilmung von John
Irvings *Gottes Werk und Teufels Beitrag* an. Darin ging
es um einen alten Arzt im Waisenhaus und seinen jungen
Schüler, der nicht sein Nachfolger werden wollte. Lara
liebte den Film, vor allem wenn der alte Dr. Larch, gespielt
von Michael Caine, die Waisenkinder ins Bett brachte
und zum Abschied mit liebevoller Stimme zu ihnen sagte:
»Gute Nacht, ihr Prinzen von Maine, ihr Könige von Neuengland!« Als der Arzt schließlich starb, sah sie mit Tränen
in den Augen zu Beck. Aber der war weder mitgenommen
noch traurig. Er freute sich einfach nur, dass sie so mit-
fieberte, und lächelte sie an. Sie missverstand das als seine
ewige Gefühlskälte und sah wieder weg.

Auf dem Nachhauseweg fragte Lara ihn nach der Trennung seiner Eltern. Mühsam versuchte Beck sich daran zu
erinnern, worüber die beiden damals gestritten hatten, aber

es fiel ihm kaum etwas ein. Die anschließende Trauer über die Flucht seiner Mutter hatte die meisten Erinnerungen wie ein schwarzes Loch aufgesaugt.

»Das Einzige, was ich noch weiß, ist, wie ich meiner Mutter dabei zusehe, wie sie nach einem Anruf weint«, sagte er. »Es war kurz bevor sie nach Frankreich ging. Sie saß einfach nur da und hat geweint, sie hat mich nicht mal bemerkt. Ich wusste nicht, was es zu bedeuten hatte, ich wusste nicht mal, ob es schlecht war. Irgendwie hat es mir sogar gefallen.«

»Es hat dir gefallen?«

»Ja. Ich bin dann zu ihr hin und hab sie umarmt. Sie war so liebevoll und schwach in dem Moment. Ich glaube, näher bin ich ihr nie mehr gewesen.«

Er hatte es möglichst lässig gesagt, aber seine Augen verrieten, dass er gerade etwas sehr Kostbares preisgegeben hatte. Lara antwortete nichts, doch die Art, wie sie ihn ansah, hatte sich verändert.

Sie betraten seine Wohnung. Beck erzählte von seinem Vater, von den kurzen förmlichen Gesprächen mit ihm, von seiner Verbitterung und seinem Geiz. Als er dann noch meinte, dass der Tod seines Vaters ihm nicht sonderlich viel ausgemacht habe, musste Lara lachen. »Ich bitte dich, Robert. Einen so kalten Menschen, wie du deinen Vater beschreibst, gibt es doch gar nicht. Du machst aus ihm ja eine Karikatur. Er muss doch eine Leidenschaft gehabt haben.«

»Dylan«, sagte Beck ärgerlich. »Er hat den ganzen Tag diesen scheiß Bob Dylan gehört, das war seine Leidenschaft. Reicht dir das?« Er schaltete genervt sein Handy ein und las die SMS, die während des Kinobesuchs eingetroffen war.

»Ich kann einfach nicht glauben, dass dir dein Vater nicht fehlt.«

Beck las noch immer und machte eine Handbewegung, dass sie still sein solle. Dann schrie er plötzlich vor Freude auf und umarmte Lara.

»Was ist?«

»Gersch! Er will mich am Montag treffen. Es geht um Rauli und einen Vertrag mit BMG.« Beck nahm Lara an der Hand und rannte mit ihr in die Küche. Er riss die Tür zum Balkon auf. »Habt ihr das gehört?«, rief er in die Stille. Es hallte im Hof. »Ich hab es geschafft.«

2

Um die Nachricht zu feiern, gingen sie in ein edles italienisches Restaurant am Kölner Platz. Während sie auf die Bestellung warteten, strahlte Lara ihn an. »Das mit Gersch wird bestimmt super laufen.«

»Nun, ganz so einfach wird es leider auch nicht.« Beck faltete seine Serviette. »Ich kenne Holger ziemlich gut. Ich hab dir doch erzählt, dass meine Band mich rausgeworfen hat, oder? Sie hat mich rausgeworfen, weil Holger und ich uns gestritten hatten. Und dieser Mistkerl hatte damals nichts Besseres zu tun, als die anderen Bandmitglieder hinter meinem Rücken gegen mich aufzuwiegeln. Er war link. Deshalb hatten wir auch über elf Jahre keinen Kontakt.«

Lara sah ihn auf einmal mit einer Mischung aus Überraschung und Wertschätzung an. »Das hätt ich gar nicht von dir gedacht.«

»Was gedacht?«

»Na ja, du musst diesen Holger Gersch ja eigentlich hassen. Und trotzdem hast du ihn sofort eingeladen, nur um Rauli diese Chance zu ermöglichen. Das find ich toll.«

»Ach was, es hilft mir ja auch.« Beck sah verlegen nach unten. Plötzlich blitzte es. Er blickte wieder auf. Lara schoss mehrere Fotos von ihm. Einige Gäste sowie der Kellner drehten sich irritiert um.

»Lass das!«, sagte Beck. »Nicht in dem Laden hier, die Leute schauen schon.«

»Jetzt sei doch nicht so ängstlich. Dir kann doch egal sein, was die denken. Ich dachte, ich halte diesen Tag fest.« Sie fotografierte weiter.

»Jessas, hör bitte auf«, zischte er, während er sich nach den anderen Gästen umdrehte und ihnen entschuldigende Blicke zuwarf. »Bitte!«

Lara packte die Kamera wieder weg. »Manchmal bist du so ein Spießer, Robert.«

Sie saßen sich stumm gegenüber, bis das Essen gebracht wurde. Beck starrte auf seine Pasta. »Tut mir leid. Das … Mein Vater war genauso. Er hat auch immer darauf geachtet, wie wir in der Öffentlichkeit wirken, und jetzt bin ich … Ach, verdammt.«

Er vergrub den Kopf in seinen Händen. Wie unsouverän, dachte er. Sie hatte ja recht. Was interessierte es ihn, was irgendwelche Leute in einem Lokal von ihm dachten, die er nie mehr wiedersehen würde? Wieso war es ihm wichtiger, diesen Fremden zu gefallen als der Frau, die er begehrte?

Wieso war er so schwach, wieso war er nicht jemand, der jetzt einfach aufstand und sie küsste, um ihr zu zeigen, wie viel sie ihm bedeutete? Beck wusste, dass da seit Jahren etwas Dunkles in seinem Inneren war, ein Stachel, der ihn vergiftete, der dafür sorgte, dass er feige und kraftlos war. Er schämte sich und sprach den ganzen Abend nur noch wenig.

3

Am ersten Montag im Juli stand Beck im hinteren Bereich der ›Münchner Meisterbäckerei‹. Neben ihm Rauli und Genadij Kantas, zwischen ihnen der Vertrag. Da Genadij der Denker in der Familie war, las er den Schriftsatz durch, mit dem Rauli sich verpflichten würde, Beck die nächsten zwei Jahre als seinen alleinigen Manager zu akzeptieren.

»Hm«, machte Genadij, als er den Vertrag fertiggelesen hatte. »Zwölf Prozent sind fair.«

»Es geht mir nicht ums Geld«, sagte Beck. »Und die Aufnahmen der Demo-CD im Studio haben mich auch nicht umgebracht. Ich denke, ich habe das alles gut investiert.«

»Was ist mit Genadij?«, fragte Rauli, der sich die Bäckermütze seines Bruders aufgesetzt hatte. »Er hat in Litauen Abitur gemacht, er kann nicht Bäcker bleiben. Und auch Papa …«

»Ich sage es noch mal«, Beck wandte sich an den Jungen, »ich werde alles dafür tun, dass die beiden unterkommen. Das mit Genadij wird relativ einfach sein. Was deinen Vater angeht, so werde ich mich sehr bemühen, etwas für ihn zu finden. Es wird zwar etwas schwieriger, weil er schon über fünfzig ist und nicht so gut Deutsch spricht. Aber es wird sicher den einen oder anderen Job geben, den er übernehmen kann. Es geht nur um Kontakte. Und die werde ich schon kriegen.«

Die Kantas-Brüder unterhielten sich kurz. Dann nickten beide.

»Also gut«, sagte Genadij. »Er unterschreibt. Wir wissen, was Sie für ihn … und auch für uns getan haben. Und auch wenn wir nach Raulis Konzert zwei Angebote gekriegt haben, werden wir das natürlich nur mit Ihnen machen.«

Beck stutzte kurz, als er das von den Angeboten hörte. Darüber hatte ihn niemand informiert. Doch dann reichte er Rauli einen Kugelschreiber und wartete darauf, dass der sein Autogramm unter den Vertrag setzte. Noch immer trug der Junge Schwarz; um älter zu wirken, hatte er sich seit längerem nicht rasiert. Vermutlich alles aus Liebeskummer wegen Anna.

Ein Blick zur Uhr: Um vier war er mit Gersch in einem Café verabredet. Beck wurde aufgeregt. Dass sowohl Genadij als auch Rauli unglücklich aussahen, merkte er nicht.

4

Pünktlich auf die Minute saß er im ›Extrablatt‹, doch von Gersch war noch nichts zu sehen. Ihm war heiß, draußen waren es über dreißig Grad. Beck rauchte die siebte Zigarette innerhalb einer Stunde. Man muss das jetzt richtig anpacken, dachte er. Wie Michael Douglas in diesem 80er-Jahre-Börsenfilm. Gewinnend sein, das Ding durchziehen, souverän wirken. Gut, das hier waren vielleicht nicht die achtziger Jahre, und er war auch nicht Michael Douglas, trotzdem musste er jetzt den Stier bei den Hörnern packen, wie man so sagte.

Um fünf nach vier tauchte Holger Gersch auf. Sein grauer Anzug mit der blauen Krawatte saß perfekt, seine Frisur saß perfekt, sein Lächeln saß perfekt. Beck musterte verlegen sein zerknittertes Cordjackett, das ihm Lara besorgt hatte.

»Robert«, sagte Gersch. Er war in den letzten Jahren etwas feist geworden, hatte kurze braune Haare, buschige Augenbrauen und zwei große Vorderzähne. Er sah aus wie ein dickes, böses Eichhörnchen.

»Hallo, Holger«, sagte Beck. Er war hellwach, wie aufgeputscht. Der saloppe, leicht schmierige Tonfall ist gut, dachte er, das ist Michael Douglas, das sind die Achtziger, das Jahrzehnt der Aufsteiger und Gewinner.

Sie gaben sich die Hand, sprachen ein wenig von alten Zeiten. Dann sagte Gersch relativ übergangslos, dass die Firma BMG Rauli Kantas unter Vertrag nehmen, ihn pushen und sehr gut im Markt positionieren würde.

Beck ballte die Faust. »Ja!«, entfuhr es ihm. Er bemerkte Gerschs irritierten Blick und winkte ab. »Entschuldige, aber wenn du wüsstest, wie sehr mich das für den Jungen freut ... Also, dann zeig mal den Vertrag her.« Er sah Gersch und den schwarzen Aktenkoffer, der neben ihm stand, erwartungsvoll an.

»Nun, nicht so schnell, Robert. Da gibt es noch etwas,

was ich mit dir besprechen wollte. Ich möchte betonen, dass es nichts mit dir persönlich zu tun hat.«

»Ja, sicher. Was ist es?«

Gersch holte tief Luft und blies seine dicken Eichhörnchenbacken auf. Was er sagen wollte, schien ihm tatsächlich nicht leichtzufallen. »Robert, ich wollte nur sagen: Wenn wir den Deal mit Rauli machen, bist du raus!«

5

Beck rührte einige Sekunden lang unentschlossen in seinem Kaffee herum. Auf einmal spürte er wieder die Hitze. Er lockerte den Kragen seines Hemds, während Gerschs Sätze auf ihn niederprasselten. Sony BMG würde keine anderen Manager akzeptieren. Die Sache wäre ohnehin zu groß für ihn. Aber natürlich würden alle zu schätzen wissen, was er getan habe.

Beck hörte einfach nur zu, er fühlte sich vollkommen leer und spielte mit seinen Händen. Dann schüttelte er den Kopf. »Machst du das wegen der Sache von damals, wegen der Band, weil ich dich beleidigt …«

»Robert, glaubst du wirklich, ich würde so eine Entscheidung wegen dieser alten Lappalien treffen? Das wäre ja lächerlich. Das ist doch alles eine Ewigkeit her. Ich handle nur im Sinne meiner Firma.«

»Ja, schon okay.« Beck nickte, das war daneben gewesen, das wusste er. Schlagartig wurde er müde. Er war nicht mehr Michael Douglas aus *Wall Street*, er war nur noch irgendeine gewöhnliche Arschgeige an einem heißen Julitag in München. Seine Gedanken irrten umher. »Tja, da gibt es nur noch eine Sache«, sagte er. »Es ist noch nichts unterschrieben. Aber *ich* habe einen schriftlichen Vertrag mit Rauli, der mich für die nächsten zwei Jahre zu seinem offiziellen Manager und Agenten macht. Wir gehen dann eben zu einem kleineren Label.«

»Bist du da nicht etwas egoistisch? Du weißt, wenn wir einen Künstler rausbringen und erfolgversprechend im Markt positionieren wollen, dann schaffen wir das auch. Es sind schon viele tolle, extrem talentierte Sänger bei kleineren Labels untergegangen. Das wird Rauli bei uns vermutlich nicht passieren. Außerdem, und das dürfte ganz interessant für dich sein, garantieren wir seinem Bruder und seinem Vater sichere Jobs. Das kannst du nicht.«

Beck senkte den Blick. Für eine Sekunde fragte er sich, woher Gersch das mit dem Bruder und dem Vater wissen konnte. Doch vor Wut und Enttäuschung bekam er seine Gedanken einfach nicht zusammen.

Gersch griff nach seiner Teetasse. Er schlürfte ein bisschen daraus und meinte mit ruhiger Stimme, dass es zwei Möglichkeiten gebe. Die eine wäre, dass Beck Rauli die Zukunft verbauen und auf dem Vertrag bestehen würde oder, falls der Junge zur BMG wolle, ein wochenlanger Prozess vor Gericht, der Beck schlecht bekommen könne. Die zweite Möglichkeit wäre, dass Beck den Jungen ziehen lassen und von seinem Vertrag zurücktreten würde. Sony BMG würde ihn dafür entschädigen. Damit wäre allen gedient, vor allem Rauli und seiner Familie. Eine solche Chance, bei einem Majorlabel einen Vertrag zu bekommen, habe der Junge vielleicht nie wieder.

»Da steht meine Privatnummer drauf.« Gersch reichte eine Visitenkarte über den Tisch. »Du hast bis Ende Juli Zeit, dich zu entscheiden.«

Beck nahm die Karte. Er steckte sie nicht ein, sondern spielte damit herum, knickte sie, rollte sie, ohne genau zu wissen, weshalb. »Was ist mit meinen Songs?«

»Du meinst die sieben, die auf der Demo-CD waren? Nun, sie waren ganz *nett*«, sagte Gersch halbherzig. »Aber sie sind eh nicht ganz das, was wir vorhaben. Du kannst sie behalten.«

Beck nickte unwillkürlich. Dann steckte er die Visitenkarte ein und sagte, dass er sich Ende des Monats melden würde. Er erhob sich.

Holger Gersch stand ebenfalls auf. Er wollte Beck die Hand geben, aber der reagierte nicht darauf und ging einfach zum Ausgang des Cafés. Mit einem Lächeln zog Gersch seine Hand wieder zurück. »Okay«, rief er Beck noch hinterher. »Ruf mich an!« Dann setzte er sich wieder hin und trank in aller Ruhe seinen Tee aus.

6

Ein paar Stunden nach dem Gespräch lag Beck mit Lara auf dem Sofa, ihr Kopf auf seiner Brust. Immer wieder ließ er seinen Finger über ihren Arm wandern. Während sie wie so oft versuchte, ihn aufzumuntern, wurde ihm einmal mehr bewusst, wie sehr er inzwischen an ihr hing. Von ihrem Hinterkopf ging eine angenehme Wärme aus, er streichelte ihr durchs Haar. Plötzlich drehte sie sich zu ihm und sah ihn an. Sie schauten einander mehrere Sekunden stumm in die Augen. Dann beugte er sich zu ihr runter und berührte ihre Lippen mit den seinen. Der Kuss war weich, zärtlich. Und so jemanden ließ er einfach nach Rom gehen?

»Ich war ein Idiot«, sagte er.

»Wie meinst du das?«

»Das ist mir heute klargeworden. Wenn ich daran denke, wie euphorisch ich vor dem Gespräch mit Holger war, da hab ich gedacht, dass ich und Rauli die ganze Musikszene aufwirbeln.«

»Aber das könnt ihr doch.«

Beck lächelte milde. Das ist Lara, dachte er. Alles wird gut, man kann alles schaffen. »Meine Songs waren nie besser als Mittelmaß, sie haben nur so gut geklungen, weil Rauli sie gesungen hat. Ich habe mich da einfach wie ein Anfänger blenden lassen. Holger hat ja recht. Ich bin ein ganz kleines Licht, Lara. Es ist wirklich nichts Persönliches, jemand wie ich wird eben einfach übergangen oder geschluckt.«

»Komm, du bist jetzt nur enttäuscht.«

Beck schüttelte den Kopf. »Früher hab ich mal gehört, wie Kollegen über mich gesprochen haben. Sie haben gesagt, ich wäre leer und oberflächlich. Die letzten Jahre hab ich mir immer eingeredet, dass es mich nicht interessiert, was die sagen, dass es mir gutgeht. Und wenn eine Beziehung am Ende war, kam eben die nächste. Die Dinge haben mich nie so berührt, wie sie mich hätten berühren sollen … Ich war die ganzen letzten Jahre irgendwie so schläfrig, wie weggedöst. Was ich gesagt habe, hatte keinen Inhalt, keine Substanz.«

»Und was meinst du jetzt damit?«

»Ich glaube, ich bin nicht klug.«

Lara sah ihn irritiert an. »Ach was, du bist nicht dumm.«

»Natürlich bin ich nicht dumm. Immerhin bin ich Lehrer und versuche, Wissen zu vermitteln. Aber ich bin eben auch nicht klug.« Er gähnte. »Das macht mich ganz fertig. Ich wünschte wirklich, ich wäre intelligenter. Es ist einfach alles wertlos, was sich in meinem Kopf abspielt. Wenn ich dumm wäre, dann wäre es mir vermutlich egal, aber so muss ich ständig daran denken, dass ich nie etwas Tolles schaffen kann. Ich bin zu dumm für die Klugen und zu klug für die Dummen.«

Lara dachte kurz nach und stupste ihn an. »Na komm, das war doch gerade ganz intelligent.« Sie drückte seine Hand.

»Rauli ist ein Genie«, sagte Beck jetzt. »Ich bin nur Durchschnitt, und irgendwann bin ich tot. Kannst du mir sagen, was für einen Sinn so ein jämmerliches Leben hat? Man hat alle Zeit und alle Möglichkeiten, man ist aber nicht begabt genug, um irgendetwas davon zu nutzen, um irgendetwas zu schaffen, was die Menschen bewegt. Man hinterlässt nichts.«

»Wieso willst du überhaupt etwas *hinterlassen*? Ist das so eine Art Midlifecrisis? Dir geht's doch gut, was ist mit uns?«

»Du gehst doch Ende des Monats nach Rom, wenn ich mich recht erinnere.«

Das war das Killerargument. Lara sah weg. Beck trommelte mit den Fingern auf ihren Bauch.

»Ich hab Durst«, sagte sie schließlich und stand auf.

Beck zog sie wieder an sich.

»Was ist?«, fragte sie.

»Geh noch nicht!« Er spürte an ihrem Hinterkopf, dass sie lachen musste.

»Aber ich hab Durst.«

»Mir egal.« Er drehte sie zu sich herum und küsste sie auf die Stirn. »Ich will, dass du hier bei mir bleibst. Vergiss die Modeschule. Geh nicht nach Rom.«

Sie sah ihn einen Moment lang an, als würde sie ihm zustimmen. Dann schüttelte sie den Kopf. »Spinner!«, sagte sie nur, ehe sie sich wegdrehte und wieder aufstand, um sich was zu trinken zu holen. Diesmal ließ er sie gehen.

7

Am nächsten Nachmittag lief Rauli aufgewühlt durch den Musikraum. »Scheiße!«, schrie er. »Verdammte Scheiße.« Er nahm einen Stuhl und schmiss ihn krachend durchs Zimmer.

»Jessas, was ist denn mit dir los?«

»Anna! Hab gestern auf eine Party gesehen, wie sie den Fabi geküsst hat. Ich krieg das einfach nicht aus mein Kopf.«

Rauli wollte noch einen Stuhl schmeißen, aber Beck hielt ihn zurück. »Nichts gegen deine jugendlichen Emotionen, aber könntest du bitte damit aufhören, hier Stühle rumzu-schmeißen?«

»Okay, 'tschuldige!« Der Junge zog die Nase hoch, dann

setzte er sich auf den Boden. Langsam beruhigte er sich wieder. »Wie lief Treffen mit Gersch?«

Beck starrte auf den Boden. Und in diesem Moment beschloss er, den Jungen zu belügen. »Es ist schwierig«, sagte er. »Sie sind sich noch nicht ganz sicher. Sie wollen dich eigentlich schon, aber es gibt noch einige Dinge zu klären, gewisse Differenzen.«

»Oh … Wieso?«

»Du weißt, du warst betrunken an dem Abend, deshalb waren sie eben nicht völlig überzeugt.«

»Aber ich habe *Finding Anna* gespielt. Sie haben mir gesagt, es wäre gut.«

»Ich weiß, das hab ich. Und Gersch hat ja auch zu mir gemeint, dass er dich weiterempfohlen hat. Dennoch will BMG noch ein wenig abwarten, verstehst du? Sie wollen erst noch mal alle in Ruhe das Demo-Album mit den sieben Songs anhören und dann entscheiden.«

Rauli senkte den Kopf und nickte.

»Hey, mach dir keine Sorgen«, sagte Beck. »Es wird schon werden. Du hast genug Talent für uns alle. Wir werden das Beste für dich finden.«

Der Junge schaute ihn an. Man sah die Enttäuschung in seinem Blick. Und doch … Für einen Moment hatte Beck das Gefühl, dass der Junge nicht wegen BMG enttäuscht war, sondern weil er angelogen wurde. Aber das bildete er sich wahrscheinlich nur ein.

Den restlichen Nachmittag über korrigierte Beck im Lehrerzimmer Klassenarbeiten. Als er fertig war und zum Musikraum zurückkehrte, hörte er schon von weitem eine wundervolle Melodie. Er stellte sich in den Türrahmen und sah Rauli mit einem neidischen, aber väterlichen Blick dabei zu, wie er am Klavier saß, erst improvisierte und die Noten dann auf einem gelben Zettel notierte. In der letzten Zeit war es selten geworden, dass der Junge sich musikalisch betätigte, meist dachte er nur an seine Anna oder ging auf Partys von älteren Mitschülern, um zu saufen, wie Beck neulich zufällig auf dem Pausenhof gehört hatte. Rauli hatte ihm nichts davon gesagt.

Gerade notierte er wieder etwas auf einem gelben Zettel. Mit seinen strubbeligen Haaren und dem dunklen Hemd hatte er die Aura des jungen Dylan. Dieser verdammte Bob Dylan, dachte Beck, aber die Ähnlichkeit war frappierend. Man wusste schon jetzt, dass Rauli einem weder in einer Schürze Burger servieren noch im Anzug eines Geschäftsmanns Kredite gewähren würde. Er würde einen Job finden, in dem er sein Leben in seinen eigenen Klamotten bestreiten konnte.

Beck lehnte noch immer gegen die Tür und beobachtete, wie der Junge beim Spielen manchmal die Augen schloss, sich nur auf seine Hände verließ, die über die Tasten glitten und etwas aus dem alten Kasten zauberten, was einzigartig war. Es war kaum zu glauben, mit welcher Leichtigkeit Rauli nach seinen Melodien griff. Ohne jede Anstrengung flogen sie ihm zu, er brauchte sie nur zu pflücken. Und doch schien er jetzt unzufrieden, die beinahe himmlischen Noten, die er gerade spielte, waren ihm nicht gut genug. Er ärgerte sich und zerknüllte den kleinen gelben Zettel, dann warf er ihn in den Müll.

Beck rannte ins Zimmer. »BIST DU VERRÜCKT?«, schrie er. »Das kannst du doch nicht wegwerfen!«

Er stürzte zum Mülleimer und durchwühlte ihn. Angewidert bemerkte er, dass eine Cola-Dose ausgelaufen war. Auch der Zettel war ganz feucht. Er versuchte ihn abzutrocknen, die Noten, diese Melodie durfte er nicht verlieren. Mit einem angestrengten Gesichtsausdruck säuberte er den Zettel mit seinem Hemdsärmel.

Dann erst sah er hoch zu Rauli, der über ihm auf dem Klavierschemel thronte.

Beck wurde verlegen. Raulis Abfall war das Beste, was er jemals haben würde. Ärgerlich zerriss er den Zettel. Immer und immer wieder teilte er die kleinen gelben Fetzen in noch kleinere Stücke, bis es nicht mehr ging.

Rauli war das Ganze sichtlich peinlich. »Ich habe die Noten noch im Kopf«, sagte er leise. »Ich kann sie Ihnen geben, wenn Sie wollen.«

Er sah den Jungen nicht an. »Wir sehen uns morgen in Deutsch.« Dann verließ er den Raum, um sich die klebrigen Hände zu waschen.

9

Mit starrem Blick fuhr er zur Klinik, das Radio stellte er aus. Als er Charlie besuchte, erzählte er weder von Holger

Gersch und dem BMG-Ultimatum noch von seinen Überlegungen, Rauli zu hintergehen. Auch sonst redete er kaum. Er blieb den ganzen Tag über unzugänglich, in Gedanken versunken, stumm.

Am Abend saß er dann zu Hause und hörte sich eine EP seiner alten Band Kopfgeburt an. Die A-Seite ging auf Nummer sicher, die B-Seite war wie immer etwas wilder und verspielter.

Fast alle Songs hatte er selbst geschrieben. Sie waren nicht schlecht, sicher, aber wenn er ehrlich war, hatte sich die Band nicht wegen des Streits mit Gersch getrennt, sondern weil sie den Durchbruch nicht geschafft hatte. Ein, zwei Lieder hätten vielleicht etwas werden können, sie wurden in München und Umgebung hin und wieder mal im Radio gespielt. Aber ein richtiger Hit, nach dem sich alle, vor allem er selbst, gesehnt hatten, war nicht dabei gewesen.

Er hörte das Schloss der Wohnungstür, Lara kam nach Hause. Sie sahen zusammen fern, und auch jetzt schwieg er nur. So ging das eine ganze Weile, bis sie aufstand und den Fernseher ausschaltete.

»Was ist?«, fragte Beck, doch sie winkte nur ab und ging ins Schlafzimmer. Sie kam mit einem leeren Blatt Papier und einem Kugelschreiber zurück und fing an, etwas auf das Blatt zu schreiben. Dann gab sie es ihm. Darauf stand:

Wann warst du das letzte Mal richtig glücklich?

»Was soll …«, fing Beck laut an.

Lara tippte ihm mit dem Finger auf den Mund und deutete auf das Blatt. Sie reichte ihm den Stift. Beck runzelte die Stirn. Er rang mit sich, aber schließlich schrieb er doch etwas unter die Frage.

Als wir …

»Ich zähle nicht«, sagte Lara leise. Er rollte mit den Augen, strich es durch und schrieb etwas anderes. Als er fertig war, reichte er Lara das Blatt.

1. Als ich klein war, waren wir jedes Jahr mit meinem Opa im Urlaub. Er wusste, wie geizig mein Vater war, also hat er uns immer eingeladen. Das Örtchen war in Süditalien, es hieß irgendwas mit Raito. Ein typisches italienisches Dorf am Meer, mit Strand und ein paar hellen Häusern, die Luft war großartig, die Leute immer sehr nett zu uns. Ich glaube, da war ich einfach nur glücklich. Leider weiß ich nicht mehr, wo genau Raito liegt.

2. Ich bestehe darauf, dass ich auch mit dir glücklich bin.

Der letzte Satz entlockte Lara ein Schmunzeln, ehe sie den Zettel einsteckte, sich an Beck lehnte und den ganzen Abend über zuhörte, wie er vor sich hin schwieg.

10

Beck schob die Tür zu ihrem Liegewagenabteil auf. Es war Freitagabend, kurz nach neun. Lara hatte einfach seinen Koffer mit dem Nötigsten gepackt, ihn aus seiner Wohnung gezerrt und gesagt, er müsse sofort mitkommen. Keine Widerrede. Wohin die Reise gehen würde, hatte sie ihm nicht verraten, es sei eine Überraschung. Das Ziel des Nachtzugs jedenfalls war Neapel.

Auf der Fahrt las er in einer verknitterten *Süddeutschen*. Aus den Nachbarabteilen drang Gejohle. Er stand auf, ging auf den Gang und öffnete ein Fenster. Der Wind fuhr ihm durchs Gesicht, angenehm frisch. Er hörte wieder, wie in einem Abteil gelacht wurde. Man konnte die Silhouetten einiger Jugendlicher sehen, wahrscheinlich ein Haufen betrunkener Schüler.

Wenn er mit Kollegen Klassenfahrten ins Ausland betreut hatte, war es ähnlich gewesen. Er hatte immer als Erster die Gruppe verlassen, sich in den Gang gestellt und dem unbekümmerten Treiben der Schüler gelauscht. Letztes Jahr zum Beispiel, da hatte er in einem Abteil Anna Lind kreischen hören, und kurz darauf hatte sie eine Sekunde lang ihren hübschen Kopf in den Gang gesteckt. Er war damals eifersüchtig auf die anderen Schüler in ihrem Abteil gewesen. Er hatte jung sein wollen. Stattdessen hatte er zu seinesgleichen zurückgehen müssen, wo Ernst Mayer gerade eine Kollegin fragte: »Also ich weiß nicht ... Ob die Arbeitslosen wirklich alle arbeitswillig sind?«

Das war also sein beschissener Ersatz gewesen, hatte er bei dieser Klassenfahrt gedacht. Er hatte Abenteuer mit Anna Lind gegen fragwürdige politische Diskussionen mit Ernst Mayer eingetauscht. Aber jetzt war es Beck völlig egal, wenn er die Jugendlichen hörte. Er akzeptierte, dass er schon lange nicht mehr dazugehörte und es jeden Tag weniger tun würde. Doch vielleicht war das nicht das Schlechteste. Er ging zum Abteil zurück und beobachtete durch die gläserne Tür, wie Lara in ein Buch versunken war. Gar nicht das Schlechteste, dachte er noch mal.

Der Zug ratterte über die Gleise. Er lag auf seinem Bett, die weiße Bettdecke fühlte sich wie eine Papierserviette an. Auch nachts war es noch brütend heiß. Unter ihm lag ein dicker Italiener. Über ihm lag Lara.

Beck sah nach draußen. Es war finster, sie mussten kurz vor Innsbruck sein. Er wälzte sich hin und her. Die Hitze war unerträglich, er zog sein T-Shirt aus und sah zu Lara hoch, fragte, ob sie noch wach sei.

Von oben kam nur müdes Gemurmel.

Er sah wieder schweigend zum Fenster hinaus. Dachte an Lara, an Raulis unerreichbare, funkelnde Klasse, an seine eigene Zukunft. Sie fuhren an einer Lichterkette vorbei, vermutlich ein Bahnhof. Inzwischen schnarchte der Italiener unter ihm laut und gleichmäßig vor sich hin, er hatte sich dem ruhigen Stakkato des Zugs angepasst.

»Ach, verdammt«, sagte Beck schließlich leise.

Lara schien zu spüren, wie aufgewühlt er war, und ließ ihre Hand von oben wie ein rettendes Seil zu ihm herunter. Er richtete sich auf und ergriff sie.

Sie streichelte ihm übers Gesicht. »Du wirst das schon machen«, sagte sie mit ihrer weichen Stimme. Er hielt ihre Hand noch immer fest. Eine Weile blieben sie in dieser Haltung, dann verschwand die Hand wieder nach oben.

11

Am nächsten Morgen fuhren sie von Neapel aus mit dem Bus durch Kampanien, entlang der Amalfiküste, das Meer glitzerte in der Sonne. Lara hatte ihm noch immer nichts erzählen wollen und darauf beharrt, dass es eine Überraschung sei. Nach etwas mehr als einer halben Stunde stiegen sie aus.

»So!«, rief sie, als sie mit ihrem Gepäck vor einem kleinen grünen Ortsschild standen. »Wir sind da, das ist die Überraschung.«

Auf dem Schild vor ihnen stand: *Raito*. Sie strahlte ihn an.

Pause. Beck zuckte mit den Schultern.

»Das war der Ort, wo du mit deinem Opa Urlaub gemacht hast«, sagte sie schließlich. »Raito, das Dorf, von dem du nicht mehr wusstest, wo es sich befindet. Du hast doch auf den Zettel geschrieben, dass du dort immer glücklich warst. Ich hab es im Internet gefunden.«

Beck zögerte einen verdächtigen Moment lang, dann umarmte er sie. Auf der Suche nach einem Hotel spazierten sie durch den Ort. Lara schien insgeheim zu erwarten, dass er ihr Raito vorstellen würde, aber er tat nichts dergleichen. Sie checkten in einer kleinen Pension ein. Maggie, die englische Wirtin, führte sie nach oben auf ihr Zimmer. Es hatte einen dunkelbraunen, gefliesten Steinboden, ein großes Bett mit blaulackiertem Rahmen und weißer Decke, die Fensterläden waren ebenfalls blau. Als die Wirtin weg war, öffnete Lara die Vorhänge und sah auf das Meer. Sie wollte sofort an den Strand. Beck trank aus einer warm gewordenen Plastikwasserflasche, in die er ein Aspirin geworfen hatte, und antwortete, dass er Kopfweh habe und sich erst mal hinlegen wolle.

»Oh … Na gut. Ich dachte nur, du wärst neugierig darauf, deine Vergangenheit ein bisschen zu erkunden. Dann geh ich mal allein los.« Sie packte ihren Bikini in eine kleine Tasche.

»In Ordnung. Bis nachher«, sagte Beck matt. »Der Hut steht dir übrigens.«

Lara tat wie ein Model, drehte sich nach links und nach rechts und posierte albern mit dem Hut herum. Dann küsste sie ihn auf die Wange und verschwand. Das Geräusch ihrer Badelatschen hallte noch in seinen Gedanken nach.

Als sie weg war, stand Beck auf. Er sah aus dem Fenster und musterte das kleine Dörfchen lange. Schließlich schüttelte er den Kopf und seufzte. Unfassbar. Sie hatte ihn tatsächlich in das falsche Raito geführt.

12

Dennoch genoss Beck das Wochenende in Italien. Den ersten Tag verbrachten sie am Strand, ehe sie am Nachmittag, als es kühler war, mit geliehenen Fahrrädern die Gegend erkundeten. Abends aßen sie in einem gemütlichen Lokal mit der langsamsten Bedienung der westlichen Welt. Eine herrliche, freundliche Gegend. Die Sonne führte täglich einen kleinen, aber nicht zu verachtenden Kitschuntergang vor, das Meer lag direkt vor ihrer Pension, und daneben gab es unzählige Wanderwege, die durch dichtbewaldete Berge und Hügel führten. Vom Restaurant aus sah Beck, wie sich die Anwohner zu einem Plausch auf dem Marktplatz vor der Kirche trafen. Ihm gefiel dieses Raito. Okay, Zeitungen kamen mit einem halben Tag Verspätung, und nach einem Internetcafé konnte man hier lange suchen. Aber hey, dachte er, es sind halt einfache Leute.

Beck hatte das Gefühl, dass die Zeit viel zu schnell verging. Den freien Montag hatte er wegen des Sportfests an seiner Schule noch geschenkt bekommen. Doch nun war bereits Nachmittag, in zwei Stunden wollten sie heimfahren. Er lag mit Lara in einer kleinen Strandbucht und schaute auf das sanft hin und her schaukelnde Wasser, während er ihr den Rücken eincremte. Er fühlte sich mutig und ausgelassen. »Willst du was Verrücktes hören?«

Lara nickte schwach, in der Sonne dösend.

»Also, vorhin …«, sagte er, »als wir runter zum Strand gegangen sind, da hab ich an einem Haus ein Schild gesehen und mir für eine Sekunde gedacht: Das kaufe ich.«

Lara richtete sich auf. Sie hatte Sand im Gesicht. »Ich finde das gar nicht verrückt.«

»Na ja, also ich weiß nicht. Aber ich habe diese zwei Tage so genossen, dass ich mir gedacht habe: Warum nicht hier wohnen? Warum nicht alles hinschmeißen und dieses Häuschen da kaufen.«

»Und warum nicht?«

Beck machte eine wegwerfende Handbewegung. »Hör schon auf. Es war doch nur so eine Spielerei.«

Sie wandte sich enttäuscht wieder ab. »Wobei: Du wärst sowieso nicht der Typ, der einfach nach Italien geht«, murmelte sie noch. »Das könntest du nicht.«

In ihrer Stimme lag dabei ein Hauch von Geringschätzung, der Becks Ego zusetzte. Andererseits hatte sie recht.

»Aber ich muss mich noch mal bei dir bedanken.« Er cremte sie weiter ein. »Hierherzukommen war eine Superidee von dir.«

Lara richtete sich auf. »Darf ich dich was fragen? Du musst aber ehrlich sein.«

»Okay, klar.«

»Also. Der Grund unseres Besuchs war ja, dass wir hier an den glücklichsten Ort deiner Kindheit zurückkehren. Aber ich hab dich in den letzten Tagen beobachtet. Ich hab das Gefühl, dass dir hier alles fremd ist und dass ich das falsche Raito ausgesucht habe. Also, Frage: Warst du überhaupt schon jemals hier?«

»Sicher.«

»Robert!«

»Na schön. Ich war noch nie hier.«

Lara schrie auf. »Das darf doch nicht wahr sein! Ich hab mir das so toll gedacht ... Du hättest wenigstens was sagen können. Also, wenn du gemeint hast, dass du früher mit deinem Opa und deinem Vater irgendwo da hinten gewesen warst, dann war das alles gelogen?«

»Jedes Wort.«

Sie warf ihm einen entsetzt ungläubigen Blick zu. »Du bist manchmal richtig doof, das weißt du schon, oder?«

Beck musste lachen. »Aber doch nur, weil ich dich nicht enttäuschen wollte.« Er nahm ihre Hand. »Ich mein's ernst. Okay, dann ist das hier eben das falsche Raito. Was soll's. Das Raito hier ist sogar besser!«

»Wie viel besser?«

»Hundertmal besser.«

»Und das sagst du wirklich nicht nur so, weil du nicht willst, dass ich enttäuscht bin?«

»Nein, das meine ich ernst. Pass auf, bei dem Raito von früher musste man zum Beispiel eine Viertelstunde zum Strand laufen, hier nur zehn Minuten.«

»Hm, das klingt wirklich besser«, sagte sie unernst.

Er gab ihr einen Kuss. »Sag ich doch.«

»Du bist trotzdem doof.«

»Ich weiß.«

13

»ICH WILL ZU MEINER FAMILIE!«, schrie Charlie. »ICH WILL HIER RAUS!«

Beck starrte ihn entgeistert an. Es war alles so schnell gegangen, dass er nicht wusste, was er tun sollte. Es war sein erster Besuch bei Charlie, seit er aus Italien zurückgekommen war. Anfangs war noch alles normal verlaufen, bis er Charlie einen Zwanziger zugesteckt hatte, damit er seine Mutter anrufen konnte.

Charlie hatte den Geldschein auf den Nachttisch gelegt. Er hatte Liegestütze machen wollen, aber es hatte nicht geklappt, seine Arme hatten zu zittern begonnen. Und dann war er plötzlich ausgerastet. Er lag auf seinem Bett und schrie herum.

»ICH WILL NACH HAUSE!«

»Hey, komm, das wird schon.« Beck sah sich hilflos um. Sein Blick blieb schließlich an den Fotos hängen, die Charlie inzwischen im Zimmer aufgehängt hatte. Ein Bild zeigte Saha, seinen Vater. Seine Mutter war sogar viermal vertreten. Von seinem jüngeren Bruder Jonathan, dem Fußballer, fand sich dagegen nichts. Charlie war glühend eifersüchtig auf ihn, vor allem, seit seine Mutter zu ihm nach Istanbul gezogen war.

»Ich will raus, lass mich nach Hause«, sagte Charlie wieder. Er nahm ein Foto seiner Mutter von der Wand und zerriss es fast vor Sehnsucht, wieder zu seiner Familie zu gelangen. Es war einer der Momente, in denen Beck bewusst wurde, wie groß so ein Zweimetermensch war. Das schmale Klinikbett wirkte wie ein Puppenmöbel, während er darin lag und sich rumwälzte.

»Du kommst wieder nach Hause«, sagte Beck in seiner Hilflosigkeit zu ihm. »Das verspreche ich. Hast du gehört? *Das verspreche ich dir!*«

Er rieb Charlie die Schulter, doch mit ihm war nicht mehr viel anzufangen, er wimmerte nur noch leise vor sich hin und fuhr sich immer wieder durch sein krauses Haar. Seit er in der Klinik war, ließ er es wachsen.

»Ich geb dann mal den Ärzten Bescheid.«

Charlie rührte sich nicht.

Beck deutete auf den Zwanziger, der auf dem Nachttisch lag. »Und ruf deine Mutter an«, sagte er noch, ehe er das Zimmer verließ.

14

Drei Tage darauf saßen Beck und Rauli nach der Schule im Musikraum. Es war das erste Mal seit langer Zeit, dass der Junge sich in seiner Freizeit wieder mit seinem Lehrer abgab, statt mit älteren Mitschülern rumzuhängen. Sie versuchten zusammen zu improvisieren, aber beide hatten keine rechte Lust.

»Gibt es was Neues von BMG?«

»Sie sind noch immer unentschlossen«, sagte Beck.

Es fiel ihm schwer, Rauli weiter anzulügen und das mit Gersch zu verschweigen, aber es musste sein. Er konnte nicht zulassen, dass ihm der Junge, dass ihm das Ticket in die Freiheit so kurz vor dem Ziel weggeschnappt wurden. »Es ist noch etwas kompliziert. Aber ich versuche alles.«

»Wirklich?«, fragte der Junge.

»Wirklich was?«

»Versuchen Sie wirklich alles?«

»Ja, sicher, wieso fragst du?« Beck sah ihn an. »Hab ein bisschen Geduld, sobald es was Neues gibt, sage ich es dir.«

Rauli erwiderte seinen Blick. Es war, als ob er die Lüge ahnte. Dann nickte er etwas unerwartet. Er legte sich auf den Holzboden und beschrieb nun einen gelben Zettel. Das Zauberkästchen stand offen, der Schatz, der darin lag, war zu sehen. Er schien Beck demonstrieren zu wollen, wie gut er war. Oder zumindest wollte er seine Neugier wecken. Es wirkte.

»Was schreibst du da?«

»Song«, sagte der Junge nur.

»Kann ich mal sehen?«

Rauli reichte ihm den gelben Zettel. Ein paar kryptische Wortfetzen ließen vermuten, dass es eine Art Abschiedssong über Anna war. Dann gab es da noch ein paar schnell hingeschmierte, rätselhafte Textzeilen wie *»Don't follow me, love is the way to the dark side«* oder *»I am the stranger and you are the girl«*. Die Melodie war schwermütig und von einer düsteren Schönheit.

»Hast du das jetzt gerade geschrieben?«, fragte Beck und versuchte seine Fassungslosigkeit zu verbergen.

»Ja, die letzte zehn Minuten. Wieso, ist es nicht gut?«

Zehn Minuten! Großer Gott. Wie konnte das sein? Beck versuchte, sich nichts anmerken zu lassen, und tat so, als fände er den Song nur ganz okay, nicht mehr. »Ach verdammt, scheiß auf BMG«, sagte er. »Was willst du denn bei denen überhaupt? Nur weil ich den Holger kenne. Es war dumm von mir, ihn einzuladen.«

»Was meinen Sie damit?«

»Schau her, Rauli, du hast Talent, wir kriegen was Besseres für dich, etwas, wo du dich entwickeln kannst. Wir beide würden überall Erfolg haben. Wie wär es zum Beispiel mit Rough Trade? Eines der besten Labels der Welt, die Smiths haben dort angefangen. Das wär doch was.«

»Ich will aber zu BMG!«

»Aber warum?«

»Weil …« Der Junge wand sich. »Weil ich will. Bitte!«

Beck sah ihn an, sah in seine abgründigen grünen Augen, die ihm etwas zu verheimlichen schienen. Er versuchte noch eine Weile, dem Jungen ein anderes Label einzureden, aber Rauli blockte all seine Versuche, im Spiel zu bleiben, eiskalt ab. Er wollte zu Sony BMG. »Okay, ich red noch mal mit Gersch«, sagte Beck. Dann stand er auf und verließ den Raum.

15

Das Schuljahr neigte sich dem Ende zu. Beck quälte sich durch die Notenkonferenzen, war abwesend, dachte an Gersch und Lara. Nur als es um einen gewissen Rauli Jonas

Kantas ging – der in allen Fächern außer Sport, Musik und Englisch durchgefallen war –, erwachte er für einen Moment aus seiner Lethargie. Dann sah er wieder nach draußen. Ihn packte eine bisher unbekannte Sehnsucht, alles hinter sich zu lassen und einfach raus in die Natur zu laufen, frei zu sein, den Wind zu spüren und über Wiesen und durch Wälder zu rennen. Er würde sich das Shirt vom Leib reißen und schreien: »Hier bin ich … Hier bin ich!«

Erst beim Lehrerfußball taute er wieder auf. Wie immer spielte Alt gegen Jung. Beck gehörte mit seinen siebenunddreißig gerade noch zu den jungen Lehrern, doch er fürchtete sich schon jetzt vor dem Tag, an dem er die Seiten würde wechseln müssen. Die Teams würden nicht mehr aufgehen, und irgendwann würde ein älterer Kollege plötzlich sagen: »Der Robert kann doch bei uns mitspielen.« Und ab diesem Moment wäre er dann alt.

Beck ärgerte sich. Gerade hatte er das Tor nur um wenige Zentimeter verfehlt. In seinem Rücken ahnte er Referendar Schmidtbauer. »Na, Robert«, sagte der aufmunternd im Vorbeilaufen. »Knapp daneben ist auch vorbei.«

Ja, ja, Schmidtbauer, für solche Sprüche kommt man in die Hölle, dachte Beck. Dann wurde er von seinem Kollegen Georg Grimm gefoult und musste verletzt vom Feld.

Nach dem Spiel stand Beck allein unter der Dusche und musterte seinen schmerzenden Knöchel. Die meisten Kollegen waren bereits gegangen, da stellte sich Dieter Heym, Direktor des Georg-Büchner-Gymnasiums, neben ihn und drehte den Duschhahn auf. »Brrrrrhh!«, machte er laut, als der kalte Strahl auf ihn herabrauschte. Er war ein dreiundsechzigjähriger drahtiger Herr mit brauner Lederhaut und Altersflecken an den Händen. Sein Haar war schütter geworden, nur einige graue Strähnen wiesen noch wie eine Ruine auf die prächtige schwarze Landschaft vergangener Tage hin.

Beck seufzte innerlich. Sein Vater und Heym waren Kollegen und gut miteinander befreundet gewesen. Sie hatten oft zusammen Tennis gespielt, ein paar Mal war Heym auch zum Abendessen eingeladen gewesen. Und seit dem Tod von Becks Vater fühlte er sich wohl verpflichtet, den Sohn ein wenig zu protegieren. Beck war dabei höchst unwohl. Heym war noch einer dieser alten Rektoren, die Regeln und Pflichten einforderten, die längst überholt waren. Er verstand nicht, wie jemand ohne Leidenschaft für diesen Beruf Lehrer werden konnte oder wieso einige junge Kollegen es lustig fanden, dass er gern Musik von Peter Kraus hörte und sich Heimatfilme ansah. Es war, als ob man Heym irgendwann einfach den USB-Stick rausgezogen hätte, alle Informationen über die heutige Jugend waren für ihn weg.

Er wandte sich an Beck. »Hören Sie, Robert. Ich habe mir etwas überlegt …«

Beck sah ihn skeptisch an. Diese Mischung aus dem vertraulichen »Robert« und Siezen konnte er nicht leiden. »Und was?«

»Nun, ich wollte nur sagen: Ich habe beschlossen, Ihnen den Beratungslehrerposten anzubieten. Wie Sie wissen, hört Klaus nächstes Jahr auf. Sie kriegen die Stelle, wenn Sie wollen. Sie müssen natürlich erst mal ein paar Weiterbildungen machen, und mehr verdienen werden Sie dadurch

kurzfristig nicht, aber es kann Ihnen dabei helfen, beför- .
dert zu werden.«

Beck konnte es nicht fassen. Damit hatte er überhaupt nicht gerechnet. Er bedankte sich bei Heym.

»Nun, abwarten«, sagte der Direktor. »Ich weiß, Sie können es kaum erwarten zuzusagen. Aber ich gebe Ihnen grundsätzlich noch ein paar Tage Zeit, Ihre Entscheidung zu fällen. Denn bedenken Sie eines: Ich will jetzt nicht sagen, dass es dann kein Zurück mehr gibt. Aber wenn Sie dieses Angebot annehmen, dann verpflichten Sie sich auch mir und uns allen gegenüber. Dann sind Sie eine wichtige Figur an dieser Schule, jemand, der vorangeht, der Vorbildcharakter hat ...«

Beck nickte langsam. Er war dankbar, dass Heym ihn bevorzugt behandelte, und fühlte sich gleichzeitig korrumpiert. Als der Rektor schon längst gegangen war, stand er immer noch unter der Dusche und dachte nach.

16

Den Nachmittag verbrachte Beck in Laras winzigem Apartment und half ihr beim Packen der Umzugskartons, was ihn ziemlich deprimierte. Er war froh, als er wieder in seiner eigenen Wohnung war. Dort saß er dann, regungslos und rauchend. Einen Moment war er versucht, seine Gitarre zu nehmen und einen Song für sich selbst zu schreiben, auch wenn er immer an den Jungen denken musste, an dieses verdammte kleine Genie. Da klingelte das Telefon. Beck sprang zum Hörer. Wie jedes Mal, wenn es in den letzten Wochen läutete, hatte er die Hoffnung, es wäre Holger Gersch, der ihn doch noch dabeihaben wollte – alles wäre nur ein schrecklicher Irrtum gewesen. Oder Lara, die ihm sagte, dass sie nicht gehen könne, das sei ihr beim Packen der Umzugskartons klargeworden.

»Beck!«, sagte er erwartungsvoll.

Aber es war bloß jemand, der sich verwählt hatte. Beck legte auf. Er war ein Idiot. Nur Idioten hatten Hoffnung. Er blickte wieder zu seiner Gitarre, ohne sie in die Hand zu nehmen.

Auf einmal hielt er es nicht mehr aus. Er stand ruckartig auf, wollte irgendwas tun, irgendwas verändern. Seine Fäuste waren geballt. Da war so viel Wille.

Eine Weile stand er einfach nur so da und wollte.

Dann setzte er sich wieder hin und sah fern.

17

Als er zwei Tage später mit Lara im Café Venezia saß, sagte er ihr, dass sie nicht gehen dürfe, sondern bei ihm bleiben solle.

Lara musste lächeln, bis sie bemerkte, dass er keinen Scherz gemacht hatte. Sie hielt sich die Hand vor den Mund. »Oh, mein Gott. Du meinst das wirklich ernst, oder?«

»Ja. Du kannst mich nicht verlassen.«

In diesem Moment kam der Kellner. Beck winkte ihn ärgerlich mit der Hand weg. Der Kellner wartete noch kurz, dann verzog er sich.

»Jetzt noch mal«, sagte Lara. »Du sagst also, ich darf

nicht gehen, zu der Modeschule nach Rom, wovon ich immer geträumt habe, sondern ich soll bei dir bleiben?«

»Genau.«

»Ich wusste es. Ich wusste es, aber ich kann es trotzdem nicht fassen.« Sie schüttelte ungläubig den Kopf und strich sich das Haar aus der Stirn. »Mal ganz davon abgesehen, dass du mir sogar mehrmals gesagt hast, dass es richtig ist zu gehen oder dass die Wohnung schon gekündigt ist und meine Sachen und Möbel gerade auf dem Weg nach Rom sind: Was bildest du dir eigentlich ein?«

»Ich brauche dich. Hier, verstehst du?«

»Darf ich dir eine Gegenfrage stellen? Wieso kommst du nicht mit nach Italien?«

Er grinste unpassend. »Also das ist … Komm, sei nicht albern.«

»Siehst du? Ich soll deinetwegen auf alles verzichten, um dich auch weiterhin nach schwierigen Schultagen zu trösten, aber du kannst dir noch nicht einmal vorstellen, etwas Ähnliches für mich zu machen? Vergiss es, Robert. Vergiss es einfach.«

Beck brauchte einige Sekunden, um zu antworten. »Du weißt, dass ich nicht wegkann«, sagte er.

»Und wieso nicht?«

»Weil … Wegen Rauli. Wegen der Musik. Und wegen meinem Job.«

»Okay. Erst mal: Rauli? Willst du ihm wirklich die Chance mit BMG verbauen? Und merkst du es denn nicht? Lehrer zu sein war für dich immer nur eine Notlösung. Du bist kein Lehrer, du bist Musiker. Und nichts anderes.«

»Ach komm, Lara, ich kann doch nicht einfach alles

aufgeben und nur noch Musik machen. Das ist Werbefilmscheiße, die einem ins Gehirn gepflanzt wird. Welche Sicherheit hab ich denn, dass ich am Ende nicht mit leeren Händen dastehe?«

»Du hast mich. Und die Musik. Was willst du noch?«

Beck sah nach unten. »Nächstes Jahr werde ich Beratungslehrer. Vielleicht bringt mich das ja weiter.«

»Es bringt dir vor allem mehr Anerkennung, das ist alles, und das weißt du auch. Wieso muss bei dir alles immer so oberflächlich sein? Ich weiß noch, wie du mir erzählt hast, wie sehr du deine Mutter geliebt hast, als sie nach diesem Anruf geweint hat. Diese ehrlichen Momente, in denen du mal nicht den emotionslosen coolen Kerl raushängen lässt, die sind wichtig.«

»Das sag ich auch gar nicht, dass …«

»Was ist in zwanzig Jahren? Willst du da immer noch Lehrer sein? Dann ist es zu spät, um daran was zu ändern.« Sie sah ihm in die Augen.

Beck wich ihrem Blick aus. »Ich kann einfach nicht weg von hier. Ich hänge an München, ich hab hier schon immer gelebt. Es ist mein Zuhause.«

»Das glaub ich dir nicht. Es ist nur der Ort, wo du wohnst.«

Darauf fiel ihm lange nichts ein. Schließlich schüttelte er einfach nur den Kopf.

»*Ich* brauche dich«, sagte Lara jetzt. »Verstehst du nicht? Ich hab mich doch auch an dich gewöhnt, weißt du? Glaubst du, es ist einfach für mich, wenn ich nach Rom gehe?« Ihre Stimme wurde brüchig.

Beck wollte sie trösten, aber obwohl sie ihm gegenübersaß, war sie, war alles zu weit weg. »Wir könnten doch eine Fernbeziehung haben«, sagte er. »Ich flieg an den Wochenenden nach Rom, und du ...«

»Eine Fernbeziehung, so ein Scheiß. So etwas klappt nie«, sagte sie. »Du weißt doch ganz genau, dass ich schlecht allein sein kann ...«, fügte sie leise hinzu.

Er nickte erschöpft.

»Komm mit«, sagte sie. »Weißt du noch, was du in Raito gesagt hast? Dass du dieses kleine Haus da kaufen willst? Du hast doch das Erbe deines Vaters. Und die Abfindung von BMG. Dein Leben lang hast du immer nur auf Sicherheit gesetzt. Sei einmal mutig!«

Beck fühlte sich auf einmal unfassbar müde. Er rettete sich in eine Zigarette und sah dem Rauch zu, als wäre es das Wichtigste der Welt. Schließlich schüttelte er wieder, mehr unbewusst, den Kopf.

Lara wischte sich mit dem Ärmel über die Augen und sah zu ihm auf. »Ist das wirklich deine Entscheidung?«

Beck reagierte nicht. Wie gelähmt starrte er auf den Tisch.

»Das ist so enttäuschend«, sagte sie schließlich, als er noch immer nichts antwortete. »Also gut. Vielleicht ist es dann das Beste, wenn wir uns, bis ich fahre, gar nicht mehr sehen. Ich bin kein Fan von großen Abschieden. Ich pack das nicht.«

Sie nahm ihre Jacke. Als sie aufstand, beugte sie sich zu ihm herunter und fuhr ihm über die Wange. Das war der Moment, in dem Beck aufwachte und begriff, was gerade geschehen war.

»Aber ich liebe dich!«, sagte er, fast verwundert. Er begriff, dass er diesen Satz zum ersten Mal in seinem Leben ernst meinte.

Lara strich ihm, bevor sie ging, noch einmal wie einem kleinen Jungen übers Gesicht, dann drehte sie ihm den Rücken zu. »Ich weiß«, sagte sie. »Nur manchmal reicht das einfach nicht.«

18

Er brauchte jemanden zum Reden. Sofort. Charlie konnte es nicht sein, die letzten Tage hatte er nur noch von seiner Mutter gefaselt. Beck erinnerte sich, dass Rauli im Unterricht seine Sporttasche dabeigehabt hatte. Er stieg in den Audi und fuhr zur Olympia-Halle.

Wie beim letzten Mal waren nur wenige Menschen auf dem Eis, keine Familien, keine Paare, bloß ein paar Sportler und Fanatiker. Unter ihnen Rauli. Er trug auch diesmal sein Kostüm und das Stirnband, aber Beck erkannte, dass sich etwas verändert hatte. Rauli hatte offenbar Angst vor den Schmerzen bekommen. Er stand nicht mehr so schnell auf. Seine Bewegungen waren noch immer elegant, aber die Furcht zu stürzen war allgegenwärtig. Wieder und wieder versuchte er den dreifachen Salchow, doch mit jedem Sturz wurde er unbeherrschter, manchmal schrie er sogar. Er spürte, dass er an dieser Lebensaufgabe scheitern würde.

Beck sah ihm zu, ehe er wieder an Lara dachte. Sie hatte ihn verlassen. Soll sie doch nach Rom gehen, dachte er. Soll sie doch … Plötzlich dimmte jemand das Licht an der Decke, und er sah nur noch verschwommen. Verärgert blickte er auf. Erst dann begriff er, dass ihm die Tränen gekommen waren.

Rauli kam auf ihn zugehumpelt. Die Schlittschuhe hatte er geschultert, er hielt sich den schmerzenden Rücken. »Was machen Sie hier?«

»Ich wollte nicht allein sein.«

»Haben Sie geweint?«

»Nein.«

Rauli nickte nur, doch er ging nicht darauf ein. Da war ein Schmerz in dem Jungen, eine Wut, die neu für Beck war.

»Ich schaffe nie diese scheiß verfickte Salchow!«, sagte Rauli. »Ich weiß es ganz genau. Ich werde schlechter. Ich weiß noch, wie Sie zugesehen haben, vor Monaten. Ich habe es damals fast geschafft. Jetzt erreiche ich nicht mal dieses *Fast*. Ich werde es in mein Leben nicht schaffen!«

»Aber warum hast du dir denn etwas ausgesucht, was du nicht schaffen kannst?«

»Ich habe es mir NICHT ausgesucht. Ich kann nicht anders, ich liebe Eiskunstlauf!«

Beck dachte darüber nach. Es klang so aufgesetzt, irgendwas stimmte nicht. »Aber warum muss es ausgerechnet etwas Physisches sein? Die Musik zum Beispiel; du bist gut darin, weil du so leicht …«

»Musik?« Der Junge bekam vor Trotz und Zorn feuchte Augen. »ICH SCHEISS AUF MUSIK!«

Beck erschrak. Für einige Momente waren beide still.

Er folgte Rauli in die Umkleidekabine. Der Junge setzte sich auf eine Holzbank und zog sich die Socken aus. Seine Füße und die schmalen Waden waren stark behaart.

»Papa hat mich früher immer gezwungen, Musik zu machen.«

»Ich dachte, das war nur ein Witz.«

»Nicht alles, was lustig klingt, ist ein Witz, Herr Beck«, sagte Rauli ernst. »Früher hat mir Musik wirklich viel bedeutet. Jim Morrison, Bob Dylan, das waren Helden. Alles war einfach. Aber jetzt geht es nur noch um Vertrag, um Neid und Geld und das alles. Alles hängt von mir ab, nichts ist mehr einfach. Und die letzten Wochen ist mir klargeworden, dass ich andere Dinge will. Ich will Mädchen kennenlernen, ich will Eiskunstlauf machen. Ich liebe Eiskunstlauf. Schauen Sie meine Schuhe ...« Er zeigte Beck die ramponierten alten Teile. »Ich mache Musik, damit ich mir neue kaufen kann.«

»Mein Gott!«, sagte Beck mir später mal. »Ich hab damals wirklich geglaubt, dass Rauli das Eiskunstlaufen geliebt hat. Dabei ist das Verrückte ja, dass er sich wahrscheinlich noch nie in seinem Leben etwas so bewusst ausgesucht hat wie diesen bescheuerten Dreckssport!«

19

Am nächsten Morgen unterrichtete Beck zum letzten Mal Deutsch in der 11b. Es war eine dieser Schulstunden, die er ums Verrecken hasste. Seine Beziehung war am Ende, er hatte kaum geschlafen, draußen war es heiß, er war verkatert und wusste nicht, wie es weiterging. Dennoch musste er große Abschiedsworte finden, da er diese Klasse nach fünf Jahren in Folge nun nicht mehr haben würde. Während Andy Shevantich diese Nachricht mit einem lauten »Jaaaa!« kommentierte, sprach Beck davon, dass ihm die 11b fehlen würde und wie sehr sich alle in den letzten fünf Jahren weiterentwickelt hätten. Die meisten schienen ihm dieses Zeug zu glauben und hingen an seinen Lippen. Die Stimmung war ausgelassen, die Sommerferien warteten, und viel weiter dachte sowieso keiner von ihnen. Wie jung und enthusiastisch sie noch sind, dachte Beck. Fast alle hatten in ihrem Leben noch keine schwierigen Entscheidungen treffen müssen. Vielleicht war das die grausamste Wahrheit. Das Älterwerden würde sie dazu zwingen, Fehler zu machen und abzustumpfen, es würde ihre Träume nach und nach zurechtstutzen, bis sie in jede noch so gewöhnliche Existenz hineinpassten. Wenn sie Glück hatten, würde ihnen wenigstens die Erinnerung an eine fröhliche Kindheit und Jugend bleiben. Wenn nicht, würden sie werden wie er.

Am Abend fand noch einmal das Literaturcafé statt. Es ging um Bukowski, und als alle schon gegangen waren, saß Anna Lind noch bei ihm. Sie hockten an einem der hinteren Tische im ›Schiff‹, redeten über Bücher – Beck empfahl ihr *Pnin* von Nabokov – und alles Mögliche. Anna fragte ihn nach seiner alten Band aus und schien tatsächlich beeindruckt. Sie rückte näher. Beck hatte zu viel getrunken und geredet und wurde scharf auf Anna, aber dann riss er sich zusammen, zahlte und verabschiedete sich von ihr.

Am Sonntagabend war Beck beim Sommerfest, das das Schuljahr beschloss und traditionell in der Turnhalle ausgerichtet wurde. Er saß an der Bar. Bedient wurde er von einem Schwachkopf von Schüler, der ihn blöd angrinste. Beck fühlte wieder, wie sehr er diesen Laden eigentlich hasste.

Ich setzte mich schwungvoll neben ihn. Er sah mich überrascht an und zwang sich zu einem Lächeln. »Auch mal wieder hier?«

Ich nickte und sah mich um. Hierher zurückzukommen war immer ein eigenartiges Gefühl. Mir wurde klar, dass ich nichts vermisste. Da ich kurz darauf nach Berlin zog, war es das letzte Mal, dass ich meine alte Schule besuchte.

Beck und ich unterhielten uns erst über Nonsens wie die Notenkonferenzen oder was er in seinen Sommerferien machen würde, dann kamen wir zur Musik. (O-Ton Beck: »Ein Musikjahrzehnt, das von einer grauenhaften, verklemmten Weicheiertruppe wie REM beherrscht wird, ist ein schlechtes Musikjahrzehnt!«) Schließlich fragte ich ihn, was mit diesem Rauli wäre, wie es mit ihm weitergehen würde. Ich weiß nicht, wieso, vermutlich lag es am Alkohol, aber Beck begann, mir auf einmal alles zu erzählen. Die Story mit dem Revolver, das Wunderkästchen, Finding Anna, einfach alles. Normalerweise war ich Menschen gegenüber, die mir angetrunken ihre Lebensgeschichte erzählten, immer etwas skeptisch. Aber das war was anderes. Hier lag eine gute Story vergraben, das spürte ich.

Dann fragte er, wie es mir gehe und ob ein neuer Roman in Sicht sei.

»Schön wär's. Mir fällt einfach kein gutes Thema ein.«
Wir schwiegen eine Weile. »Ich war gestern übrigens auf
einer Lesung, war ganz gut«, sagte ich schließlich. »Das
Buch hieß Wolkenland.«

Beck merkte auf. Das schien ihm bekannt vorzukommen. »Von wem?«

»Marc Schumann.«

»Er war hier in München?«

»Ja, er kam extra aus Italien, meine Uni hat ihn eingeladen … Mann, ich hoffe, ich kann mal so schreiben wie er.«

Auf einmal wirkte Beck noch niedergeschlagener, und
all meine Versuche, unsere Unterhaltung wiederzubeleben,
scheiterten. Worüber dachte er nach? Schließlich winkte mir
eine ehemalige, ziemlich hübsche Mitschülerin zu, und ich
verabschiedete mich von ihm. »Die Pflicht ruft«, sagte ich.
Danach sahen wir uns fünf Jahre nicht.

20

Beck saß noch lange an der Bar, bis er von zwei ehemaligen
Schülern angesprochen wurde, die vor Ewigkeiten ihr Abitur bei ihm gemacht hatten. Die beiden waren umtriebige
Unternehmer geworden, sie erstellten Internetauftritte für
Firmen und redeten von nichts anderem als ihren Erfolgen.
Nebenbei fragten sie Beck aus, wie es in der Schule laufe
und was die Musik mache. »Ach, Sie haben sich ja überhaupt nicht verändert«, sagten sie schließlich.

Beck lächelte hilflos. Innerlich hatte ihn dieser Satz
schwer getroffen. Er wurde wütend. Aber dann besann

er sich. Es war ja die Wahrheit. Die längeren Haare, der Bart, das zerknitterte Jackett, das Radfahren, das ist alles Fassade, dachte er, Tarnung. Sie hatten recht. Er war noch immer Robert Beck, Musik- und Deutschlehrer am Georg-Büchner-Gymnasium, inzwischen siebenunddreißig Jahre und zehn Monate alt.

Gar nichts hatte sich verändert.

Darüber wurde Beck so sauer, dass er sich, inzwischen angetrunken, in der Toilette der Turnhalle seelenruhig einen Joint drehte und ihn in einer der hinteren Kabinen rauchte. Vielleicht hoffte er in diesem Moment sogar auf seine Entlassung, aber er blieb unbemerkt.

Schließlich wollte er die Veranstaltung verlassen, doch direkt vor dem Ausgang hatte sich ein Kreis gebildet. Ärgerlich versuchte er sich an ein paar Schülern vorbeizudrängeln, dann begriff er, dass in der Mitte dieses Kreises Rauli und Andy Shevantich standen, die sich gegenseitig herumstießen und beleidigten.

21

Es war ziemlich schnell gegangen. Erst hatte Beck nur zugehört, aber je mehr Andy den Jungen beleidigte, desto wütender wurde er selbst. Als Andy schließlich sagte, dass Rauli nur ein verdammter Schmarotzer sei, der an dieser Schule nichts zu suchen habe, mischte Beck sich ein. »Okay, das reicht jetzt!«

»Was wollen Sie denn?« Andy Shevantichs Augenlider hingen herab, darunter lugten seine vom Alkohol getrübten

Pupillen hervor. »Sie haben mir gar nichts mehr zu sagen, okay?«

Beck trat auf ihn zu. »Komm mal wieder runter. Ich bin immer noch dein Lehrer.«

»Ein Scheiß sind Sie«, sagte Andy lallend. »Wie Sie schon rumlaufen, mit Ihren Haaren und dem Bart. Wie der letzte Penner. Was glauben Sie eigentlich, wer Sie sind, John Lennon für Arme oder was? Ich bin so froh, dass ich Ihre Fresse nächstes Jahr in Deutsch nicht mehr sehen muss.«

Das war allerhand. Beck versuchte einen klaren Kopf zu behalten. »Du verlässt jetzt auf der Stelle diese Veranstaltung. Im Übrigen kann ich mir nicht vorstellen, dass du nächstes Jahr noch an dieser Schule bist. Für das, was du gerade gesagt hast, fliegst du, dafür sorge ich!« Er nahm Rauli bei der Schulter und wandte sich ab.

»Ja, verpisst euch doch«, rief ihm Andy hinterher. »Sie und dieser asoziale Freak da. An einer Schule, die solche Loser aufnimmt, bleib ich eh nicht.«

Beck reagierte, ohne darüber nachzudenken. Blitzschnell drehte er sich herum, und mit zwei Schritten stand er dicht vor Andy, der zurückwich.

»Jetzt hör mal zu, du kleiner unverschämter Rotzlöffel. Rauli kann dir nicht das Wasser reichen, wenn es um Partysfeiern oder Kohle geht. Aber er hat Talent. Du dagegen hast nichts, du bist nur Durchschnitt, ein kleines grünschnäbliges Miststück. Deshalb bist du auch so verbittert. Und jetzt schau, dass du vom Gelände kommst, oder ich hole die Polizei. Hast du mich verstanden?!«

Es war still geworden. Andy atmete schnell ein und aus.

Er schien kurz davor, einen Mord zu begehen, und wankte mit wutverzerrtem Gesicht auf Beck zu. Eine aufregende Sekunde lang schien alles möglich.

Aber dann knickte Andy doch ein. Er rempelte einen Sechstklässler an, trat fluchend durch die Tür und verschwand in der Nacht.

22

Die Party ging weiter, alle wandten sich wieder ihren Unterhaltungen zu. Rauli bedankte sich bei Beck, doch der hörte nur halb hin. Er merkte, dass er vor Aufregung leicht zitterte. Erst als der Junge ihn anstupste, sah er auf. »Was?«

»Es gibt etwas, was ich Ihnen sagen muss.« Rauli überlegte kurz. »Na ja, geht um BMG, und ich hatte …«

Weiter kam er nicht. In diesem Moment trat Anna Lind an beide heran.

»Kann ich mal kurz mit Ihnen reden, Herr Beck? Bitte.«

Beck sah zu Rauli. Der Junge murmelte etwas Unverständliches, ohne Anna eines Blickes zu würdigen, und trat zur Seite.

Er selbst ging mit Anna nach draußen. Sie fingen an, in der Dunkelheit um den Sportplatz zu spazieren. Anna redete vom Literaturcafé und meinte, sie müsse noch immer über das nachdenken, was er über die Liebe gesagt habe. Beck konnte sich beim besten Willen nicht daran erinnern. Er war besoffen und traurig wegen Lara gewesen und hatte wohl irgendwas rausgehauen. Na ja, egal, dachte er, Hauptsache, Anna findet es gut.

Sie sprach von dem Buch, das er ihr empfohlen hatte. »Ich hab gleich reingelesen«, sagte sie, »Nabokov ist wirklich ein wunderbarer Schriftsteller.«

»Freut mich, dass es dir gefällt. Die wenigsten in deinem Alter lesen noch, dabei sind gute Bücher etwas vom Besten, was wir haben.«

Was für ein großartiger Satz, dachte er, tiefsinniger geht's ja kaum noch.

Doch Anna lächelte. »Ja, das stimmt.«

Sie gingen weiter nebeneinanderher. Beck musste ungewollt wieder an Lara denken. Vermutlich war sie auch auf der Lesung von Marc Schumann gewesen, hatte ihn mit großen Augen angeschaut und ihm bewundernd zugehört. Danach waren die beiden vielleicht noch essen gegangen. Oder ficken. Er musste sich beherrschen, um nicht vor Wut zu schreien.

»Übrigens waren Sie vorhin großartig«, sagte Anna gerade. »Ich meine, bei Andy.«

»Ach was.« Beck winkte ab. »Aber eines würde mich doch interessieren. Warst du nicht mal mit ihm zusammen?«

Sie sah ihn erstaunt an. »Woher wissen Sie das?«

»Nicht ausweichen … Also?«

»Ja, war ich«, gab sie schließlich zu. »Aber Andy … Er war wirklich ein *Miststück*.« Sie lachte. »Da hatten Sie schon ganz recht.«

»Und was war mit Rauli?«

»Hey, Sie sind gut informiert, oder?«

»Es geht. Also, wieso hat es mit ihm nicht geklappt?«

»Hm, Rauli war schon ganz süß und so, und auf diesem

Konzert hat er wirklich toll gespielt. Aber er war ... Er war irgendwie *langweilig*. Ich meine, er war immer gut gelaunt, aber irgendwie hat etwas gefehlt. Na ja, und er hat sich ständig so um mich bemüht ... Das war mir irgendwann einfach alles zu viel. Ich hatte immer das Gefühl, er will mich gleich heiraten oder so.«

Beck antwortete nichts darauf. Der Junge hatte es also tatsächlich versaut. Er fragte sich, ob er Anna sagen sollte, dass Rauli seine größte Melodie nach ihr benannt hatte. Er tat es lieber nicht.

»Aber nicht, dass Sie jetzt denken, dass ich mit jedem Typen an der Schule was hatte«, sagte Anna. »Das stimmt nämlich nicht.«

»Verstehe«, sagte er nur.

Sie waren inzwischen zwei volle Runden um den Sportplatz gegangen. Was machte er hier eigentlich? Andererseits war es eine langgehegte Wunschvorstellung, die Realität zu werden schien, und so etwas unterbrach man nicht einfach. Einmal kam es ihm sogar so vor, als würde sich Anna an ihn schmiegen. Er merkte, wie er vom Alkohol noch immer benommen war.

»Sie wissen, dass ich Sie mag, oder?«, fragte Anna plötzlich und blieb stehen.

»Hm. Ich hab dich natürlich ...«

Weiter kam er nicht. Anna hatte einfach mit ihren Lippen seinen Mund berührt. Im Schutz der Nacht küssten sie sich. Einige Sekunden lang genoss er es. Dann wachte er auf. Anna zu küssen war für ihn bedeutungslos. Gut, er hatte einen Ständer bekommen, aber davon abgesehen fühlte sich der Kuss einfach nur leer an.

Enttäuschung machte sich in ihm breit. Anna war eine berechnende und nymphomanisch veranlagte Göre, die sich an jeden Typen ranschmiss, der gerade etwas Tolles geleistet hatte. Und er war ein Idiot, dass er auch nur einen Moment darauf reingefallen war. Die ganze Situation war unwirklich. Er wich ihr aus.

»Was ist?«

»Es hat nichts mit dir zu tun«, sagte Beck.

Wenn man es genau nahm, stimmte das sogar. Es hatte eher mit dem Leben im Allgemeinen zu tun. Und mit seiner Unfähigkeit, damit umzugehen. Lara hatte recht gehabt. München war nicht sein Zuhause. Sein Zuhause war da, wo sie war. Und jetzt war da ein Nichts, ein riesiges Loch in seinem Leben, und keine tausend Anna Linds hätten ausgereicht, um es zu füllen.

23

Nichts wie weg von hier. Als Beck auf dem Weg zu seinem Wagen an der Turnhalle vorbeikam, sah er, wie ein betrunkener Rauli ein Mädchen anquatschte, das bereits genervt die Augen verdrehte. Er erzählte irgendwelche Märchen von Straßenkämpfen in Litauen und streckte ihr ruckartig sein Gesicht mit der Narbe entgegen. Das Mädchen schien halb belustigt, halb verwirrt.

»Komm!« Beck zerrte Rauli am Arm. »Großer Gott, dein Flirten ist ja nicht zum Aushalten. Du kannst heute Nacht bei mir schlafen, bevor du dich hier noch weiter blamierst.«

Unerklärlicherweise wirkte Rauli richtig wütend auf ihn. »Nein, lassen Sie mich los«, schrie er. »Ich will nicht.«

»Was ist denn?«

»Lassen Sie mich los. Sofort!«

»Vergiss es, du hast für heute genug getrunken.«

Rauli sah ihn nicht an, wurde aber immer wehrloser.

Schließlich schnappte Beck sich den noch immer wütend vor sich hin brabbelnden Jungen und nahm ihn einfach mit. Irgendwie hatte er wohl gewusst, dass er ihn bei seiner großen Reise dabeihaben wollte.

24

Das Licht der Wohnung gegenüber war gerade ausgegangen, der Innenhof lag in Dunkelheit. Während sie zu zweit auf dem Balkon standen und mit einem Bier in der Hand in die Nacht blickten, schien Rauli intensiv nachzudenken. Seine eigenartige Wut auf Beck war inzwischen verflogen und einer Mischung aus Bewunderung und Misstrauen gewichen, auf die Beck sich keinen Reim machen konnte.

Schließlich rang der Junge sich dazu durch, ihm eine Frage zu stellen. »Herr Beck?« Seine Stimme wurde hoch, fast heiser. »Also …« Er brach ab. »Nein, ich kann das einfach nicht fragen, Sie sind mein Lehrer.«

»Das Jahr ist vorbei. Ich bin nicht mehr dein Lehrer.«

»Trotzdem, es geht einfach nicht.« Rauli wollte den Balkon schon verlassen, da kehrte er wieder um. »Wann hatten Sie das erste Mal … Also wann sind Sie mit … Wieso …«

»Du hast noch nicht gebumst, ist es das?«

Raulis Gesicht wurde noch weißer, als es ohnehin war. Er war es nicht gewohnt, dass die Menschen sofort wussten, was er dachte, er liebte seine kleinen Geheimnisse. Becks Gegenfrage und vor allem das für Rauli unwahrscheinlich obszöne Wort »gebumst« hatten ihm einen schweren Schlag verpasst. »Wie alt waren Sie?«, flüsterte er beinahe.

Beck musste lachen. »Großer Gott!«, sagte er und lachte noch mal laut auf. »Nicht zu fassen, da sprech ich mit einem Schüler über dieses Zeugs.«

»Sie haben gesagt, Sie sind nicht mehr mein Lehrer.«

»Ja, schon gut. Ich war …« Er überlegte lange. »Ich war fünfzehn, wenn du es genau wissen willst. Das war vor ungefähr hundert Jahren.«

»Ich werde nächste Woche schon achtzehn.«

»Na und? Das ist doch völlig okay.« Beck rieb sich die müden Augen. »Aber kannst du mit niemand anderem über solche Sachen reden, mit deinem Vater zum Beispiel?«

Rauli winkte nur ab.

Beck seufzte und redete dem Jungen nun eine Weile gut zu. Er habe doch musikalisches Talent, einen charmanten Akzent und eine Narbe; kurzum: vieles, was sich Frauen wünschen würden. Rauli nickte schmollend. Er hatte sich sichtbar mehr erhofft. Einen weisen Ratschlag oder ein bisschen Erleuchtung. Beck wusste, dass der Junge eine Art Ersatzvater suchte, aber er hatte keine Lust, diese Rolle zu spielen. »Oder …«, fing er schließlich noch mal an.

Rauli sah mit großen Augen zu ihm auf. »Was oder?«

»Oder wir bestellen dir eine Prostituierte.«

Er lächelte. Rauli würdigte ihn jedoch keines Blickes mehr. Er grummelte etwas von Verrat und legte sich zum Schlafen auf seine Matratze im Wohnzimmer.

Beck sah ihm nach, dann blickte er wieder in den Innenhof. »Habt ihr das gesehen?«, fragte er. »Habt ihr *das* gesehen?«

Wie immer antwortete niemand. Nach ein paar Minuten ging er selbst hinein und löschte überall das Licht. Erstaunt bemerkte er am kleinen Spalt unter der Tür, dass es im Wohnzimmer noch hell war.

Als er den Raum betrat, sah er, wie Rauli auf der Matratze lag und einen Katalog für Herrenmode in der Hand hielt.

»Jessas, Rauli. Du bist doch todmüde. Wieso machst du nicht das Licht aus?« Zu seiner Verwunderung stellte er fest, dass der Junge die Augen schon geschlossen hatte.

»Ich möchte mir vielleicht noch eine Hemd bestellen«, murmelte Rauli trotzig.

Beck sah auf dieses Bild des Jammers und schüttelte den Kopf. »Ich lösch dann mal das Licht.«

Da der Junge nicht reagierte, drückte er den Schalter nach unten.

»Ich hab Sie gesehen«, sagte Rauli in der Finsternis.

»Was gesehen?«

Der Junge antwortete nichts. Lange Zeit blieb es still.

»Gute Nacht«, sagte Rauli schließlich.

»Gute Nacht«, sagte Beck und schloss die Tür.

Am nächsten Morgen erwachte Beck mit einem heftigen Kater. Nun, nachdem sich der bekiffte Alkoholiker in ihm durch die Hintertür davongeschlichen hatte, konnte sich sein ausgenüchterter Verstand Gedanken machen über das, was er gestern Abend so alles verbrochen hatte.

Erst jetzt setzten bei Beck so richtig die Erinnerungen an die letzten Tage ein, wie Pistolenschüsse kamen sie auf ihn zu. *Peng,* Rauli beim Eiskunstlaufen, *peng,* Annas Lippen, *peng,* Andys Gesichtsausdruck beim Wort »Miststück«, *peng,* »Your hopes are cold, your heart is Alaska«, *peng,* Lara war weg. Sie hatte gesagt, nur zu lieben wäre nicht genug.

Beck sah auf die Uhr. Es war erst halb neun, viel zu früh. Er stand auf und trottete ins Wohnzimmer. Sein Blick fiel auf Rauli, der auf der Matratze schlief. Das schwarze Haar hing dem Jungen in die Stirn, er sah friedlich und sehr mager aus, das dennoch vorhandene kleine Doppelkinn war voller Bartstoppeln. Beck griff sich sein Telefon und rief in der Klinik an. Es läutete viermal, jemand hob ab, irgendein Irrer, dachte Beck im ersten Moment, obwohl das fies war. Er fragte nach Charlie.

»Der ist nicht mehr da«, sagte die männliche Stimme am anderen Ende der Leitung.

»Was soll das heißen: Er ist nicht mehr da?«

»Er ist abgehauen.«

»Er ist *abgehauen*? Aber wie kann … Und was jetzt?«

»Ein Pfleger ist in seine Wohnung gefahren, aber dort war er nicht.«

»Aber das ist doch verrückt«, sagte Beck. »Ich meine, wo kann er denn sonst sein?«

Es klingelte an seiner Tür.

Beck legte auf und drückte den Türöffner. Von unten hörte er bereits Schritte im Treppenhaus. Wie ausgelaugt er sich plötzlich fühlte. Ohne hinzusehen, öffnete er die Wohnungstür und sagte: »Hallo, Charlie!«

Charlie rannte einfach an ihm vorbei. »Keine Zeit!« Er hastete atemlos in die Küche. »Es ist was Schlimmes passiert!«

»Und was? Was ist denn los?«

Charlie achtete nicht auf ihn. Er füllte sich ein Glas Wasser. Mit zittrigen Fingern holte er aus einer Plastiktüte sein Pillenkästchen. Er nahm zwei gelbe Tabletten heraus und schluckte sie runter.

»Sind die von der Klinik, oder …?«

»Die sind von Peter Jan, diesem alten Wichser.« Charlie schüttelte sich. »Die von der Klinik hab ich weggeschmissen.«

Beck warf einen Blick in das Pillenkästchen. Mit Schrecken sah er, dass Charlie in das Fach für den Mittag und den Abend bereits vorsorglich zwei weitere Pillen hineingelegt hatte. Das war in gewisser Weise sehr ordentlich, auf eine andere, realere Weise war es jedoch äußerst beunruhigend.

Charlie sah immer wieder durch die Vorhänge aus dem Fenster, als ob er verfolgt würde. Erst jetzt bemerkte Beck, wie sein bester Freund eigentlich herumlief. Charlies Haare sahen grotesk aus, er wirkte wie ein schwarzer Bruder Einsteins, der unter Strom geraten war. Krause Büschel standen in alle Richtungen ab. Zudem trug er wieder seine Brille, dazu kurze Shorts von C&A sowie das graue, verwaschene Shirt mit der 1994er-Meistermannschaft des FC Bayern.

Beck deutete auf die Namen der Spieler, die auf der Rückseite standen. »Was macht eigentlich Dieter Frey?«

In diesem Moment kam Rauli in die Küche getapst. Er gähnte und schwitzte noch leicht vom Schlafen. »Was ist los?«

»Meine Mama«, sagte Charlie wie selbstverständlich zu ihm. Er ging ständig im Kreis und wirkte ziemlich nervös.

»Die, die in der Türkei ist?«

»Nein, die, die im Irak ist.« Charlie ging weiter rastlos hin und her und knetete seine Unterlippe. »Natürlich die aus der Türkei. Wir müssen sofort los.«

»Ist gut«, sagte Rauli einfach. Er war aufgeregt und versuchte, mit ihm Schritt zu halten. Der Junge hatte inzwischen Charlies Dringlichkeit übernommen, ohne zu wissen, was er jetzt damit anfangen sollte.

»Halt, halt, halt!«, sagte Beck. »Worum geht's eigentlich? Was ist mit deiner Mutter?«

Charlie sagte in wirren Worten, dass er mit ihr telefoniert habe und es ihr sehr schlecht gehe. Sie sei todkrank, und er müsse sofort zu ihr in die Türkei, um sie »da rauszuholen«. Wegen seiner Flugangst müsse er aber mit seinem VW Passat fahren, und er selbst traue sich das nicht zu.

»Und was heißt das jetzt alles?«, fragte Beck.

Charlie warf ihm die Schlüssel zu. »Du fährst, mein Wagen steht draußen.«

So, es ist also passiert, dachte Beck. Charlie hat endgültig nicht mehr alle Tassen im Schrank! Er legte die Schlüssel neben die Spüle. »Aber ist das denn unbedingt nötig? Ich meine, kannst du deine Mutter nicht noch mal anrufen und in Ruhe abklären, was genau los ist?«

»Nein. Erstens sind die sicher schon hinter mir her.« Charlie sah wieder nervös aus dem Fenster auf die Straße, als ob unten wie bei einer Geiselnahme schon mehrere Polizeiwagen auf ihn warteten. »Und zweitens … Hör zu, ich kann deine Fragen jetzt nicht beantworten. Du musst es nicht verstehen, Robert. Du musst mir nur dabei helfen. Aber bitte keine Fragen. Ich kann dir nicht sagen, wieso, ich weiß nur, dass ich sofort los muss.«

»Du bist ja krank.«

»Bitte. Tu es für mich.«

»Herrgott, wenn ich das mache, dann natürlich *nur* für dich, oder glaubst du, ich habe nichts Besseres zu tun, als mit dir diese schwachsinnige achtzigstündige Autofahrt nach Istanbul zu machen?«

Charlie zuckte mit den Schultern.

»Ich will auch mit«, sagte plötzlich Rauli, beinahe flehend. Die anderen beiden wurden still und musterten ihn. »Na ja …«, sagte er. »Egal, was nach diese Jahr noch kommt. Schule ist vorbei. Bin durchgefallen. Entweder ich gehe nach Litauen zurück, oder ich bin in Musikgeschäft. Vorher ich will noch mal Spaß haben. Bin alt genug.«

Charlie überlegte. »Also gut. Du bist dabei.«

Er und Rauli sahen erwartungsvoll zu Beck. »Ich weiß

nicht ...«, sagte der. »Das geht mir alles zu schnell. Was haltet ihr davon, wenn wir noch einen Tag warten, bis wir sicher sind, was überhaupt los ist?«

»Robert, kannst du nicht einmal in deinem Leben spontan sein? Außerdem hast du mir versprochen, dass ich meine Mutter wiedersehe.«

»Das hab ich nie versprochen.«

»Doch, in der Klinik. Du hast es mir versprochen.«

Beck massierte sich die Schläfen. Er erinnerte sich dunkel, tatsächlich mal so etwas gesagt zu haben. Für eine Sekunde stellte er sich vor, was wäre, wenn Charlie allein fahren würde. Unmöglich, er würde mit dem Wagen gegen einen Baum rasen oder Schlimmeres. Dann dachte er an Lara, die nur wenige hundert Meter von ihm entfernt in ihrem leeren Apartment saß. Er dachte an die öden, einsamen Stunden allein in seiner Wohnung, an den ganzen Mist, der in München auf ihn wartete.

»Komm schon, Robert, sei einmal spontan.«

»Vergiss es«, sagte Beck, aber er spürte, dass er schwankte. Er starrte auf die Autoschlüssel, die noch immer neben der Spüle lagen, und stellte sich vor, wie er Lara zufällig beim Einkaufen über den Weg lief. »Vergiss es einfach«, sagte er noch mal.

Kurze Zeit später fuhren ein liebeskranker Lehrer, ein manisch-depressiver drogensüchtiger Deutschafrikaner und ein litauisches Wunderkind mit einem gelben vw die Autobahn entlang.

B-SEITE

»All Along The Watchtower«

Der fünfte Song: Über die Reise nach Istanbul, Charlies Plastiktüte
und die zweite Schießerei.

I

Montagmorgen, 26. Juli 1999. Beck starrte auf die Straße.
Fuhr er wirklich diesen knallgelben hässlichen 80er vw
Passat, mit dem Ziel, Charlies kranke Mutter in der Türkei
zu retten? Wer waren er und Charlie überhaupt? Zwei An-
sammlungen von Molekülen, die in Begleitung einer jungen
Ansammlung von Supermolekülen, Rauli, mit einer anders
aufgebauten Ansammlung von Molekülen, dem Wagen, auf
einer passiven Ansammlung von Molekülen, der Straße, zu
einer Ansammlung von defekten Molekülen, der kranken
Mutter, fuhren. Und doch, dachte Beck, ist da noch eine
Art Zauber, der aus diesem ganzen Haufen Moleküle eine
Geschichte macht. Man müsste den Zauber nur finden.
Aber vielleicht taten sie genau das. Sie waren auf der Suche
nach dem Zauber.

»Das wird super«, sagte Charlie. »Eine Männertour.
Weißt du noch, vor ein paar Jahren? Als wir durch die beschissenen Pyrenäen gewandert sind?«

Beck wusste schon jetzt, dass Charlie ihm auf der Reise wahnsinnig auf die Nerven gehen würde. Der Gedanke, seine Familie wiederzusehen, hatte ihn nervös und geschwätzig gemacht. Er konnte kaum stillsitzen und versuchte, sich seine Anspannung von der Seele zu reden.

Rauli dagegen sagte überhaupt nichts. Vorhin, als sie bei ihm zu Hause gewesen waren, um seinen Reisepass zu holen, war der Junge allein hochgegangen. Er hatte nur gesagt, sein Bruder und sein Vater seien nicht da gewesen. Statt des schwarzen Rollkragenpullovers trug er ein weißes Hemd, das ihm zu groß war. Es gehörte Beck. Der Junge musste es sich am Morgen einfach aus seinem Schrank genommen haben.

»He, Robert, weißt du noch? Frankreich, damals?« Charlie klopfte ihm fest auf die Schulter.

»Ja, verdammt«, sagte Beck ärgerlich. »Ich bin doch nicht taub. Und fass mich nicht an.«

»Okay, ’tschuldigung.«

»Immer musst du einen gleich antatschen, ich hasse das.«

Beck schaltete das Radio an. Es lief irgendein kitschiges Zeug aus dem unerträglichen Spätwerk von Bob Dylan. Konnte diesem alten Wirrkopf endlich mal jemand sagen, dass seine Zeit vorbei war?

»Wie fahren wir jetzt?«, fragte Rauli.

»Jedenfalls nicht über Jugoslawien«, sagte Beck.

»Wieso?«

»Frankreich«, sagte Charlie wieder. »Die Pyrenäen, das war super.«

»Wegen dieser Kriegsscheiße da«, sagte Beck.

»Was für Kriegsscheiße, Herr Beck?«

»Keine Ahnung, Kriegsscheiße halt, Milošević, so was.«

»Wie fahren wir dann?«

»Ich muss mir noch die Karte anschauen, aber erst mal Österreich und Ungarn.«

»Hey, Robert, erinnerst du dich noch, wie wir in den Pyrenäen auf dieser Hütte waren, wo wir diesen Kerl da, diesen Franzosen … Moment, der war Araber … egal, warte …«

»Kannst du bitte endlich mal still sein?«, rief Beck. »Wir wissen ja, dass du aufgeregt bist, aber du nervst. Wenn ich noch einmal das Wort ›Pyrenäen‹ höre, dann raste ich aus, also halt einfach mal fünf Minuten die Klappe, okay?«

Charlie nickte beleidigt.

»Einfach mal fünf Minuten die Klappe halten«, sagte Beck noch mal.

»Kriegsscheiße«, wiederholte Rauli.

2

Sie kamen gut voran, die einzige Pause nutzte Beck, um Geld abzuheben. Gegen Mittag passierten sie bereits die österreichische Grenze und fuhren auf der Autobahn Richtung Wien. Geredet wurde kaum noch, meistens war das Radio an. Rauli schlief, Charlie sah aus dem Fenster. Beck dachte daran, dass sie früher mal wie eine Band gewesen waren. Jetzt, nach dem Ausstieg von Lara, waren sie auf ihrer Abschiedstournee, sie spielten noch die letzten Gigs in Osteuropa, dann trennten sich ihre Wege wieder.

In Wien machten sie in der Nähe der Donau Rast. Charlie wollte im Wagen schlafen, Beck und Rauli spazierten in die Innenstadt. Da der Junge zum ersten Mal hier war, besichtigten sie den Stephansdom und tranken im Café Demel eine Melange mit Schlagobers. Während Beck sich an einem Kiosk eine neue Schachtel Lucky Strikes kaufte, rief Rauli von einer Telefonzelle aus seinen Vater an.

Zum Ausklang dieses improvisierten Touristenprogramms schlenderten sie über den Heldenplatz, vor ihnen eine Gruppe Wiener Mädchen. Zwei von ihnen drehten sich immer wieder nach Rauli um. Der Junge winkte ihnen zu und grinste übertrieben, woraufhin die beiden lachen mussten und sich wieder abwandten.

»Süß, oder?«, fragte Beck.

Rauli nickte. »Was ist eigentlich mit Lara?«

Der Junge fand schnell heraus, dass sie und Beck sich getrennt hatten. Er bohrte nach und wollte immer wieder die genauen Gründe wissen. Beck reagierte zunehmend genervt und murmelte nur, dass er sich von »einem dahergelaufenen jungfräulichen Teenager« nicht ausfragen lassen wolle.

Rauli schmollte, und so gingen sie wortlos zum Parkplatz zurück.

Der vw war voller Rauch. Zunächst dachte Beck an einen Schwelbrand, aber es war bloß Charlie, der bei hochgekurbelten Fenstern einen Joint in der Hand hielt und auf das Handschuhfach starrte.

»Du hättest wenigstens eine Tür aufmachen können«, sagte Beck. »Hast echt Nerven. Qualmst den ganzen Wagen voll. Was, meinst du, wär passiert, wenn hier ein Polizist vorbeigekommen wäre?«

Als Antwort bot Charlie ihm den Joint an, aber Beck winkte ab. Daraufhin nahm ihn Rauli und zog daran.

»Verdammt, was tust du da?«, fragte Beck.

»Habe noch nie gekifft.«

»Und was war …« Beck stoppte gerade noch rechtzeitig. Und was war mit dem Hasch?, hatte er fragen wollen. Oder hatte Rauli damals damit nur dealen wollen?

»Und was war mit was?«

»Ach, nichts. Jedenfalls kiffst du nicht.«

»Jeder kifft.«

»Ach, und wenn alle von einem Hochhaus springen, springst du auch, oder was?«

»Haha, sehr witzig.«

»Ich muss dich enttäuschen, aber das hier wird nicht diese berühmte eine Fahrt, von der du später sagen wirst, dass sie der Startschuss für deine großartige Karriere als Junkie war.« Er nahm Rauli den Joint aus der Hand und schmiss ihn auf die Straße.

»He, das war meiner«, sagte Charlie.

»Und du halt's Maul!«, sagte Beck zu ihm. »Dem Jungen einen Joint anzubieten, du bist ja wohl völlig verrückt geworden.«

»Entspann dich mal, Robert. Außerdem hat er ihn mir aus der Hand gerissen.«

»Was ist Ihr Problem?«, fragte Rauli. »Haben Sie nie gekifft?«

»Sicher hab ich das.«

»Na also, dann wissen Sie, dass ich es muss.«

»Gar nichts musst du.«

»Aber alle großen Musiker haben gekifft.«

»Nenn mir einen.«

»Robert, wieso hast du ihn weggeschmissen? Ich hatte ihn gerade erst angezündet, verdammte Scheiße.«

»Bob Dylan«, sagte Rauli.

»Was? Ausgerechnet dieser alte Irre? Hast du dir deinen Bob Dylan mal angesehen?«

»Wieso?«

»Weil mit ihm nichts mehr los ist.«

»Verdammt, Robert, wieso hast du ihn weggeschmissen, jetzt muss ich mir einen neuen anzünden«, klagte Charlie und wühlte in seiner Plastiktüte. Sein Feuerzeug fiel herunter. Mühsam suchte er danach.

»Wieso ist mit Dylan nichts mehr los?«, fragte Rauli.

»Na ja, seine Zeit ist vorbei. Der hat schon seit Jahren keinen großen Erfolg mehr gehabt. Der nervt nur noch mit seinem pseudophilosophischen Altherrengewäsch.«

»Wo ist denn mein Feuerzeug?«

»Ach, Sie haben kein Ahnung, Herr Beck. Dylan ist immer zurückgekommen, er wird wieder Erfolg haben.«

»Gar nichts wird er. Er ist ein alter Sack … Und ich will einfach nicht, dass du kiffst. Punkt!«

»Wo ist denn mein verficktes scheiß Feuerzeug?«

»Aber ich nehme doch keine Drogen, es war nur ein kleine Zug. Wollte nur wissen, wie es ist.«

»Verstehst du denn nicht? Noch bist du minderjährig, Rauli. Ich habe eine gewisse Aufsichtspflicht für dich. Ich bin dein Musiklehrer und dein Manager. Und dein Vater will sicher auch nicht, dass du hier anfängst rumzukiffen. Oder?«

»Nein.«

»Eben. Akzeptier das endlich mal, oder wir drehen sofort um, und ich setz dich zu Hause ab. Ich weiß sowieso nicht mehr, was in mich gefahren ist, dich mitzunehmen. Jessas, ich muss verrückt sein.«

»Aber Sie sind nicht mein Vater. Wieso machen Sie sich so viele Sorgen?«

»*Wieso ich mir Sorgen mache?*« Beck blickte ihn fassungslos an. »Wir fahren hier zwei, drei Tage gemeinsam mit einem geisteskranken Menschen, der eine Plastiktüte auf seinem Schoß hat, in der hunderttausend Tabletten und wahrscheinlich Crack und irgendwelche Nadeln herumliegen.«

»Charmant zusammengefasst«, sagte Charlie, der endlich sein Feuerzeug gefunden hatte.

»Ich will nicht, dass du irgendwelches Zeugs von ihm nimmst. Versprich mir das. Keine Drogen, sonst drehen wir sofort um.«

Rauli starrte enttäuscht zuerst auf die Tüte und dann auf den Joint, der noch immer auf der Straße lag und langsam verglühte. »Ja, ich verspreche es.«

»In Ordnung.« Beck setzte sich ans Steuer, der Junge nach hinten.

Charlie zündete sich gerade den nächsten Joint an.

»Woher hast du eigentlich das Geld?« Beck deutete auf die Plastiktüte.

Charlie öffnete das Fenster und rauchte. »Hängt mit dem Anruf zusammen.«

»Von deiner Mutter?« Beck griff nach der Plastiktüte. »Wie viel ist da eigentlich drin? Hast du das alles von Peter Jan?«

Charlie riss ihm die Tüte aus der Hand. »Robert, ich

bitte dich das nur einmal. Schau nie in die Tüte, und versuch es auch nicht, wenn ich weg bin.« Er nahm sie und legte sie unter den Sitz. »Und Peter Jan ist ein alter Wichser«, sagte er noch.

Beck zuckte nur mit den Schultern. Dann fuhren sie weiter.

3

Hinter Wien verdunkelte sich der Himmel. Regen trommelte aufs Dach, die Scheibenwischer flogen hin und her. Immer wieder zuckten Blitze am Horizont, gefolgt von fernem Donnergrollen. Beck sah auf den Nebensitz zu Charlie, der schlief. Mit den Shorts und dem ausgeleierten Bayernshirt, den krausen Haaren und der Plastiktüte, die er selbst im Schlaf noch festhielt, sah er ziemlich genau wie die Person aus, die er war: ein aus der Klinik ausgerissener Junkie, der noch eine Menge Ärger verursachen könnte. Und woher hatte er nur das Geld für all die Drogen?

Er bemerkte, dass Charlies Stirn feucht war, die Falte zwischen seinen Augen hatte sich noch tiefer in die Haut gegraben. Beck überlegte, ob er nicht doch einen Arzt anrufen sollte. Aber irgendwie spürte er, dass es Charlies letzte große Reise war. So hatte er es mir später zumindest erzählt. Er hatte damals einfach gefühlt, dass er Charlie zu seiner Mutter bringen musste.

Österreich hatten sie nach einer tristen Autobahnfahrt im Regen hinter sich gelassen. An der ungarischen Grenze hatten sie nur kurz gestanden, Beck war aufgefallen, dass Charlies Plastiktüte plötzlich verschwunden war. Sie fuhren noch eine halbe Stunde landeinwärts, ehe sie vor Győr Rast machten.

Die Luft war nach dem Regen frisch, die Sonne kam heraus, es wurde angenehm warm. Sie setzten sich in den schattigen Garten eines Restaurants, auf dem Schild am Eingang tanzte ein Bär mit einer blonden Frau im Dirndl.

Nachdem Beck die Autobahnkarte studiert hatte, entschied er sich für die Route über Rumänien und Bulgarien. Beiläufig fragte er Charlie, ob seine Mutter überhaupt wisse, dass sie kommen würden. Charlie verneinte. Dann fragte Beck, ob wenigstens sein Bruder Jonathan wisse, dass sie kommen würden. Charlie verneinte, woraufhin Beck fragte, ob, zum Teufel, eigentlich *irgendwer* wisse, dass sie kommen würden, und was Charlies Mutter denn nun genau fehle. Charlie meinte, seine Mutter habe sich einfach sehr krank angehört und er wisse nur, dass er zu ihr müsse, um sie da rauszuholen. Außerdem habe Beck ihm versprochen, keine Fragen zu stellen. Beck schüttelte nur den Kopf und meinte, Jessas, so ein Schwachsinn, und auf was er sich da nur eingelassen habe.

Rauli dagegen schien es ganz gut zu gehen, er aß gerade sein zweites Schnitzel. »Wo übernachten wir, Herr Beck?«

»Ich würde sagen, wir fahren noch bis Budapest und suchen uns dort ein Hotel.«

»Budapest ist gut.« Charlie setzte seine Brille auf. »Da muss ich eh hin.«

Beck sah ihn fragend an, doch er wich dem Blick einfach aus und vertiefte sich in die Autobahnkarte.

Die Abendsonne tauchte die Straße vor ihnen in weiches Licht. Rauli schlief wieder hinten auf den Rücksitzen. Als Kopfkissen benutzte er das zerknitterte Jackett von Beck, der in seinem schwarzen Polohemd am Steuer saß. Charlie las inzwischen in einem Buch. *Gaudiya Vaishnava* stand auf dem Titel.

»Ist das wieder dieser Hare-Krishna-Mist?« Beck tippte auf den Titel. »Was versprichst du dir überhaupt von denen, Erleuchtung, oder was?«

»Ich muss mich vor niemandem rechtfertigen, der sagt, dass Hare Krishna Mist ist.«

»Jessas, die haben mit dir wohl eine Gehirnwäsche gemacht …« Beck schüttelte den Kopf. »Wenigstens hast du nicht diese orangene Robe an. Wenn du die anziehst, schmeiß ich dich sofort raus.«

»Ich hab die Robe gar nicht mit.«

»Wenn du die anziehst, ist es vorbei.«

»Reg dich ab, Robert. Ich hab doch gesagt, dass ich sie nicht mitgenommen habe.«

Sie stritten eine Weile, dann brachen sie ab. Von der Autobahn aus konnten sie die Lichter Budapests sehen.

4

Beck steuerte das Auto durch die Innenstadt. Charlie hatte die Karte auf dem Schoß, er blickte aufmerksam aus dem Fenster und schien etwas zu suchen. »Halt an!«, sagte er plötzlich. »Hier übernachten wir.«

Sie parkten die alte gelbe Schrottkarre, die Charlie nun

seit knapp zehn Jahren besaß und die schon damals eine alte gelbe Schrottkarre gewesen war, direkt vor einem First-Class-Hotel.

Beck warf Charlie einen fragenden Blick zu. »Und was jetzt, du Genie? Das könnte nämlich nicht gerade billig werden, und Raulis Familie hat ihr Budget für überteuerte Fünf-Sterne-Hotels in diesem Jahr leider schon aufgebraucht.«

»Kein Problem. Ich lade euch ein.« Charlie griff in die hintere Tasche seiner Hose und holte ein prallgefülltes Portemonnaie heraus.

»Kannst du mir mal verraten, woher du das ganze Geld hast? Du bist seit Monaten arbeitslos. Und du warst in der Klinik.« Beck warf ihm einen drohenden Blick zu. »Hat das irgendwas mit Hare-Krishna zu tun? Ich warne dich. Ich gehe keinen einzigen Schritt, bevor du mir nicht endlich alles sagst.«

Charlie zuckte nur mit den Schultern. Dann stieg er aus und verschwand in der Lobby des ›Costa Grand Hotel‹. Rauli fuhr sich noch etwas schlaftrunken durch das verwilderte Haar und ging hinterher, und nach einem lauten Seufzer schloss Beck den Wagen ab und kam ebenfalls nach. »Ihr spinnt doch«, murmelte er nur. »Ihr spinnt doch alle beide.«

5

In der marmorierten Lobby des Hotels lauerten an allen Ecken Bedienstete in roten Zirkusaffenjacketts mit goldenen Manschettenknöpfen und weißen Handschuhen. Vor lauter Geilheit auf ein Trinkgeld grinsten sie pausenlos.

Charlie ging zur Rezeption und buchte drei Einzelzimmer. Während man ihm die Schlüssel aushändigte, fragte er nach einer Möglichkeit, einen Anzug zu kaufen. Der Concierge nickte höflich und schielte auf das Shirt von Charlie, von dessen Vorderseite ihn eine bayerische Fußballmannschaft anlachte, die um einen Opel Vectra posierte. Er schien ganz fasziniert.

»Der Anzug?«, half Charlie noch mal nach.

Der Concierge bat vielmals um Entschuldigung. »Selbstverständlich, wir haben für unsere Gäste Anzüge in allen Größen. Auch für Sie, Herr … *Aguobe*«, las er vom Anmeldeformular ab. Er übergab Charlie einem Mitarbeiter. Zusammen nahmen sie den Lift zum hoteleigenen Herrenausstatter.

Rauli sah ihnen ungeduldig nach. Da er fast die ganze Fahrt über geschlafen hatte, war er wieder munter geworden. »Gehen wir Stadt ansehen?«, fragte er, und so zogen er und Beck kurzerhand zu zweit los.

Eine Gruppe Fahrradfahrer fuhr klingelnd an ihnen vorbei, an einer Straßenecke jonglierte ein Feuerkünstler mit brennenden Fackeln, die Cafés und Bars waren mit Menschen gefüllt. Budapest an einem sommerlichen Abend war angenehm. Überall blickte man in erwartungsvolle Gesichter, um diese Zeit gehörte die Stadt der Jugend und der Lebenslust. Alle griesgrämigen alten Leute schien man dagegen in die Keller gesperrt zu haben, wo sie von unten gegen die

Gitter schlugen und murrend auf das vergnügte nächtliche Treiben blickten.

Beck hatte sein Jackett über die Schulter gelegt und redete pausenlos davon, dass Charlie verrückt sei und Hilfe brauche, aber stattdessen würde er ihn auch noch durch Osteuropa fahren, das sei doch alles einfach nur wahnsinnig, und woher habe er eigentlich das ganze Geld?

Rauli hörte gelangweilt zu. »Eines verstehe ich nicht, Herr Beck. Sie schimpfen immer über Charlie, warum sind Sie dann so gute Freunde mit ihm? Irgendeine Grund muss es doch geben.«

Aber wie immer blockte Beck bei diesem Thema ab.

Als sie über die Kettenbrücke gingen, kam ein Ungar mit einer Baseballkappe der Yankees auf sie zu. Er hatte nur ein Ohr, braune Haare und ein schneidiges Gesicht. Wortlos kaute er Kaugummi. »Deutsch?«, fragte er Beck schließlich.

Beck ging einfach weiter, doch der Fremde mit der Baseballkappe lief ihm nach. Er schien irgendetwas verkaufen zu wollen, wirkte aber auch gefährlich. »Du musst rümpeln!«, sagte er laut.

Beck ging schneller.

»Du musst rümpeln!«, rief ihm der Fremde noch mal verzweifelt nach. »RÜMPELN!«

Beck lief, ohne ihn zu beachten, weiter. Irgendwann ließ der Fremde ab und sah ihnen traurig nach, dann richtete er seine Kappe und ging kaugummikauend in die andere Richtung zurück.

»Was hat er gemeint?«, fragte Beck, als er sich sicher fühlte. »Was bedeutet *rümpeln*? Jessas, wo kommen solche Typen nur immer her?«

Rauli zuckte mit den Schultern und grinste. Dann stellte er sich an den Rand der Brücke und sah auf die Donau und die Menschen, die unten am Fluss lärmten und lachten und redeten.

»Ich muss immer an Tod denken«, sagte der Junge plötzlich.

Er blickte noch immer auf die Stadt, die Lichter spiegelten sich in seinen Augen. »Aber irgendwie fühl ich mich auch unsterblich. Ich kann mir einfach nicht vorstellen zu sterben.« Er sah zu Beck. »Selbst wenn ich alt und krank bin und Tod tatsächlich kommt, werde ich das nicht glauben können.«

Beck betrachtete ihn lange, diesen seltsamen Litauer. Er musste schmunzeln. »Ach, Rauli, du bist noch so herrlich jung.«

Rauli schien ein wenig gekränkt, aber vielleicht war er auch nur getröstet.

Schließlich wollte Beck zum Hotel zurückgehen. Der Junge dagegen schielte zu einer Gruppe Jugendlicher rüber, die vor einem Biergarten stand. »Ich schaue mich noch ein wenig um«, murmelte er, und kurz darauf war er weg.

6

Beck lauschte an seinem Fenster. Von unten drang gedämpft das Straßengetöse zu ihm herauf. Er fühlte sich einsam, in einer ihm unbekannten Stadt, in einem sterilen Hotelzimmer, in dem alles seinen Platz hatte, jedes Handtuch, jeder Stift, jeder Snack in der Minibar, nur er war darin fremd.

Er dachte an Lara, die in wenigen Tagen nach Rom fuhr. Das alles war so weit weg. Und trotzdem war es jetzt hier, in diesem Raum. Er hätte gern seinen Kopf in ihren Schoß gelegt, die Augen geschlossen und gespürt, wie sie mit ihren Fingern durch sein Haar strich. Man sollte sich auf die Liebe stürzen, dachte er, mit seinen Krallen und Zähnen hineinfahren. Wie ein Raubtier in seine Beute oder ein Pitbull in den Arm eines Menschen. Sich nicht verdrängen oder wegzerren lassen, sich einfach in die Liebe verbeißen, sie nie wieder loslassen …

Beck versuchte das Bild des gutaussehenden Marc Schumann zu verdrängen. *Wolkenland.* Was für ein bescheuerter Titel für einen Roman. Er schaltete den Fernseher an und zappte herum, auf der Suche nach einem seiner geliebten japanischen Monsterfilme mit Godzilla, dann nickte er ein.

Es war bereits nach Mitternacht, als er durch ein leises Klopfen an seiner Zimmertür geweckt wurde. Vermutlich Rauli. Er stand auf und öffnete. Es war jedoch nur eine blutjunge Edelprostituierte, ein Meter fünfundachtzig groß, mit stark geschminktem Gesicht. *»Can come in?«*, radebrechte sie.

»No.«

»Please. Good price.«

»Das ist mir egal. *Bye, bye.«*

»Is only fun.«

»No, go away.«

»Good price, Mister … Can come in?«

So, dachte Beck, jetzt sind wir wieder am Anfang der Unterhaltung. Sie kapierte es nicht, und auch nach zwei Minuten freundlicher Zurückweisung hatte sie sich keinen

Millimeter von seiner Tür wegbewegt, so dass alle Hotel-gäste, die den Gang entlangkamen, ihn bei seinem frivo-len Gute-Nacht-Plausch beobachten konnten. Schließlich schaffte Beck es aber doch noch, die Tür vor dem heran-drängenden hochhackigen Frauenfuß zu schließen. Als er sich wieder aufs Bett warf, hörte er, wie die Frau an der Zimmertür nebenan klopfte.

Beck hatte sich im Fernsehen eine Folge von *T. J. Hooker* mit William Shatner auf Ungarisch angesehen und dabei die Minibar geleert. Neben ihm lagen aufgerissene Haselnus-stüten, Cola-Dosen, eine Tüte Chips und eine Flasche Bier, die irgendeinen ungarischen Phantasiepreis kostete. In-zwischen sah er sich auf Charlies Kosten einen Pay-TV-Porno an, sogar auf Deutsch, *Unsere geile Farm.* Beck über-legte, ob er onanieren sollte, aber dann fragte er sich, was Onanieren überhaupt für einen Sinn hatte, im Leben, so generell, und er ließ es sein.

Es klopfte erneut an der Tür.

Beck befürchtete, die Prostituierte von vorhin. Doch es war Charlie. Er sagte, sie müssten dringend reden. Es wäre jetzt Zeit für die Wahrheit.

7

An der Hotelbar war wenig los, auch an den übrigen Ti-schen saßen nur vereinzelt Gäste. Leise Jazzmusik drang aus den Lautsprechern an der Decke. Bedient wurden sie von einer jungen Frau mit langen schwarzen Haaren und einem lebhaften Gesicht. Wie sich herausstellte, kam sie aus Deutschland und war schon vor Jahren der Liebe wegen nach Ungarn gezogen.

»Was ist mit euch beiden?« Sie stellte Beck und Charlie zwei Bier hin. »Woher kommt ihr, was macht ihr hier?«

»Wir sind mit dem Auto auf der Durchreise von München nach Istanbul.«

»Aber das dauert ja Tage. Wieso seid ihr nicht geflogen?«

»Ich hab Flugangst!«, sagte Charlie. Es klang, als würde er voller Stolz verkünden: »Ich hab den Nobelpreis gewonnen!«

Beck musterte ihn. Erst langsam gewöhnte er sich an diesen Anblick. Charlie trug nicht mehr das Bayernshirt, sondern einen edlen anthrazitfarbenen Anzug und ein hellblaues Hemd.

»Flugangst – das ist ja doof«, sagte die Frau hinterm Tresen. »Das hält dich sicher ständig auf.«

»Nicht so sehr wie sein Drogenproblem«, sagte Beck.

Sie lachten. Dann rief jemand nach der Barfrau. Sie verließ den Tresen und brachte einem älteren Herrn ein Pils an den Tisch.

Charlie sah Beck kühl an. »Das war so klein von dir, dieser Witz über meine Sucht. Du bist wirklich schäbig.«

»Ich bin schäbig?«, fragte Beck, als er die Sprache wiedergefunden hatte. »Immerhin fahr ich dich. Und wer weiß, was wirklich in deiner Plastiktüte ist … Ich meine, wie kommst du …«

Charlie grinste. »Erwischt.«

Sie alberten kurz herum. Dann wurde Charlie unruhig.

»Was anderes.« Er spielte mit den Fingern. »Ich mach's kurz: Ich weiß, dass ich bald sterben werde.«

»Himmel, fängst du schon wieder damit an? 'tschuldigung, dass ich so reagiere, aber diese Ankündigung hat mit den Jahren *etwas* an Dramatik verloren, findest du nicht?«

»Nein, hör zu, Robert, ich weiß, was du meinst. Aber diesmal ist es keine Spinnerei. Es ist ernst. Ich hab mich vorhin vor dem Treffen kurz hingelegt …«

»Vor welchem Treffen?«

»Ist doch egal. Ich hab mich jedenfalls hingelegt, und dann hatte ich einen Traum. Ich hab geträumt, dass ich diese Reise nicht überlebe.«

»Aber das heißt doch gar nichts. Ich hab auch schon oft geträumt, dass mir was passiert. Das zählt doch nicht.«

»Doch, doch, bei mir schon. Ich hab geträumt, dass Jonathan Fußballstar wird, das hab ich damals auch gesagt, und es hat gestimmt. Ich hab geträumt, dass meine Mutter fortgeht, und ein Jahr danach ist sie tatsächlich zu ihm nach Istanbul gezogen. Und jetzt hab ich geträumt, dass ich auf dieser Reise sterbe. Es war so real, so echt. Ich weiß, dass es passiert. Meine Träume werden immer wahr.«

»Du kennst meine Meinung zu diesem Thema.«

»Ja, aber ich bitte dich, dass du mir glaubst. Ich hätte dir nicht davon erzählt, wenn ich mir nicht absolut sicher wäre.«

»Okay, gut. Und was jetzt?«

»Hör zu. Ich will ehrlich zu dir sein.«

»Und was bedeutet das?«

»Wir machen die Reise nicht wegen meiner Mutter. Ich meine, auch, aber nicht nur.«

»Wir machen die Reise nicht wegen deiner Mutter?«

»Nein. Wir machen sie wegen der Plastiktüte.«

8

Beck setzte sich aufrecht auf seinen Hocker, der sich keinen Millimeter von der Stelle rührte. Er musste an einen Satz aus einem Buch von Lara denken. *Lebenslänglich festge-schraubt.* Ihm fiel jedoch nicht mehr ein, wie der Autor hieß, er wusste nur noch, dass Lara seine Bücher geliebt hatte.

Er sah wieder zu Charlie. »Drogen?«

Charlie nickte. »In der Plastiktüte sind – neben meinem eigenen Kram – zwei gut verschnürte Päckchen mit Zeug für vierzigtausend Mark. Nur ein bisschen Hasch, nichts Dramatisches. Ich soll es bei zwei Typen auf unserem Weg verticken, ich hab dreitausend in bar bekommen und kriege morgen, wenn alles klappt, noch mal das Gleiche. Den ersten Typen hab ich vorhin getroffen, den zweiten treffe ich in Bukarest.«

Beck nickte ein paarmal und ließ das Ganze auf sich wirken. Das war alles so enttäuschend. »Und wie bist du darauf gekommen?«

»Weißt du noch, wie du mir damals den Zwanziger gege-ben hast, damit ich meine Mutter anrufe? Das war zu viel. Ich hatte noch was übrig. Also hab ich Peter Jan angerufen.« Charlie hielt kurz inne. »Dieser alte Wichser.«

»Was hast du ihm gesagt?«

»Ich hab ihm eigentlich nur sagen wollen, dass ich keine Drogen mehr will und den ganzen Scheiß hasse und er mich nie wieder deshalb anzurufen braucht. Und dann hat er sich entschuldigt, und ich hab gesagt, er könne ja nicht wirklich was dafür, es wäre nur eben vorbei, und er meinte, das sehe er ja auch ein, und dann hat er halt geredet, und dann hab ich wieder geredet und ihm erzählt, dass ich meine Mutter in der Türkei besuchen will, aber kein Geld dafür hätte und mir auch nichts leihen wolle, auch nicht von dir, und er hat gemeint, wenn das so wäre, hätte er da was für mich, es liege quasi auf dem Weg.«

Beck verdrehte angesichts von so viel Dummheit die Augen. »Großer Gott. Mir wird ganz schlecht.«

»Tut mir leid«, sagte Charlie.

»Dafür ist es jetzt auch zu spät, findest du nicht?«

»Ich wollte nur ehrlich zu dir sein. Ich sterbe.«

»Ich glaube, mir wird schlecht.«

»Das hast du schon mal gesagt.«

»Tut mir leid«, sagte Beck.

9

Charlie trank sein Glas leer und lockerte den Kragen seines Hemds, das an den Wölbungen seiner Oberarme spannte. Als Türsteher hatte er früher Bodybuilding gemacht, und trotz seines Klinikaufenthalts sah er noch immer blendend aus. Neben ihn setzte sich gerade eine hübsche Blondine in einem schwarzen Kleid, eigentlich sein Typ. Sie lächelte ihn an, doch Charlie reagierte nicht. Das Thema Frauen schien ihn nur noch anzuöden. Er hat sowieso nie Glück bei ihnen gehabt, er hat sie nur gefickt, dachte Beck. Er selbst saß wie versteinert da.

»Was denkst du?«, fragte Charlie irgendwann.

»Weiß nicht …« Beck legte seine Hand auf den polierten Tresen. »Dass du dich mit Peter Jan einlässt, ist riskant. Er ist gerissen. Aber auch auf die Gefahr hin, dass es ein wenig abgedroschen klingt: Irgendwie hab ich's geahnt. Spätestens als du einen Anzug wolltest. Du trägst nie Anzüge. Du siehst bescheuert darin aus, wie ein Rausschmeißer in einem Edelpuff.«

»Ja, da ist was dran.«

Beide mussten grinsen. Dann wurde Becks Miene nachdenklich. »Schon komisch, dass wir jetzt hier sitzen und Witze machen. Ich weiß noch, wie du vor ein paar Monaten wie ein Irrer in diesen Hare-Krishna-Klamotten auf deinem Bett herumgehüpft bist.«

»Ich bin nie rumgehüpft.«

»Doch, bevor du in die Klinik kamst.«

»Ich bin *niemals* auf dem Bett rumgehüpft!«

Beck schüttelte den Kopf. »Ist ja auch egal. Jedenfalls hast du damals nur noch aus dem Fenster gesehen und wirres Zeugs geredet.«

»Kann sein.«

»Weißt du, in der Klinik, da warst du so ehrlich. Ich mochte dich wirklich gern. Und jetzt bist du keinen Tag draußen und fängst schon wieder mit dem gleichen Mist an. Ich will dich einfach nicht …« Beck senkte den Blick. »Du brauchst jedenfalls Hilfe. Das ist mein Ernst. Ich bitte dich, lass dir helfen.«

Charlie antwortete nichts. Als die Kellnerin kam, hob er die Hand und bestellte zwei neue Bier. Sie stießen an, dann tranken sie schweigend.

»Mit Lara ist es übrigens vorbei.« Beck wischte sich mit dem Handrücken den Bierschaum vom Mund. Er wollte gerade weiterreden, da sah er, wie Rauli die Bar betrat. An seiner Seite eine junge rothaarige Frau, die sich an ihn schmiegte. Der Junge grinste, dann winkte er Beck zu sich herüber.

10

Sie standen in einem separierten Bereich der Bar. Beck deutete auf das Mädchen, das am Eingang geblieben war und immer wieder zu ihnen sah. Sie trug einen gelben Rock, ein figurbetonendes schwarzes Oberteil und war übertrieben geschminkt, aber zweifellos attraktiv.

»Jessas, Rauli. Wo hast du die denn her?«

»Aus eine Club ganz in die Nähe ... Hören Sie, Sie müssen mir Geld leihen!«

Beck strich sich mit dem Daumen über das Kinn. Er sah erst zu dem Mädchen, dann wieder zu Rauli. »Ach, so ist das.«

»Nein, Herr Beck. Nein, wirklich. So ist nicht.«

»Ach, und wie ist es dann? Wofür brauchst du das Geld?«

»Wie soll ich sagen ... Die hält mich für eine berühmte Filmstar.«

Beck sah ihn fragend an.

»Na ja. Vorhin, als ich in diese Club war, ist sie mit eine

Freundin auf mich zugekommen. Beide haben gesagt, sie kennen mich von irgendwoher.«

Der Junge grinste wieder. Dieses Grinsen bekam er einfach nicht weg.

»Und?«, fragte Beck. »Was hast du ihnen geantwortet?«

»Habe ihnen gesagt, dass ich in ein Film die kleine behinderte Bruder von Al Pacino gespielt habe. Beide haben es geglaubt, die eine hat sogar gemeint, sie hat den Film gesehen. Und jetzt ist sie mit mir gegangen und …«

Rauli brach ab und starrte ihn aufgeregt an.

Beck wusste nicht, ob er dem Jungen gratulieren oder einen Klaps auf den Hinterkopf geben sollte. »Wie viel brauchst du?«

»Zweihundert.«

»*Zweihundert?* Mark? Wofür?«

»Na ja, für alles. Ich muss so tun, als ob ich voll viel Geld habe. Bin Filmstar. Sie kriegen es wieder!«

»So wie ich meine CDs oder die Gitarre wiederbekommen habe?«

»Bitte, Herr Beck. Gebe es zurück. Versprochen!«

Beck verdrehte die Augen und zückte seinen Geldbeutel. Er drückte dem Jungen fast alles in die Hand, was er noch hatte. Nach einem kurzen Zögern nahm Rauli es an. Aus Höflichkeit fragte er, was Beck noch so mache.

»Charlie«, sagte Beck und deutete dabei auf den Hünen in seinem Anzug, der gerade mit der Barfrau sprach. »Er ist anders. Er sieht vielleicht nicht krank aus und wirkt wie immer, aber innerlich hat er sich total verändert. Er ist einfach nicht mehr der Gleiche wie früher.«

In diesem Moment sagte Charlie laut zu der Barfrau: »Das ist doch Wahnsinn! Ich meine, wenn meine ganze beschissene Existenz wirklich nur daraus bestand, für dieses Mädchen da am Eingang eine Statistenrolle zu spielen, dann hab ich's ja gerade eben total verbockt.«

Beck schüttelte nur den Kopf. »Ach, vergiss es.«

Das ungarische Mädchen rief ihnen etwas zu.

Rauli nickte in ihre Richtung. »Muss jetzt gehen, Herr Beck«, sagte er leise. Er betrachtete noch einmal die Geldscheine in seiner Hand und bedankte sich. Dann trottete er zu der jungen Ungarin zurück, die den behinderten kleinen Bruder von Al Pacino schon sehnsüchtig erwartete. Bevor er mit ihr den Lift betrat, sah er noch mal zu Beck, dann schloss sich die Tür, und der Junge und sein verschwörerisches Grinsen waren weg.

II

Beck ließ sich wieder auf den Barhocker fallen. Er deutete auf den Aufzug. »So geht sie dahin, die Unschuld.«

»Ich glaube, das tut ihm gut«, sagte Charlie.

Beck nickte.

»Also einen wegstecken, mein ich.«

»Ich hab's schon verstanden.«

Sie redeten über Rauli und seine musikalische Zukunft. Beck sprach davon, was er alles mit ihm vorhatte und wie die nächsten Schritte aussehen könnten.

»Ich weiß, dass du das nicht hören willst, aber ...«, Charlie trank sein Glas aus, »ich kenne dich jetzt so lange, und du bist doch kein Manager. Du bist Musiker. Wieso machst du nicht mehr selbst Musik?«

Beck winkte ab. »Das geht einfach nicht mehr, nicht seit Rauli. Der Junge ist in allem besser als ich, was für einen Sinn hat es da noch, selbst Musik zu machen?«

Charlie schüttelte den Kopf. »Ich sag dir mal was, Robert. Die letzten Jahre war da kein Rauli, und du hast trotzdem keine Musik gemacht. Belüg dich doch nicht selbst.«

»Ich belüg mich überhaupt nicht selbst«, sagte Beck zunehmend genervt. Er hasste es, wenn ihn jemand durchschaute. »Und übrigens bist du damals doch auf dem Bett herumgehüpft.«

»Bin ich nicht.«

»Doch.«

»Bin ich nicht, verdammt!«

»Werd endlich erwachsen, und wach auf. Du bist ein kleiner Drogenkurier und ein Versager, also hör auf, mir Dinge vorzuwerfen, die du selbst an dir hasst. Ich werde ein guter Manager sein, und ich werde als Lehrer befördert, und du hast nichts. Gar nichts hast du. In der Klinik war dir das wenigstens klar, doch kaum bist du draußen, zickst du wieder rum. Nur weil du weißt, dass aus dir nichts mehr wird, brauchst du mir nicht meinen Erfolg schlechtzureden!«

»Tu ich nicht, tu ich nicht«, sagte Charlie kleinlaut.

»Vielleicht ist es ja wirklich besser für dich, wenn du auf dieser Reise stirbst.«

Es verging eine scheußliche Sekunde, dann entschuldigte sich Beck sofort. »Das war fies, tut mir leid, hab's nicht so gemeint. Tut mir wirklich leid.«

»Kein Problem«, sagte Charlie, aber dann wurde er immer stiller und starrte nur noch auf den Tresen. Beck schämte sich. Er wusste, dass er schlecht reagierte, wenn er angegriffen wurde, aber das war keine Entschuldigung. Charlie war labil, gekränkt, einsam. Und wahrscheinlich machte er den Kurier nur, weil er Angst hatte, vor seinem erfolgreichen Bruder als Versager dazustehen. Er wollte etwas Versöhnliches sagen, aber ihm fiel nichts ein.

Charlie warf zwei Scheine auf die Theke und stand auf. »Ich geh mal spazieren.«

Beck sah ihm nach und bestellte noch ein Bier. Die Blondine im schwarzen Abendkleid, die neben Charlie gesessen hatte, musterte ihn mit einem schnellen Blick, dann stand sie ebenfalls auf und zahlte. Ach, hau doch ab, dachte Beck und sah ihr trotzdem nach. Seine Augen waren glasig. Er war so ein verdammter Feigling. Er hatte diese Fahrt in die Türkei nur deshalb mitgemacht, weil er dadurch vor seinen Problemen weglaufen konnte. Doch das war ein Irrtum gewesen. All seine Probleme hatte er im Gepäck.

Nachdem er gezahlt hatte, wollte er nur noch ins Bett. Sich hinlegen und eine rauchen, dachte er, das ist jetzt der Masterplan. Doch seine Lucky Strikes waren alle. Beck wollte sich an der Bar eine neue Packung kaufen, bis ihm einfiel, dass er Rauli sein ganzes restliches Geld gegeben hatte. Er ging fluchend nach draußen zum vw, da er sich einbildete, dass im Handschuhfach noch eine Packung lag. Doch als er vor dem Hotel stand, musste er feststellen, dass der Wagen weg war. Vermutlich hatte Charlie ihn nach seinem Treffen irgendwo in der Nähe geparkt. Eine Weile streifte Beck durch die angrenzenden Straßen. Obwohl es tief in der Nacht war, waren die Bars und Biergärten noch immer belebt, Gläser klirrten, Beats drangen aus Kellerdiscos. Ein Pick-up mit Jugendlichen fuhr lärmend an ihm vorbei.

Schließlich bog er in eine enge Seitenstraße ein. Es wurde schlagartig dunkel, die Laternen leuchteten nur noch schwach. Der Lärm der Hauptstraße war anfangs noch gedämpft hörbar, dann wurde es fast vollkommen still. Es raschelte. Eine Maus huschte unter alte Zeitungen, die auf dem Bürgersteig lagen. In keinem der Fenster brannte noch Licht. Doch da, am Ende der Straße, stand tatsächlich der vermisste gelbe Wagen.

Jetzt nur noch die Luckys holen und dann nichts wie weg hier, dachte Beck. Er hörte Stimmen. Direkt vor dem vw parkte eine rote Corvette, vor der ein muskelbepackter Hüne mit Vollbart stand und rauchte. Und unter dem vw lag ein kleiner schmächtiger Typ, der irgendwas suchte. Die beiden redeten auf Ungarisch miteinander. Als sie Beck sahen, wurden sie aggressiv.

»Piss off!«, sagte der Kleine mit der Glatze, der unter Charlies vw hervorgekrochen war. Er hatte einen winzigen, irgendwie verschrumpelt wirkenden Kopf und den Mund voller golden aufblitzender Kronen.

Beck entdeckte, dass die Seitentür des vws aufgebrochen worden war. »Was macht ihr da?«, fragte er. Das ist so ziemlich die dümmste Frage, dachte er sofort, aber er war zu aufgeregt, um sich zu beherrschen. Zu aufgeregt, um wegzulaufen. »Das ist mein Wagen«, sagte er. »Was macht ihr hier mit meinem Wagen?«

Er ging auf den Kleinen mit der Glatze zu. In dieser Sekunde wurde ihm schwarz vor Augen. Der rauchende Hüne hatte ihm ohne Vorwarnung einen Schlag ins Gesicht versetzt. Beck stolperte erschrocken ein paar Schritte rückwärts und fiel auf den Boden. Für einen Moment war er weg. Als er wieder zu sich kam, brummte ihm der Schädel, sein linkes Auge schmerzte. Vor Überraschung konnte er keinen klaren Gedanken fassen.

Er sah, wie der ungarische Riese seine Kippe wegschmiss und auf ihn zuging. Benommen versuchte Beck, sich aufzurappeln. Er wehrte sich, schlug einmal ins Leere, aber er hatte keine Chance. Schwer schnaufend hing er im Würgegriff des Hünen, der hinter ihm stand und ihm mit seinen steinharten Armen die Luft abschnitt. Der Kleine mit der Glatze schaute eher desinteressiert zu. Mürrisch rief er etwas auf Ungarisch, dann schickte er sich wieder an, unter den vw zu kriechen. Beck versuchte, sich von dem muskulösen Riesen, der ihn festhielt, abzustoßen und nach dem Glatzkopf zu treten, aber dieser machte einfach einen Schritt zur Seite.

Beck keuchte, die Luft wurde knapp, sein Hals schwoll an, die Adern traten hervor. Von irgendwoher hörte er noch einen wütenden Schrei, ehe sein Bewusstsein allmählich schwand.

Und dann war auf einmal alles leicht.

Beck wusste nicht, was geschehen war, aber plötzlich konnte er wieder befreit ausatmen. Der Druck um seine Kehle war weg, er hustete und fasste sich an seinen geschwollenen Hals. Dann drehte er sich um, um zu sehen, was passiert war.

»Lass mein' Freund in Ruh!«, brüllte jemand.

Die folgenden Sekunden erschienen Beck wie ein merkwürdig schöner Traum. Gerade als er sich umdrehte, sah er wie in Zeitlupe, wie Charlie zum Schlag gegen den Riesen ausholte. Charlie wirkte dabei völlig unaufgeregt, wie jemand, der pflichtbewusst einige lose Blätter auf seinem Schreibtisch zusammenräumte und zu einem Stapel formte.

Dann schlug er zu.

Der Riese flog, wie vom Tritt eines Pferds getroffen, an Beck vorbei und prallte mit einem dumpfen Geräusch gegen die Corvette. Er sackte zusammen und fiel auf die Straße, wo er bewusstlos liegen blieb.

Dann wandte Charlie sich dem kleinen Glatzkopf zu, der sich unter dem vw verstecken wollte. Er zog ihn wie eine Stoffpuppe unter dem Wagen hervor und verpasste auch ihm einen so gewaltigen Schlag, dass es das ungarische Leichtgewicht einmal komplett herumriss, ehe sein schlaffer Körper auf den Boden klatschte.

13

Beck ließ sich erschöpft auf das Pflaster fallen. Er betastete seinen dick angeschwollenen Hals. »Was für ein Schlag!«, krächzte er.

Verwundert betrachtete Charlie seine Hand. Es war das erste Mal in seinem Leben, dass er damit zugeschlagen hatte. »Es hat gar nicht weh getan. In den Filmen tut es den Leuten immer weh.«

»Was für ein Schlag.«

»Es hat wirklich nicht weh getan.«

»Wieso bist du eigentlich hier?«

Charlie zog ihn hoch. »Ich bin von dem Café da vorne zurückgekommen und wollte noch was aus dem Wagen holen.«

»Damit warst du, wie's aussieht, nicht der Einzige …« Beck bekam nun eine dunkle Ahnung, dass in dem Päckchen in Charlies Tüte etwas anderes als nur Hasch war. Aber wenn, dann wollte er es lieber nicht wissen. Er betrachtete den Riesen und den Glatzkopf, die wie zwei ausrangierte Wachsfiguren auf dem Asphalt lagen. »Wer sind die beiden überhaupt?«

»Den hier …« – Charlie deutete auf den Riesen, der sanft ein- und ausatmete – »kenne ich nicht. Keine Ahnung, wer das ist. Aber den anderen hab ich vorhin gesehen, der saß mit am Tisch, als ich die erste Hälfte verticked hab.« Charlie sah auf den Glatzkopf. »Der muss gewusst haben, dass ich noch was im vw versteckt hab. Und jetzt, wo es Nacht ist, wollte er es sich krallen. Verdammter Bastard.«

Charlie stieß mit der Fußspitze gegen die Schulter des kleinen Ungarn, der daraufhin auf die andere Seite rollte.

»Das ist …« Beck wollte gerade etwas antworten, doch dann hielt er inne und musterte den Glatzkopf. Er sah zu Charlie. Sie dachten beide dasselbe.

»Fühl mal seinen Puls!«

Becks Hand zitterte. »Nichts!«, sagte er gepresst. »Der ist tot, der … Du hast ihn *umgebracht!*«

»Blödsinn, fühl noch mal!«

Beck schüttelte nervös das Geierköpfchen des kleinen Ungarn und tätschelte ihm die Wange. »He, aufwachen!«

Nichts geschah. Beck stand auf, er ging einige Schritte auf und ab. Dann sah er wieder auf den regungslosen Körper. »Er ist tot. Er ist wirklich tot, das ist, das ist … so verdammt … *deprimierend.*«

Immer noch ging er auf und ab. »Dafür kommen wir ins Gefängnis«, sagte er schließlich, dann schrie er auf. »Das heißt, wenn sie uns nicht sowieso schon an der nächsten Grenze für deine Drogennummer einbuchten. Großer Gott … *Großer Gott!*«

»Beruhig dich.«

»Jessas, Charlie, wieso hast du ihn denn gleich umgebracht?«

»Ich hab mich noch nie in meinem Leben geprügelt.«

Beck fing inzwischen an, von Vergewaltigungen im Gefängnis zu sprechen, bis Charlie ihn an den Schultern packte. »Jetzt werd nicht hysterisch!«

Er kniete auf dem Boden und fühlte nun selbst noch mal den Puls des Glatzkopfs. Gerade hatte er eine Phase der Klarheit. Zwar war Charlies Verstand durch die Depressionen, Medikamente und Drogen meistens erlahmt, doch es gab auch diese seltenen Momente der Reflexion.

Nachdem er längere Zeit den Puls des Glatzkopfs gefühlt hatte, schnaufte er durch. Der Puls war zwar schwach, aber vorhanden. Beck kam dazu, und jetzt fühlte er ihn auch. Eine riesige Erleichterung breitete sich in ihm aus.

Sie betrachteten die beiden Ungarn. »Wenn die wieder zu sich kommen, werden sie uns umbringen oder sonst was.«

Charlie hob ein geöffnetes Klappmesser vom Boden auf. »Hier, das wollte der Wichser dir gerade reinrammen. Hast Glück gehabt, dass ich noch rechtzeitig gekommen bin.«

Er gab Beck das Messer. Es war schwer und dreckig.

Becks Gesicht wurde bleich. Er sah ungläubig auf den bärtigen Riesen und spürte einen nie gekannten Zorn in sich aufsteigen. Dann nahm er das Messer und kratzte damit eine fette Linie in das rote Blech der Corvette, quer über die beiden Seitentüren.

Charlie schüttelte den Kopf. »Ganz toll, Robert. Damit sind all unsere Probleme auf einen Schlag gelöst.«

Beck warf ihm einen entschuldigenden Blick zu und steckte das Messer ein. »Und was jetzt?«

»Ich hab eine Idee, aber dafür brauch ich die Schlüssel der Corvette.«

Sie tasteten die beiden bewusstlosen Körper ab.

»Der Arsch hat mir meine Lucky Strikes geklaut«, sagte Beck und zog dem Riesen eine halbvolle Packung aus der Tasche. Er steckte sich eine an und suchte weiter. Endlich fand er den Schlüssel und warf ihn Charlie rüber. »Und was willst du jetzt tun?«

»Wir setzen sie in die Corvette, dann fahr ich mit ihnen in einen anderen Stadtteil und verstecke den Zündschlüssel. Danach fahren wir mit meinem Wagen zurück. Wenn sie wieder zu sich kommen, werden sie erst mal orientierungslos sein. In der Zwischenzeit hauen wir ab. Komm!«

Beck rührte sich nicht. »Das ist der wirrste und dümmste Plan, den ich je gehört habe.« Die Kippe baumelte in seinem Mund. »Die kennen sich hier doch aus.«

»Robert, jetzt hör mal zu. Wir können sie unmöglich in der Nähe unseres Hotels liegen lassen, wer weiß, wie schnell die wieder aufwachen. Aber wenn du eine bessere Idee hast, bitte.«

Hatte er nicht. Das war ja das Problem.

Nachdem die beiden Ungarn auf den Rücksitzen verstaut waren, wollte Beck die Corvette noch nach Waffen absuchen.

»Keine Zeit!« Charlie setzte sich ans Steuer und gab ihm die Schlüssel für seinen vw. »Du fährst mir hinterher. Wenn wir die beiden irgendwo zurückgelassen haben, dann steig ich bei dir ein, und wir fahren mit meinem Wagen zum Hotel zurück und holen unsere Sachen.«

Beck sagte noch mal, dass das der dümmste Plan aller Zeiten sei, das klappe niemals. In der Zwischenzeit war Charlie schon mit den beiden Ungarn losgefahren. Beck seufzte, dann startete er den vw und folgte der roten Corvette.

14

Nach wenigen Minuten hielten sie an einem verlassenen Sportplatz. Plattenbauten ragten in den Himmel, die Straße war von Kiefern gesäumt, es war finster und still. »Die Benzinanzeige der Corvette ist fast auf null«, sagte Charlie zufrieden, als er ausgestiegen war.

Beck deutete auf die Ungarn, die auf dem Rücksitz lagen. »Haben die beiden sich schon gerührt?«

»Hab nichts bemerkt.« Charlie musterte ihn. »Du kriegst da übrigens ein Veilchen.« Er öffnete den Kofferraum der

Corvette und holte den Ersatz-Benzinkanister heraus, schüttete das Benzin ins Gras und warf den Kanister weg.

Beck betastete sein linkes Auge. »Schlimm?«

Charlie antwortete nicht. Er steckte den Schlüssel der Corvette in eine Seitentasche seines Jacketts und legte sich eine gelbe Pille auf die Zunge.

»Gib mir auch was«, sagte Beck.

»Bist du sicher?«

»Keine Ahnung. Ich glaub, ich kann das alles hier einfach besser ertragen, wenn ich was eingeschmissen habe.«

Charlie runzelte einen Moment die Stirn, ehe er die kleine Pillendose wieder aus der Hosentasche hervorholte und ihr eine weitere Tablette entnahm.

Nachdem Beck sie mühsam runtergeschluckt hatte, fasste er sich an seinen brennenden Hals. Er stand vor der offenen Tür der roten Corvette und warf einen letzten Blick auf die noch immer bewusstlos auf dem Rücksitz liegenden Ungarn.

»*Gute Nacht, ihr Prinzen von Maine!*«, sagte er. »*Ihr Könige von Neuengland!*«

Dann kickte er die Tür mit einem Fußtritt zu.

15

Sie fuhren durch Budapests leergefegte Straßen, es war halb drei am Morgen. »Ich muss mich bei dir entschuldigen«, sagte Charlie vom Beifahrersitz aus.

»Wofür?«

»Dass ich dich vorhin mit deiner Musik so kritisiert

habe. Und ich wollte noch sagen, dass ich damals doch auf dem Bett rumgehüpft bin.«

Beck lächelte. »Schon okay. Außerdem hab ich vorhin *dich* kritisiert.«

»Ich glaube, ich bin einfach ein bisschen eifersüchtig zurzeit. Gerade auch wegen der Sache mit Lara.«

Beck sah ihn erstaunt an. »Dass es mit Lara aus ist, hast du aber mitgekriegt, oder?«

»Nein.«

»Hab ich dir das nicht gesagt?«

»Nein.«

»Ich glaub aber schon, dass ich es dir gesagt habe, vorhin an der Bar.«

»Kann sein.«

»Also, es ist aus.«

Charlie wollte darüber reden, aber er blockte ab. Daraufhin sprachen sie eine Weile kein Wort. Beck spürte, wie die Tablette ihre Wirkung entfaltete, er hatte Mühe, die Augen offen zu halten.

»Aber was ich vorhin sagen wollte …«, fing Charlie wieder an. »Es tut mir leid, dass ich deinen Erfolg mit Rauli runtergemacht habe. Du hast den BMG-Deal sauber hingekriegt, ehrlich.«

Beck zögerte. Doch dann erzählte er alles, von seiner Lüge und Gerschs Ultimatum.

Charlie wiegte seinen Kopf nachdenklich hin und her. Das Weiße seiner Augen trat in der Dunkelheit hervor. »Dir ist klar, dass du Rauli ziehen lassen musst, oder? Ich meine, die Alternative wäre, ihn zu bescheißen, und das kannst du nicht machen.«

»Vermutlich nicht.«

»Und, wann wirst du mit Rauli reden?«

»Morgen wahrscheinlich.«

»Und was wirst du ihm dann sagen?«

»Das weiß ich nicht. Frag mich morgen.«

16

Beck hielt auf dem Parkplatz einer McDonald's-Filiale. Charlie wollte unbedingt was essen, die fünf Minuten hätten sie. Sie betraten das Restaurant. Die Wände waren rot und gelb, der Boden hellgelb, die Burger hellbraun, das Licht grell, die Tische weiß, die Decke auch, die Stühle metallen, die Toiletten dreckig, der Boden mit Essig gewischt, der Geruch entsprechend, die Bedienungen rotweiß gestreift angezogen, ihre Gesichter ungepflegt, die Hände rau, die Haare fettig, die Augen ausdruckslos.

Sie verzogen sich mit ihren Tabletts in die hintere rechte Ecke des Restaurants, da mehrere Tische in der Mitte von einer Gruppe gefährlich aussehender Jugendlicher beherrscht wurden, die laut grölten und sich gegenseitig mit Ketchup- und Senftüten bewarfen, ehe einer von ihnen schrie, dass sie damit aufhören sollten.

»Willst du meine Gurke?«, fragte Charlie. »Ich kann keine Gurken essen.«

»Gib her.«

»Ich bin gegen Gurken allergisch.«

Beck schüttelte den Kopf. »Kein Mensch ist gegen Gurken allergisch.«

»Doch. Ich.«

»Wieso sagst du nicht einfach, dass dir Gurken nicht schmecken?«

»Weil ich dagegen allergisch bin.«

»Ist doch nichts dabei, wenn sie dir nicht schmecken, ich ess sie gern.«

»Wieso glaubst du mir verdammt noch mal nicht, dass ich allergisch bin?«

»Weil es das nicht gibt, großer Gott. Die schmecken dir nur einfach nicht.«

Charlie winkte ab. »Also, wegen vorhin, mit Rauli … Nimm's nicht zu schwer. Dir war doch klar, dass du ihn irgendwann ziehen lassen musst, oder?«

»Ja, sicher …« Beck spielte mit einer Fritte. »Aber doch nicht so schnell. Weißt du, wie schwer es ist, jemanden aufzubauen, alles für ihn zu tun, jeden Tag daran zu denken, ob es klappt, und dann kommt irgendein Mistkerl von BMG und nimmt dir alles weg? Schon wieder? Du kennst ja Holger, diese Ratte. Wie kann es nur sein, dass ein einzelner Mensch jetzt schon zweimal in meinem Leben Schicksal gespielt hat?«

Sie sahen zum Eingang. Ein Obdachloser kam gerade ins Lokal und redete lautstark auf die Bedienung ein. Es gab einige Diskussionen, aber schließlich bekam er eine Tüte Pommes und zog glücklich damit ab.

»Ich wüsste, wer dir helfen könnte«, sagte Charlie.

Beck wandte sich wieder zu ihm. »Und wer?«

»Du hasst ihn.«

»Jetzt sag schon, wer soll das sein?«

»Dylan.«

»Du meinst, seine Songs?«

»Nein, ich meine ihn selbst. Oder willst du mir sagen, dass du die Legende von Bob Dylan nicht kennst?«

»Nein, tut mir leid. Die Legende kenne ich nicht. Ich interessiere mich nicht für Bob Dylan, weil der Typ ein nerviger Flachwichser ist. Du hättest mit meinem Vater darüber reden müssen, er war sein größter Fan.«

»Willst du die Geschichte jetzt hören oder nicht?«

»Meinetwegen.«

»Also, pass auf … Es ist ja bekannt, dass Dylan so viel tourt wie kein anderer Musiker auf der Welt. Er tourt durch alle Länder, die es gibt. Seit vierzig Jahren. Er selbst hat ja schon vor Jahrzehnten aufgehört, jeder einzelnen Tour einen Namen zu geben, er nennt es nur noch die NET, die ›Never Ending Tour‹. Deshalb sind seine Texte auch so klug. Der Mann hat einfach alles gesehen, was es gibt. Er kennt alles, weiß alles. Er ist ein Mythos, quasi eine Sagenfigur. Und deshalb gibt er, wenn er so durch die ganze Welt tourt, gute Ratschläge, wenn er gebraucht wird. Weißt du, was ich meine?«

»Ja und nein. Ja für: Ich habe dich akustisch verstanden, und nein für: Was zum Teufel redest du da?«

Charlie tat das alles mit einer simplen Handbewegung ab. »Also sagen wir mal, du bist in Mexiko und weißt nicht weiter. Dann kommt Bob Dylan, der da einen Gig hatte, und sagt dir, was du machen musst. Denn er ist der Meister, er weiß, was zu tun ist, und wir alle sind seine Schüler.«

»Das ist doch Schwachsinn.«

»Warte, ich bin noch nicht fertig. Das Wichtigste bei der Geschichte hab ich vergessen. Du musst mir jetzt gut zuhören: Wenn man nämlich mit Bob Dylan spricht und er einem hilft, dann weiß man immer erst hinterher, dass es Bob Dylan war. Während du dich also mit ihm unterhältst, denkst du dir nur: Hm, den Typ kenne ich doch von irgendwoher, aber du kommst einfach nicht drauf. Bis er weg ist. Erst hinterher fällt es dir dann ein.«

Beck musste gegen seinen Willen lachen. »Das ist fast schon wieder gut«, sagte er und nahm die letzte Fritte. Charlie dagegen sah auf die Uhr. Seine Miene hellte sich auf.

»Was ist?«, fragte Beck.

»Ich bin noch immer nicht tot.«

»Wieso solltest du tot sein?«

»Wegen dem Traum.«

Beck dachte kurz nach, dann begriff er. »Ach das … Das hatte ich total vergessen.«

»Ich bin noch nicht tot«, wiederholte Charlie feierlich. »Das ist mal eine gute Nachricht.«

17

Auf der Fahrt zum Hotel hatte Beck durch die Tablette zeitweise das Gefühl, rückwärtszufahren. Nach einigen Abstechern auf die leere Gegenfahrbahn kamen sie an. Charlie wollte seine Sachen packen, er selbst ging den Jungen holen.

Als er vor Raulis Zimmer stand, hörte er Gekicher. Er klopfte dreimal gegen die Tür. Es hörte sich an, als ob drinnen in aller Eile Regale oder Stühle verschoben würden.

Nach zwei Minuten ging die Tür auf, und der Junge stand vor ihm. Er trug nichts außer einem Frotteebademantel mit dem Aufdruck ›Costa Grand Hotel‹. Die schwarzen Haare waren zerzaust, dafür hatte sein Gesicht endlich ein wenig Farbe bekommen. Er grinste übermütig. »Hey, Beck. Na, was geht ab?«

»Sag mal, dir geht's wohl zu gut, wie redest du mit mir?«

Rauli begriff seinen Fauxpas und knickte ein. »'tschuldigung.«

»Pack deine Sachen. Wir müssen sofort los!«

»Was? Wieso?«

Von irgendwo aus dem Zimmer kam ein gelangweiltes Gemurmel, es klang wie eine Aufforderung an Rauli, die Tür zuzumachen.

»Hol dein Zeug«, sagte Beck noch mal. »Und mach schnell, wir haben wenig Zeit.«

Plötzlich tauchte das rothaarige Mädchen auf. Es trug nur einen weißen String und maulte, ihre Brüste tanzten bei jedem Schritt. *»It's fuckin' cold, damned shit!«*, sagte sie in gebrochenem Englisch. *»Shut the door!«*

Als sie Beck an der Tür sah, erschrak sie und hielt sich ihre Hände vor die Brust. Rauli winkte sie weg. Auf Zehenspitzen tippelte sie wieder davon.

»Hält die dich etwa immer noch für Al Pacinos behinderten Bruder?«

»Weiß nicht, ich glaub schon.«

»Also, wir warten unten in der Lobby.«

»Aber wieso …«

»Ich erklär's dir nachher.«

»Sie haben ja ein blaues Auge, Herr Beck.«

Beck nickte und drehte sich um. Auf dem Weg zur Lobby versuchte er, sich an die Brüste der Rothaarigen zu erinnern, musste aber wieder nur an den Jungen denken. Keine Frage. Rauli Kantas war auf dem besten Weg, ein Rockstar zu werden.

18

Es war vier Uhr früh. Charlie hatte der übermüdeten, aber unbeirrt lächelnden Dame an der Rezeption erklärt, dass sie wegen eines plötzlichen Todesfalls in der Familie abreisen müssten. Während er von der ersten Hälfte seines Peter-Jan-Geldes die Hotelzimmer bezahlte, in denen keiner von ihnen richtig übernachtet hatte, kam nun auch Rauli in die Lobby geschlurft. Er hatte wieder Becks weißes Hemd an und gähnte. Ihm folgte ein Hoteldiener, der seinen Rucksack tragen wollte und nicht ahnen konnte, dass es im Hause Kantas wohl kaum zu einem üppigen Trinkgeld reichen würde. Er begleitete Beck, Charlie und den Jungen nach draußen, wo sie nun vor dem vw standen und nicht wussten, wer ans Steuer sollte.

Beck meinte, Charlies Tablette habe ihm die Energie geraubt, und eine zweite Pille als Gegenmittel, wie Charlie empfohlen hatte, wollte er auch nicht einwerfen.

»Ich kann fahren«, sagte Rauli. »Genadij hat mir in Litauen beigebracht. Außerdem bin ich wach, hab die ganze Fahrt geschlafen.«

Beck zögerte, aber er war müde und wollte nur noch weg.

Der livrierte Bedienstete, der noch immer Raulis Rucksack trug, sah etwas verkniffen aus. Wahrscheinlich ahnte er inzwischen, dass seine Hoffnung auf Trinkgeld nicht erfüllt werden würde.

»Also, was ist jetzt?«, fragte Rauli.

Beck dachte noch kurz nach, dann stimmte er zu. Mit einem fröhlichen Laut wollte der Junge sich gerade hinters Steuer setzen, als sich alles änderte. Später schwor mir Beck, dass er den Schuss überhaupt nicht gehört hätte. Er hätte nur gesehen, wie plötzlich dunkelrote Spritzer Raulis weißes Hemd befleckten.

19

Es ging alles schnell. Charlie warf sich auf die Rückbank und drückte den Kopf aufs Polster. Beck setzte sich auf den Beifahrersitz und duckte sich. Erst dann dachte er an Rauli. Der Junge schien jedoch unverletzt, er saß schon am Steuer und atmete aufgeregt.

»Los, fahr!«, brüllte Charlie mit seiner mächtigen Stimme von hinten. »Fahr schon.«

Ein weiterer Schuss fiel, es knallte am Heck des vws.

»FAHR ENDLICH!«

Rauli schrie irgendetwas. Dann drückte er aufs Gas. Der Wagen kam in Bewegung. Plötzlich gab es ein dumpfes Geräusch. Rauli hatte den vw mit voller Wucht gegen einen Hydranten gesetzt.

»Mach doch was!«, schrie Beck. »Mach rückwärts!«

»Was ist los?«, brüllte Rauli, und gleich darauf: »Ich versuche!«

Er legte den Rückwärtsgang ein, seine Zunge hing wieder im Mundwinkel. Ein weiterer Schuss pfiff an ihnen vorbei.

»Wer schießt denn da?«

Niemand drehte sich um. Endlich hatte Rauli den Wagen zurückgesetzt. Noch einmal legte er den ersten Gang ein, und schließlich fuhr er los.

»Die Schüsse haben aufgehört!« Beck sah in den Rückspiegel. Eine Gestalt hielt sich schmerzverkrümmt den Arm und versteckte sich hinter einem anderen Wagen. »Da ist jemand verletzt!«

»Der Hoteljunge!« Rauli betrachtete die Blutspritzer auf seinem Hemd. »Es ist sein Blut.« Der Junge drehte sich instinktiv um.

»Fahr!«, sagte Charlie von hinten. »Schau auf die verdammte Straße, und fahr!«

Rauli wischte sich den Schweiß von der Stirn. Er fuhr inzwischen auf Anschlag, das Gaspedal vollständig heruntergedrückt. Charlie wagte einen Blick zurück.

»Was ist, wieso schießen sie nicht mehr?«, fragte Beck.

Charlie brachte erst kein Wort heraus. »Sie verfolgen uns!«, stöhnte er schließlich. Er starrte auf die rote Corvette hinter ihnen. »Sie müssen einen Zweitschlüssel gehabt haben!«

»Aber du hast doch gesagt, dass ihre Benzinanzeige auf null war.«

»Ich werde sterben, Robert. Ich weiß, dass ich sterben werde.«

»Sie haben uns gleich. Verdammt, Rauli, fahr doch endlich schneller.«

»Fahre, so schnell es geht. Diese Wagen ist zu langsam.«

Sie irrten durch Budapests verlassene nächtliche Straßen. Hätte man von oben auf die Stadt herab gesehen, hätte man denken können, dass das gelbe Auto das rote wie an einer unsichtbaren Schnur hinter sich herzog.

Charlie schwor Beck nochmals darauf ein, welche drei Songs auf seiner Beerdigung gespielt werden müssten. *Heroes* von Bowie, *Wild Horses* von den Stones und *Atlantic City* von Springsteen. »Meine Beerdigung wird nicht so eine scheiß Beerdigung«, sagte er. »Kein verdammter Bach. Ich will die drei Songs, Robert. Die Leute sollen sich an meine Beerdigung erinnern.«

Beck hörte nicht zu, er dachte an Lara. Was wurde aus ihr, wer erzählte ihr, was hier geschah? Er erinnerte sich daran, wie er neben ihr in der Strandbucht in Raito lag und ihr den Rücken eincremte. Wie friedlich damals alles gewesen war.

Sie fuhren eine lange Gerade, der rote Wagen hinter ihnen hatte sie fast eingeholt.

»Tja, das war's dann«, sagte Charlie von hinten. »Wir werden draufgehen, Robert. Ich hab's dir ja gesagt, aber du wolltest es nicht hören. Wir werden alle draufgehen, und dann heißt es …«

»HALT'S MAUL!«, schrie Beck. »HALT ENDLICH MAL DEIN MAUL!«

Und dann, völlig unerwartet, zogen sie davon. Erst dachte Beck, sie würden schneller fahren, doch dann erkannte er, dass die Corvette hinter ihnen nur noch ausrollte und schließlich stehen blieb. Der Tank war offenbar endgültig leer. Im Rückspiegel konnte er gerade noch sehen, wie zwei Männer aus dem roten Wagen stiegen und wild gestikulierten. Dann fuhr der VW eine scharfe Linkskurve, und die beiden Ungarn und die Corvette waren verschwunden.

20

Während der nächsten Minuten waren alle noch nervös. Bei jedem Licht, das hinter ihnen auftauchte, vermuteten sie die Rückkehr einer vollgetankten roten Corvette. Doch schließlich hatten sie Budapest hinter sich gelassen und fuhren auf einer fast leeren Landstraße.

»Sehen Sie«, sagte Rauli irgendwann. Er nahm eine Hand vom Lenkrad. »Wie sie noch immer zittert.« Die Hand schwang leicht hin und her.

»Das gibt sich«, sagte Beck.

»Vielleicht können Sie Charlie wecken und fragen, ob er für mich irgendeine Tablette zur Beruhigung hat.«

»Ich glaube, das ist keine so gute Idee. Wir sollten schauen, dass immer zumindest einer von uns nicht unter Drogen- oder Medikamenteneinfluss steht.« Beck drehte sich um. Charlie schlief, seine Hand umklammerte die Plastiktüte. Er schnarchte leise und machte ein unruhiges, gequältes Gesicht, als würde er im Traum operiert werden. Immerhin ist er noch nicht tot, dachte Beck.

Die sanfte Morgenröte des Himmels verwandelte sich in ein kräftiges Blau, der Tag würde klar und schön werden.

Sie waren auf der M5 und näherten sich der rumänischen Grenze. Beck starrte aus dem Beifahrerfenster. *Lara und er im Nachtzug, wie sie ihre Hand von oben zu ihm runtergelassen hatte.* Ein wohliges, sehnsuchtsvolles Gefühl überkam ihn bei dieser Erinnerung. Und wieder der Schmerz, dass sie nicht da war.

Er gähnte und wandte sich Rauli zu. »Sag mal, bist du gar nicht müde?«

»Nein«, sagte der Junge, ehe er ebenfalls gähnen musste. »Herr Beck?«

»Ja?«

»Glauben Sie, der Hoteljunge ist tot?«

»Nein, der schien nur am Arm verwundet worden zu sein.«

Rauli nickte, dann schwiegen sie wieder. Beck spürte, wie auch die letzte Anspannung nachließ. Seine Muskeln erschlafften. Ein Rest Angst blieb, die rote Corvette könne beim nächsten Stopp wieder aufgeschlossen haben, aber eigentlich, dachte er, eigentlich kann nichts mehr passieren.

Dennoch wollte er nicht einschlafen. Er fragte sich, ob jetzt der passende Moment wäre, um Rauli von der BMG-Entscheidung zu erzählen. Beide waren gelöst, es war der richtige Augenblick für das Gespräch. Andererseits war es vielleicht dumm, dem Jungen die Wahrheit zu erzählen. Er konnte schließlich auch so tun, als ob BMG abgelehnt hätte.

In Gedanken baute er das Gespräch auf und überlegte, wie er Rauli erklären sollte, dass Gersch dem Jungen doch keinen Vertrag geben würde und dass sie eben zusammen zu einem anderen, kleineren Label gehen mussten.

Um diese Zeit war die Autobahn kaum befahren. Beck

gähnte erneut und blickte auf die vorbeihuschenden weißen Begrenzungspfeiler am Straßenrand und versuchte im Takt zu blinzeln. Er schloss immer genau dann die Augen, wenn ein Pfeiler kam, um sie kurz darauf wieder zu öffnen. Das gelang ihm fast immer. Ein Pfeiler kam, er schloss die Augen, öffnete sie, noch ein Pfeiler kam herangeschossen, er schloss die Augen wieder, öffnete sie, dann kam der nächste Pfeiler, doch diesmal blieben seine Augen geschlossen.

TRACK 6

(inklusive eines Interludes)

»Don't Think Twice, It's Alright«

Der sechste Song: Über einen rätselhaften Zwischenfall
in Bukarest, die Frage, wer wen bescheißt, und eine nicht für
möglich gehaltene Begegnung.

I

Es war Dienstagmittag. Sie hatten ein paar Stunden geschlafen und rasteten noch immer bei der verlassenen
Tankstelle, an der Rauli am Morgen gehalten hatte. Über
dem halb eingefallenen Dach hing ein rostiges Schild,
von dem ein Mann in einem blauen Overall herabgrinste.
Beck sah sich um. Sie waren im Nirgendwo. Nur staubige
Puszta, vereinzelt Sträucher, dürre Bäume. Irgendwo am
Horizont reihten sich, wie ein uneingelöstes Versprechen,
einige Berge aneinander.

Rauli spielte mit einem kaputten Zapfhahn. Er war verschlafen, die schwarzen Haare fielen ihm in Strähnen ins
Gesicht. Charlie inspizierte den vw, er trug wieder das
Bayernshirt und suchte das Einschussloch der Kugel. Er
fand es schließlich links an der Kofferraumklappe.

»Wir können weiter.« Beck faltete die Karte zusammen.

Rauli kam als Erster zum Wagen geschlurft und setzte sich auf den Beifahrersitz. »Und, wie fahren wir?«

»Erst mal nach Bukarest. Da können wir dann auch was zu Abend essen.«

»Ich finde, das ist kein gute Idee, Herr Beck. Bukarest ist übler Ort. Ich war mal vor ein paar Jahre da.«

»Wir müssen trotzdem hin, Charlie hat da was zu erledigen.«

»Was hat er zu erledigen?«

»Ach, nichts.«

»Geht es um Drogen?«

»Nein, es geht *nicht* um Drogen.«

Charlie kroch währenddessen unter dem Wagen herum. In ein Geheimfach, das er vor der Reise mit Peter Jan in den Unterboden des vws geschweißt hatte, legte er die Plastiktüte. Als er wieder zurückkam, zupfte er an seinem Shirt herum, das bereits an seinem Körper klebte, und machte ein zuversichtliches Gesicht.

»Und wenn die an der Grenze Hunde haben?«

Beck erhielt keine Antwort. Er kratzte sich am Ohr und drehte den Zündschlüssel herum. »Nur mal so: Wieso schmeißt du das Zeug nicht einfach weg?«

»Robert. Du hast mir versprochen, das durchzuziehen. Du hast es mir versprochen.«

Charlie beschloss, sich auf keine weitere Diskussion einzulassen, und sah einfach weg. Beck dagegen beschloss, Charlie nie wieder was zu versprechen. Dann schaltete er in den Ersten, ließ die Kupplung kommen und fuhr los.

Der Wagen tuckerte die sieben Kilometer zur rumänischen Grenze. Sie mussten warten, mitten im Nichts hatte sich ein kleiner Stau gebildet. Eine einzelne schmale Landstraße teilte ein leuchtend gelbes Weizenfeld und führte über den winzigen Grenzübergang, der von zwei rumänischen Beamten bewacht wurde, die wie Bauern aussahen, oder umgekehrt.

»Siehst du?«, fragte Charlie »Das ist ein ganz kleiner Verein da vorne. Das sind wahrscheinlich ein paar Viehzüchter, die sich was dazuverdienen wollen. Die kontrollieren nicht, wetten? Die wollen nur ihre Ruhe.«

Vor ihnen standen einige Kleinbusse, zwei BMW, mehrere Opel, eine Droschke und ein Traktor. Im Innern des VWs herrschten über vierzig Grad, es war stickig, die Lederpolster glühten. Die Stimmung war angespannt. Schon eine halbe Stunde standen sie jetzt im Stau, hin und wieder kamen sie einen Meter vorwärts. Dann waren sie endlich kurz vor der Grenzkontrolle.

Beck spähte nach vorne. »Na, super. Die haben einen Hund.«

»Und kontrollieren jede zweite Wagen«, sagte Rauli.

»Das darf doch nicht wahr sein!« Beck haute auf das Lenkrad. »Von wegen ein paar Viehzüchter. Wenn sie uns kontrollieren, sind wir dran.«

Charlie zupfte nervös an seinem Bayernshirt und schwieg. Beck fing an, die Knaststrafen hochzurechnen, die es für Drogenschmuggel gab, ehe er wieder bei seinen Gefängnisvergewaltigungen landete, während Rauli jammerte, dass er damit doch überhaupt nichts zu tun habe. Wieder wurde vorne ein Auto kontrolliert.

»Jessas, die werden alles durchsuchen, wenn sie uns sehen«, sagte Beck. »Eine gelbe Schrottkarre, die vorne demoliert ist und hinten ein Einschussloch hat, ein Deutscher mit Bart und langen Haaren, ein Schwarzer, ein Litauer in einem blutbespritzten Hemd. Was zur Hölle soll die abhalten, nicht sofort die Hunde auf uns zu hetzen?«

»Man kann das Einschussloch fast gar nicht sehen«, sagte Charlie trotzig.

»Wieso werfen wir Tüte nicht weg?«, fragte Rauli.

Charlie schien einen Anfall zu bekommen. »Nein!«, schrie er. »Auf keinen Fall. Wenn ich das nicht … Auf keinen Fall!«

»Du bist krank!«, sagte Beck.

»Die Tüte *muss* nach Bukarest!«

»Das wird aber so nicht hinhauen!«

»Na gut«, sagte Charlie schließlich. »Ich opfere mich. Wenn wir wirklich dran sind, werde ich denen sagen, dass alles meine Schuld ist!«

»Großer Gott, Charlie. Das ist doch kein Gefallen, den du uns da tust, das ist absolut *nur* deine Schuld.«

Nur noch ein Auto war vor ihnen. »Zieh dein Hemd aus«, sagte Beck zu Rauli. »Ein blutbeflecktes Kleidungsstück ist das Letzte, was wir jetzt gebrauchen können.«

Der Junge murrte, aber schließlich zog er es aus. Noch immer hatte er Prellungen und blaue Flecken vom Eiskunstlaufen. Das Hemd stopfte er unter den Fahrersitz.

Drei Minuten später kamen sie dran.

Der rumänische Grenzbeamte, ein gelangweilter Mann mit eingefallenen Wangen, schaute in den Wagen. Er kaute Kaugummi und machte schmatzende Geräusche. Einige Meter von ihm entfernt, vor dem kleinen Grenzhäuschen, saß sein Kollege vom Zoll, der einen Schäferhund an der Leine hielt. Er hockte an einem Tisch im Schatten und las Zeitung.

Der Grenzbeamte schien leicht verwirrt. Er wusste nicht, wer eigenartiger war: der halbnackte, vielleicht dreizehn-jährige und illegal eingeführte Knabe mit den Prellungen, der Deutsche oder Pole mit den langen Haaren und dem blauen Auge, der schrottreife Wagen aus den 80ern oder doch der zwei Meter große Schwarze mit dem Afro, der hinten saß und dieses seltsame Shirt trug.

Der Kollege vom Zoll raschelte mit der Zeitung und murmelte etwas Ungnädiges, doch der Grenzbeamte schaute noch immer auf das T-Shirt mit Bayerns Meistermannschaft, die debil grinsend um den Opel Vectra versammelt war.

Dann, relativ unerwartet, stieß er einen lauten Schrei aus.

»Derr Kaiserr!«, sagte er und deutete jetzt aufgeregt auf den älteren Mann mit damals noch getönten braunen Haaren. »Kaiserr.«

Man sah, dass es im Hirn des Grenzbeamten fieberhaft arbeitete. Dann, endlich, kamen aus seinem Mund die entscheidenden Worte herausgetröpfelt:

»Frahns Bekkanbauarr.«

Der Schäferhund des Zöllners bellte auf. Doch der Grenzbeamte winkte ab. »Deutsch?«

Beck nickte. »Ja, wir kommen aus Deutschland, aus München.«

»München, hm.«

Der Grenzbeamte nahm das wohlwollend zur Kenntnis. Er griff nach den drei Pässen und diskutierte eine Weile mit dem Zöllner auf Rumänisch. Dann ging er mit den Pässen in das kleine Grenzhäuschen, um sie zu stempeln. Beck sah zu Rauli, der an seinen Nägeln kaute. Charlie spielte nervös mit dem Zündschlüssel der roten Corvette, den er noch immer nicht weggeworfen hatte. Es vergingen einige Sekunden, die in der schwülen Hitze unerträglich wurden. Eine Bremse verirrte sich kurz ins Innere des Wagens. Alle starrten auf den Zöllner mit seinem Hund.

Der Grenzbeamte kam wieder. Er gab ihnen die Pässe zurück und warf noch mal einen skeptischen Blick in den Wagen. Dann nickte er ihnen zu, und mit einer ausholenden Handbewegung ließ er den gelben vw Passat passieren.

4

Sie fuhren nun ohne große Pausen und kamen zügig voran, in den Bergen das erste Abendlicht. Inzwischen hatten sie Geld gewechselt. Beck kaute an einem Landjäger von einer rumänischen Tankstelle. Rauli saß neben ihm, in der linken Hand eine Schnitzelsemmel, die rechte Hand hielt er aus dem Fenster und machte mit ihr wellenartige Bewegungen im Fahrtwind. Charlie studierte eine Karte von Bukarest, er hatte wieder seine Brille auf. Neben ihm lag die

Plastiktüte, die er kurz hinter der Grenze aus ihrem Versteck geholt hatte.

Ein Fahrzeug nach dem anderen jagte die Autobahn entlang. Kleinwagen, Sportwagen, Lastwagen, Motorräder, Kombis. Immer wieder ein schnelles Dröhnen, wenn ein entgegenkommendes Fahrzeug an ihnen vorbeiraste.

»Ist es nicht komisch?«, fragte Beck irgendwann. »Dass ich keinen Unfall baue.«

»Wieso?«, fragte Rauli schläfrig vom Beifahrersitz aus.

»Tausende Autos fahren hin und her, und dennoch passiert nichts. Alle kommen an. Niemand macht hier einen Fehler, keiner fährt auf die Gegenfahrbahn oder verbremst sich oder so was. Wenn ich daran denke, wie viele Fehler ich in letzter Zeit gemacht habe … Der Mensch an sich macht ständig Fehler, und dennoch ist der ganze Verkehr darauf ausgerichtet, dass von den hunderttausend Fahrern hier kein Einziger Mist baut. Das ist doch widersprüchlich, oder?«

Rauli sagte nichts.

»Aber es ist auch beruhigend. Wenigstens jetzt gerade ist alles in Ordnung. Jeder macht das Richtige.« Beck sah zu Rauli, der eingeschlafen war. Er schüttelte den Kopf. »Ich seh schon, dich interessiert das alles nicht.«

Er blickte auf den schlafenden Jungen. »Na ja, du hast ja auch recht. Du hast eigentlich immer recht, das ist ja das Problem. Du hast recht, und ich hab unrecht. Aber wenigstens hab ich noch keinen Unfall gebaut.«

In Siebenbürgen machten sie Rast. Rauli stand etwas abseits und starrte auf die bewaldete Hügel- und Berglandschaft. Er knickte einen Ast ab und warf ihn, so weit er konnte, in die Schlucht, dann setzte er sich in den Wagen.

Einige Meter entfernt saßen Beck und Charlie auf einer Bank und sahen in die Ferne. Ein Vogel glitt mit ausgebreiteten Flügeln über das Tal. »Wir machen die Reise nicht wegen der Plastiktüte«, sagte Charlie. »Wir machen sie wegen meiner Mutter.« Er sah nach unten. »Ich vermisse sie.«

»Das weiß ich doch.« Beck legte ihm den Arm um die Schulter.

Charlie tat so, als habe er nichts bemerkt. Doch nach einiger Zeit sah er erst auf den Arm auf seiner Schulter, dann zu Beck und nickte. Beide blickten noch einen Moment auf die dunkelgrünen Wälder im Tal, dann gingen sie gemeinsam zum Wagen zurück.

5

Es wurde Nacht, als die ersten Schilder Bukarest ankündigten. Charlie knisterte mit der Karte herum. Er musste nach Baneasa, ein Viertel am nördlichen Stadtrand.

»Bukarest ist übler Ort«, sagte Rauli, als sie an den ersten Häuserblocks vorbeifuhren.

»Das hast du schon vor ein paar Stunden gesagt.«

»Ist trotzdem übler Ort. Außerdem habe ich Hunger.«

»Gleich können wir was essen.«

»Haben Sie *auch* schon vor ein paar Stunden gesagt, *Herr Beck.*«

Bukarest bei Nacht war tatsächlich ein übler Ort. Von wegen »Paris des Ostens«; eine verfallenere Stadt hatte Beck noch nicht gesehen. Ein dunkler Moloch ohne Hoffnung, an jeder Ecke streunende Hunde, Bettler und Jugendbanden. Die elektrischen Leitungen sprühten Funken in die Finsternis, wenn eine alte Straßenbahn quietschend um die Ecke fuhr. Die engen Straßen waren überfüllt, ständig hörte man Gehupe. Hin und wieder fuhr zwischen italienischen und rumänischen Klapperkisten auch ein eleganter Mercedes oder Maserati an ihnen vorbei. Ebenso stachen aus der Menge der Häuserruinen einige gesichtslose Wolkenkratzer hervor. Überall kleine Basare, an denen Billigklamotten und gefälschte Trikots verkauft wurden. An einer roten Ampel kam ein alter Rumäne auf den vw zu. Sein Gesicht war entstellt, er sagte kein Wort, sah sie nur durchdringend an. Beck drückte ihm schnell zwei Geldscheine in die Hand, dann fuhren sie weiter.

Charlie, der gerade wieder eine seiner unzähligen Tabletten genommen hatte, studierte noch immer die Karte, sagte mal »Hierhin«, dann »Dorthin«. Man konnte fast nichts erkennen, die meisten Straßenlaternen glimmten nur flüchtig auf. Irgendwann waren sie endlich am Stadtrand.

Baneasa, das Viertel, durch das sie nun fuhren, war gepflegter. Dichtes Grün wuchs in den Gärten und Parks, die Straßen wurden von schmucken Häusern und Villen gerahmt. Die Autos, die davor parkten, wirkten neu.

»Okay, hier steig ich aus«, sagte Charlie. Mittlerweile hatte er sich wieder Hemd und Jackett angezogen, das Bayernshirt lag neben ihm. Er nahm seinen Geldbeutel und den Reisepass und legte beides ins Handschuhfach. »Nach der Sache von gestern Nacht lass ich das lieber hier.«

Beck fragte, ob sie mitkommen sollten. Charlie schüttelte fast amüsiert den Kopf. Was auch immer er vorhin gegen seine Angst genommen hatte, auf einmal wirkte er selbstsicher, fast übermütig. Er griff nach der Plastiktüte, nahm ein kleines verschnürtes Päckchen heraus und atmete einen Moment lang durch. Dann legte er die Plastiktüte wieder unter den Sitz und stieg aus. »Kommt einfach in einer Stunde wieder her.«

Beck deutete auf Charlies Anzug. »Sag mal, was putzt du dich eigentlich immer so raus? Jessas, du willst doch hier nicht verhandeln oder so?«

»Hör mal, in dem Päckchen ist …«

»Halt!«, rief Beck. »Ich will das alles gar nicht wissen. Du hast mir gestern schon zu viel gesagt. Ich fahre dich zu deiner Mutter und damit aus, deine privaten Geschäfte gehen mich nichts an.«

Charlie zuckte mit den Schultern. Er wollte schon gehen, da hielt ihn Beck zurück. »Was ist mit dem Traum?«

»Welcher Traum?«

»Dass du auf dieser Reise stirbst.«

»Glaubst du jetzt daran?«

»Ich weiß nicht. Ein bisschen, vielleicht. Also, was ist, stirbst du?«

Charlie dachte nach. »Nicht heute«, entschied er schließlich. Er richtete den Kragen seines Anzugs, winkte noch kurz und verschwand hinter einem der Häuser.

6

Beck und Rauli fuhren ein Stück Richtung Innenstadt und hielten vor einem kleinen Lokal. ›Burebista Mosilor‹ stand auf dem Schild über dem Eingang. Drinnen war es heiß, aber gemütlich, die Tischdecken rotweiß kariert, die Stühle und der Boden aus Holz, an der Bar stand eine schwarzgelockte Frau Ende dreißig. Sie brachte zwei Karten an den Tisch.

Als Rauli Schnitzel bestellte, warf Beck ihm einen zweifelnden Blick zu. »Willst du heute nicht mal was anderes essen? Seit wir unterwegs sind, hast du dich nur von Schnitzel ernährt.«

»Ich mag!«

Beck schüttelte den Kopf. »Ich kann noch immer nicht glauben, dass dein Vater dir diese Reise erlaubt hat.«

»Na ja, so direkt hat er auch nicht …«

»Wie bitte?«

»Na ja, Papa glaubt, ich bin bei Freunden in Milbertshofen, sind ja Ferien. Habe ihm gesagt, dass ich …«

»WAS?«, schrie Beck dazwischen. »Sag mal, bist du denn wahnsinnig, mich anzulügen? Weißt du eigentlich, was das für einen Ärger gibt, wenn dir was passiert? Auf dich ist gestern geschossen worden. Du könntest tot sein!« Er schlug auf den Tisch und widerstand dem Impuls, den Jungen am Hemdkragen zu packen und durchzurütteln. »Du könntest verdammt noch mal tot sein, und ich wäre auch noch schuld daran. Du bist ein verdammtes Kind, Rauli, ist dir das klar? Deinetwegen kann ich in den Knast kommen. Nur weil du einfach nie die Wahrheit sagen kannst!« Beck kramte eine Zigarette raus und zündete sie sich hastig an. »Das macht mich wirklich krank. Ich hab es so satt.«

»Wollte Papa schützen.«

»Ach, und wie soll das gehen, wenn du ihn anlügst?«

»Herr Beck, Sie wissen, ich musste diese Reise machen. Ich wäre mitgekommen, irgendwie. Sie wissen das. Ich werde in paar Tage achtzehn, dann kann ich sowieso machen, was ich will. Und Papa hat es nicht … *leicht.*« Raulis Stimme wurde wie auf Knopfdruck melodramatisch. Er flüsterte beinahe. »Nur deshalb hab ich gelogen, Herr Beck. Wollte doch nur, dass Papa nicht noch mehr Sorgen hat.«

»Mir kommen die Tränen.« Beck schüttelte den Kopf und tippte mit der Zigarette an den Rand des gelben Plastikaschenbechers, der in der Mitte des Tisches stand. »Du redest dir das nur schön. Man hilft den Menschen nicht, indem man sie anlügt. Steh wenigstens einmal zu deinen Fehlern.«

Hinter ihnen gab es Gelächter. Beck drehte sich um. Zwei alte Rumänen hatten das Lokal betreten, sie hatten jeweils den Arm um die Schulter des anderen gelegt und riefen der Kellnerin etwas entgegen, die ihnen sogleich zwei Schnäpse und ein Kartenspiel brachte.

Dann kam auch schon das Essen. Es waren gigantische Portionen. Rauli machte sich sofort über seine drei Schnitzel her. Beck starrte angewidert auf seinen Teller. Der riesige Haufen Schmetterlingsnudeln mit Gulasch sah aus wie tausend tote Heuschrecken im Straßenschlamm. Ach, was soll's, dachte er. Sie aßen wortlos, Beck zahlte, und kurz darauf fuhren sie wieder zu der Straße zurück, an der sie Charlie abgesetzt hatten.

»Tut mir leid!«, sagte Rauli irgendwann.

»Was tut dir leid?«

»Dass ich Sie angelogen habe.«

»Weißt du, das ist einfach kein Zustand, dass du mich immer anlügst.«

Rauli nickte. »Herr Beck. Muss Ihnen etwas sagen. Ist sehr wichtig.«

»Und was?«

Beck hätte sich vermutlich gleich zu dem Jungen rübergedreht, wenn er nicht in diesem Moment auf der anderen Straßenseite Charlie gesehen hätte, der nackt und blutend auf dem Bürgersteig lag.

7

Beck trat hart auf die Bremse, der Wagen kam stotternd zum Stehen. Sie stiegen aus und rannten zu Charlie. Zu ihrer Verwunderung hatte er die Augen offen und sah sie an. Für eine Sekunde befürchtete Beck, es wäre der letzte leere Blick eines Sterbenden, aber Charlie war bei Bewusstsein. Und vollkommen nackt. Nur seine linke Hand war mit einem Druckverband bandagiert. »Ihr seid zu spät«, sagte er leise. Anders als vor dem Treffen wirkte er nun ziemlich kleinlaut. »Ich hab zwar keine Uhr mehr, aber ich weiß, dass ihr zu spät seid.«

»Was ist mit dir? Wo sind deine Klamotten?« Beck half ihm hoch. »Verdammt ... Sag schon, was ist passiert?«

Charlie antwortete nichts. Er hielt sich den Kopf, auf dem eine Platzwunde erst vor wenigen Minuten zu bluten aufgehört haben musste. Dann trottete er mit ungelenken Bewegungen zum Wagen, stützte sich am Dach ab, griff sich sein Bayernshirt und zog es an. Schließlich schaffte er es, sich auf den Beifahrersitz zu setzen. Er zuckte kurz zusammen, weil er mit der verletzten Hand gegen den Musikwechsler gestoßen war.

Beck sah sich um. Die Straße war finster, nirgendwo brannte ein Licht. Er fühlte sich in der Dunkelheit unbehaglich, als ob jemand auf sie zielen würde. »Geh nach hinten«, sagte er zu Rauli, der Junge schlich sich auf die Rücksitze.

Beck stieg vorne ein. Er wartete.

»Wieso fährst du nicht?«, fragte Charlie.

Beck starrte auf das Steuer. »Nein«, sagte er schließlich, eher zu sich selbst. »Das ist keine Art. Das ist alles einfach keine Art. Du kannst doch nicht so tun, als ob nichts gewesen wäre. Du liegst nackt auf dem Boden rum, dein Kopf blutet, deine Hand ist bandagiert. Was ist da schiefgelaufen, hast du zu viel verlangt, oder hat das alles irgendwas mit den beiden Ungarn von gestern zu tun? Sag schon, was war da los? Ich fahre keinen Millimeter, bis du mir nicht gesagt hast, was da eben vorgefallen ist.«

Charlie griff unter den Sitz. Er kramte in der Plastiktüte herum, fand sein Dope, rollte sich, so gut es mit dem Verband ging, einen Joint und zündete ihn an. »Hör zu, Robert …«, sagte er ruhig, während er ein paar Züge rauchte. »Ich werde dir niemals – und merk dir dieses Wort – NIEMALS sagen, was vorhin vorgefallen ist. Entweder du vergeudest deine Zeit mit Fragen, oder du schweigst. Und jetzt fahr los!«

Beck verharrte einen Moment. Er rang mit sich. Aber

schließlich drehte er den Schlüssel herum und startete den Motor, der hustend im zweiten Anlauf ansprang. »Das ist einfach keine Art!«, sagte er noch mal, ehe er wendete und sie das wahrhaft üble Bukarest wieder verließen.

8

Die Fahrt raus aus der Stadt verlief ruhig. Nur einmal kam an einer roten Ampel ein weiterer Bettler zur Beifahrertür. Beim Anblick des riesigen Kerls, der sich in einem grauen Shirt und ohne Hose auf dem Beifahrersitz fläzte und sich seinen blutigen Kopf hielt, beschloss er, sich lieber schnell wieder zu verziehen. Als sie an einem 24-Stunden-Supermarkt vorbeikamen, kaufte Beck eine blaue xxl-Badehose und Adiletten und warf beides zu Charlie in den Wagen.

Sie waren dicht vor der bulgarischen Grenze, als sie sich etwas zum Übernachten suchten. Lange Zeit gab die Landstraße nichts her, aber irgendwann entdeckten sie ein kleines Bed-and-Breakfast-Motel am Straßenrand. ›Hotel Tchik‹ war in blauer Farbe auf ein zwei Meter großes Schild geschrieben, das mit Hilfe zweier Stangen auf dem Dach montiert war.

Als sie die Wohnstube betraten, kam ihnen ein kugelrundes Männlein entgegen, komplett in Beige gekleidet. Seine Wangen waren gerötet, es hatte einen nach oben gezwirbelten Schnurrbart, und sein Bauch hing wie ein Mehlsack über den enggeschnallten Ledergürtel. »Ihr Deutsch?«, fragte es misstrauisch und sah dabei nur auf Charlie. »*Or English?*«

Sie gaben ihm Auskunft. Die Miene des Männleins erhellte sich sofort. Es hielt sich den Bauch. »Ah, Deutsch. Gut«, sagte es freundlich. »Sehr gut. Ich Tchik.«

Beck musterte den Eigentümer des Motels, der auf ihn beinahe schon wie die Karikatur einer Karikatur wirkte.

»Wir würden gern eine Nacht bleiben. Haben Sie drei Zimmer frei?«

»Ah. Tchik hat viele Zimmer. Nix Problem.«

Beck war amüsiert, dass Tchik von sich selbst in der dritten Person sprach. Sie bekamen die Schlüssel und gingen nach oben. Die Dusche war im Gang, die winzigen Zimmer bestanden aus Stuhl, Waschbecken und einem schmalen Bett in der Ecke. Vor dem Übernachten wollte Tchik seine »deutsche Freunde« jedoch unbedingt noch zu einem Plausch an der Theke in der Wohnstube einladen. Er schien überhaupt ganz wild auf alles zu sein, was aus Deutschland kam. Eine riesige schwarzrotgoldene Fahne schmückte den Flur des ersten Stocks.

Sie stiegen die Treppen zur Wohnstube hinunter. Beck bemerkte, dass Charlie seine Wunden gewaschen hatte und einigermaßen erholt aussah, nur der Verband an seiner linken Hand war blutverkrustet.

Als sie sich unten an der Bar einfanden, funkelten Tchiks Augen. Er hielt sich wieder den Bauch und blies seine Backen auf. »Ah, schön, Gäste da. Schön, schön. Lange nix Gäste aus Deutschland. Tchik bringt euch feines Wein zu trinken.«

Er ging zum Weinregal. Beck verschlug es fast die Sprache. Fast jede Flasche hatte ein politisch brisantes Etikett. Es gab Hitler-Weine, Goebbels-Weine, Mussolini-Weine,

Stalin-Weine, aber auch Roosevelt-Weine, die alle friedlich nebeneinander in einer Reihe standen.

»Ist aus Italien, an Autobahn«, sagte Tchik stolz, als er mit dem Roosevelt-Wein an den Tresen kam. Er schenkte jedem ein und setzte sich dann auf einen Stuhl hinter der Bar. Sie sprachen ein wenig über Bukarest und Fußball.

Plötzlich zog Tchik ein geheimnisvolles Gesicht. Er bekam große, wache Augen und machte eine ruckartige Bewegung mit seinem Zeigefinger, die Rauli zurückschrecken ließ. Dann flüsterte er auf Rumänisch vor sich hin, er schien mit sich selbst zu diskutieren, ob er das wirklich tun könne.

»Aufpassen!«, hauchte er schließlich.

Beck sah beunruhigt zu Charlie. Die Stimmung war angespannt, was vor allem an Tchiks feierlicher Miene lag, der mit bebender Stimme verkündete, dass er seinen deutschen Gästen nun etwas Unheilvolles und Großartiges zeige, was sie für immer zu seinen Verbündeten machen werde. Er holte aus einem kleinen Kasten einen rostigen alten Schlüssel, den er den dreien an der Bar mehrmals zeigte, wie ein Zauberer seinen leeren Hut. Dann ging er damit zu einer Truhe, die in der Ecke des Zimmers stand. Er drehte sich noch mal um, um sich der Aufmerksamkeit seiner Gäste zu vergewissern, und schloss auf.

Als er die Truhe geöffnet hatte, holte er eine große Reichsfahne heraus. »Habe gekauft vor viele Jahren von eine gut Freund«, sagte Tchik beinahe ohnmächtig vor Rührung. »Flagge hat gehört Reichsmarschall Hermann Göring persönlich.«

Er wollte sie Beck zeigen und vor allem, dass Beck sie

berührte, immer wieder reichte er sie ihm, doch dieser wehrte ab.

»Hier«, sagte Tchik erneut und reichte ihm die Flagge. »Berühre, feines Stoff.«

»Nein, ich will nicht.«

»Flagge wertvoll, musst berühren.«

»Hau endlich ab mit diesem Mist.«

Gerade als Beck und die anderen nach oben gehen wollten, lenkte Tchik ein. Er entschuldigte sich höflich und legte die Flagge zurück in die Kiste. Dann trank er ein, zwei Gläser Wein und erzählte eine Geschichte über den bösen Geist Luluk, der unartigen Menschen durch das Ohr hineinkrabbelte, um die Seele aufzufressen. Er trank und trank und tat so, als hätte es die Szene mit der Fahne nie gegeben. Er hat den Vorfall einfach weggetrunken, dachte Beck.

Ab und zu schmiss Tchik ein paar Körner in einen Käfig, der auf dem Fenstersims neben der kleinen Theke stand. »Ist für Dorinel«, sagte er und deutete auf den weißgefiederten Wellensittich, der reglos auf seiner Stange saß. »Dorinel ist alt und krank. Hat überall Krebs und Tumor.«

Tchik erzählte, dass er in den frühen Sechzigern als Gastarbeiter nach Deutschland gekommen war. Es schienen seine besten Jahre gewesen zu sein. »War in Gelskirche«, sagte er. »Pütt. Schöne Zeit. Habe auf Bau gearbeitet, so weit oben.« Er machte eine ausufernde Handbewegung, um zu zeigen, wie hoch das Baugerüst damals gewesen sein musste. »Müsst wissen, Tchik war früher hübsche Jung. Nix dick wie heute mit große Bauch, sondern stark und schnell. Tchik hat viel getanzt mit deutsche Mädchen«, sagte er stolz. Er ging in die Mitte der Wohnstube, machte einige unbeholfene Tanzbewegungen und sang laut dazu.

Nach Mitternacht zog Tchik sich endlich nach oben zurück. Kaum war er weg, stand der Junge auf. »Gehe mal Beine vertreten«, sagte er und verschwand durch die Tür.

Beck wusste, dass nun der Zeitpunkt gekommen war, seine und Raulis Zukunft zu regeln. Doch er zögerte. Die Uhr an der Wand tickte, das Zirpen der Zikaden drang von draußen in die Stube. Er ging ein paar unentschlossene Schritte und stellte sich vor Dorinels Käfig.

Beck betrachtete den alten, kranken Wellensittich. »Hey.« Er pfiff ein paarmal, aber Dorinel weigerte sich beharrlich, darauf zu reagieren, und starrte ihn kühl mit seinen schwarzweißen Stecknadelaugen an.

Beck tat so, als würde er wieder gehen, aber dann drehte er sich blitzartig um. »Buh!«, machte er und schnitt eine Grimasse. Es verging genau eine Sekunde. Dann fiel der Wellensittich von der Stange und blieb tot auf dem Boden liegen.

Beck stieß den Vogel mit einem Finger an, aber da war nichts mehr zu machen. In diesem Moment beschloss er, Rauli zu suchen, um ihm endlich die Wahrheit zu sagen. Es gab sonst langsam zu viel, was er auf dem Gewissen hatte.

9

Er entdeckte den Jungen hinter einer alten Scheune, als er gerade einen von Charlies Joints rauchte. »Haben wir nicht über diese Sache gesprochen?«

Rauli erschrak und drehte sich um. »Was, Herr Beck?«

»Ob wir nicht über das Kiffen gesprochen haben?«

»Ja, haben wir.«

»Und?«

»Wir haben gesagt, es ist nicht gut.« Rauli blickte verlegen nach unten und schmiss den Joint weg. Dann sah er Beck an. »Ich weiß übrigens, dass Sie mir damals mein Hasch gestohlen haben.«

»Wie kommst du darauf?«

»Es können nur Sie gewesen sein, Herr Beck. Hatte es noch in Ihre Musikstunde. Ich hab nach die Stunde sofort die ganze Raum durchsucht, aber da war es schon weg. Nur Sie sind da gewesen, Sie müssen es aus meine Jacke genommen haben.«

Beck schwieg und suchte erst nach einer Ausrede. Dann zuckte er nur mit den Schultern. »Es war aus deiner Jacke gefallen … Immerhin hab ich dich nicht verpfiffen.«

»War trotzdem echt Scheiße von Ihnen. Ich hab Riesenärger gekriegt.«

»Mit wem?«

»Mit dem Typ, der es mir gegeben hat. Ich hab ihn auf eine Party kennengelernt, auf die ich mit Genadij war. Er versorgt die ganze Schule mit Hasch.«

»Und wie heißt er?«

»Peter Jan.«

Beck schüttelte den Kopf. Peter Jan war also der neue Dealer, nach dem sie im Kollegium die ganze Zeit über gesucht und wegen dem sie die ganzen Drogentests gemacht hatten. Aber egal, dachte er, das waren jetzt nicht seine Sorgen. Seine Sorgen waren ein Meter sechsundsiebzig groß, hatten schwarze Haare und ein Wunderkästchen voller einzigartiger Melodien.

Beck rieb sich die Hände, ihm war kalt. »Wie wär's mit einem kleinen Spaziergang?«

Der Junge nickte. Wortlos spazierten sie durch ein kleines Waldstück, bis sie an einen Bach kamen. Das friedlich dahinplätschernde Wasser leuchtete im Mondschein. Rauli pfiff vor sich hin. Beck war sofort angetan von dieser Melodie, fragte sich, was es war. *Let It Be*? – nein. *Bittersweet Symphony* oder der Chor aus *Hey Jude*? – auch nicht. Diese verdammte Wahnsinnsmelodie ließ sein Herz aufgehen, Beck fühlte sich beschwingt, klopfte mit der Hand an seinem Bein den Takt mit. Schließlich hörte er nur noch zu. Hörte Himmel und Hölle. Und tiefes Glück.

Er wusste jetzt, was es war. »*Finding Anna*, oder?« Er sah Rauli an. »Eins verstehe ich nicht. Du hast schon viele Songs geschrieben. Wieso hast du bei keinem die Melodie von *Finding Anna* benutzt? Das ist doch ein sicherer Hit, du könntest sofort Riesenerfolg haben, allein mit dieser Melodie. Du könntest aus dem Stand das tollste Lied des Jahres haben.«

Rauli wirkte unschlüssig. »Weiß nicht, Herr Beck. Habe irgendwie das Gefühl, dass noch nicht die richtige Zeit ist. *Finding Anna* ist das Größte und Schönste, was ich jemals an Melodien haben werde, ich weiß das selbst. Ich werde nie mehr ein bessere Melodie schreiben. Muss mir gut überlegen, wann ich es benutze, für welche Text. Vielleicht ist es ... wie sagt man, Höhepunkt für meine Karriere?«

»Was ist mit den Noten? Hast du die irgendwo sicher aufgeschrieben, hast du nicht Angst, dass du sie vergessen oder verlieren könntest?«

»Herr Beck, glauben Sie wirklich, ich kann die Noten für *diese* Melodie vergessen? Habe alles in mein Kopf.«

»Jetzt ärgerst du dich sicher, dass du es nach Anna benannt hast.«

»Nein. Wirklich nicht. Die Melodie ist nicht für Anna, sondern für Frauen *wie* Anna. Anna ist nur ein Name, es geht um das Gefühl. Jeder hat sein eigene Anna. Habe Melodie geschrieben, als ich verliebt war. Darum geht es.«

Beck nickte, dann blieb er stehen. Nein, er konnte den Jungen nicht länger belügen. Er war damals beim Rauswurf aus der Band selbst beschissen worden, er wusste, dass das der Knackpunkt gewesen war. Er hätte damals nur auf die Musik gesetzt. Ohne diesen Verrat wäre sein ganzes Leben vermutlich anders und besser verlaufen, danach hatte er die Schnauze voll von der Musik gehabt. Dem Jungen sollte nicht das Gleiche widerfahren. »Okay, Rauli, das, was ich dir jetzt sage, ist nicht gerade leicht für mich.«

»Geht es um BMG?«

»Ja, und da wollte ich dir ...«

»Hören Sie!«, unterbrach ihn Rauli. »Ich muss Ihnen auch was sagen. Ich wusste schon gleich nach die Releaseparty von Gerschs Angebot. Und ich habe es angenommen.«

10

Eine Weile sagte keiner von beiden etwas. Beck schmiss Steine in den Bach, wo sie mit einem plumpsenden Geräusch versanken. Erinnerungen kamen hoch, Typen in zerschlissenen Klamotten, unter ihnen Gersch, die ihm mitteilten, er wäre raus aus der Band. Dieser alte Intrigant. Natürlich hatte er auch diesmal wieder alles hintenrum gemacht. Deshalb hatte es auch so lange gedauert, bis Gersch sich mit ihm hatte treffen wollen, er hatte zuvor erst alles mit Rauli klargemacht.

Beck spürte Ohnmacht und Wut in sich aufsteigen. Er beugte sich drohend zu Rauli vor. »So, du sagst mir jetzt ganz genau, wie das abgelaufen ist. Wie hat er's gemacht, wie hat dieses Arschloch dich gekriegt?«

»Nach die Releaseparty ist Gersch zu mir und Genadij gekommen, Sie waren gerade bei Lara. Er hat gemeint, dass er mich will. Aber Bedingung war: ohne Sie! Ich habe Gersch natürlich gesagt, dass ich bei Ihnen bleibe. Dann hat er gemeint, okay, hat er gemeint, er würde uns gern besuchen.«

»Und da hast du ihn natürlich sofort eingeladen?«

»Ja. Natürlich. Und als Gersch mit Papa geredet hat, hat er gemeint, wenn wir diese Deal mit ihm machen, müssen wir keine Sorgen mehr haben. Gersch hat uns gute Jobs für Genadij und für mein Vater versprochen. Ist alles kein Problem, hat er gesagt, Geld gibt's genug. Hauptsache, ich stimme ihm zu und sage Ihnen nichts. Und da hab ich mich mit Genadij unterhalten. Nächtelang. Und dann haben wir ein Vorvertrag unterschrieben. Ich hab Gersch natürlich gesagt, dass ich erst mit Ihnen reden will. Aber er meinte, Sie würden mich umstimmen, und dass Sony BMG Großes mit mir vorhat.«

Beck schmiss noch immer Steine ins Wasser. »Und wieso hast du dann den Managervertrag mit mir unterschrieben?«

»War Genadijs Idee. Wir wussten, dass BMG Ihnen ein Abfindung geben würde, wenn Sie von das Vertrag zurücktreten. So ich kann Ihnen Ihr Geld zurückgeben, Herr Beck, viel Geld, viel mehr, als ich von Ihnen gekriegt habe.«

»Und was ist, wenn es mir gar nicht um das verfickte Geld geht? Was ist, wenn ich nicht von dem Vertrag zurücktrete?«

Zum ersten Mal verlor Rauli seine Beherrschung. »Das können Sie nicht machen. Bitte. Es geht um meine Familie.«

»Nein, das mach ich auch nicht, keine Angst. Was würde mir das nützen, mit jemandem zusammenzuarbeiten, der mich bei der ersten Gelegenheit hintergeht?«

»Weiß nicht, was Sie meinen.«

»Doch, du weißt verdammt gut, was ich meine. Du hast falsch gespielt und die Regeln gebrochen.« Er wandte sich ab.

Rauli lief ihm nach und stellte sich vor ihn hin. »Was wissen Sie schon von scheiß Regeln, Herr Beck? Sie sind geboren in Deutschland, Sie haben immer viel Geld. Sie haben teure Wohnung, teures Auto, teure Klamotten. Wir sind scheiß arm. Mein Vater ist arbeitslos. Meine Mutter …« Er holte tief Luft. »Spiel ist nicht fair, von Anfang an war nicht fair. Wir sind nicht gleich, Herr Beck. Ich kann nicht nach Ihre Regeln spielen. Ich muss zu BMG. Und es war MEINE Entscheidung, nicht Ihre.«

»Dann will ich, dass du mir das jetzt ins Gesicht sagst. Ich will, dass du mir sagst, dass du mich verlässt und zu denen gehst.«

»Ich verlasse Sie und gehe zu denen.«

Beck nickte ein paarmal, aber er war inzwischen zu enttäuscht und leer, um noch einmal Wut oder Verständnis aufzubringen. Von dem Jungen derart hintergangen worden zu sein, damit hatte er nicht gerechnet. Ohne ein weiteres Wort an Rauli zu verschwenden, ging er zum Motel zurück.

II

In der Pension Tchik klopfte er an Charlies Tür. Es dauerte lange, bis Charlie öffnete. Er sah ziemlich gewöhnungsbedürftig aus, denn er trug einen selbstgebastelten Turban auf dem Kopf und war wieder vollkommen nackt. Seine linke Hand war noch immer bandagiert.

Beck wollte erst sein Leid schildern, dann ließ er es sein. »Ist das Klopapier?«, fragte er und deutete auf Charlies Kopf. Er fasste an den Turban.

Charlie trat einen Schritt zurück und schob Becks Hand weg. »Es ist ein Verband. Er ist nur grau. Siehst du? Die Rumänen vom Zimmer nebenan haben ihn mir geschenkt, die sind übrigens echt nett. Hab vorhin wieder angefangen zu bluten, und es hat nicht mehr richtig aufgehört.«

»Vielleicht solltest du wirklich zum Arzt gehen, auch wegen deiner Hand.«

»Nein, ist schon in Ordnung, ich hab keine Schmerzen mehr. Ich will morgen einfach nur ankommen.«

Beck fiel wieder ein, dass Charlie in München aus einer Klinik abgehauen war. Erstaunlich, dass er das fast schon vergessen hatte. Er setzte sich aufs Bett. »Hör mal, es ist ja dein Körper, und ich will dir da nicht reinreden ...« Er brach ab. »Sag mal, könntest du dir bitte etwas anziehen?«

»Nein.«

Beck nickte erschöpft und fuhr sich mit den Händen übers Gesicht.

»Was ist eigentlich mit dir?«, fragte Charlie. »Wie war es mit Rauli?«

»Beschissen.«

»Wie meinst du?«

»Er hat mich beschissen.«

»Aber was hat er gesagt, will er ...«

»Hör zu. Ich brauche Drogen. Irgendwas.«

Charlie holte eine Dose mit Meskalin, doch Beck meinte, er wolle kein Meskalin, er wolle etwas, was wirklich reinhauen würde. Das Beste aus der Plastiktüte.

»Vergiss es, Robert. Erst will ich wissen, was genau passiert ist.«

Beck lachte unwillkürlich. »Keine Fragen, erinnerst du dich noch? Du willst mir schließlich auch nicht sagen, was vorhin in Bukarest war. Also komm mir jetzt nicht mit so 'ner fürsorglichen Freund-Scheiße. Und jetzt rück endlich was raus, das schuldest du mir nach allem.«

Charlie holte die Plastiktüte unter seinem Kopfkissen

hervor und öffnete ein winziges Tütchen mit vier schwarzen Pillen. »Das ist ein Designerprodukt. Dagegen sieht LSD wirklich alt aus. Ist vom alten Wichser Peter Jan.«

»Peter Jan …«, wiederholte Beck und dachte an das, was Rauli ihm gesagt hatte. »Der ist wirklich ein alter Wichser.«

Charlie deutete auf eine schwarze Pille. »Es heißt *Black Jua*. ›Jua‹ ist Suaheli und bedeutet Sonne. Es ist ein Halluzinogen. Man kann es sich auch spritzen, aber wir wollen es mal nicht übertreiben. Es dauert erst ein paar Minuten, dann geht's ab. Lass die Pille einfach im Mund zergehen. Das reicht schon.«

Beck legte sich die Pille unter die Zunge. Dann schnappte er sich mit einem schnellen Griff die Autoschlüssel, die auf dem Stuhl an der Wand lagen. Charlie versuchte noch, ihn aufzuhalten, aber da war er schon auf der Straße. Er hatte den Motor angelassen und fuhr die Landstraße entlang.

Langsam begann die Droge zu wirken, aber es wurde nicht besser, es wurde immer schlimmer, düsterer. Visionen schossen auf ihn zu. Beck sah, wie Lara, die schlecht allein sein konnte, mit diesem Marc Schumann schlief. Er sah, wie Rauli allein auf der Bühne stand und ohne ihn Erfolg hatte. Er selbst hatte nichts mehr. Seine Eltern waren tot, seine Zukunft war tot. Liebe und Hoffnung: tot. Alles tot, tot, tot.

Ohne es wahrzunehmen, drückte Beck das Gaspedal bis zum Anschlag durch. Sein Puls raste. Und für eine Sekunde war er sich nicht sicher, ob er überhaupt noch irgendwo ankommen wollte.

No Direction Home

(Interlude)

Beck fuhr und fuhr. Er begann zu schwitzen, sein Herz raste, hin und wieder sah er nur unscharf. Die *Black-Jua*-Pille raubte ihm den Verstand, die Landschaft flog schnell an ihm vorbei. Irgendwann fuhr er ruckartig hoch und stellte fest, dass er laut gelacht hatte, er wusste nicht mehr, worüber. Er sah nach rechts. Auf dem Beifahrersitz saß der Hund.

»Grabowski?«

»Hallo, Beck«, sagte der Hund, der hungrig in ein Sandwich biss. Dann warf er angewidert eine Gurke weg. »Ich hasse Gurken. Ich bin dagegen allergisch.«

»Niemand ist gegen Gurken allergisch.«

»Doch«, sagte die Dogge.

»Nein. Die schmecken dir nur nicht.«

»Du musst rümpeln, Beck.«

»Was?« Beck drehte den Kopf wieder zum Beifahrersitz, doch der Hund war verschwunden. Beck wischte sich den Schweiß von der Stirn, sein Herz schlug noch immer viel zu schnell. Er bekam keine Luft mehr. Entsetzt bemerkte er, dass er vergessen hatte zu atmen. Er holte tief Luft und atmete ein und aus. Ein und aus.

Vor ihm tauchten ein paar Häuser auf. Er ging vom Gas. Auf einmal stand er neben dem Wagen. Er sah sich um, das

Dorf war verlassen. Er betrat die erstbeste Kneipe. An der Tür stand der Name, aber er konnte das Schild nicht mehr lesen.

In der Kneipe waren nur zwei Menschen. Eine junge, sichtlich unglückliche Frau, die ihn mit einem Seitenblick erwartungsvoll ansah. Sie saß vor einem einarmigen Banditen und schien ständig zu verlieren. Unablässig warf sie eine Münze ein, spielte, verlor, unten fiel dieselbe Münze wieder raus, sie warf sie wieder ein und verlor aufs Neue. Wie bei Sisyphos schien sie bis in alle Ewigkeit an diesen Automaten gekettet, mit dem Schicksal, verlieren zu müssen.

In einer Ecke im Halbdunkel saß ein älterer Mann, der einen Hut mit silberner Krempe trug und vor sich hin döste.

Beck setzte sich an einen der vielen freien Tische. Es fiel ihm schwer, sich wach zu halten. Wie aus dem Nichts trat ein Kellner an ihn heran. Er trug eine Sonnenbrille und redete kein Wort, stellte ihm aber ein Bier vor die Nase. Beck versuchte klarzumachen, dass er nichts bestellt hatte, aber der Kellner zeigte nur stumm auf den Mann mit dem Hut in der Ecke und deutete an, dass es auf dessen Rechnung gehen würde.

Beck hob das Bier zum Gruß und setzte sich zu dem Fremden an den Tisch. »Danke für das Bier«, sagte er, während er Platz nahm. Er ging einfach davon aus, dass der andere Deutsch konnte.

»Hallo«, sagte der Fremde. »Darf ich fragen, wie Sie ausgerechnet hierher gekommen sind?«

Beck versuchte, es ihm zu erklären.

»Dann sind Sie also *on the road*?«, fragte der Mann mit dem Hut und lächelte. Er sah eigenartig aus. Uralt, weise, spitzbübisch. Sein Gesicht wirkte vom Leben gezeichnet, sein Blick war messerscharf. Beck spürte, dass er diesen Mann kannte. Aber woher? Oder war es einfach nur der Klang seiner Stimme, der ihm Geborgenheit und Vertrauen einflößte?

»Und warum sind *Sie* hier?«, fragte Beck.

»Ach, ich war schon lange nicht mehr in der Gegend.«

»Dann sind Sie öfter hier?«

»Sagen wir einfach, ich reise viel.«

»Verstehe.«

»Entschuldigung«, sagte der Fremde mit seiner rauen Krächzstimme. Er lüftete kurz seinen Hut, so dass seine lockigen braunen Haare zum Vorschein kamen. »Wir haben uns noch nicht vorgestellt. Ich bin Robert Zimmerman.«

»Zufall«, sagte Beck. »Ich heiße auch Robert.«

»Woher kommen Sie?«

»Aus Deutschland. München, genauer gesagt. Und Sie?«

»Aus Duluth. Liegt in Minnesota.«

»Dafür sprechen Sie gut Deutsch.«

»Tue ich nicht. Ich spreche nur ein paar Brocken Deutsch. Wir unterhalten uns gerade auf Englisch.«

»Okay, das ist natürlich etwas anderes.« Beck fuhr sich über seine schweißnasse Stirn und schwor sich, nie wieder eine *Black-Jua*-Tablette zu nehmen.

»Also, Robert«, sagte Zimmerman. »Ich darf Sie doch so nennen?« Beck nickte. »Also, Robert, jetzt mal ehrlich. Wieso sind Sie wirklich hier?«

»Wie meinen Sie das?«

»So, wie ich es gesagt habe.«

»Wollen Sie wirklich die ganze Geschichte hören?«

»Ich habe Zeit, wie Sie sehen. Wissen Sie, ich höre sehr gern Geschichten. Aber nicht diese Märchen im Fernsehen. Ich mag echte Geschichten, von Leuten wie Ihnen.«

»In Ordnung. Wenn Sie meinen, dass ich Sie nicht langweile.«

»Niemand, der seine wahre Geschichte erzählt, ist langweilig. – Lassen Sie mich raten: Es geht um eine Frau?«

»Woher wissen Sie das?«

»Weil es immer um eine Frau geht.«

Beck dachte nach, dann begann er tatsächlich zu erzählen, sprach von Lara, seinen Entscheidungen und Ängsten. Es fiel ihm seltsam leicht, seine Gefühle zu schildern, obwohl er eigentlich gar nichts sagen wollte. Der Fremde mit dem Hut schien ein Hexer zu sein, der ihm die Worte nach Belieben entlocken konnte.

Als Beck fertig war, sah ihn Zimmerman mit einem eigenartigen Gesichtsausdruck an. »Robert, Robert, Sie sind ja der glücklichste Mann der Welt.«

»Ach, und wieso?«

»Weil Sie lieben. Und geliebt werden.«

»Ich weiß nicht, ob das ausreicht, um der glücklichste Mann der Welt zu sein.«

»Ich habe ja auch nicht gesagt, dass Sie der klügste Mann der Welt sind. Ihnen ist Ihr Glück nämlich durchaus nicht klar.«

»Nein?«

»Sicher nicht. Sonst säßen Sie ja nicht hier. Es ist doch oft so: Je näher man seinem Glück ist, desto schwieriger ist es zu kriegen oder auch nur zu begreifen. Ein typischer Anfängerfehler. Ich bin in meinem Leben viel rumgekommen, ich war wirklich auf jedem Flecken dieses Planeten. Und das Einzige, was ich sicher sagen kann, ist, dass sich alles nur um Macht, Geld und ein wenig Liebe dreht. Ja, die Liebe ...« Zimmerman wandte seinen Blick kurz ab, schwelgte in Erinnerungen. »Jeder sucht sie. Jeder braucht sie. Auch ich bin auf der Suche nach Liebe. Jeden verdammten Tag. Und manchmal bin ich mir sicher, dass es nie mehr was wird. Ich denke dann einfach, dass ich trotzdem ein langes, erfülltes Leben hatte.«

Beck nickte. Zimmerman lachte plötzlich los. »Nichts als Lügen«, sagte er. »Denn dann sehe ich Sie, wie Sie von dieser Frau sprechen, und weiß wieder, was wahres Glück ist.«

Er lachte noch immer. Die Art, wie der Fremde das mit seiner rauchigen Stimme gesagt hatte, ließ Beck einen Schauer über den Rücken laufen. Wer war nur dieser Mann? »Und was soll ich jetzt tun?«

»Sie ahnen es bereits. Sie haben sich nur nie getraut, es wirklich zu denken.«

»Sie meinen, ich soll ihr nach Italien nachfahren? Mein Leben in München aufgeben für sie?«

»Nein. *Sie* meinen das.«

»Und, habe ich recht?«

»Vermutlich. So genau kann man das nie sagen. Vielleicht gewinnen Sie ja auch gar nichts dabei. Nur eines steht fest: Wenn Sie es nicht tun, verlieren Sie.«

Beck starrte in sein Glas und dachte über diesen Satz nach.

»Ich war mal so sicher, dass mein Leben das richtige ist.«

»Nun, die Dinge haben sich geändert.«

»Die Dinge haben sich geändert?«

»Aber ja doch, *things have changed*. Was Sie früher gut fanden, ist vielleicht heute schon Gift für Sie.«

»Ich fühle mich manchmal so leer«, sagte Beck. »Mir fehlt immer etwas. Wenn ich allein bin, fehlt mir was, wenn ich mit jemandem zusammen bin, fehlt mir auch was. Da ist immer eine Leere in mir. Die anderen Menschen sehen so glücklich aus, alles wirkt bei ihnen so leicht.«

Zimmerman machte eine unwirsche Handbewegung. »Ach, Unsinn. Jeder Mensch hat doch diese Leere in sich. Sie gehört zum Leben dazu. Vielleicht ist es manchmal nur laut genug, dass man sie vergisst, man ist verliebt oder im Stress, aber wenn es ruhig um einen wird, dann spürt man sie wieder. Und was die anderen Menschen angeht: Die sehen wahrscheinlich immer glücklicher aus, aber Sie sind ja auch nie dabei, wenn die ihre Wohnung aufschließen und sich mit einem Seufzer allein aufs Sofa fallen lassen. Man kann dieses Loch in sich nun mal nicht füllen. Man muss einfach lernen, damit zu leben … Sie sind Lehrer, sagen Sie?«

Beck nickte.

»Die Frage ist: Können Sie sich vorstellen, das auch in zwanzig Jahren noch zu machen?«

»Ich hab mich an den Job gewöhnt. Aber ich bin mir nicht sicher, ob ich darin alt werden will.«

»Dann tun Sie's nicht.«

»Alt werden?«

Zimmerman lachte. »Nun, *das* lässt sich ja leider nicht vermeiden.«

»Nein«, sagte Beck.

Sie bekamen vom stummen Kellner mit der Sonnenbrille ein neues Bier vor die Nase gestellt und stießen an. »Mein Problem ist …«, fing Beck an, »dass ich nichts zu Ende bringen kann. Ich habe alles abgebrochen, jede Beziehung. Immer, wenn es kompliziert wurde, hab ich mir etwas Neues gesucht. Ich laufe davon, und ich bin inzwischen an einem Punkt angekommen, an dem ich weiß, dass ich davonlaufe, und es trotzdem tue. Ich kann einfach nicht aufhören, diese Fehler zu machen, ich mache sie und denke mir gleichzeitig, dass alles Mist ist, was ich mache. Natürlich sollte ich ihr nachreisen. Die Frage ist, wieso tue ich es nicht? Wieso bin ich Lehrer geblieben, wieso ist das das Einzige, was ich nicht abgebrochen habe? Wieso bin ich hier?«

Der Fremde wiegte den Kopf hin und her. »Sie sind hier, weil Sie keine Entscheidungen treffen. Und das ist schlecht. Denn wenn Sie es nicht tun, dann tut's das Leben für Sie. Und das Leben trifft oft die schlechteren Entscheidungen, weil es Schwäche und Zögern bestraft. Die Welt ist für die Mutigen gemacht, der Rest schwimmt nur mit, die meisten gehen dabei unter. Die Frage ist also: Sind Sie wenigstens ein guter Schwimmer? Denn das müssen Sie sein, wenn Sie keine Entscheidungen treffen wollen.«

Beck zuckte nur mit den Schultern. Es entstand eine kleine Pause.

»Sagen Sie, Robert, was unterrichten Sie eigentlich?«

»Deutsch und Musik.«

»Musik?« Zimmerman zog die linke Augenbraue hoch. »Unterrichten Sie nur, oder machen Sie auch selbst welche?«

Lange Geschichte. Beck erzählte, zuerst nur von sich

selbst, dann von Rauli. Ohne es zu wollen, schwärmte er. Er war gekränkt und wütend. Und doch konnte er über Rauli nichts Böses sagen. *Finding Anna*, die verarmte Familie, das Leben am Abgrund; er ließ nichts aus.

Zimmerman hörte einfach nur zu. »Verstehe«, sagte er schließlich. »Der Junge im Dunkeln mit den hellsten Ideen.«

»So ungefähr. Er ist nur so ... verletzlich.«

»Wie alle Liebenden es sind.«

Beck nickte. »Aber ich habe Ihnen ja noch gar nicht gesagt, wie es ausgegangen ist.«

»Das brauchen Sie auch nicht. Solche Geschichten gehen nie gut aus. Ich nehme an, er hat den BMG-Deal allein gemacht.«

Beck war für einen Moment erstaunt, da er noch gar nichts davon erzählt hatte. Doch dieses Gespräch hatte eine ganz eigene Dynamik bekommen, die ihn mitriss und nicht groß nachdenken ließ. »Er hat mich verraten«, sagte er nur.

»Ach, verraten, hören Sie mir mit so was auf! Seien Sie doch nicht so hart mit dem jungen Kerl. Sie können stolz auf sich sein. Sie müssen ein ziemlich guter Lehrer sein, wenn er an seine Familie denkt und sie schützen will. Was hätten Sie denn an seiner Stelle gemacht? Loyalität ist in Ordnung, aber man darf nicht blind sein. Dieser Rauli hatte sicher Angst. Und er hatte recht. Es war nicht Ihr Spiel. Sie können nicht die Regeln aufstellen, wenn das nicht Ihr Spiel ist.«

»Aber ich habe an ihn geglaubt.«

»Und? Sie haben doch alles richtig gemacht. Was beschweren Sie sich? Der Junge hat es mit Ihrer Hilfe geschafft. Das kann Ihnen keiner mehr nehmen. Und es wäre doch sowieso nicht gutgegangen. Sie sind viel zu sehr Musiker, Sie müssen selbst spielen. Glauben Sie mir, ich erkenne einen wahren Musiker, wenn ich ihn sehe.«

»Aber ich werde nie so gut sein wie er. Als ich jung war ...«

Zimmerman hustete vernehmlich. »Sie *sind* jung. Ich schätze, ich bin ein kleines bisschen älter als Sie, also geben Sie mir nicht das Gefühl, ein alter Knochen zu sein.«

Beck nickte. Und wieder war er sich sicher, Zimmerman schon mal irgendwo gesehen zu haben. »Okay ... Entschuldigung. Also, als ich *noch* jünger war als jetzt, da habe ich oft meine Gitarre genommen und einfach gespielt. Und mir ging es gut. Ich hatte kein Konkurrenzdenken. Es ging mir nur um die Musik. Aber in letzter Zeit hab ich gar nichts mehr selber gemacht. Keine Songs mehr für mich geschrieben, nicht mehr für mich selbst gespielt. Ich habe Angst, dass das so bleibt. Wieso selbst spielen und singen, wenn da jemand ist, der es so viel besser kann?«

»Weil es großartig ist, zum Teufel. Alles, was Sie aufhält, sind Ihre Zweifel und Ängste.«

Beck nickte. »Ja, da haben Sie vielleicht recht.«

»Das sind die üblichen Dämonen. Ich kenne das.«

»Wirklich?«

»Hören Sie, Robert, Sie wünschen sich wahrscheinlich einfach nur, dass es vorbeigeht, nicht wahr? Dass Sie keine Angst mehr haben und keine Zweifel.«

»Und, tut es das? Geht es vorbei?«

Zimmerman sah Beck lange an. »Nun, die gute Nachricht ist: Ja, es geht vorbei«, sagte er schließlich. »Und die schlechte: alles andere auch.« Er lächelte erst, dann nicht mehr.

»Aber was soll ich tun?«, fragte Beck irgendwann.

Zimmerman dachte nach. »Wissen Sie, die Sache ist relativ einfach. Sie haben einfach alles auf diesen Rauli projiziert, weil Sie dachten, dass Ihre Zeit vorbei ist. *But it's never too late, man. Never too late.* Es ging nie um Ihren Wunderschüler. Es ging nur um Sie. Wenn Sie das kapiert haben, sind Sie einen großen Schritt weiter. Der springende Punkt ist, dass Sie die Freude am Spielen verloren haben. Früher waren Sie schon glücklich, wenn Sie nur ein paar Akkorde hingeknallt haben. Heute haben Sie das Gefühl, Sie müssen erfolgreich sein, um eine Rechtfertigung zu haben. Um wieder froh zu werden. Den jungen Kerl in Ihnen, der einfach nur die Musik liebt, den sperren Sie weg. Aber das ist Unsinn, Robert. Sie denken, das Leben zwingt Sie, den jungen Kerl aufzugeben und sich anzupassen. Aber wenn Sie mal älter sind, werden Sie feststellen, dass nur *Sie* das Leben gezwungen haben. Sie haben nur eine Chance hier unten, das wissen Sie. Jeder kennt den Spruch: *Es gibt nur ein Leben.* Aber niemand denkt darüber nach. Also wenn Sie diese Frau lieben, dann folgen Sie ihr, egal, wohin. Und wenn Sie die Musik lieben, dann spielen Sie, ganz gleich, wie erfolgreich Sie damit sind. Der Rest kommt dann von allein.«

Beck sagte nichts. Der Fremde streichelte einen Hund, der unter dem Tisch lag. Beck sah genauer hin. Es war *der* Hund. Die Dogge schien ihn zu verfolgen.

»Es geht nur um die einfachen Dinge«, sagte Zimmerman, und Beck schreckte auf. »Um ein bisschen Liebe oder das, was man tun möchte. Dumme Menschen verkomplizieren alles. Kluge Menschen vereinfachen. Denn wenn Sie einmal alt sind, dann werden Sie sich sicher nicht vorwerfen, zu wenig Zeit im Büro verbracht zu haben. Aber Sie werden sich ewig vorwerfen, nicht genug geliebt zu haben oder nicht das gemacht zu haben, was Sie eigentlich wollten.«

»Vielleicht.«

»Ganz sicher sogar. Wenn Sie sich auf die paar Dinge beschränken, die Sie glücklich machen, dann werden Sie auch als Kellner zufrieden sein. Es geht nur um Träume und die Hoffnung, sie zu verwirklichen. Stellen Sie sich eine Kassiererin vor. Eine arme Frau, der das Leben immer wieder ein Bein gestellt hat und die bis zu ihrem Tod nichts anderes macht als Fritten, Nudeln und billige Weinflaschen an der Kasse einzuscannen. Und jetzt stellen Sie sich die gleiche Frau vor, wie sie Ihnen sagt, dass sie in ihrer Freizeit spätabends an einem Roman sitzt oder dass sie einen Song schreibt oder einen Rucksacktrip durch China plant. Ein völlig anderer Mensch, nicht wahr? Und genau darum geht es. Um Träume, um Hoffnungen, um Sehnsüchte. Sie sind begnadet, Robert, wissen Sie das? Sie brauchen keine Angst zu haben. Sie haben eine Frau, die Sie liebt, und mit der Musik eine Leidenschaft, eine Berufung. Das sind Dinge, die alles überdauern können. Sie können noch als Achtzigjähriger mit einem Lächeln die Gitarre nehmen oder Ihrer Frau einen Kuss geben. Es gibt keine Grenzen. Nicht, wenn Sie sich nicht selbst welche setzen.«

Er sah Beck lange an.

»Wenn Sie sich das alles klarmachen«, sagte der Fremde, »dann bin ich mir sicher, dass Sie nie wieder von Ihrem Weg abkommen und in einer Kneipe wie dieser landen. Denn eines können Sie mir glauben. Hierher kommt niemand zum Feiern. Hier treffen sich Menschen, die dabei sind zu verlieren.«

Beck betrachtete den Kellner mit der Sonnenbrille und die Frau am Spielautomaten, die mit gequältem Gesicht gerade wieder ihre Münze einwarf. »Wo sind wir hier eigentlich?«

Zimmerman machte ein eigentümliches Gesicht. »Robert, Robert. Haben Sie denn das Schild draußen an der Tür nicht gelesen?«

»Nein.«

»Hier ist das Vorzimmer zur Hölle. Der Warteraum für verlorene Seelen.«

Beck sah sich erneut um. Ja, sie waren tatsächlich am Ende der Welt. Er versuchte noch immer krampfhaft herauszufinden, wer der Fremde war. Aber sosehr er sich auch bemühte, er kam einfach nicht drauf.

»Wer sind Sie wirklich?«, fragte er schließlich.

»Nur ein Reisender, Robert«, sagte Zimmerman. »Und wenn Sie klug sind, werden Sie feststellen, dass es keine Rolle spielt, wer ich bin.«

Beck schüttelte unwillkürlich den Kopf. Er sah zum Kellner. »Es wäre mir eine Ehre, Sie einzuladen.«

Zimmerman winkte ab. »Hier muss niemand seine Rechnung bezahlen. An diesem Ort gibt es keine offenen Rechnungen mehr … Sagen Sie mir doch lieber, wohin Sie jetzt fahren.«

»Zu einer kleinen Pension, ganz in der Nähe.«

»Eine Pension in der Nähe? Aber doch nicht etwa zu Tchik?«

»Ich fürchte, doch.«

»Hat der immer noch diese schrecklichen Weine?«

»Ja, hat er.«

»Nicht zu fassen.« Zimmerman schüttelte den Kopf. Dann gab er Beck die Hand. »Also, denken Sie immer daran: Es geht nur um Erinnerungen.«

»Wie meinen Sie das?«

»Das finden Sie dann selbst heraus.«

»Aber …«

»Und jetzt müssen Sie mich entschuldigen.« Der Fremde deutete auf die unglückliche junge Frau am Automaten. »Dieses Mädchen da ist gerade dabei, ihr letztes Spiel zu verlieren. Und ich hasse es, jemandem beim Verlieren zuzusehen. Also hören Sie, Robert Beck. Ich mag Sie. Sie haben da ein paar hübsche Karten auf der Hand. Wird langsam Zeit, dass Sie Ihre Trümpfe ausspielen, meinen Sie nicht?«

Beck nickte verstört. Er fragte sich, woher der andere seinen Nachnamen kannte.

Der mysteriöse ältere Mann tippte zum Abschied kurz an die silberne Krempe seines Huts. Dann richtete er den Kragen seines eleganten dunklen Jacketts und warf Beck einen unergründlichen Blick zu. »Ich glaube, sie hat den Blues«, sagte er noch lächelnd, ehe er sich abwandte und zu der Frau am Automaten ging.

Beck verließ die Kneipe der verlorenen Seelen, ohne sich noch einmal umzublicken. Mit einem Stöhnen setzte er sich in den Wagen und startete den Motor. Er schwitzte wieder, sein Puls raste. Schon vorhin in der Bar hatte die ganze Zeit ein grauer Schleier über allem gelegen.

Plötzlich blitzte es. Neben ihm saß Rainer Beck, sein Vater, der ihn pausenlos fotografierte. »Ich bin eine Karikatur«, sagte er ernst. »Ich bin deine Karikatur.«

»Ich weiß«, sagte Beck. »Unterrichten und Sparen und nie Zeit für ein Gespräch.«

»Es tut mir leid. Wenn man stirbt, erkennt man seine Fehler.«

»Und vorher nicht?«

Keine Antwort.

Beck dachte daran, wie sein Vater vor zwölf Jahren einsam vor dem Fernseher gestorben war. Herzinfarkt. Was für ein vergeudetes Leben.

Dann blitzte es wieder, sein Vater fotografierte ihn noch immer. »Kannst du dich bitte herdrehen? Zeig mir dein Gesicht, Robert.«

Beck drehte sich zu ihm. »Wieso heiße ich Robert? Warum hast du mich so genannt?«

»Weißt du das nicht längst?«

»Und warum fotografierst du mich? Früher hast du nie Fotos gemacht.«

»Ich brauche Erinnerungen. Es geht nur um Erinnerungen.«

Zack. Die Landschaft zog vorbei, Beck bremste instinktiv, der Wagen rollte aus. Alles wirbelte, alles verschwamm, von irgendwoher kam ein alter Radfahrer und brüllte: »Verrecken, alles soll verrecken!« Es raschelte, gleichzeitig spürte Beck, wie jemand an seiner Schulter rüttelte.

»Lara?«, fragte er.

Dann wachte er mit einem Schreckenslaut auf den Lippen auf. Er saß im vw, den er in ein Maisfeld gefahren hatte. Offenbar war er bei der Rückfahrt eingeschlafen. Beck rieb sich die Augen. In seinem Kopf sprudelte es, als ob sich darin ein Aspirin auflöste. Nachdem er ausgestiegen war, schleppte er sich zu Fuß ins Motel. Er stolperte, wie von einem schlechten Puppenspieler gelenkt, mehrmals über seine Beine, aber er fand den Weg. Als er schließlich in sein Bett fiel, schlief er sofort ein und hatte einen wilden Traum:

Beck ist in einem Wohnzimmer. Er kann schlecht gehen, sein Herz pumpt altes Blut durch alte Arterien, seine Beine sind schwer. Er ist ganz und gar allein. Er ist sein Vater. Zum ersten Mal hat er diesen Traum, er ist realer als andere Träume, er ist wahr. Beck weiß, dass es wahr ist, so hat es sich damals vor zwölf Jahren abgespielt. Ihm ist heiß. Er geht wieder umher, geht in die Küche, wäscht sich das Gesicht, versucht, sich die Falten rauszuwaschen, es geht nicht, es wird nie wieder jung sein.

Beck, der sein Vater ist, denkt an seinen Sohn, der er selbst ist. Dann denkt er an seine Frau, die ihn verlassen hat. Er liebt sie. Er wird sie immer lieben, und wenn er tot ist, ist alles, was von ihm übrig bleibt, diese Liebe, die nur mehr wie blasser Dunst durch den Äther schwebt, er selbst ist weg, nicht mehr existent, so wie Millionen Jahre davor und Millionen Jahre danach. Die wenigen Augenblicke dazwischen, während derer es ihn gab, werden keine Rolle mehr spielen, nur die Liebe zu ihr wird überdauern.

Ich bin Rainer, denkt Beck.

Das Zimmer riecht nach Alkohol, es ist dunkel. Er geht wieder zum Fernseher und schaltet ihn an. Der Raum wird von der bläulich flimmernden Bildröhre erhellt. Er fühlt sich einsam, der alte Mann. Der Sohn hasst ihn für seinen Geiz und seine Bitterkeit, die Frau ist schon lange gegangen, und er weiß, dass alles seine Schuld ist. Früher war er ein junger Mann, voller Hoffnungen und Pläne, doch er hat alles falsch gemacht, und nun ist er alt, und es ist zu spät, um noch etwas zu ändern. Das Ende naht. Er betrachtet seine Hände. Sie zittern, sie sind nicht mehr glatt und weiß, sondern beginnen zu welken, sie sind braun und übersät mit Altersflecken und hervortretenden Adern.

Die Schwäche überkommt ihn, sein Kreislauf droht zu kollabieren, ihm wird schwindlig. Der alte Mann starrt auf das Telefon und macht sich bewusst, dass er gleich eine Entscheidung treffen muss.

Er denkt an seinen Sohn, an ihr letztes Treffen. Der Sohn wollte gleich wieder weg. Nie ist jemand gern bei ihm geblieben, nie kam jemand freiwillig, sondern nur, weil er musste.

Er erinnert sich. Die Bilder seines Lebens. Wie er als kleiner Junge mit seinen Großeltern Kuchen isst. Wie er immer ein scharfes Rasiermesser dabeihat, mit dem er in unbeobachteten Momenten mutwillig den Schwanz einer Echse abtrennt oder einen verblüfften Käfer halbiert. Wie er gute Noten schreibt und seine Eltern glücklich macht. Wie plötzlich alles aufhört, als der Krieg beginnt. Wie er eingezogen wird, kämpft, verliert, überlebt, seinen Kopf mit grausamen Bildern auflädt, die ihn für den Rest seines Lebens lähmen werden. Wie er die Armut spürt und nie wieder arm sein will und spart.

All diese Gefühle, die ihn in den Jahren danach erfüllen. Die Trauer über den Tod vieler Freunde. Die Anerkennung als Lehrer und der Stolz, seinen Schülern etwas beigebracht zu haben. Die Freude, als er seine Frau kennenlernt. Das unfassbare Glück, als er sein Kind zum ersten Mal im Arm hält. Die Starre und Kälte, die sich in ihm eingenistet haben und gegen die er machtlos ist. Der Schmerz, als ihn seine Frau verlässt. Die Enttäuschung über den Sohn, die Sprachlosigkeit, die zwischen ihnen herrscht.

All diese Momente und Gefühle werden eins.

Becks Vater spürt, wie sein Herz unnatürlich schnell schlägt. Seine Brust beginnt zu schmerzen, er hat Schwierigkeiten, Luft zu bekommen.

Wieder überlegt er, jemanden anzurufen, seinen Sohn oder einen Arzt, doch er weiß, dass es vergebens wäre, es würde alles nur aufschieben, aber nichts verhindern.

Er muss einsam sterben, er hat einsam gelebt.

Seine linke Brust fühlt sich inzwischen taub an, das Gefühl breitet sich auf den ganzen linken Arm aus. Seine Augen werden feucht. Er fährt sich mit der Hand über den Hinterkopf. Das Haar am Nacken ist verschwitzt, doch der Schweiß ist eiskalt. Das Herz pocht immer schneller.

Er macht ein dumpfes, ängstliches Geräusch.

Das Ende ist da. Beck als sein Vater fasst sich mit einem plötzlichen Ruck ans Herz und stößt eine Bierflasche um, deren gelber Rest langsam in den grauen Teppich sickert. Sein Herz pocht nur noch unregelmäßig, hört schließlich ganz auf zu schlagen. Dann ist alles still.

Es ist eine Ewigkeit, und es ist still.

Die Welt in all ihrer Größe begreifen, nur einen Augenblick.

Der alte Mann fällt. Er spürt, es sind die letzten Momente, er versucht, etwas mitzunehmen, die Decke des Wohnzimmertischs oder Erinnerungen, doch er findet nichts. Während er fällt, sieht er nur mehr verschwommen den Bildschirm des Fernsehers, ehe er am Boden aufschlägt und liegen bleibt und tot ist.

»I Want You«

Der siebte Song: Über eine richtige Entscheidung, das Ende
einer langen Reise und den Tod eines Bandmitglieds.

I

Blinzelnd kam Beck zu sich. Die Morgensonne schien ihm
ins Gesicht, er spürte noch eine Restwirkung der *Black-
Jua*-Tablette, denn er kam sich auf einmal riesengroß vor,
ungefähr drei Meter. Was ihn störte, war, dass er trotzdem
nicht bis zur Decke reichte. Er streckte die Arme nach
oben, hüpfte sogar, aber er erreichte die verdammte Decke
einfach nicht.

Ihm war schlecht. Er ließ das Waschbecken volllau-
fen und tunkte seinen Kopf mehrmals ins kalte Wasser.
Schließlich sah er noch mal nach oben und sprang wieder
mit ausgestreckten Armen hoch. Wieso kam er nicht bis
zur Decke? Dann ließ die Wirkung der Droge allmählich
nach.

Die Droge. Erst jetzt erinnerte sich Beck an das Ge-
spräch mit Zimmerman. Hatte er sich das nur eingebildet?
Diese Höllenkneipe der verlorenen Seelen? Er überlegte.
Auf der einen Seite konnte er sich nicht vorstellen, sich das

alles nur ausgedacht zu haben. Auf der anderen Seite war der Hund dabei gewesen.

Himmel, was für ein Trip. Beck ließ sich auf das Bett fallen und dachte an die Worte des Fremden. Das Wichtigste seien ohnehin nur Erinnerungen. Noch immer wusste er nicht, was das bedeuten sollte.

Die nächsten Minuten vergingen wie im Zeitraffer: *Schnitt.* Sie zahlten und verabschiedeten sich von Tchik, der ebenfalls verkatert war und noch nichts vom Ableben des Wellensittichs mitbekommen hatte. *Schnitt.* Sie suchten den Wagen. *Schnitt.* Der vw war in der Nacht offensichtlich in ein Maisfeld gefahren worden. *Schnitt.* Charlie schrie Beck an, dass er ein verdammter Idiot sei. *Schnitt.* Beck schrie zurück, dass sich Charlie sehr gern einen neuen Fahrer suchen könne, wenn er weiter so rumbrüllen würde. *Schnitt.* Rauli lenkte den Wagen sicher über die Grenze nach Bulgarien.

Nachdem sie an der Autobahnausfahrt Geld gewechselt hatten, fuhren sie durch flaches, ödes Land. Grüne Wiesen, vereinzelt aufgelockert durch helle Steppen, die Häuser am Straßenrand heruntergekommen. Da Beck aufgrund seiner Degradierung zum Ersatzfahrer nicht mehr mit Charlie sprach – und schon gar nicht mit Rauli –, verlief die Fahrt einsilbig.

In einem Dorf parkte Rauli vor einem Lebensmittel- und Tabakladen. Beck fragte, wieso sie hielten.

»Vertrauen Sie mir.«

»Ach, und wieso sollte ich das noch?«

Rauli sah ihn enttäuscht an, dann verschwand er im Inneren des kleinen Ladens.

Nach ungefähr fünf Minuten kam er mit einigen Stangen Zigaretten zurück, die er auf den leeren Rücksitz hinter sich schmiss. In der rechten Hand hielt er zudem mehrere Geldscheine der bulgarischen Währung Lew. Beck überlegte kurz, woher der Junge das Geld hatte. Wahrscheinlich ein Überbleibsel der zweihundert Mark, die er ihm in Budapest geliehen hatte. Er fragte sich, was Rauli mit den Zigarettenstangen wollte, doch schnell wurde es ihm klar.

Als sie das Dorf verließen, wurden sie von einer jämmerlichen Polizeistreife, bestehend aus zwei alten Männern, die in ihre verlotterten Uniformen gefallen sein mussten, gestoppt und von da an alle halbe Stunde angehalten. Die bulgarischen Polizisten waren nicht sonderlich erfinderisch. Immer hieß es, sie seien zu schnell gewesen. Einmal sogar, als sie mit nur knapp sechzig unterwegs waren. Wann immer sie angehalten wurden, verteilte Rauli die Zigarettenstangen, und als diese aus waren, Geldscheine, und die Polizisten zogen unwirsch wieder ab.

Durch ihre Großzügigkeit kamen sie gut voran. Warme Sommerluft drang durch das geöffnete Fenster in den Wagen, in der Ferne erhob sich das Balkangebirge, links ahnten sie das Schwarze Meer. Charlie saß hinten und sprach kaum, doch auf einmal schreckte er vor Schmerzen auf.

Beck drehte sich zu ihm um. »Was ist?«

»Nichts.«

»*Nichts* … Das glaubst du doch selber nicht.« Er deutete auf Charlies Handverband. Vielleicht war er mal weiß gewesen, inzwischen war er jedoch schmutzig und braun von geronnenem Blut. »Du musst doch wahnsinnige Schmerzen haben. Was ist gestern überhaupt mit deiner Hand passiert?«

»Ist doch jetzt egal.«

»Du musst jedenfalls dringend zum Arzt.«

»Das mach ich, wenn ich meine Familie gesehen habe, versprochen.« Charlie richtete sich auf. »Weißt du, ich glaube, ich komme heute an.«

»Auf jeden Fall kommen wir heute an.«

»Das meinte ich nicht.« Charlie streckte den Kopf zum Fenster raus und berauschte sich am Fahrtwind. »Ich hab das Gefühl, heute wirklich anzukommen.«

2

Beck trieb in den Tiefen des Ozeans. Mit den Armen machte er kraftvolle Schwimmbewegungen, doch überall war es finster. Er wusste nicht, wo oben und unten war. Ob er sich mit jedem Zug von der rettenden Oberfläche entfernte oder ob er sich ihr näherte. Schließlich tat er gar nichts, und langsam, ganz langsam ging er unter …

Beck fuhr hoch. Das Geräusch des brummenden Motors fehlte. Er öffnete die Augen. Zu seinem Erstaunen stellte er fest, dass er allein im Wagen war. Rauli hatte den vw abseits der Straße unter einer Eiche geparkt.

Verschlafen stieg Beck aus und ging ein paar Schritte, er war hungrig. Vor sich sah er eine kleine Siedlung. Noch bevor er das Ortsschild erreicht hatte, konnte er bereits Rauli und Charlie sehen. Sie saßen im Freien, an einem weißen

Plastiktisch vor einem kleinen Restaurant, inmitten von grünem Gras und ein paar Büschen.

Als der Junge ihn entdeckte, lächelte er. »Herr Beck, Sie werden nicht glauben, die haben hier Schnitzel, ich kann …« Dann fiel ihm ein, dass sie nicht mehr miteinander sprachen, und er verstummte.

»Wir dachten, wir lassen dich ausschlafen«, sagte Charlie. Durch das Kopf-in-den-Fahrtwind-Halten war sein Turban inzwischen ziemlich zerfleddert, einzelne Verbandsfetzen hingen herunter, wie bei einer von den Toten auferstandenen Mumie. »Wir sind kurz vor der türkischen Grenze.«

Ein Kellner kam und notierte die Bestellungen. Beck las etwas von der Karte ab, das ›Banska kavyrma‹ hieß. Die Nachmittagssonne leuchtete golden auf den lehmfarbenen Häusern, in einem Garten am Ende der einzigen Straße kniete ein alter Mann, der Bäume einpflanzte. Beck gefiel diese Ruhe.

Als der Kellner das Essen brachte, bekam er einen hellbraunen Keramiktopf vorgesetzt, in dessen Innerem Fleisch und Gemüse in einer würzigen Soße schmorten. Charlie, der keinen Hunger hatte, aß nur Salat. Und auf Raulis Teller lag neben einem Berg von Kartoffeln ein verschrumpelter brauner Lappen, der ziemlich übel roch. Das Schnitzel.

Man sah dem Jungen an, dass in seinem Kopf ein harter Kampf tobte. Auf der einen Seite hatte er sich aus irgendeiner pubertären Schnapsidee heraus wohl vorgenommen, auf der gesamten Reise nichts anderes als Schnitzel zu essen, auf der anderen Seite grauste ihm vor dem stinkenden alten Ding, das da vor ihm lag.

»Lass es zurückgehen«, sagte Charlie.

Der Junge schüttelte trotzig den Kopf und fing an zu essen. »Ist ganz gut«, sagte er, ehe es ihn schüttelte.

Beck achtete nicht darauf. Was auch immer ›Banska kavyrma‹ bedeuten mochte, es schmeckte ausgezeichnet. Er spülte das Fleisch mit ungarischem Bier runter, blinzelte in die Sonne und sah einem bulgarischen Bauern zu, der eine Schafherde durch den kleinen Ort trieb.

Nach ungefähr fünf Minuten war es dann so weit. Raulis Gabel zitterte. Er wollte sich gerade das nächste Stück Schnitzel zum Mund führen, als es ihn würgte. Er hielt sich die Hand vor den Mund und sah die anderen mit großen Augen an. Einige Sekunden hielt er diese Stellung durch, dann wurde er noch einmal von einem heftigen Würganfall geschüttelt. Er rannte ins Restaurant und übergab sich.

Als Rauli wieder ins Freie trat, atmete er tief durch. Seine Augen waren gerötet, sein Gesicht noch bleicher als sonst, die Lippen hellrot und wässrig. Mit einem Stöhnen ließ er sich auf den weißen Plastikstuhl fallen. »Hasse das Schnitzel«, sagte er mit schwacher, gequälter Stimme und starrte auf den Rest des braunen Lappens auf seinem Teller. »Schnitzel ist böse.«

Beck ignorierte diese Bemerkung und auch, wie Rauli den Rest seines Schnitzels in die Hand nahm und mit einem Grausen im Gesicht ins Gebüsch warf. Allerdings konnte er kaum ignorieren, wie der Junge fortan hungrig auf seinen dampfenden Topf starrte. Was immer Beck auch tat, wenn er Fleisch zerschnitt und in die Soße tunkte oder wenn er Gemüse zum Mund führte – Rauli beobachtete ihn dabei.

Irgendwann legte Beck sein Besteck nieder. »Also gut.« Er wischte sich den Mund ab, nahm den Topf und stellte ihn vor Raulis Nase. »Ich bin sowieso satt, iss was.«

Der Junge sah überrascht aus. Er schien einen Moment zu zögern, aber dann fiel er gierig über den Topf her. Nach einer Weile sah er auf. »Danke«, sagte er kauend.

»Schon okay.«

Rauli nickte, aß wieder etwas. Man sah ihm an, dass er intensiv nachdachte. Schließlich blickte er wieder auf. »Es tut mir leid.«

»Ach was.«

»Mit BMG, meine ich. Herr Beck, wollte das nicht …«

»Lass uns nicht darüber reden.« Beck sah zu dem alten Mann am Ende der Straße, der inzwischen seinen vierten Baum einpflanzte. Dann blickte er zu Rauli, der sich noch immer über seinen Topf hermachte, und da hatte er ihm vergeben. »Lass uns einfach nicht mehr drüber reden«, sagte er noch mal.

3

Als sie zum Wagen zurückkamen, kniete sich Charlie neben den vw und grub unter der Eiche ein kleines Loch in die brüchige Erde. Beck konnte sich keinen Reim darauf machen, aber er war schon so an die eigenwilligen Aktionen seines Freundes gewöhnt, dass er nicht weiter nachfragte. Wenn Charlie ein Loch graben will, soll er es tun, dachte er nur.

Rauli dagegen sah gespannt zu. »Und jetzt?«, fragte er.

Charlie ging zum Auto. Er nahm die Plastiktüte, drehte sich einen letzten Joint und legte sie dann ins Loch.

»Die Tüte hat mir nichts als Ärger gebracht«, stellte er sachlich fest. »Und außerdem kommen wir damit sowieso nicht über die türkische Grenze.«

Er hielt noch einen Moment inne, dann schüttete er behutsam Erde darauf. Beck klopfte ihm auf die Schulter. Rauli dagegen schien der Plastiktüte als Einziger nachzutrauern. Während die anderen in den Wagen stiegen, blieb er noch allein zurück und starrte wehmütig auf die aufgeschüttete Erde.

Die türkische Grenze bereitete keine größeren Probleme. Es dämmerte bereits, als sie endlich auf der letzten Etappe ihrer Reise waren. Sie fuhren in einer Kolonne von Hunderten von Reisebussen, die in die Stadt drängten, die meisten davon kamen aus Deutschland.

»Noch ein paar Minuten«, sagte Beck, der wieder hinterm Steuer saß. Er hatte sich kurz hinter der Grenze ein Softeis gekauft und biss hinein.

»Du hast es geschafft«, murmelte Charlie. Es war das Erste, was er seit langer Zeit sagte. Er hielt sich die Hand und hatte die Augen halb geschlossen. »Du hast es geschafft, Robert, wir kommen wirklich gleich an.«

Die untergehende Sonne färbte den Horizont. Rauli streckte seinen Kopf aus dem Fenster und brüllte etwas in Richtung eines Reisebusses. Er lachte, der Fahrtwind wehte ihm die Haare aus der Stirn. Auf seiner Nase eine Zuhältersonnenbrille mit goldenen Bügeln, die er aus einem Duty-free-Shop hatte.

Erst als vor ihnen die überwältigende Silhouette Istanbuls auftauchte, erwachte Charlie aus seiner Starre. Er hatte feuchte Augen und schien für einen Moment richtig hibbelig. »Wir sind gleich da, ich kann's nicht glauben.«

Beck nickte angespannt. Der Stadtverkehr in Istanbul war teils fünfspurig. Überall fuhren Autos, Busse, LKWs, er hatte Mühe, sich auf den Verkehr zu konzentrieren. »Rauli, schau noch mal, wie wir fahren müssen«, sagte er und reichte dem Jungen die Karte nach hinten.

»Wir sind wirklich fast da ... Und wer hat uns gefahren?«, fragte Charlie und sah wieder zu Beck. »Na, wer hat uns hierhergebracht?«

»Weiß nicht«, murmelte Beck.

»Ach, komm. Ein bisschen mehr Freude, Großer. Lass dich drücken.« Charlie rappelte sich schwerfällig auf, dann beugte er sich zu Beck rüber und drückte ihn übertrieben an sich.

»Lass, ich muss auf die Straße schauen.«

»Keine Chance.« Charlie gab ihm einen dicken Schmatzer auf die Wange. »Den hast du dir verdient, Robert.«

Rauli grinste. Beck befreite sich aus Charlies Umklammerung. »Jetzt bist du wohl endgültig übergeschnappt«, sagte er, konnte sich ein kleines Lächeln aber nicht verkneifen. »Du kannst doch ...«

In diesem Moment gab es einen lauten Knall. Der Motor stotterte und ruckelte nur noch und gab schließlich den Geist auf. Beck blieb nichts anderes übrig, als den Wagen am Straßenrand ausrollen zu lassen.

4

Sie stiegen aus und öffneten die Motorhaube, schwarzer Qualm wehte ihnen entgegen. Beck musste husten. »Ich sag's nur ungern, aber das Ding ist hinüber.«

Tausende Autos sausten an ihnen vorbei. Rauli fragte, ob sie den Wagen reparieren lassen sollten. Charlie antwortete nichts. Jetzt, da seine Euphorie verflogen war, schien er seine Schmerzen nicht mehr unterdrücken zu können. Er wirkte dösig, hielt sich die bandagierte Hand und starrte auf den vw. »Lassen wir ihn einfach hier«, sagte er schließlich.

Sie nahmen ihre Sachen und gingen zu Fuß weiter. Nach zwanzig Minuten erreichten sie den riesigen Busbahnhof Esenler. Unzählige Reisebusse parkten oder wurden aufgetankt. Ein gigantisches Labyrinth, es stank nach Abgasen, Benzin und würzigem Fleisch, das manche Fahrer aßen, während sie Rast machten. Andere von ihnen schwatzten miteinander oder schliefen in ihren Kabinen der Nacht entgegen. Dazwischen tummelten sich überall Touristen.

»Sind hier viele Busse«, sagte Charlie. Der Fußmarsch hatte ihn erschöpft, seine Stirn glänzte. »So viele Busse, das gibt's doch gar nicht.«

Sie reihten sich in eine endlose Schlange vor einem Schalter ein. Als sie noch diskutierten, wie sie am besten nach Kemer Country kämen, der Gegend, in der Charlies Bruder lebte, wurden sie von einem jungen Deutschtürken angesprochen. Er habe zufällig gehört, wo sie hinwollten, und sie stünden am falschen Schalter. Er bot an, sie zum richtigen Schalter zu führen. Während sie ihm folgten, musterte der Türke Charlie mit einem ungläubigen Blick. Und erst jetzt fiel Beck so richtig auf, dass dieser mit dem Handverband, dem Bayernshirt, der xxl-Badehose, dem zerfledderten Turban und den Badelatschen doch einen ziemlich eigenwilligen Anblick abgab. Zudem wischte er sich andauernd Schweiß von der Stirn.

»So viele Busse«, murmelte Charlie immer wieder. »Ja, leck mich doch, das sind ja Hunderte.« Dann taumelte er einige Schritte und fiel zu Boden. Er wirkte für einen Moment völlig weggetreten. »Was ist passiert?«

»Du bist hingefallen«, sagte Beck. Er befühlte Charlies Stirn. Sie glühte. »Mein Gott, du hast ja richtig hohes Fieber, wieso hast du uns nichts gesagt?!«

»Ich wollte nur ankommen, Robert. Ich wollte ... Verdammt, tut das weh!«

Sie betteten seinen Kopf auf Becks Jackett.

»Die Hand tut so weh«, murmelte Charlie wieder.

Beck öffnete den Druckverband. Ihn würgte es, als er sah, dass der kleine Finger fehlte. Sie mussten ihn Charlie gestern Nacht in Bukarest abgehackt haben, allerdings nur sehr unsauber, denn ein Stück Knochen ragte noch aus der zerfetzten Wunde heraus. Die Wunde selbst war vereitert und blutverkrustet. Die übrigen vier Finger geschwollen, die helle Innenseite der Hand gerötet, der ganze linke Arm hatte eine ungesunde Blässe angenommen.

»Was ist das denn?«, fragte der junge Türke. »Du musst sofort zum Arzt.«

Charlie zitterte. »Ich wollte nur ankommen ...«

Dann verlor er das Bewusstsein.

Um es kurz zu machen: Ich schrieb nun seit drei Jahren an diesem Buch. Angefangen hatte ich im Frühling 2004. Warum ich über Beck schrieb? Das hatte viele Gründe, auf die ich jetzt nicht näher eingehen möchte, sicher spielte Raulis Bekanntheit eine Rolle, aber sagen wir einfach: Ich fand vor allem Becks Geschichte interessant.

Wir waren uns Anfang 2004 zufällig wieder in München begegnet. Wir setzten uns in ein Café, er berichtete mir, was er so mache, und sprach über Raulis Erfolg, doch in seinen Worten spürte ich sofort den Neid auf den Jungen. Der Lehrer gegen den ihm überlegenen Schüler, dachte ich. Schließlich erzählte Beck mir sogar ein bisschen was von der Reise nach Istanbul, und mein Interesse war geweckt. Als ich ihm sagte, dass mein letzter Roman nichts geworden sei und ich noch kein neues Thema hätte, fingen wir an rumzu- albern, dass ich ja über ihn schreiben könne. Ich sagte, dass ich ihn natürlich auf der letzten Seite sterben lassen würde, als einsamen Mann, und er meinte, er wäre froh, wenn er es überhaupt bis zur letzten Seite schaffen würde.

So hatte es also angefangen. Gesehen hatten wir uns seitdem nicht mehr, was vor allem daran lag, dass Beck in Raito lebte und kaum noch nach Deutschland kam. Meist telefonierten wir oder schrieben Mails. 2007 hatte ich nach mehreren Fehlversuchen endlich einen Verlag gefunden. Mit meinem Manuskript war ich fast fertig. Da mir man- ches, was in Istanbul geschehen war, jedoch noch unklar war, schrieb ich Beck eine Mail, in der ich ihn fragte, was nach der Szene mit Charlies Verband noch alles passiert sei.

Er antwortete umgehend. Hier einige Auszüge aus seiner wie immer unendlich langen Mail (dieser Typ hatte eindeutig zu viel Zeit):

Lieber Ben,

[...] Was meinst du mit: »Was danach passiert ist«? Nicht viel, natürlich. Muss immer etwas passieren? Da du ohnehin gemeint hast, dass du noch kürzen musst, würde ich diese Szenen mit der Familie in der Türkei an deiner Stelle überspringen.

Wenn du wirklich wissen willst, was passiert ist: Der freundliche Türke, der mit uns in der Schlange gestanden hat, rief uns einen Krankenwagen, mit dem sind wir alle in die nächste Klinik gefahren. Charlie hatte eine septische Wundinfektion. Er bekam sofort intravenös Antibiotika, seine Wunde wurde gesäubert. Da die Ärzte uns gesagt hatten, dass er die nächsten Stunden behandelt würde, sind Rauli und ich essen gegangen.

Nach ein paar Stunden durften wir ihn dann endlich besuchen. Seine linke Hand war frisch bandagiert und gekühlt, aber relativ dick, das hat man durch den Verband gesehen. Neben seinem Bett stand das Wägelchen mit der Infusion. Charlie war jedenfalls erst mal ziemlich von der Rolle und hat mehrmals gesagt, dass er seinen kleinen Finger wiederhaben wolle. Der Arzt, der ziemlich gut Englisch konnte, meinte jedoch, dass er sich bald beruhigen würde. Außerdem habe Charlie Glück gehabt: Wäre er wenige Stunden später in die Klinik gekommen, hätten sie gleich die ganze Hand amputiert. Wenn er bis dahin überhaupt überlebt hätte. Sie würden ihn auf jeden Fall über Nacht dabehalten. Charlie ist fast ausgerastet, als er das gehört hat, er hat gebrüllt, dass er nach Hause wolle, aber schließlich hat er es eingesehen. Er hat mir die Nummer seiner Mutter gegeben. Ich hab sie angerufen. Sie wirkte sehr aufgeregt, teils aus Sorge, teils aus Freude, dass Charlie in der Stadt war. Eine halbe Stunde später war sie mit Jonathan da. Ich muss dir nicht sagen, was dann geschah, jedenfalls war es eine rührende und besorgte Wiedersehensstimmung. Wie sich herausstellte, war Charlies Mutter kerngesund und dem Tod alles andere als nah.

Schließlich hat uns Jonathan zu seiner Villa nach Kemer Country gefahren. Seine Mutter ist bei Charlie in der Klinik geblieben. Die Villa des Bruders war riesig, ungefähr so, wie jemand wie du sich das wahrscheinlich vorstellt, mit Fuhrpark, Tennisplatz und Pool. Darunter macht es ein Fußballspieler in der Türkei wohl nicht. Allein der Gärtner musste Millionär sein, wenn du verstehst.

Wir waren insgesamt zweieinhalb Tage da. Die meiste Zeit waren wir bei Charlie in der Klinik. Ansonsten bin ich mit Rauli umhergezogen. Der kleine Dieb hat sich natürlich wieder Geld von mir geliehen, damit er sich auf dem Basar was kaufen konnte. Den einen Abend waren wir noch mit Jonathan und einem befreundeten Musiker in verschiedenen Jazz- und Blues-Clubs.

*Jonathan hat sich bei mir dafür bedanken wollen,
dass ich Charlie hergebracht hätte. Ich hab ihm gesagt, dass ich Charlie nur gefahren habe und er unbedingt selbst kommen wollte. Das war ihm wichtig, das
konnte man sehen. Jedenfalls sind wir gut miteinander
ausgekommen, er ist wirklich ein guter Typ, realistisch
und ehrlich. Natürlich habe ich manchmal ein schlechtes Gewissen, weil ich das Gefühl habe, Charlie in den
letzten Jahren durch Jonathan ersetzt zu haben. Aber
ich weiß, dass es nicht wahr ist. Bitte glaub mir das.*

*Nach diesen zweieinhalb Tagen ging es dann jeden-
falls nach Hause. Unser Flieger startete um halb sechs
morgens, Charlie wollte ja erst eine Woche später
nachkommen, um noch ein bisschen bei seiner Familie sein zu können. Und weil ihm sein Arzt dringend
davon abgeraten hatte, so früh schon wieder zu reisen.
Da er uns aber unbedingt zum Flughafen begleiten
wollte, wurde er auf eigene Verantwortung aus der
Klinik entlassen. Wir haben ihn abgeholt und noch
mal alle zusammen zu Abend gegessen. Seine Mutter
hat pausenlos Charlies gesunde rechte Hand gehalten,
sie sahen beide ziemlich glücklich aus. Ich selbst habe
mich mit Jonathan unterhalten.*

*Es war ein schöner, etwas wehmütiger letzter
Abend. Wenn dir dein alter Deutschlehrer einen Rat
geben darf, würde ich an deiner Stelle direkt nach
diesem letzten Abend ansetzen, also mit unserem
Rückflug. Ich weiß zwar, dass du meine Hilfe nicht
brauchst, aber vielleicht denkst du ja darüber nach.*

Übrigens ist mir beim Schreiben dieser Mail klarge-
worden, wieso Charlie diese Reise machen wollte. Er
wollte sterben. Bewusst sterben. Nicht dass du das
falsch verstehst. Ich glaube nur, er hatte in München
das Gefühl, schon irgendwie tot zu sein. Er wollte
diese Reise machen, um noch einmal das Leben zu
spüren, um alles noch mal wahrzunehmen, damit ihm
der Tod auch etwas bedeutet. Nicht seine Mutter lag
im Sterben, sondern er. Aber vielleicht interpretiere ich
da auch zu viel hinein.

[...] Hast du eigentlich schon was von Raulis neuem
Album gehört? Ich würde gern wissen, wie es ist. Es
kommt ja erst nächste Woche raus. Allerdings hab ich
schon gelesen, dass es nicht so toll sein soll. Das ver-
stehe ich einfach nicht. Rauli verwendet fast nichts aus
seinem Wunderkästchen. Er schrammelt seit Jahren
nur herum. Was ist mit Finding Anna? Wenn er diese
Melodie benutzt, könnte er doch sofort einen Hit lan-
den. Ich weiß noch, wie er mir mal gesagt hat, dass es
der Höhepunkt seiner Karriere werden würde, aller-
dings sollte er sich nicht mehr allzu viel Zeit lassen. Er
ist nicht mehr so jung, wie er denkt.

Nun denn, ich hoffe, dass du bald mit deinem Roman
fertig wirst und ich ihn endlich mal lesen darf. Immer-
hin schreibst du jetzt schon seit drei Jahren dran.

Mit lieben Grüßen
  Dein Robert Beck

5

Das Essen war abgetragen, die Weingläser am Tisch geleert. Es war zwei Uhr früh, in wenigen Stunden wollten Rauli und Beck nach München zurückfliegen. Charlies Mutter war müde geworden und verabschiedete sich. Als sie vor Charlie stand, küsste sie ihren Sohn auf die Stirn und flüsterte ihm ins Ohr, wie froh sie wäre, dass er gekommen sei.

Jonathan blieb noch mit den anderen auf. Er saß in hellbrauner Leinenhose und weißem Hemd auf einem Diwan, unterhielt sich mit Beck. Beide pafften abwechselnd an einer Wasserpfeife, wohl wissend, wie albern das war. Sie redeten über die türkische Liga und Frauen und darüber, wie einsam es sein konnte, wenn man in einer so großen Villa lebte. Charlie spielte währenddessen am Wohnzimmertisch mit Rauli Karten und brachte dem Jungen Black Jack bei.

Als sich auch Jonathan schlafen gelegt hatte, holte Beck sich aus der Küche ein Bier. Er wollte sich damit gerade zu den anderen an den Tisch setzen, da hörte er, wie Rauli fragte: »Und wie ist diese Holger Gersch so?«

Er stellte sich hinter die Wohnzimmertür und lauschte.

»Ach, weißt du, Holger ist schon gut«, sagte Charlie. »Dass unsere Band bei diesem einen Konzert in München mit New Order auftreten durfte, hatten wir ihm zu verdanken. Er hat immer Erfolg.«

»Wie war das damals? Wieso hat die Band Herr Beck rausgeschmissen?«

Charlie stapelte die Karten. »Weißt du, er will es sich nicht anmerken lassen, aber noch heute regt ihn nichts so sehr auf wie dieser Rauswurf. Er und Gersch haben sich damals oft über die Ausrichtung der Band gestritten. Robert wollte weiter Post-Punk machen, Gersch dagegen poppiger werden, es gab ständig Zoff. Schließlich hat Gersch die anderen Bandmitglieder gegen ihn aufgehetzt, damit sie ihn rauswarfen. Aber er hat es nur bei drei von vieren geschafft.«

Der vierte dagegen habe eisern zu Beck gehalten und die Band zusammen mit ihm verlassen, und das habe Beck ihm nie vergessen.

»Und wer war das?«, fragte Rauli.

Charlie lächelte. »Kannst du dir das nicht denken?«

Dann stand er auf. Beck trat schnell von der Tür weg und ging wieder in die Küche.

6

Das Taxi zum Flughafen war bereits bestellt. Während Rauli im Wohnzimmer auf einer mit Kissen überladenen Sofaecke eingeschlafen war, unterhielten sich Beck und Charlie in der Küche.

»Robert, weißt du noch, wie ich gesagt habe, dass ich auf dieser Reise sterben werde?«

»Ich erinnere mich ganz dunkel. Wieso?«

»Ich weiß nicht, warum ich das gesagt habe. Ich glaube, ich habe es nur gemacht, damit ich, wenn ich im Sterben liege, zu jemandem sagen kann, dass ich es gewusst habe. Nur aus diesem Grund, nur für diesen kleinen Triumph, dass ich sagen kann, ich hätte es vorhergeahnt.«

»Und?«

»Ich habe jetzt keine Angst mehr zu sterben«, sagte Charlie. »Zum ersten Mal in meinem Leben bin ich völlig frei von Angst.«

»Muss ein ziemlich gutes Gefühl sein.«

»Weißt du, ohne die Angst vor dem Tod wird mir klar, wie hirnrissig manches andere ist. Die Flugangst zum Beispiel. Völlig unsinnig. Ab jetzt ist Schluss damit.«

Sie starrten aneinander vorbei.

Schließlich ging Charlie auf ihn zu. »Danke!«

»Danke wofür?«

»Du hast mich zu meiner Familie gebracht.«

Beck winkte ab. »Ach was.«

»Nein, ich werde dir immer dafür dankbar sein.«

»Lass gut sein«, sagte Beck verlegen. Er ging in den Garten und streckte sich. Die Luft war überraschend frisch. Als er auf die Straße sah, fiel ihm ein schwarzer Kater auf, der seines Weges ging. Das gefiel ihm. Diese Freiheit, dieses einsame Umherwandern, ohne festen Patz, einfach nur wandern, schauen, was geht.

Charlie kam nach und stellte sich neben ihn. »Was ist mit Lara?«

Beck regte sich nicht, dachte nach. Er blickte dem schwarzen Kater hinterher, bis er hinter einer Biegung verschwand. »Ich hab sie geliebt«, sagte er schließlich. »Ich weiß nicht, ob ich dir das schon mal so gesagt habe, heute muss man sich für so einen Satz ja schämen, aber ich glaube, ich hab sie wirklich geliebt …« Er verharrte noch einen Moment. Dann gingen sie wieder rein.

7

Auch um halb fünf morgens, als sie zu dritt mit dem Taxi zum Flughafen fuhren, war Istanbul noch hellwach. In Beyoglu waren die Straßen voller Menschen, aus den Bars und Clubs drangen Lärm und Musik. Viele Jugendliche waren unterwegs, dazu unzählige Touristen, einige ältere Türken, hin und wieder auch ein paar Transvestiten. Stimmengewirr, Gelächter, auf einmal lautes Geschrei. Auf einem Platz stritten zwei besoffene englische Mädchen miteinander, sie beleidigten sich und zerrten einander an den Haaren, während ihre Freunde danebenstanden und grinsten. Beck merkte, wie er müde wurde, und riss gewaltsam die Augen auf, um nicht einzuschlafen.

Als sie am Atatürk-Flughafen ankamen, waren es noch anderthalb Stunden bis zum Start ihrer Maschine. Da aufgrund der Ferienzeit alle Direktflüge nach München ausgebucht waren, mussten sie über Frankfurt fliegen. Charlie wollte eine Woche später nachkommen. Sein erster Flug.

Während Rauli umherstreunte, saßen sie zu zweit in den weißen Schalensitzen im Wartebereich. »Ich fliege genau zweimal«, sagte Charlie. »Einmal nach München, um meine Sachen zu holen … und einmal zurück.«

Beck sah durch das Fenster des Terminals, wie ein Flugzeug abhob. Langsam begriff er. »Ist das dein Ernst?«

»Was hält mich denn noch in München? Überleg doch mal. Nichts.«

»Aber was willst du denn hier machen?«

Charlie blies die Backen auf und sah nach draußen, wo es hell wurde. »*Das …*«, sagte er, »ist die Frage meines Lebens. *Was will ich machen?* Ich weiß es nicht. Ich weiß nur, dass ich nicht mehr suchen will. Vielleicht ist da auch einfach nichts, vielleicht ist da nie was gewesen.«

»Du gibst also auf?«

»Ja, ich gebe auf. Aber ich sag dir was, ich habe so lange gesucht, ich habe es mir verdient, aufgeben zu dürfen.«

Sie betrachteten eine Asiatin, die mit ihrem Koffer an ihnen vorbeirannte.

»Weißt du, ich seh das alles nicht so pessimistisch wie du«, sagte Charlie. »Ich bin froh, dass wir diese Reise noch machen konnten. Dabei fällt mir ein …« Er griff in seine Hosentasche und holte den Zündschlüssel für die rote Corvette der beiden Ungarn heraus. »Den schenk ich dir. Als Andenken.« Er warf ihm grinsend den Schlüssel zu.

Beck steckte ihn ein. Er versuchte sich vorzustellen, wie München ohne Charlie aussehen würde. Wenn er ehrlich war, hatte er sich noch nie in seinem Leben an jemanden so gewöhnt wie an diesen fluchenden Hypochonder. Dann fiel ihm auf, dass Charlie schon lange nicht mehr geflucht hatte und auch kein Hypochonder mehr war.

In diesem Moment kam Rauli Kantas in den Warteraum. Er kaute an einem Dönerfladen und erzählte von einem Geschäft, in dem er Videospiele gespielt hätte. Zwei Minuten später dröhnte eine Lautsprecherdurchsage. Sie rief die Passagiere des Flugs nach Frankfurt auf, an Bord zu gehen.

»Das seid ihr«, sagte Charlie. Als Erstes verabschiedete er sich von Rauli.

Nachdem der Junge zum Flugsteig vorgegangen war, trat Beck auf Charlie zu. Er umarmte ihn kurz. »Wie lange wirst du eigentlich noch in München bleiben?«

»Nur ein paar Tage, denke ich. Viel zu packen hab ich ja nicht, bei der Müllhalde in meiner Wohnung.«

»Gibst du es also endlich zu, ja?«

Charlie zuckte nur mit den Schultern. Sie sahen sich in die Augen, aber sie trauten sich nicht, auszusprechen, wie sehr sie einander fehlen würden. Schließlich wandte Beck den Blick ab. »Wenn du in München bist, müssen wir unbedingt Billard spielen.«

»Auf jeden Fall.«

»Also dann …«

»Ich kann nicht glauben, dass ich in ein paar Tagen wirklich fliege«, sagte Charlie. »Es ist das erste Mal, es ist so ein riesiges …«

»Ich muss gehen«, sagte Beck. Gerade war der letzte Aufruf für die Maschine nach Frankfurt gekommen.

Charlie nickte enttäuscht. Beck eilte zur Boarding-Pass-Kontrolle. Als er sich im Gehen noch mal umdrehte, war Charlie noch immer an derselben Stelle. Inmitten der vorbeihastenden Menschenmengen stand er als Einziger still. Wie ein riesiger Turm stand er da und winkte. Sie sahen sich nie wieder.

8

Als die Maschine abhob, wirkte Rauli nervös.

»Noch nie geflogen?«, fragte Beck. Der Junge nickte. »Ach, halb so wild. Der Start ist beschissen, dann wird es erst mal noch schlimmer, aber danach geht's. Zur Not übergibst du dich einfach, das ist alles schon mal passiert.«

»Danke, Herr Beck, sehr beruhigend.«

Als das Flugzeug in der Luft war, versuchten sie zu schlafen. Aber es gelang keinem von beiden. Beck spielte mit einer Kette, die er durch seine Finger gleiten ließ. Rauli sah ihm neugierig zu. »Woher haben Sie die?«

Beck gab sie ihm. »Hab ich auf dem Basar gekauft.«

Beim Stichwort »Basar« musste Rauli lächeln. Er hatte sich für ein paar Mark erst eine gefälschte Nike-Tasche gekauft, die er dann mit gefälschten Hugo-Boss-Shirts, Tommy-Hilfiger-Hosen und Adidas-Trainingsanzügen gefüllt hatte. Beck hatte nur bei der handgemachten türkischen Kette zugegriffen.

Der Junge betrachtete sie und schaltete sofort. »Wollen Sie Lara denn noch mal treffen, bevor sie geht nach Rom?«

»Ich weiß es nicht. Aber ich dachte, die Kette könnte ihr gefallen.« Beck ließ sie sich wiedergeben. Dann beugte er sich rüber. »Rauli, was machst du eigentlich als Erstes, wenn du Geld hast?«

»Ich werde mein Bruder …«

»Nein, ich meine für dich.«

Etwas in Raulis Gesicht verfinsterte sich. »Ich werde fortgehen.«

»Wieso?«

Der Junge schien mit sich zu ringen. »Das kann ich Ihnen nicht sagen.«

Beck sah ihn lange von der Seite an. Aber als Rauli sich nicht rührte, wandte er sich wieder ab. Er starrte erst auf die Kette, dann auf den Sitz des Vordermanns, und kurz darauf schlief er endlich ein.

9

Als Charlie eine Woche später seine Maschine bestieg, hatte er wieder dieses ungute Gefühl, das ihn zeitlebens begleitet hatte, das ihm Angst machte und ihn zermürbte. Aber dieses Mal ignorierte er die Stimme in seinem Inneren, die ihn stetig in seine gescheiterte Existenz hineindirigiert hatte.

Zu seiner Erleichterung bemerkte Charlie, dass die Sitze groß genug für ihn waren. Die Klimaanlage funktionierte auch, es war schön kühl. Er musterte das Innere des Flugzeugs, den Gang, die anderen Passagiere. Versuchte sich einzureden, er sei nicht nervös. *Ich habe keine Angst mehr,* dachte er, das hatte er zu Beck gesagt. *Ich habe keine Angst.*

Er sah sich um. Links von ihm saß eine ältere, dickliche Frau in einer bunten Bluse und einem blauen Rock. Sie starrte in eine türkische Frauenzeitschrift und notierte sich ein Kochrezept in ein Buch. Rechts von Charlie saß ein Geschäftsmann Anfang vierzig. Er hatte einen Palm in der Hand, der aber noch ausgeschaltet war. Der Geschäftsmann suchte die Blicke einer Stewardess und fragte sie nach einem Kissen. Dann gab es die üblichen Anweisungen.

Die Maschine startete. Die Flughafengebäude zogen vorbei, die Geschwindigkeit erhöhte sich, alles brummte und tönte.

Charlies verbliebene neun Finger zuckten. Sein Magen schnürte sich zu, ihm wurde übel. Es wird immer schneller, immer verrückter, dachte er, wie ein wirrer Traum, und am Ende flogen sie tatsächlich. Er konnte es nicht glauben, sah aus dem Fenster, sah, wie sie sich immer mehr von der Erde erhoben, wie dieses tonnenschwere Ding tatsächlich nicht zu Boden sank. Er hätte am liebsten geschrien, vor Freude und Überraschung. Erst jetzt, da er in der Luft war, losgelöst von allem, völlig machtlos, erkannte er, wie sehr er das Leben liebte. Erst jetzt wurde ihm klar, wie er in Zukunft leben wollte. Die Mischung aus dem Rausch des Starts und dem Verlust jeglicher Kontrolle hatte ihn glücklich und zum ersten Mal zuversichtlich gemacht. Er fühlte sich frei und hilflos zugleich und starrte aus dem Fenster.

Wie klein da unten alles aussah.

Dann dachte er an Beck und dass er in München unbedingt die nächste und vielleicht vorläufig letzte Billardpartie gegen ihn gewinnen musste. Aber vor allem dachte er an seine Mutter, an seinen Bruder, an das Gefühl, zu Hause zu sein.

Eine brünette Stewardess brachte das Frühstück. Sie war sympathisch, fand Charlie. Jung, hübsch, zuvorkommend, niedliche Stimme, niedliches Gesicht. Und doch war sie ihm egal. Früher hätte er mit ihr geflirtet und ein oberflächliches Gespräch begonnen, jetzt interessierte ihn so etwas nicht mehr.

Er aß ein Croissant. Hinter ihm kreischte ein Baby. Charlie drehte sich um und blickte in das Gesicht dieses winzigen Wesens, aus dem einmal ein großer Mensch werden würde, ein Mann oder eine Frau, ein nachdenklicher, zorniger, hoffender, liebender Mensch.

Irgendwo wurde gelacht, eine Reihe vor ihm spielten zwei Jungen Gameboy, und der eine hatte gerade einen neuen Rekord in einem Rennspiel aufgestellt, ehe er den Gameboy an den anderen Jungen abgab, damit dieser sein Glück versuchen konnte. Die ältere Frau links von Charlie schlief inzwischen, der Geschäftsmann rechts von ihm tippte mit konzentriertem Blick etwas in seinen Palm.

Charlie selbst wollte gerade das zweite Croissant mit Butter bestreichen, als er einen sanften Schmerz in seiner bandagierten Hand spürte. Da, wo der kleine Finger gewesen war.

Ein Phantomschmerz.

Er ignorierte ihn, doch der Schmerz wurde stärker. Er sah nach vorne, wo der andere Junge den Rekord gerade verbessert hatte und den Gameboy unter großem Gelächter wieder zurückgab. Der Schmerz ließ nicht nach.

Und dann begann das Tablett zu zittern.

Ganz leicht nur, aber es vibrierte. Charlie sah sich wieder um. Niemand schien das Vibrieren zu bemerken, doch es nahm zu, es breitete sich aus. Auch das Tablett des Geschäftsmannes zitterte jetzt, doch er tippte weiter in seinen Palm. Das Zittern griff nun auch auf die Lehnen der Sitze über. Bald zitterte das ganze Flugzeug. Noch immer blieben alle ruhig.

Ich habe keine Angst, dachte Charlie.

Die Stewardess von vorhin kam wieder und sagte mit echt oder auch nur gespielt ruhiger Stimme, dass es kleinere Turbulenzen gebe, aber dass niemand besorgt sein solle. Während sie es sagte, gab es einen heftigen Ruck, als ob das ganze Flugzeug einmal hart geohrfeigt worden wäre.

Charlies Tablett rutschte weg.

Geschrei setzte ein, als ob jemand auf einen Knopf gedrückt hätte. Die Stewardess wurde nun lauter, redete sich und allen ein, dass es keine Probleme gebe, sagte, alle sollten sich anschnallen. Es sei wahrscheinlich ein Luftloch, nichts weiter. Eine Stimme rauschte durch die Lautsprecher, es war der Copilot, niemand verstand ihn.

Charlie fing an, schneller zu atmen.

Ich habe keine Angst.

Es gab einen zweiten Ruck, wieder flogen Tabletts auf den Boden. Das Baby hinter Charlie fing an zu brüllen, die beiden Jungen mit dem Gameboy sahen ängstlich zu ihren Eltern, stumm vor Furcht. Jemand betete laut auf Deutsch, irgendwo vorne. Die junge Stewardess bekam neue Anweisungen. Ihre Augen schimmerten, als sie erklärte, dass alles sicher sei, während die Sauerstoffmasken herunterfielen.

Plötzlich sackte das Flugzeug dramatisch ab.

Charlie atmete heftig ein und aus, er spürte, wie sich sein Inneres zu einem Knoten verkrampfte.

Ich habe keine Angst.

Er fühlte sich ein bisschen, als wäre er verliebt. Abstürzen war wie schrecklich viel Liebe. Das Flugzeug raste der Erde entgegen. Aus dem Lautsprecher rauschte es nur noch. Ein junges Paar küsste sich in der Hektik und hielt sich an den Händen. Überall weinten und schrien die Leute. Die alte Frau neben ihm erwachte aus ihrem Schlaf und begriff sofort. Sie zog ihr Handy aus der Tasche, doch sie fand keine Verbindung. Der Geschäftsmann hatte die Augen geschlossen und den Mund weit aufgerissen. Alle schrien durcheinander.

Als Charlie aus dem Fenster sah, erkannte er nichts mehr, es ging zu schnell. Seine Haare richteten sich auf, sein Puls raste, er versuchte, klar zu denken.

Ich habe keine Angst.

Noch immer war da die Hoffnung, dass sich plötzlich

alles wieder beruhigen würde, wie in all den Filmen, die er gesehen hatte. Doch es wurde schneller, unvermeidlicher. Es ist wie ein schlechter Witz, dachte Charlie, als ihm klarwurde, dass er gleich sterben würde. Er hatte es wirklich vorher gewusst, er hatte gewusst, dass er abstürzen würde, aber niemand war da, dem er es jetzt sagen konnte, dieser letzte kleine Triumph blieb ihm verwehrt. Dann merkte er, dass er selbst schrie, vor Todesangst.

Er musste an die drei Songs denken, die man auf seiner Beerdigung spielen würde. *Heroes* von David Bowie, *Wild Horses* von den Stones und *Atlantic City* von Bruce Springsteen. Er hatte Beck immer wieder erzählt, dass er diese drei Songs wollte, und ja kein Zeug von Bach, er hatte sich sein Leben lang auf seinen Tod vorbereitet, und doch konnte er einfach nicht glauben, dass er jetzt wirklich gleich sterben würde und es absolut nichts mehr gab, was ihn retten konnte. Sein Tod war eine unveränderliche Tatsache, er würde sterben, er würde wirklich gleich sterben. Das brach ihm das Herz.

Seine Gedanken rasten.

Die Menschen gehören nicht in die Luft, dachte Charlie, es ist ein Fehler, diese schweren Maschinen zu bauen, es ist unsere Schuld … Ich werde niemals alt werden … Wenn es keinen Gott gibt, dann ist ein Mensch genauso viel wert wie eine Kamera oder ein Stück Holz … Halt, das stimmt nicht … Noch ein paar Sekunden, dann gibt es mich nicht mehr. Dann ist alles vorbei. Es ist kein Traum, es ist kein Traum …

Plötzlich hörte er nichts mehr. Charlie wusste erst nicht, wieso, dann betastete er seine Ohren, sie bluteten. Er sah sich um, reihenweise fielen Menschen in Ohnmacht, das junge Paar hielt sich noch immer verkrampft an den Händen, das Baby hinter ihm war still. Alles wurde durcheinandergewirbelt, nichts hatte mehr eine Ordnung, so kurz vor dem Ende, wo war oben, und wo war unten, wo war Leben, und wo war Tod?

Nur noch wenige Sekunden, dachte Charlie, als es sein Gesicht wie eine Fratze auseinanderzog.

Ich habe Angst, ich habe Todesangst.

Er fühlte sich einsam, in seinen letzten Momenten. Bilder kamen auf ihn zugeschossen, die Plastiktüte, die er vergrub, seine Hand, die in die Erde eintauchte, der Hund, Beck bei einer Bandprobe, sein Bruder auf dem Fußballplatz, er selbst, wie er seine Mutter als kleines Kind umarmte, so heftig liebhatte und umarmte, dass er sich nicht vorstellen konnte, sie jemals wieder loszulassen …

Das alles verschmolz, dann verlor Charlie die Besinnung.

Als die Maschine Sekunden später in Griechenland auf den Boden schlug und sein Körper zerschmettert wurde, war er längst weg. Das Geheimnis, ob er ins Nichts verschwand oder in den Kosmos hineingezogen wurde, an einen Ort voller Liebe und Glück, nahm er mit.

Wiedergabe eines Telefonats mit Beck, das ich vor einigen Monaten geführt habe:

[...] »Wann haben Sie von Charlies Tod erfahren?«

»Am späten Abend«, sagte Beck. »Ein Grund war sicher, dass an dem Tag bei mir viel los war, sonst hätte ich die Nachrichten angesehen und von dem Absturz gehört.«

»Wer hat es Ihnen gesagt?«

»Jonathan, er hat mich angerufen.«

»Okay«, sagte ich, während ich alles notierte. »Was haben Sie gedacht?«

»Du wirst lachen. Ich hab mir gedacht, dass Charlie recht hatte.«

»Sie meinen, weil er immer gesagt hat, dass er abstürzen würde?«

»Genau. Aber natürlich ist das Schwachsinn, manchmal denkt man so etwas im ersten Moment.«

»Und was haben Sie gefühlt?«

»Nichts. Ich konnte es nicht glauben. Er war auf einmal weg, einfach so, wie aus dem Leben gepflückt.«

»Was ist während der nächsten Tage passiert?«

Er raschelte mit etwas, man bekam durch den Hörer schwer mit, was er tat.

»Also?«, fragte ich noch mal.

»Es war viel los. Das mit Rauli hat mich beschäftigt. Und dann war da natürlich noch Lara ... Das Treffen mit Heym ... Mir wird ganz schlecht, wenn ich an diese Zeit denke. Ich war so müde ... Und Charlie war ... Ich bin

krank geworden, das weiß ich noch. Ich hatte Fieber und musste ein paar Tage im Bett bleiben.«

»Haben Sie auf der Beerdigung geweint?«

»Nein. Ich weiß nicht, wieso ich nicht geweint habe. Ich weiß nur noch, dass ich es nicht fassen konnte, dass ich schon wieder in der Türkei war.«

»Wieso war die Beerdigung nicht in München?«

»Weil Charlie nichts mehr in München hielt, auch kein Grab.«

»Okay, das war schön philosophisch … Haben Sie auf der Beerdigung eigentlich die drei von Charlie gewünschten Songs spielen lassen? Ich weiß nicht mehr genau, was es war, die Stones, Springsteen, so was.«

»Nein.«

»Nein?«, fragte ich. »Aber Sie haben mir mal gesagt, dass er Ihnen ständig die drei Songs eingeschärft hat.«

»Weißt du, ich hab es einfach vergessen. Das ist mir etwas peinlich, weil er mir zu Lebzeiten ungefähr tausendmal gesagt hat, dass er diese drei Songs gespielt haben will. Ich hab einfach nicht dran gedacht, in dem Moment, und vor allem hat ja auch seine Familie alles organisiert.«

»Was lief stattdessen?«

»Keine Ahnung, Bach, glaube ich.«

»Wie war die Stimmung auf der Beerdigung?«

»Gelöst, traurig. Ganz normal eben. Ich habe ein paar Geschichten von Charlie erzählt. Seine Mutter hat geweint, Jonathan hat gar nichts gesagt, er war völlig still. Mir ist damals klargeworden, dass Charlie auf dieser Reise in die Türkei erwachsen geworden ist. Ich fand diesen Gedanken ganz gut und wollte ihn jemandem erzählen, ich glaube sogar tatsächlich Charlie, dann habe ich erst wieder begriffen, dass er ja tot war. Und sonst gab es niemanden.«

»Was war mit Rauli, war er nicht auf der Beerdigung dabei?«

»Nein. Ich konnte ihn nicht mehr erreichen.«

»Ich verstehe nicht.«

»Er muss mit dem ersten Geld von BMG zusammen mit Genadij nach England abgehauen sein. Er hat sich gleich nach unserer Ankunft mit Gersch getroffen, der hat ihm einen Vorschuss in bar gegeben, noch am selben Tag waren er und sein Bruder weg. Er wurde ja einen Tag nach unserer Ankunft volljährig.«

»Woher wissen Sie das alles?«

»Valdas hat es mir gesagt.«

»Verstehe … Aber noch mal kurz zu Charlie: Was haben Sie am meisten bedauert?«

»Dass er allein war.«

»Sie meinen, bei seinem Tod?«

»Ja. Ich glaube, er hat es gehasst, allein zu sein. Allerdings muss da jeder allein durch. Sterben ist das Persönlichste, was es gibt. Zeige mir, wie du stirbst, und ich sage dir, wer du warst. Das meine ich ernst. Wenn man sich die Zeit nehmen würde, um bei jedem Toten die Geschichte seines Sterbens zu erfahren, würde man mehr über das Leben wissen als sonst.«

»Das klingt gut. Kann ich das haben?«

»Nein, das ist aus einem Song, an dem ich gerade schreibe.«

Ich musste lachen. »Wie kommen Sie eigentlich voran?«

»Es geht. Die Texte sind in Ordnung. Aber die Melodien ... Ich weiß nicht.«

»Nicht gut, oder ...«

»Sie sind nicht schlecht. Aber es ist keine Perle dabei. Ich bräuchte eine Melodie, die alles umhaut. Das war schon immer das Problem. Ich habe keinen Hit.«

»Sie werden schon noch einen finden.«

»Ich hoffe es.«

»Vermissen Sie eigentlich Rauli?«

»Also, Ben, das weißt du doch.«

»Ich will es noch mal hören.«

»Ja, natürlich.«

»Es ist jetzt fast acht Jahre her, seit Sie ihn das letzte Mal gesehen haben. Hat er sich noch mal gemeldet?«

»Nein ... Das heißt doch. Er hat mir vor vier Jahren eine Mail geschrieben. Auf Englisch.«

»Was stand da drin? Hat er sich bedankt?«

»Nein. Es schrieb nur, dass er aufgehört habe, den dreifachen Salchow zu probieren, er habe ihn einfach nicht geschafft und erkannt, dass man nicht erzwingen könne, etwas zu sein, was man nicht ist ... Ich glaube, es war ein schwerer Schlag für ihn, danach hat es ja erst richtig angefangen mit den Drogen.«

»Wünschen Sie sich, Rauli mal wiederzusehen?«

»Natürlich, jeden Tag. Er hat meine Adresse, sie steht ja immer unten in meinen Mails.«

»Haben Sie ihm oft geschrieben?«

»Ja, sicher. Aber er hat nie mehr geantwortet.«

»Ich hab gestern gelesen, dass er sein Konzert in Belfast abbrechen musste, weil er nicht mehr spielen konnte.«

»Ich hab's auch gehört. Er nimmt zu viel Dreck. Er macht sich leider alles kaputt. Ich hab ihn immer davor gewarnt, aber er hat es ja nicht hören wollen.«

»Haben Sie schon seine neue Freundin gesehen?«

»Dieses blonde Partygirl?«

»Ja.«

»Zum Kotzen«, sagte er.

»Ach, lassen Sie ihm den Spaß«, sagte ich. »Er ist jetzt erst fünfundzwanzig.«

»Ich werde nie vergessen, was für ein besonderer Junge er war.«

»Ja.«

»Er sieht nur so fertig aus, so traurig.«

»Ich weiß.«

»Ich mache mir Sorgen.«

»Ich weiß.«

Es entstand eine kurze Pause.

»Was war eigentlich das Letzte, was Sie zu ihm gesagt haben?«, fragte ich.

»Weiß ich nicht mehr …«

»Denken Sie nach, bitte.«

Beck legte den Hörer kurz weg, weil er niesen musste. »Okay, ich hab's«, sagte er kurz darauf.

»Und?«

»Es war, nachdem wir in München angekommen waren. Ich hab Rauli nach Hause gebracht und musste über alles nachdenken, was er mir davor gesagt hatte. Und was er mir eben nicht sagen wollte.«

»Und, was war jetzt das Letzte, was Sie zu ihm gesagt haben?«

»*Ich habe zu ihm gesagt: Dir muss niemals etwas leid-tun.*«

»*Haben Sie das wirklich so gemeint?*«

»*Wohl eher nicht. Aber in diesem Moment schon.*«

Ich hatte meinen Block durchgesehen und das Diktier-gerät ausgemacht. »*Okay, ich bin fertig.*«

»*Das sind ja schon richtige Verhöre.*«

»*Tut mir leid, aber jetzt hab ich wirklich alles.*«

»*Wie weit bist du eigentlich? Hat Charlie noch alle Fin-ger?*«

»*Nein, die Szene hab ich schon. Es läuft übrigens ganz gut zurzeit.*«

»*Und wann kommt es raus?*«

»*Puh, keine Ahnung, muss ich mal beim Verlag nach-fragen.*«

»*Hast du ein gutes Gefühl?*«

»*Weiß nicht so recht ...*«

»*Wann kriege ich es denn mal zu lesen?*«

»*Bald. Sie kriegen es sofort, wenn ich damit fertig bin. Versprochen.*«

»*Bringst du es dann vorbei?*«

Ich musste lächeln. »*Ja, vielleicht.*«

10

Eine Woche vor Charlie waren sie nach Deutschland geflo-gen. Als sie damals gegen acht Uhr morgens in Frankfurt landeten und ausstiegen, war Beck froh, nach dieser an-strengenden Reise in fremde Gefilde wieder mitteleuropäischen Boden unter den Füßen zu haben. Sie waren insgesamt sechs Tage weg gewesen, es kam ihm länger vor. Beim Anblick der Infrastruktur und der verkniffenen deutschen Gesichter fühlte er sich sofort zu Hause.

Am Frankfurter Flughafen hatten er und Rauli eine halbe Stunde Aufenthalt. Sie machten aus, sich beim letzten Aufruf am Flugsteig zu treffen.

Beck war nervös. Viel zu nervös. Er stand nun schon seit knapp zehn Minuten vor einer Telefonzelle und wartete. Dann endlich machte er ein paar Schritte und nahm den Hörer in die Hand. Er wusste, dass Lara an diesem Tag endgültig nach Rom fliegen wollte, er war dabei gewesen, als sie das Ticket gekauft hatte. Ihr Flieger ging um 13 Uhr. Wenn er überhaupt noch eine Chance hatte, sie zu erreichen, dann jetzt. Er warf eine Mark ein und wählte ihre Handynummer. Bestimmt ist sie schon weg, dachte er. Es läutete ein paarmal. Sie ist längst weg.

»Hallo?«, sagte da jemand.

Er erschrak. »Lara?«

»Robert, bist du's?«

»Ja, ich bin's. Hör zu, ich wollte dich unbedingt noch mal sehen, bevor du nach Rom gehst.«

Sie atmete laut aus. Ihre Stimme war kalt. »Ich weiß nicht, ob das noch Sinn macht.«

»Halt, Lara, halt. Nicht auflegen. Nicht auflegen, bitte!«

»Aber was willst du überhaupt? Wir haben doch schon längst alles besprochen.«

»Ich will nur, dass du mir zuhörst, okay? Ich stehe hier gerade am Frankfurter Flughafen und bin in gut einer Stunde in München, dann können wir …«

»Tut mir leid, Robert. Ich kann das jetzt wirklich nicht.«

Alles entglitt ihm! Beck starrte auf die Geldanzeige. »Neunzig Pfennig!«, sagte er.

»Was?«

»Lara, bitte, lass mich wenigstens dieses Geld noch ver-telefonieren, danach kannst du tun, was du willst.«

»Neunzig Pfennig?«, fragte sie.

Becks Herzschlag beschleunigte sich. »Na ja, gerade sind es achtzig geworden.«

»Also gut, schieß los.«

»Okay …«, Becks Stimme überschlug sich fast, »als Ers-tes wollte ich mich entschuldigen und dir sagen, dass ich dich über alles liebe. Und mit über alles meine ich über alles. Nichts ist mir so viel wert wie du, kein Beruf, keine Stadt. Ich brauche dich, und ich kann nicht zulassen, dass ich dich verliere … Es tut mir leid, dass ich dich das letzte Mal so abserviert habe. Natürlich musst du nach Rom gehen. Aber du musst verstehen, ich war damals einfach durcheinander, so … Äh, wie soll ich das am besten sagen, hm … Warte, okay, ich hab's. Weißt du, als ich klein war, gab es immer so einen Mann mit einem Kinngrübchen und grauem Man-tel … Na ja, egal, jedenfalls stand dieser Typ jeden Tag am Hauptbahnhof und hat jedem die Hand geben wollen. Das war sein Tick. Natürlich ist niemand darauf eingegangen, er war ja nur ein Irrer, egal … Aber als ich ihn als kleines Kind das erste Mal gesehen habe und er freundlich zu mir herkam, da dachte ich, also ich dachte, es wäre irgendein Verwandter. Und da hab ich ihn umarmt. Was meinst du, wie das für ihn gewesen sein musste. Jeden Tag wollte er nur den Leuten die Hand geben, und niemand hat sie ihm gereicht, und dann wurde er auf einmal von mir umarmt. Er war bestimmt total überwältigt, der Irre, und konnte das gar nicht begreifen und, und … und, o Gott, was rede ich da nur. Na ja, ist ja auch egal, was ich damit eigentlich sagen wollte, ist …«

Es machte klick. Die Leitung war tot.

Beck stand fassungslos da und starrte auf die blinkende Geldanzeige. Er konnte es einfach nicht glauben. Im ersten Moment wollte er schreien oder die Telefonzelle eintreten. Dann ließ er alles sein und ging an Bord.

II

Auf dem Flug nach München unterbrach er sein Schweigen nur, wenn er sich zu Rauli drehte und ihm in Verzweiflungsanfällen klarzumachen versuchte, was er vorhin beim wichtigsten Gespräch seines Lebens gesagt hatte. »Verstehst du? Ich habe keine Zeit und erzähle ihr ewig lang von irgendeinem Schwachsinnigen, der den Leuten am Hauptbahnhof die Hand gibt. Ich habe ihr sogar beschrieben, dass der Typ einen grauen Mantel und ein Kinngrübchen hatte. Sie muss mich ja für einen Vollidioten halten. Jessas, das war gerade eben der wichtigste Augenblick in meinem Leben, und ich hab's total verbockt.«

Rauli nickte nur. Er las im *Rolling Stone*. Beck starrte missmutig auf das Cover. Früher, als er selbst noch in einer Band gewesen war, hatten sie immer davon geträumt, es einmal in den *Rolling Stone* zu schaffen.

Dann ließ der Junge sich von einer Stewardess Stift und Papier geben. Die gelben Zettel schienen ihm ausgegangen zu sein. Er schrieb ein paar Songfragmente, in der obersten Zeile stand einmal unterstrichen: *Traveller's Blues.*

Beck schloss die Augen. Er versuchte zu dösen, blieb jedoch wach. Als er ein Geräusch hörte, blinzelte er. Rauli, der dachte, er würde schlafen, hatte Papier und Stift weggelegt und ein Polaroidfoto herausgeholt. Er sah es sich an. Es war das Foto der traurigen schwarzhaarigen Frau, das Beck damals im Musikraum gesehen hatte.

»Deine Mutter?«

Rauli nickte.

»Sie ist tot, oder?«

Der Junge biss sich auf die Lippen und sah nach draußen. »Sie fehlt mir. Ich denke jede Tag an sie.«

»Erzähl mir was von ihr.«

»Sie kommt eigentlich aus Tampere in Finnland. Sie kam mit ihre Familie nach Litauen, als sie noch klein war.«

»Ach, deshalb redest du immer von Finnland. Daher auch das ›Rauli‹, oder? Ich hab mich immer gefragt, ob das ein litauischer Name ist.«

Der Junge schaute wieder zu Beck. »Nein, nein. Ist ein finnische Name. Rauli hieß die kleine Bruder von meine Mutter. Sie hat ihn sehr geliebt. Er ist bei ein Autounfall ums Leben gekommen, ein paar Jahre vor meine Geburt. Papa wollte, dass ich ein litauische Name kriege, Jonas, aber Mutter hat gesagt, ich soll Rauli heißen.«

»Was für ein Mensch war sie? Was hat sie gemacht?«

»Sie werden lachen, Herr Beck. Sie war Lehrerin. In eine Grundschule. Aber sie hat gern unterrichtet, alle Kinder mochten sie. Sie hat oft gelacht, aber sie hat sich immer viel zu viele Sorgen um Genadij und mich gemacht. Und

sie war immer nett zu alle, auch, als sie schon krank war.«
Rauli betrachtete noch immer das Bild. Seine Mundwinkel
begannen zu zucken. »Sie war so liebevoll und …« Seine
Stimme wurde hoch, und ihm kamen die Tränen. »Ach,
Scheiße.« Er drehte sich weg.

»Hey, ist schon okay.«

»Ich vermisse sie so sehr, Herr Beck.«

»Ich weiß.«

»Das Leben ist so ein verfickte Scheißdreck.«

Beck dachte an seine eigene Mutter, deren Beerdigung er
verpasst hatte, so wie sie zuvor sein Leben verpasst hatte.
Er legte Rauli die Hand auf die Schulter und nickte.

Schließlich beruhigte sich der Junge wieder und steckte das
Foto weg. Für einen kurzen Moment schien er Beck alles
sagen zu wollen: wieso er wirklich Schlittschuh lief, wieso
er fortgehen musste. Aber er schwieg.

Beck sah zum Fenster hinaus. Er liebte es zu fliegen.
Und es war immerhin das sicherste Verkehrsmittel der Welt.
Wenn er dachte, wie leicht er, Rauli und Charlie auf ihrer
Reise hätten sterben können. Er stieß Rauli an. »Was wirst
du eigentlich machen, wenn du den Plattenvertrag bei Sony
hast?«

»Ich weiß nicht. Musik machen, Geld machen, eine Frau
suchen. Das Letzte wird am schwersten.«

»Das wird schon. Das Mädchen in Budapest war doch
ein guter Anfang.«

»Es war eine Prostituierte.«

»Was?«

»Herr Beck, glauben Sie, irgendeine Frau ist so dämlich,

dass sie glaubt, ich bin Al Pacinos kleine Bruder in eine
Film? Wir sind doch nicht in ein Comicbuch. Außerdem ist
Pacino viel zu alt, um mein Bruder zu sein.«

»Großer Gott.«

»Tut mir leid.«

»Das ... Hast du dir deshalb das Geld von mir geliehen?«

»Ja, natürlich.«

»Bekomme ich es jetzt wenigstens wieder?«

»Nein.«

12

Um zwanzig vor zehn landeten sie in München. Der Himmel war eingetrübt und grau, Sommergewitter, Regen er-
goss sich über die Straßen. Sie nahmen ein Taxi und fuhren
zuerst zu Lara. Als sie vor ihrer Haustür hielten, sagte Beck
dem Fahrer, er solle warten. Dann hastete er die Treppen
nach oben und klingelte an ihrer Wohnung. Das buntver-
zierte Schild, auf dem früher »ZACHANOWSKI« gestanden
hatte, war weg. Niemand reagierte auf das Läuten, drinnen
war es still.

Einige Momente verharrte Beck noch vor Laras Tür,
dann sank er langsam an der Wand zusammen. Er dachte
wieder an das verkorkste Telefonat. Er hatte es versaut. Er
hatte achtzig Pfennig gehabt, und er hatte es versaut. Beck
bezweifelte zwar, dass er selbst bei einem gut verlaufenen
Gespräch noch Chancen gehabt hätte, aber nach dieser
Nummer konnte er das Thema Lara erst mal abhaken. Sie
saß bald in ihrem Flieger nach Rom, und das war's. Er klin-

gelte noch mal und sah auf die braune Holzlackierung der Tür. Nichts.

»Die ist gerade erst weg«, sagte ein älterer Mann mit Hosenträgern, der die Treppen runterkam und zwei klirrende Tüten schleppte. »Sie haben sie um ein paar Minuten verpasst.«

Beck bedankte sich. Er stand auf und ging nach draußen. Während er sich wieder ins Taxi setzte, sah Rauli ihn fragend an. Er schüttelte nur den Kopf.

13

Als er den Jungen zu Hause abgesetzt hatte, half Beck ihm noch beim Tragen seiner vielen in der Türkei gekauften gefälschten Sachen. Niemand war da. Weder Valdas noch Genadij. Beck war froh darüber. Er hätte nicht gewusst, was er zu ihnen hätte sagen sollen. Nicht nach der Sache mit Holger Gersch.

»Hör zu …« Er stand in Raulis ärmlichem, engem Zimmer. Ein paar – meist tote – Musiker sahen ihn von den Postern herab an. Und überall Alexei Jagudin. Später würde Beck im Internet erfahren, dass Jagudin aus einer zerrütteten Familie kam, und noch später würde er verstehen, wie wichtig das war. »Was unseren Vertrag angeht: Ich werde ihn zerreißen. Sag Gersch, dass ich davon zurückgetreten bin.«

»Aber Sie kriegen Geld von BMG.«

»Schon okay. Ich will dieses Geld nicht. Sie sollen es lieber in dich investieren.«

»Aber Herr Beck, das ist …«

»Nein.«

Rauli packte wortlos seine Klamotten aus, nur um irgendwas zu tun. »Es tut mir leid«, sagte er schließlich. »Wirklich. Das alles tut mir sehr, sehr leid.«

»Ja, mir auch.«

Der Junge nickte. Er packte noch immer seine Tasche aus. Beck sah ihm erst zu, dann fiel sein Blick auf das Blatt Papier, das auf dem Schreibtisch lag und auf dem Rauli im Flugzeug einige wie immer kryptische Textzeilen seines *Traveller's Blues* aufgeschrieben hatte.

Nowhere to go,
Always the same direction.
No depth here,
I hate beautiful people.
Everything is fiction.

Who asks questions gets no answers,
Who searches answers gets questions.
Living means to hold on,
Dying means losing.
Love is invisible now.

Remembering good things,
Past is always mine,
Future is dead,
She died under a bridge,
With a bottle of wine.

Dazwischen gab es immer wieder den Refrain, in dem der Wandernde zu einer Frau sprach, die nicht mit ihm mitkommen wollte, er flehte sie an, ihn zu begleiten, doch zum Schluss ging er allein. Es war kein Rock, kein Punk, sondern eine klassische Folknummer. Genau wie damals in den 6oern, beim jungen …

Es gab ein Geräusch. Als Beck aufsah, bemerkte er, dass Rauli die Fender Stratocaster, die schneeweiße E-Gitarre, die er ihm geliehen hatte, in der Hand hielt. »Vielleicht wäre es besser, wenn Sie sie jetzt zurücknehmen.«

»Auf keinen Fall!« Beck war beinahe amüsiert. »So läuft das hier doch nicht. Ich bin dir nicht böse, falls du das meinst … Nein, hör zu, Rauli. Die Strat ist ein Geschenk an dich. Mir ist es nicht vergönnt, weiter an deiner Karriere teilzunehmen. Diese Gitarre ist praktisch alles, was noch von mir geblieben ist. Ich wäre stolz, wenn du weiter auf ihr spielen würdest.«

Rauli musste grinsen, wie er es immer tat, wie er es auch Jahre später noch machen würde, wenn ihn ein Reporter auf eine seiner zahlreichen Affären ansprach. »Mach ich. Und danke, Herr Beck. Danke für alles.«

»Nein, tu das nicht. Bedank dich bitte nicht. Und nenn mich nicht immer Herr Beck. Ich bin nicht mehr dein Lehrer. Nenn mich Robert.«

»Okay … Danke, Herr Beck.«

Er sah dem Jungen in die Augen. »Versprich mir, dass du dein Talent nicht verschwendest. Du hast eine Gabe. Behalt einen klaren Kopf, und versau es nicht. Bitte mach nicht den gleichen Fehler wie all die Hendrix', Cobains oder Syd Barretts.«

»Ich versuche.«

Beck nickte. Er zögerte zu gehen. »Rauli … Ach, ich weiß nicht, ich weiß nicht, was ich dir noch sagen soll. Du machst das schon, da bin ich mir sicher.«

Erst wollten sie sich umarmen, dann gaben sie sich nur die Hand. Als Rauli lächeln musste, spürte Beck, dass der Junge es mit seiner Musik schaffen würde. Er würde unter einem anderen Namen groß rauskommen, und dann würde es für ihn nur noch blasse Erinnerungen an die alte Zeit geben, als er einfach nur Rauli Kantas aus Litauen gewesen war. So wie auch Robert Zimmerman aus Duluth in Minnesota irgendwann von seinem neuen Alter Ego Bob Dylan verdrängt worden war.

»Wir sehen uns in ein paar Tagen, oder?«, fragte Beck schließlich. »Meld dich einfach, bevor du von hier weggehst. Wir können ja dann deinen Geburtstag nachfeiern oder so.«

Der Junge nickte. Er verabschiedete sich. »Und tut mir wirklich leid, dass es nicht geklappt hat«, sagte er schließlich.

Beck sah den Jungen lange an, diesen Wunderknaben, eingesperrt zwischen seiner Begabung und all dem Elend, das er ertragen musste. »Dir muss niemals etwas leidtun«, sagte er noch zu ihm, ehe er die Wohnung verließ.

14

Beck ließ sich vom Taxifahrer, der an diesem Tag kein schlechtes Geschäft machte, nach Hause fahren. Als er vor seiner Haustür stand, konnte er einfach nicht reingehen. Es regnete unaufhörlich auf ihn herab. Beck fuhr sich durch sein tropfendes langes Haar, aber er rührte sich nicht. Der Gedanke an seine Wohnung schauderte ihn. Dann schloss er doch noch auf.

Im Briefkasten fanden sich zwei Rechnungen und eine hellblaue Karte, auf der in unleserlicher Schrift stand, dass ein Paket für ihn bei einer Nachbarin abgegeben worden war. Wie ihn das alles anwiderte. Nichts wie raus hier, dachte er, aber wohin? Er war doch gerade erst zurückgekommen.

Langsam begriff er, wie einsam er nun war. Rauli ging fort, Lara war bereits weg, Charlie würde bald für immer in der Türkei bleiben. Nur er selbst trat auf der Stelle. Was würde er die nächsten Tage machen? Wahrscheinlich endlich den Vertrag unterzeichnen, den Heym ihm mitgegeben hatte und der seine neue Stelle als Beratungslehrer besiegelte. Und vielleicht war das ja auch besser so.

Nein, dachte Beck im selben Moment, was für ein Unsinn, belügen brauch ich mich auch wieder nicht. Seine Zukunft bestand aus Korrekturen, Unterrichtsvorbereitungen, Schmidtbauers und Heyms, Anna Linds und Andy Shevantichs. Zwischendurch Party machen, weggehen und saufen, dazu vielleicht mal eine Reise nach Neuseeland oder zur Frankfurter Buchmesse, um sich vorzugaukeln, es wäre was los. Das Leben ist so berechenbar, dachte er, lieber sich nichts vormachen. Es war sowieso immer das Gleiche, es gab die Schöne, den Klassenclown, den Idioten, den fiesen Kollegen, den netten Kollegen, Klassik, Expressionismus, Goethe und Kafka, das Monatsgehalt, den Donnerstags-

kicker, Notenkonferenzen, eine Affäre hier, eine gescheiterte Beziehung dort, und schließlich war man beim Lehrerfußball einer der Älteren, und kurz darauf ging man in Rente, und dann war man eben irgendwann tot.

Na ja, dachte er, vielleicht sollte man sich doch lieber was vormachen.

Beck war inzwischen auf den letzten Stufen vor seiner Wohnung. Er stellte sich auf einen ruhigen Tag ein, er würde vielleicht heiß baden, fernsehen oder einfach nur dem Regen dabei zusehen, wie er auf die kupferfarbenen Häuserdächer fiel.

Doch dann wurde ihm bewusst, dass das Leben ihn wieder einmal ausgetrickst hatte. Denn als er endlich vor seiner Wohnungstür ankam, stand da ein großer schwarzer Koffer. Und daneben lag Lara und schlief.

15

Das Erste, was Beck tat, war grinsen. Es war einfach die einzige Reaktion, die er zustande brachte. Dann fuhr er mit der Hand vorsichtig über Laras Wange. Sie richtete sich schlaftrunken auf und brauchte einige Sekunden, um zu begreifen, wo sie war. »Robert!«, sagte sie und blinzelte ihn an.

»Was machst du hier?«

»Ich hab auf dich gewartet.« Sie gähnte und lachte dann ungläubig. »Wie immer hab ich einfach nur auf dich gewartet.«

Beck half ihr auf. Er umarmte sie, dann ließ er los und

sah sie an. »Was ist denn mit deinen Haaren passiert? Blond?«

»Na ja, ich hab gelesen, dass kastanienfarben out ist und blond wieder in und …« Sie warf ihm einen ehrlichen Blick zu. »Okay, und ich war auch gerade in meiner Post-Robert-Beck-Phase und dachte, es wäre ein guter Schritt für einen Neuanfang, und da wollte ich …«

»Wieso bist du gekommen? Ich dachte, ich hätte am Telefon nur Schwachsinn erzählt.«

»Ach was, du hattest mich schon bei siebzig Pfennig.«

Er küsste sie. Er hatte ihre Lippen vermisst. Diese einfache Bewegung eines Kusses, das alles hatte er vermisst. Er sagte ihr, dass er sie liebe. Draußen war es stürmisch und dunkel. Sie setzten sich auf die Stufen im Treppenhaus, das nur von den Glühbirnen an den Etagendecken erhellt wurde.

»Aber sag mal …«, fing sie an, »was wolltest du mir eigentlich noch sagen? Was war denn jetzt der Sinn dieser Geschichte mit dem Mann am Bahnhof?«

Beck schüttelte den Kopf. »Ich kann nicht.«

»Doch, erzähl!«

»Du wirst lachen, es ist zu kitschig.«

»Nein, sag schon. Ich lache bestimmt nicht.«

»Also gut.«

Beck sagte nichts.

»Und?«, fragte sie ihn.

»Nein, ich kann es wirklich nicht sagen.«

»Wenn du es nicht erzählst, gehe ich.«

»In Ordnung. Der Typ wollte also jedem die Hand geben …«

»Der mit dem Kinngrübchen und dem grauen Mantel?«

»Genau. Der wollte jedem die Hand geben. Aber niemand ist darauf eingegangen. Bis ich kam. Ich meine, der arme Kerl hat seit Jahren nur einen beschissenen Händedruck erwartet, und ich hab ihn damals umarmt. Wie muss das für den nur gewesen sein? Und so ähnlich war es wahrscheinlich bei mir mit dir. Ich hab nicht mehr viel vom Leben erwartet, nichts Besonderes, und wenn man's genau nimmt, noch nicht mal einen Händedruck. Und dann kamst du und hast mich umarmt.«

Lara grinste und machte gleichzeitig eine abschätzige Bewegung mit ihrem blondgefärbten Schopf. »Das ist wirklich das Kitschigste, was du jemals gesagt hast.«

»Ich hab dir doch gesagt, dass es kitschig ist.«

»Gut, dass das Geld vorher alle war, sonst wär ich jetzt nicht hier.«

»Meinst du das ernst?«

»Nein, natürlich nicht.«

Beck nickte unmerklich. Dann lehnte er seinen Kopf an ihre Schulter, schloss die Augen und seufzte.

»Was hast du?«, fragte sie.

»Ich weiß nicht. Du hast mir einfach gefehlt. Als ich gerade die Treppe hochgegangen bin, da war ich mir so sicher, dass mein Leben, na ja … dass ich dich nie mehr sehe und alles vorbei ist.«

»Aber jetzt bin ich da.«

»Ja, jetzt bist du da.«

Sie sah ihn an, die langen Haare, den Bart. »Du hast dich verändert.« Sie strich ihm übers Gesicht. »Und du hast jetzt ja einen richtigen Vollbart.«

»Findest du das schlimm?«

»Ich weiß nicht. Ich glaub schon.«

»Ich bin einfach nicht mehr zum Rasieren gekommen.«

Das Licht war wieder ausgegangen, im Treppenhaus war es nun vollkommen finster. Noch immer saßen sie nebeneinander auf der obersten Treppenstufe des dritten Stocks. Sie fragte ihn, wo er die letzten Tage eigentlich gesteckt habe. Beck meinte, das könne man schwer in einem Satz sagen. In diesem Moment ging das Licht wieder an. Ein Nachbar kam an ihnen vorbei und warf ihnen einen befremdeten Blick zu. Beck und Lara mussten beide grinsen, ehe jeder im Gesicht des anderen wieder den Ernst der Lage erkannte.

Lara richtete sich auf. »Was sollen wir jetzt nur tun? Ich meine, ich kann nicht zurück und du nicht weg. Wie soll das denn gehen?«

»Ich weiß noch nicht, wie, aber wir *werden* es schaffen. Wir kriegen das schon hin.«

Sie nickte und schmiegte sich an ihn. Beck hielt sie fest. Für einen kurzen Moment hatte er das Gefühl, endlich angekommen zu sein.

Dann veränderte sich auf einmal Laras Gesichtsausdruck. Es war, als ob sie etwas vergessen habe, etwas Schmerzliches oder Schlimmes. »Ich muss dir etwas sagen«, fing sie leise an.

»Und was?« Plötzlich, von einer auf die andere Sekunde, spürte Beck, was sie gleich sagen würde. Er bekam ein flaues Gefühl im Magen. Wieso musste sie jetzt reden, wieso konnte sie nicht schweigen?

Sie beugte sich zu ihm rüber. »Da war vor einer Woche so eine Lesung von ihm, und ich war eher zufällig auch da, und …«

Beck sackte zusammen. Er wusste, was jetzt kam. Er hatte es schon immer gewusst, im Prinzip schon vor ihr. Ohne jede Regung hörte er es sich an und überlegte, was das für ihn bedeutete. Als sie ihn schließlich etwas fragte, schüttelte er nur den Kopf.

Die nächsten Minuten saßen sie einfach nur da und dachten nach. Keiner sprach noch ein Wort.

16

Anfang August 1999: Lara war inzwischen in Rom, Charlie begraben. Beck befand sich in einem kleinen Häuschen in Planegg, am Stadtrand von München. Er saß auf einer schwarzen Ledercouch in Dieter Heyms biederem, aber gemütlich eingerichtetem Wohnzimmer. Ihm gegenüber saß der Rektor seiner Schule. Bei Bier und Salzstangen unterhielten sie sich schon seit ein paar Minuten locker über alte Zeiten, meist ging es um Becks Vater.

»Er war der härteste Tennisgegner, den ich je hatte«, sagte Heym. »Eine sagenhafte Vorhand. Und wie der fluchen konnte, da fielen einem die Ohren ab.« Er bemerkte Becks ungläubigen Blick. »Doch, doch ... Wissen Sie, Ihr Vater konnte ein guter Freund sein. Als ich als Lehrer anfing, lief es überhaupt nicht. Ich hatte so viele Pläne, aber meine Klassen haben gemacht, was sie wollten. Ich war kurz davor, die Brocken hinzuschmeißen. Ihr Vater hat mir damals sehr geholfen. Er war für seine jüngeren Kollegen immer da.«

»Nun, für seine jüngeren Kollegen vielleicht, aber bei mir war er ...«

»Ich weiß, dass er zu streng zu Ihnen war, Robert. Das habe ich ihm oft gesagt. Aber er hatte es auch nicht leicht. Er stand plötzlich mit einem kleinen Kind da, das er allein erziehen musste. Darauf war er nicht vorbereitet gewesen.«

»Nein, das war er wohl nicht.«

Es entstand eine Pause. Die persönliche Richtung, die das Gespräch genommen hatte, gefiel Beck nicht. Er hatte sich immer unwohl dabei gefühlt, über seinen Vater zu reden, daran hatte sich nichts geändert.

Heym musste es ihm angesehen haben, denn er machte ein freundliches Gesicht und deutete auf Becks lederne Aktentasche. »Na, dann zeigen Sie mal her.«

Beck holte ein Blatt Papier heraus und legte es auf den Tisch.

»Nun, ich nehme an: der unterschriebene Vertrag?«

»Lesen Sie es«, sagte Beck.

Heym setzte sich eine Brille auf und überflog den Text. Als er fertig war, wirkte er aufrichtig verblüfft. »Das ist nicht Ihr Ernst, Robert?«

»Doch, es ist mein Ernst.«

»Sie kündigen? Möchten Sie mir auch sagen, wieso?«

»Ich denke, es ist Zeit, etwas Neues anzufangen.«

»Wollen Sie auf das sichere Gehalt und die Stelle verzichten?«, fragte Heym mit schiefem Mund. »Seien Sie doch nicht albern, so was wirft man doch nicht einfach weg. Was wollen Sie denn jetzt machen?«

»Um ehrlich zu sein: Ich weiß es nicht.«

Sie wissen es nicht?

»Na ja, vielleicht mache ich was mit Musik. Aber ansonsten … Schwer zu sagen.« Er zuckte mit den Schultern.

»Wollen Sie noch ein paar Salzstangen?« Heym war einfach aufgestanden und in die Küche gegangen. Er kam mit einer Tüte Salzletten wieder, die er vor Beck auf den Tisch stellte. Beide griffen zu.

»Schauen Sie, Robert«, sagte Heym kauend. »Sie müssen mir nicht sagen, dass Lehrer nicht Ihr absoluter Traumberuf war, das weiß ich, und das hab ich immer gewusst. Ihr Vater hat Sie damals durch das Studium getrieben, und Sie sind mehr oder weniger freiwillig gefolgt. Ich sehe es ja auch an den neuen jungen Lehrern. Nicht alle machen ihren Beruf aus purer Leidenschaft. Es sind einfach andere Zeiten. Aber auch unter den Pragmatikern gibt es gute Lehrer. Ich halte Sie für fähig. Und mir hat einiges gefallen, das Literaturcafé oder die Klassenfahrten zu den Max-Goldt-Lesungen zum Beispiel. Oder wie Sie sich für den jungen Kantas eingesetzt haben.«

»Ach, das war doch …«

»Ich will ehrlich sein. Ich habe Ihnen den Beratungslehrer auch deshalb angeboten, weil ich dachte, dass Sie dadurch ein wenig vorankommen. Irgendwann müssen nämlich auch Sie sich für etwas entscheiden, also warum nicht für ein sicheres, erfülltes Leben? Wäre das nichts?«

»Nein. Das geht nicht, das fühlt sich irgendwie falsch an.«

»*Irgendwie*«, wiederholte Heym, dem alles Unpräzise zuwider war.

»Ich weiß ja auch, was ich da aufgebe. Und ich war am Ende hin und wieder sogar ganz gern Lehrer, aber es füllt mich nicht aus, ich habe mich nur selbst betrogen und meine Schüler dadurch auch. Ich fühle mich in diesem Beruf gefangen, und ich will auch nicht darin alt werden, das auf keinen Fall. Ich brauche Freiheit!«

»Aber wofür? Für Ihre Musik? Werden Sie doch nicht unvernünftig, Robert. Die einzige Freiheit, die Sie dann noch haben, ist die Freiheit zu scheitern.«

Plötzlich verstand Beck, was der Fremde mit dem Hut damit gemeint hatte, dass Erinnerungen das Wichtigste seien.

»Natürlich habe ich die materielle Sicherheit geschätzt«, Beck brach eine Salzstange entzwei, »das habe ich all die Jahre. Aber wenn ich alt bin, werde ich mir davon leider nichts kaufen können. Jedenfalls nichts, was mich noch glücklich machen könnte, wenn ich – mal pathetisch gesagt – im Rollstuhl sitze oder im Bett liege. Das Einzige, was ich dann noch habe, sind meine Erinnerungen. Und, tut mir leid, aber wenn ich tatsächlich irgendwann mal meinen Enkeln von meinem Leben erzählen sollte, dann will ich ihnen nicht die Geschichte eines Mannes erzählen, der nur deshalb Lehrer gewesen ist, weil es halt so bequem und sicher für ihn war. Jessas, ich weiß ja selbst nicht, ob ich noch mal Erfolg haben werde oder wie es jetzt genau mit mir weitergeht. Ich weiß nur: Ich habe bloß dieses eine verdammte Leben. Nur eine Chance, um mich zu verwirklichen, um etwas Einzigartiges zu tun, auch wenn Sie womöglich recht haben und ich damit scheitere.«

Heym trank einen Schluck. Er dachte nach und schaute auf eine Fernsehzeitung, auf deren Titelblatt Tom Hanks zu sehen war. »Ich kann nur wiederholen, was ich eben gesagt habe. Überlegen Sie es sich noch mal. Ich will einfach nicht, dass Sie etwas bereuen müssen.«

»Ich weiß, wie fair das von Ihnen ist. Und wie viel Sie für mich getan haben. Dafür bin ich dankbar. Aber es bleibt mein letztes Wort.«

Heym versuchte noch eine Weile zu diskutieren, doch schließlich gab er es auf. »Also gut«, sagte er, nicht unfreundlich. »Ich respektiere Ihre Entscheidung. Aber ich muss Sie warnen, Robert. Das Lachen der Kinder wird Ihnen fehlen. Das sagen alle, nachdem sie aufgehört haben.«

Sie verabschiedeten sich. Beck stand auf. »Danke für das Vertrauen.«

»Machen Sie es gut«, sagte Heym und gab ihm die Hand. »Das meine ich ernst.«

Als Beck die Haustür hinter sich geschlossen hatte, blieb er noch eine Weile auf dem Treppenabsatz im Freien stehen. Er streckte sich und zündete sich eine Zigarette an. Der Himmel über ihm war dunkel, nur einige Laternen spendeten ein wenig Licht. Beck genoss diese nächtliche Stille, die sich über die Stadt gelegt hatte. Die Straße war leer, bis auf einen hochnäsigen schwarzen Kater, der einen Mauersims entlangstolzierte.

Beck dachte an die verschiedenen Möglichkeiten, die er nun hatte. Ein ungewohntes Gefühl: Er war jetzt tatsächlich jemand, der viele Möglichkeiten hatte.

Alles wieder offen.

Einen Moment sog er noch die kühle Abendluft ein. Dann machte er sich auf den Weg, von allen unbemerkt. Nur der Kater auf der Mauer sah gelangweilt zu, wie seine Gestalt in der Dunkelheit verschwand.

BONUS TRACK

(Unchronologisch)

»*Not Dark Yet*«

Der letzte Song: Über Abschiede, ein längst überfälliges Treffen
und die letzten Wahrheiten über unsere Helden.

BECK UND ICH, TEIL 5 (HERBST 2007)

*Ich hatte alle Interviews mit Beck abgeschlossen und
brauchte nur noch den Schluss – doch ausgerechnet da fiel
mir nichts ein.*

*Um nicht verrückt zu werden, fuhr ich mit meiner
Freundin in die Schweiz, spannte aus, dachte mal ein paar
Tage an was anderes.*

*Zurück in Berlin, checkte ich meine Mails. Darunter fand
sich auch eine kurze von Beck.*

Lieber Ben,

*sei mir nicht böse, aber ich habe mit der Musik erst mal
aufgehört. Ich habe so viele Texte, doch mir fehlt die
Melodie. Ich habe so viele Ideen, aber ich habe keine
Hoffnung. Die Sache mit dem Hit war eine Lebens-
lüge. Erinnerst du dich noch an diese kleinen Zweifel?*

»There was no business like show-business, there was no delusion like self-delusion.«

Dein Robert Beck

Wenige Tage später saß ich im Zug nach Neapel. Beck holte mich vom Bahnhof ab, wir umarmten uns wortlos. Er wirkte entspannt und erholt, aber man sah ihm an, dass er längst in den Vierzigern war.

Wir fuhren mit seinem alten Audi zu ihm nach Hause. Unterwegs hörten wir Radio, belanglosen italienischen Pop. Bis ein Bob-Dylan-Song kam, aus seinem neuen Album Modern Times, *mit dem er es nach über dreißig Jahren wieder auf Platz eins der amerikanischen Charts geschafft hatte. Rekord, und eines der größten Comebacks der Musikgeschichte.*

Becks Haus war klein, einsam an einem Hang gelegen, zwischen zwei Serpentinenstraßen. Wenn man auf der Terrasse stand, konnte man direkt auf das Meer sehen, in wenigen Minuten war man zu Fuß dort. Das Haus selbst war außen beige gestrichen, grüner Efeu wuchs an den Wänden. Drinnen war es hell und schlicht eingerichtet, der Boden mit Terrakotta gefliest. In einem Raum lagerten mehrere Gitarren und Instrumente, auch in seinem Schlafzimmer lagen überall Notenblätter verstreut. Da wird gearbeitet, dachte ich.

Offenbar hatte er angefangen zu malen, im Wohnzimmer standen Staffeleien und Farbtöpfe. Ich dachte an seine Mutter, die ebenfalls gemalt hatte. Vielleicht sein Versuch, ihr näherzukommen.

Wir setzten uns in die Küche. Über einem Napf in der

Ecke kauerte seine getigerte Katze mit der weißen Nasenspitze und fraß.

»Du brauchst nicht zu fragen, ich hab ihr keinen Namen gegeben.«

Beck machte uns Kaffee. Als ich mit der Zunge schnalzte, kam die Katze zu mir gelaufen und sprang auf meinen Schoß. Ich streichelte ihren Rücken, bis sie schnurrte, doch ich vermochte sie nur einige Sekunden zu unterhalten. Schon kurz darauf ging sie wieder nach draußen. Sie hielt ihre Nase neugierig in den Wind und saugte die frischen Natureindrücke auf.

»Ich nenne das immer Zeitunglesen.« Beck setzte Wasser auf.

»Was machen Sie hier eigentlich?« Ich sah mich um. »Ich weiß, Sie arbeiten an Ihrer Musik, aber was machen Sie sonst den ganzen Tag? Nur Songs schreiben?«

»Nein.« Er wirkte verlegen. »Ich bin wieder Lehrer.«

»Was?«

»Ja, ich brauche das Geld. Weißt du, das Haus hier war nicht billig, und ich hab damals Mist gebaut bei der Sache mit Rauli. Auf die Entschädigung von BMG zu verzichten war vielleicht gut fürs Ego, aber nicht gerade klug.«

»Aber das gibt es doch nicht. Ich dachte, Sie sind endlich frei, und jetzt sind Sie schon wieder Lehrer. Sie hassen doch diesen Beruf.«

»Ich unterrichte ja nicht Vollzeit. Ich geb nur ein paar italienischen Schülern Deutschnachhilfe und Musikunterricht. Es ist entspannt, es macht mir sogar Spaß. Und ich muss zugeben, dass ich das Lachen der Kinder vermisst habe. Man gewöhnt sich einfach so sehr daran.«

Ich merkte, dass Beck das Lehrerthema unangenehm war, und so kamen wir schnell auf Rauli zu sprechen und diskutierten seine angebliche Affäre mit Heather Graham oder die Tatsache, dass ihn noch immer alle für einen echten Engländer hielten. Allerdings hatte er sich, ganz der alte Schwindler, auch einen hervorragenden britischen Akzent angeeignet.

Als ich Beck darauf ansprach, dass sie den Jungen wegen seiner Drogeneskapaden vielleicht aus der Band schmeißen würden, antwortete er lange nichts. Wir wussten beide, dass Raulis Karriere auf der Kippe stand.

»Immerhin hat er Melodien«, sagte Beck schließlich.

»Ja, aber keine Texte. Er ist nicht mehr hungrig, er hat alles gesagt.«

Beck lächelte. »Siehst du? Wir wären doch ein perfektes Team gewesen. Ich die Texte, er die Musik.«

»Jedenfalls kann sich Rauli nicht noch mal so ein schlechtes Album wie sein letztes erlauben, sonst war's das für ihn bei der BMG.*«*

»Kann sein.« Beck reichte mir meinen Kaffee, und dann sprachen wir endlich über seine eigene Musik.

»Ich habe dir schon geschrieben, wieso ich erst mal nicht weitermachen kann. Ich musste aufgeben.«

»Ich verstehe immer noch nicht, warum. Lassen Sie mich mal was hören.«

Er murmelte: »Also gut«, dann legte er eine CD *ein und drückte auf Play. »Hab sie vor zwei Monaten in Neapel aufnehmen lassen.«*

Der Anfang war ein Antikriegssong mit dem Titel Freedom-to-Go. Als die ersten Klänge den Raum erfüllten, verstand ich endlich, was er meinte. Ich hörte mir alle seine Songs an. Jeder von ihnen klang gut, es gab kein einziges schlechtes Lied. Die Kritik wäre sicher wohlwollend ausgefallen. Aber es war auch nichts dabei, was einen umhaute. Dafür, dass Beck seit acht Jahren daran arbeitete, dafür, dass es sein Leben total ändern sollte, war es zu wenig. Irgendetwas fehlte. Eine einzelne besondere Melodie, ein Hauch von Genialität, den er nicht hatte. Ein Hit.

Ich sagte ihm, was ich dachte. Er hörte gelassen zu. »Du sagst also, meine Songs sind einfach nur solides, gehobenes Mittelmaß?«

»So hab ich das nicht gemeint.« *Natürlich hatte ich es so gemeint. Ich seufzte.* »Das Problem ist einfach: Sie haben alles reingesteckt, was Sie gefühlt und gelitten haben. Diese Songs sind sicher Ihr Ein und Alles, und sie sind auch ganz gut, aber Sie haben nicht ein Lied, nicht eine Melodie, die wirklich heraussticht. Sie haben keine Speerspitze, und deshalb fällt alles in sich zusammen.«

Und das war der Punkt. Oasis hatten ihr Wonderwall, *New Order ihr* Blue Monday, *und selbst ein Robbie Williams hatte sein* Angels *und* Feel. *Es war egal, dass danach nicht mehr viel Gleichwertiges gekommen war, weil die Menschen sich daran erinnern konnten. Beck dagegen hatte nichts. Er würde ein paar gute Besprechungen kriegen, ein paar* CDs *verkaufen, und das war es dann. Und er wusste das.*

Wir sahen uns an und dachten beide dasselbe. Er sprach es zuerst aus. »Wenn ich nur eine von Raulis Melodien hätte. Nur die schlechteste von den gelben Zetteln, das würde schon reichen.«

»Ich weiß, aber als Sie beschlossen haben, alles auf die Musik zu setzen, wussten Sie, dass es so nicht geht.«

Er nickte. »Ich weiß nur nicht, was ich machen soll. Ich bin wieder da, wo ich vor acht Jahren war.«

Ich sah in sein gebräuntes Gesicht, in dem die winzigen Fältchen beinahe untergingen, in seine konzentrierten Augen. Sah auf seine Katze, die sich auf der Couch zusammenrollte. Auf die Bilder, die er malte, auf das Meer, das sich draußen am Horizont erstreckte.

»Nein. Sie sind nicht wieder da, wo Sie vor acht Jahren waren. Das alles«, ich deutete auf ihn und seine Umgebung, »das alles sind Sie. Jeder Künstler muss sich darüber im Klaren sein, dass er scheitern kann. Aber er würde trotzdem alles wieder genauso machen. Und Sie würden zum ersten Mal in Ihrem Leben auch alles wieder genauso machen. Sie haben diesmal alles so gewollt, Sie sind frei.«

Er nickte erneut. »Es ist nur … mir fehlt der Junge«, sagte er schließlich. »Er hat mir Hoffnung gegeben. Mit ihm zusammen zu spielen …« Er brach ab und sah mich an. »Hast du Hunger?«

Wir kauften in einem Geschäft an der Hauptstraße Forellen und Pasta. Er erzählte gerade, dass er ein ganz passabler Koch geworden sei, da rannte ein Junge an uns vorbei und grüßte ihn. Beck rief ihm etwas auf Italienisch hinterher. »Hab das Training einer Fußballmannschaft übernommen«, meinte er fast entschuldigend zu mir. »Ein Haufen Kinder, die meisten kenne ich aus meinen Musikstunden.«

Als ich ihn damit aufzog, was für ein seltsamer Typ ohne Frau aus ihm geworden sei, meinte er, das wäre hier überall so, jeder würde sich im Ort an den anderen wenden, wenn er Hilfe brauche. Das mit der nicht vorhandenen Frau hatte er anscheinend überhört, und so verstand er nicht, wieso ich lachte, während ich mir ein ganzes Dorf von verletzten, alleinstehenden und irre hilfsbereiten Männern vorstellte, die sich alle hierher zurückgezogen hatten, um frauenlos, aber glücklich zu leben. Die Insel der Verdammten.

Nach dem Abendessen saßen wir auf der Terrasse und schauten gemeinsam in die untergehende Sonne. Die Katze lag auf Becks Schoß.

»Jetzt kommt was Fieses«, sagte ich. »Wer ist der glücklichere Künstler? Der, der es nie probiert hat? Oder der, der es versucht hat und gescheitert ist?«

Ich hatte erst Angst, Beck könnte auf die Frage wütend reagieren, doch er dachte lange darüber nach.

»Ich weiß, worauf du hinauswillst«, sagte er schließlich. »Ich befürchte, ich selbst bin die Antwort.«

»Aber was ist die Antwort?«

Er lächelte. »Ich bin mir nicht sicher.«

Die Sonne verschwand, und die Nacht senkte sich über das kleine Bergdorf. »Weißt du, ich verlange ja nicht viel«, sagte Beck, als in den Häusern am Hang die ersten Lichter angingen. »Nur eine kleine Nische für mich und meine Songs, ein winziges Plätzchen. Mehr nicht.«

»Sehr bescheiden.«

»Irgendwann will man nicht mehr die ganze Musikszene aufmischen, man will nur ein Zuhause.«

»Meinen Sie das im Ernst?«

Beck starrte auf das Meer. »Nein.«

Ich sah ihn an, dann mussten wir beide lachen.

»Großer Gott, ich kann einfach nicht anders. Ich will das ganz große Ding. Ich will wenigstens einen einzigen Hit schreiben, der etwas verändert. Ich habe den Text, ich brauche nur noch die Melodie. Irgendeinen Geniestreich. Ich spiele und spiele und warte, dass mich die Muse küsst. Nur ein einziges Mal.«

Eine Weile sagten wir daraufhin nichts. Ich streichelte seine Katze.

»Denken Sie eigentlich oft an Charlie?«

»Ja, sicher.«

»Was, glauben Sie, war wirklich in den beiden Päckchen in seiner Tüte?«

»Kokain«, sagte Beck knapp. »Da bin ich ziemlich sicher. Vielleicht auch noch Härteres.«

»Wusste Charlie das?«

»Er hat's wahrscheinlich vermutet. Aber sicher wusste er es erst, als die den Wagen aufgebrochen haben. Da war klar, dass es eigentlich gar nicht nur um ein bisschen Hasch gehen konnte. Ich denke, dieser Peter Jan hat ihm das Koks unterjubeln wollen. Und als Charlie das rausgekriegt hat, wollte er mehr Geld raushandeln.«

»Haben sie ihm deshalb in Bukarest den kleinen Finger abgehackt?«

»Könnte sein, dass sie ihm da ein bisschen die Flügel gestutzt haben, ja. Aber wie gesagt, dass sind nur Vermutungen. Er wollte es mir nicht sagen, und ich wollte es ehrlich gesagt auch nicht wissen.«

Beck bezog mir die ausziehbare Couch, ich wartete im Flur und betrachtete die Bücher in den Regalen. Dann öffnete *ich eine Schublade. Als ich sah, was darin lag, wurde mir heiß.*

Es war Raulis Revolver.

In diesem Moment tippte mir Beck auf die Schulter. »Was machst du da?«

Ich nahm die Waffe in die Hand, sie wog schwer. »Sie haben ihn ja immer noch.« Ich zielte ein wenig umher. »Irgendwie ist er für mich wie eine Legende. Ich weiß noch, wie Sie mir erzählt haben, wie Rauli diese Scheibe zerschossen hat. Ich dachte erst, Sie hätten da ein bisschen geflunkert, und jetzt halte ich das Teil wirklich in der Hand. Ist er geladen?«

Beck nahm mir den Revolver kommentarlos wieder weg und legte ihn in die Schublade. »Dein Bett ist fertig«, sagte er nur.

Ich schlief schnell ein, begleitet vom Geräusch der anbrandenden Wellen. Beck dagegen las die ganze Nacht über in seinem Schlafzimmer das Manuskript, das ich ihm mitgebracht hatte.

Nach dem Frühstück saßen wir in einem Café am Strand. Beck deutete auf den Stapel Papier zwischen uns. »Unglaublich.«

»Was ist unglaublich?«

»Weißt du noch, wie wir uns vor ein paar Jahren in München getroffen und darüber gewitzelt haben, dass du den Roman schreibst?«

»Ja, ich wollte Sie auf der letzten Seite sterben lassen. Selbstmord.« Ich tippte auf das Manuskript. »Und? Haben Sie es gestern Nacht noch fertiglesen können?«

»Ja. Und ich sollte dir eine runterhauen!«

»Wieso?«

»Weil … Wegen ungefähr fünfzig Seiten, die mich als notgeilen Idioten dastehen lassen, der sich zu den Fotos seiner minderjährigen Schülerinnen einen runterholt und seine Kollegen hasst.«

»Ach, das ist nur Literatur.«

»Du hast mir neulich versprochen, die Selbstbefriedigungsszenen rauszunehmen, stattdessen hast du sie auch noch ausgebaut. Das ist eine Zumutung.«

Ich versprach, es zu streichen. Größtenteils jedenfalls.

»Bei manchen Stellen hat man dir auch dein Alter angemerkt.« Beck trank einen Schluck Kaffee. »Ich muss allerdings zugeben, dass du Lara ziemlich gut getroffen hast.«

»Danke, aber nur, weil Sie mir alles gesagt haben.« Ich überlegte. »Haben Sie ihr eigentlich von dem Roman erzählt?«

»Nein.«

»Was ist jetzt eigentlich mit ihr?«

»Du weißt, dass ich ungern darüber rede. Und vor allem nicht mit dir, am Ende schreibst du alles in dein Buch rein.«

»Blödsinn. Das ist jetzt privat, nichts von dieser Unterhaltung kommt ins Buch. Das interessiert mich nur persönlich.«

»Das glaubst du doch selber nicht.«

Punkt für ihn.

»Was war eigentlich damals, als Sie hierhergezogen sind. Sind Sie da noch mal mit Lara zusammengekommen? Und wenn ja, wie lange – zwei, drei Jahre, oder …?«

»Vergiss es. Es gibt Sachen, die sind geheim.«

»Okay, okay.« Ich gab auf. »Darf ich Sie dann was anderes fragen?«

»Wenn es sein muss.«

»Glauben Sie eigentlich noch an die Liebe?«

Er dachte lange nach. »Ehrlich gesagt, glaube ich immer weniger an die Liebe«, sagte er. »Und ich befürchte, das gilt leider auch umgekehrt.«

Einen Tag später brachte mich Beck zum Bahnhof nach Neapel. Ich hatte gehofft, ihm ein wenig aus seiner momentanen Krise helfen zu können, aber es war mir nicht gelungen. Der Zug hatte Verspätung, eine Weile wartete ich stumm neben Beck. Doch noch immer hatte ich Angst, die entscheidende Frage zu verpassen. »Wenn Sie heute über diesen einen Sommer nachdenken. Wie würden Sie ihn beurteilen?«

Er stöhnte laut. »Ben, hörst du denn nie auf?«

»Bitte, letzte Frage.«

»Also gut … Ich habe den Sommer '99 immer schlecht gefunden. Es war ein einziges Hin und Her, ich fand es grauenhaft. Aber inzwischen ist mir klargeworden, dass es mit die schönste Zeit meines Lebens war.«

»Echt?«

»Ja, nur eines macht mir Sorgen. Ich weiß nicht, wie ich es beschreiben soll. Es ist, als wäre ich seitdem … unvollständig. Als wäre ein Teil von mir für immer in diesem Sommer zurückgeblieben. Damals habe ich das Leben das letzte Mal richtig gefühlt. Danach ist es nie wieder so gewesen.«

Er blickte zu Boden, dann sah er mich an. »Willst du wissen, wieso es richtig war, nach Italien zu gehen?«

»Wieso?«

»Weil …« Er überlegte, wie er es formulieren konnte. »Früher hab ich mich oft gefragt, was passiert, wenn im Film ein Junge und ein Mädchen alle Schwierigkeiten überwinden und am Ende zum ultimativen Happyend zusammenkommen.«

»Und?«

»Niemand zeigt, was nach dem Happyend passiert. Wie sie sich zwanzig Jahre später zerstritten haben, der Märchenprinz ist fett geworden, sie Alkoholikerin … Was ich damit sagen will: Ich glaube nach all den Jahren, dass es nur auf bestimmte Momente und Phasen ankommt. Gerade ist es bei mir wieder etwas schlechter, aber diese ersten Wochen nach meinem Umzug, das war eine großartige Zeit.«

»Warum?«

»Als ich nach Raito gekommen bin, hab ich mich erst mal nicht getraut, Musik zu machen. Ich hatte Angst zu versagen. Dann hab ich einen Artikel im Rolling Stone gelesen, in dem Raulis neue Band gehypt wurde. Ausgerechnet im Rolling Stone, wo ich immer hingewollt hatte. Und da hat es klick gemacht. Ich weiß nicht, ob es nur die Eifersucht war, aber auf einmal hab ich meine Gitarre genommen und gespielt. Ich fand es phantastisch, hatte ein irre starkes Gefühl: Ich gegen alle. Ich gegen Rauli. Mir wurde klar, wie frei ich war. Es war plötzlich so viel Hoffnung da, alles war möglich. Melodien lagen in der Luft. Ein Hit schien greifbar. Ich hab mich so jung gefühlt. Es ist egal, was danach passiert ist. Es hat nichts von all dem funktioniert, die Melodien, die ich zu finden hoffte, haben sich nicht greifen lassen. Aber es geht mir um den Moment. Diese paar

Anfangsmonate in Raito, in denen ich Hoffnung hatte, in denen alles neu, alles möglich war ... Allein so etwas noch mal zu fühlen, das war es wert.«

Ich ließ mir seine Worte durch den Kopf gehen.

»Vielleicht wär das ja ein guter Schluss«, sagte er noch.

»Und was ist mit Ihrem Tod auf der letzten Seite? Dass Sie sich das Leben nehmen. Was ist mit ein bisschen Action?«

»Was willst du damit sagen?«

»Ich weiß nicht. Besteht vielleicht eine kleine Chance, dass Sie sich ... na ja, Sie wissen schon, irgendwas antun?«

Die Bemerkung war einen Tick zu hart für einen Witz. Ich wollte mich schon entschuldigen, da warf er mir einen angewiderten, aber seltsam gutgelaunten Blick zu. »Eigentlich nicht«, sagte er.

»Mal ehrlich: Hatten Sie nie irgendwelche Gefühle, die in die Richtung gehen?«

»Ein bisschen schon. Manchmal. Aber eigentlich gibt es keinen Grund, sich so etwas anzutun. Für Selbstmord brauchst du einen krassen Auslöser. Du brauchst ein absolutes Null an Hoffnung, die Hoffnung muss tot sein. Halbtot wie bei mir reicht längst nicht. Sieh mich an, ich habe wirklich nicht viel, ich bin einsam, meine Träume haben sich in Luft aufgelöst, und trotzdem bin ich einigermaßen stabil. Was soll mir noch passieren? Ich bin doch schon ganz unten. Jessas, ich leb hier allein, mit einer Katze, die noch nicht mal einen Namen hat. Wenn du also wirklich ein tödliches Ende willst, müsste schon etwas Unglaubliches geschehen, das mich derart mitnimmt, dass selbst mein kümmerlicher *kleiner Rest Hoffnung hopsgeht. Aber mir fällt beim besten Willen nicht ein, was das sein sollte.«*

Ich nickte. Ich wusste damals auch nicht, was das sein könnte.

I

Vor ihm die Fußgängerzone Münchens. Beck geht gehetzt die Straße entlang, ihm kommt ein Mann mit Hut entgegen. Dann ein altes Ehepaar und schließlich einige Jugendliche. Sie alle sehen auf die Frau, die direkt vor Beck geht. Ihre Blicke verraten ihm, dass diese Frau mit den langen Haaren und dem geschmeidigen Gang schön sein muss. Wunderschön. Beck ist sich sicher, dass es Lara ist. Noch immer läuft er einen Meter hinter ihr her. Alle Passanten, die an ihr vorbeikommen, machen verblüffte und erstaunte Gesichter. Beck sieht jedoch nur ihren Hinterkopf. Er beschleunigt seine Schritte, will die Frau, die vor ihm geht, einholen und ihr Gesicht sehen. Will endlich wissen, ob sie es wirklich ist. Doch er traut sich nicht.

Im nächsten Moment verschwindet die Frau im Getümmel, und schließlich verliert er sie ganz aus den Augen. Wie immer, wenn er diesen Traum hat.

Als ich Robert Beck das erste Mal sah, im Sommer 1990, war ich elf. Ich war damals in der sechsten Klasse am Georg-Büchner-Gymnasium und versuchte gerade, eine Mitschülerin mit einem Papierflieger zu treffen, als er das Klassenzimmer betrat. Zunächst war ich etwas erstaunt. Beck sah überhaupt nicht aus wie ein Lehrer, will sagen: Er sah gut aus. Gut, jung und trendy. Er war achtundzwanzig, also nur wenig älter als ich jetzt. So langsam wird mir klar, wie jung er damals war.

Vierzehn Jahre später, Oktober 2004, schickte er mir eine Mail. Ich hatte ihm zuvor gesagt, dass ich diesen Roman schreiben würde. Hier ein Auszug aus dem Ende seiner wie immer ewig langen Mail:

Lieber Ben,

[...] Ich habe mir also überlegt, ob es irgendetwas gibt, was ich dir sagen kann, etwas, was dir weiterhilft. Am Ende ist mir jedoch klargeworden, dass ich nichts weiß. Oder besser gesagt: Wir alle wissen nichts.

Wir wissen nicht, wieso wir hier sind. Wir wissen nicht, was nach dem Tod passiert. Wir wissen nicht, was Liebe ist, wieso wir überhaupt lieben. Wir wissen nicht, wieso wir manchmal nicht lieben, obwohl wir es wollen. Wir wissen nicht, wie frei unser Wille wirklich ist. Wir wissen nicht, was ein Tier denkt. Wir wissen nicht, ob ein Tier glücklicher ist als wir. Wir wissen nicht, wieso wir dieses unglaubliche Bewusstsein haben und ob es gut für uns ist. Wir wissen nicht, wieso manche von uns glauben. Wir wissen nicht, wieso andere ohne Glauben leben können. Wir wissen nicht, wieso jede Sekunde Kinder verhungern müssen und wieso wir trotzdem Essen wegwerfen und so tun können, als ginge es uns nichts an. Wir wissen nicht, warum wir als einzige Lebewesen lachen. Wir wissen noch immer nicht, wie wir Aids heilen können. Wir wissen nicht, ob unser Leben völlig sinnlos ist und nur eine lächerlich absurde Zufallserscheinung oder ob es einen Sinn für alles gibt. Wir wissen nicht, wenn wir glücklich sind, sondern immer erst hinterher. Wir wissen nicht, wie aus dem Nichts alles entstehen konnte. Wir wissen nicht, warum wir jemanden schön finden, den andere nicht schön finden. Wir wissen nicht, ob wir allein im Weltall sind. Wir wissen nicht, wieso immer irgendwo Krieg geführt wird. Wir wissen nicht, wieso wir träumen, und meistens auch nicht mehr, was. Wir wissen nicht, ob es da draußen die eine große Liebe für uns gibt. Wir wissen nicht, ob es da draußen tausend große Lieben für uns gibt. Wir wissen nicht, wann wir sterben, und wir wissen auch nicht, warum. Wir wissen nicht, ob wir einsam sterben werden oder glücklich.

Unsere Existenz ist ein ganzer Kosmos von Nichtwissen. Im Grunde haben wir ein Scheißleben, denn der Tod ist das Ende, und das Ende ist dadurch immer schlecht. Alles, was wir tun können, ist, zu verdrängen und zu hoffen, dass es irgendwie doch nicht so schlimm ist. Unsere Aufgabe kann nur sein, unser Nichtwissen zu verleugnen. Wir müssen es vergessen, um nicht durchzudrehen. Wir müssen loslassen. Wir müssen uns dem Leben hingeben, uns ihm schutzlos ausliefern, um nicht verrückt zu werden.

Unsere Fähigkeiten als Menschen sind begrenzt. Wir können nur ein wenig fernsehen, vögeln, ausgehen und ein bisschen Kunst schaffen, aber wahrscheinlich sind Mozarts Requiem oder ein Hamlet vom Weltraum aus betrachtet auch nur Scheiße, menschliche Scheiße, über die jedes höhere Wesen oder jeder Außerirdische nur den Kopf schüttelt.

Also, was soll man tun? Sich volldröhnen? Umbringen? Fernsehen und hoffen, dass es mit Anstand vorbeigeht?

Lachen, glaube ich, ist richtig, das Beste vielleicht. Und natürlich lieben, wenn man das Glück hat, jemanden zu finden, der diese Gefühle wert ist. Liebe und Lachen sind vielleicht die perfektesten Formen von Verdrängung.

Ich würde dir gern schreiben, dass alles einen Sinn hat. Ich würde gern einstimmen in den Chor, dass das Leben super ist. Aber ich kann nicht. Man muss das nur mal festhalten: Wir sind uns bewusst, dass wir sterben, und als ob das nicht schon reichen würde, werden wir auch noch krank, gibt es Armut, Leid, Trauer, Krieg, Angst, schlechte Fernsehsendungen und REM. Das

Leben hat also nicht gerade viel für uns getan. Okay, es hat uns eine Existenzgrundlage gegeben, das ist ein Pluspunkt, aber ansonsten ist es relativ fies zu uns. Ich schulde ihm jedenfalls nichts. Und trotzdem liebe ich es. Obwohl das Leben wie eine fette, hässliche Frau mit Glubschaugen oder wie ein kleiner, dicker behaarter Mann aussieht, lieben es die Menschen. Das Leben ist wie Danny de Vito, wenn du so willst.

Denn vor allem kann man ihm fast nie lange böse sein. Manchmal, wenn die Dinge schlecht laufen – ich bin niederschlagen oder hoffnungslos –, gehe ich spazieren. Und dann, einfach so, scheint die Sonne durch die Bäume, wie damals, als ich ein kleines Kind war und mit meinen Eltern durch den Englischen Garten gegangen bin, ein Eis bekommen habe und mich so sicher wie danach nie mehr gefühlt habe. Ich erinnere mich also an damals, die Sonne scheint, es ist windig und wunderschön. Dann habe ich auf einmal wieder dieses längst vergessene Gefühl, es schaffen zu können.

Mit diesem billigen Trick kriegt das Leben mich wieder rum. Es ist, als wäre man wütend auf das Leben, und dann zieht es eine süße Meg-Ryan-Schnute, küsst dich und spendiert dir einen tollen Moment, und irgendwie denkst du dann: Na ja, okay, der ganze Kram ist vielleicht doch nicht so schlecht.

Ein paar solcher Augenblicke reichen für all die schweren Jahre. Gestern war so ein Moment. Ich war auf meiner Terrasse, die Katze kam zu mir, hat ein wenig

geschnurrt. Es war Herbst, etwas kühl, aber sehr an-
genehm. Ich habe auf das Meer gesehen und an Lara
gedacht, was sie wohl gerade so macht. Und dann hab
ich mir überlegt, sie anzurufen oder einen Song über
sie zu schreiben. Und in dieser Sekunde hat es klick
gemacht, und ich war wieder voller Hoffnung. Einfach
so. Da war es wieder, dieses Gefühl rauszugehen, es
dem Leben und allen zu zeigen. Das Gefühl, dass ich
ich selbst bin und dass das verdammt noch mal gut ist.

Diese Augenblicke und vielleicht die ein oder andere
Erinnerung an bessere Tage, das sind die Dinge, die
die letzten Jahre für mich erträglich gemacht haben.

Mit einem unbestimmten Gefühl, dich mal wiederzu-
sehen,
    Dein Robert Beck

2

Mitte September 1999: Seine Möbel waren schon in Raito,
er selbst wollte in wenigen Minuten aufbrechen. Beck sah
sich in der leergeräumten Wohnung um und wurde traurig,
dass er sich von niemandem verabschieden konnte. Charlie
war tot, der Junge fort, Lara in Rom. Die letzten Telefo-
nate mit ihr waren schwierig gewesen. Er dachte an seinen
achtunddreißigsten Geburtstag, den er vor ein paar Tagen
ziemlich allein gefeiert hatte. Wenn man es genau nahm, sogar ganz allein.

Beck saß auf dem nackt wirkenden Teppichboden und aß ein Croissant, dann stand er auf. Die wenigen Krümel, die um ihn herum verstreut waren, ließ er liegen.

Noch ein letztes Mal auf den Balkon. Er sah nach unten, zu der Schaukel, zu den Mülltonnen, zum Hintereingang des Restaurants ›Rolands Eck‹. Wie immer schien er der einzige Mensch zu sein, der hier lebte. Niemand aus den anderen Häusern war zu sehen, die Balkone waren leer. Das war es dann.

»Ich gehe ... Auf Wiedersehen«, sagte er leise in den Hof. Er wandte sich ab.

»Auf Wiedersehen«, sagte jemand.

Beck drehte sich um. Er spähte umher, sah aber nichts.

Dann hörte er ein kleines Mädchen lachen. »Hier!«, sagte sie.

Sie stand schräg gegenüber, auf dem Balkon des Nachbarhauses, versteckt hinter zwei Pflanzen, und lachte noch immer. Sie musste ungefähr sechs oder sieben Jahre alt sein. In diesem Alter stand man früh auf.

»Hallo«, sagte Beck, als er sie sah. Er winkte.

»Hallo«, sagte das Mädchen, das etwas zu wohlgenährt, aber sehr munter aussah.

Sie blickten sich an.

»Stimmt das denn?«, fragte das Mädchen.

»Was?«

»Dass du gehst.«

»Ja.«

»Und wohin gehst du?«

»Ich weiß nicht, fort, nach Italien.«

»Freust du dich?«

»Ein bisschen … Na ja, eigentlich nicht.«

Das Mädchen kicherte. »Wieso gehst du dann weg?«

Beck dachte nach. »Weil ich hoffe, dass es schön wird. – Wie heißt du eigentlich?«

»Sag ich nicht … Wie heißt du?«

»Robert.«

Das Mädchen kam hinter den beiden großen Pflanzen hervor. »Wieso hast du denn ›Auf Wiedersehen‹ gesagt?«

»Ich dachte, es ist schöner, wenn man noch mal tschüss sagt, bevor man geht.«

»Ja, das stimmt.«

Plötzlich hörte man irgendwo hinter den Pflanzen eine Frauenstimme rufen.

»Du, ich muss jetzt weg«, sagte das Mädchen.

»Wohin?«

»Heute ist mein erster Schultag.«

Beck nickte. Natürlich, Schulbeginn, die Ferien waren zu Ende. »Großer Gott, das hatte ich ganz vergessen«, sagte er leise.

»Wie ist denn die Schule so?«, fragte das Mädchen.

»Ganz in Ordnung.«

»Echt?«

»Ja, doch. Ich bin jetzt einunddreißig Jahre zur Schule gegangen, ich weiß, wovon ich spreche.«

Das Mädchen lachte. »Einunddreißig Jahre, dann bist du ja ganz schön dumm.«

Beck lachte ebenfalls.

»Ja«, sagte er.

Wieder rief die Frauenstimme hinter den Pflanzen.

»Also, ich geh dann jetzt. Wiedersehen«, sagte das Mädchen.

»Wiedersehen.«

Beck winkte. Dann trat er vom Balkon in die Küche. Als er ins Wohnzimmer kam, hob er die Croissantkrümel vom Boden auf.

Weil ich eine Mandelentzündung hatte und einige Wochen krank war, konnte ich mein Manuskript nicht abgeben. Ich lag im Bett und war außerstande weiterzuschreiben.

Tja, wer weiß, was geschehen wäre, wenn ich diese Zwangspause nicht gehabt hätte, dann hätte ich wohl auch diesen Epilog nicht mehr schreiben können. Vielleicht wäre das Buch runder und schöner geworden. So aber musste ich den Ereignissen entsprechend den bisherigen Schluss in die Tonne hauen: Beck, wie er damals nach Raito gezogen war und voller Hoffnung auf der Gitarre spielte, seinen Traum lebte. Es wäre das Ende gewesen, das Beck sich immer gewünscht hatte. Aber für ihn kam alles anders, und ich fühle mich der Wahrheit nun mal verpflichtet.

Ich weiß noch, wie er mir gesagt hatte, dass sein kleiner Rest Hoffnung unzerstörbar sei. Wer hätte damals gedacht, dass alles so schnell gehen würde?

Mitte März erreichte mich ein Anruf, ich lag im Bett und schlief noch. Und so hörte ich nur halb hin, wie im Nebenzimmer der Anrufbeantworter ansprang und jemand ziemlich lange draufsprach. Ich war zu müde, um ranzugehen.

Als ich eine Stunde später den Knopf zum Abhören drückte, erschrak ich.

»Er war da«, sagte eine heisere, überwältigte Stimme auf dem Band. Ich merkte an Becks Stimme sofort, dass sich etwas in seinem Wesen gewaltig verändert hatte. Man hörte heraus, dass er geweint haben musste, und endlich wusste

ich, was stark genug war, um ihn zu zerstören. Ich bekam Angst.

»Er war da!«, fing die Stimme auf dem Band noch mal an. »Und er hat mir meine Katze gestohlen!«

These Little Doubts
(Outro)

Der Abend zuvor. Beck streichelt seine Katze. Er ist inzwischen sechsundvierzig Jahre alt. Beim morgendlichen Blick in den Spiegel ist ihm zum ersten Mal aufgefallen, dass seine Haare grau und etwas weniger geworden sind. Der Verschleiß. Ihm wird bewusst, dass es ihn jetzt bereits seit über viereinhalb Jahrzehnten ununterbrochen gibt, das nutzt ab. Die letzten Tage lassen ihn wieder mehr an den Tod denken. Er versucht, sich vorzustellen, wie es wäre, wenn nichts mehr wäre. Er erkennt, dass das einzige Geschenk, das der Mensch hat, die Ungewissheit ist. Das Einzige, was ihn tröstet, ist, nicht zu wissen, wann er sterben wird, ob in zwanzig Minuten oder in zwanzig Jahren. Die Ungewissheit der Zeit gegen die Gewissheit des Todes.

Beck sieht auf ein Ölbild, das er gerade malt. Es ist nicht besonders gut, das weiß er selbst. Eine kleine Lampe beleuchtet das Wohnzimmer spärlich. Draußen ist es stockdunkel, es regnet, wie so oft kurz vor Frühlingsbeginn in Raito. Er kennt das inzwischen. Er hat das Gefühl, alles zu kennen.

Dann klingelt es an der Tür.

Beck bleibt sitzen, die Katze jedoch ist unruhig geworden. Sie miaut, es zieht sie in die Dunkelheit hinaus. Beck steht auf. Er hat ein wenig Angst. Wieder klingelt es. Er öffnet vorsichtig die Tür.

Als er sieht, wer vor ihm steht, erschrickt er. Es ist der Teufel, schwarz, mit einer Zigarette in der Hand und weißem, regennassem Gesicht.

Wie ein Geist schwebt er zur Tür herein. Die Katze läuft ihm fremdgesteuert hinterher, vergessen ist der Wunsch, nach draußen zu rennen.

»Wieso bist du gekommen?«, fragt Beck den schwarzen Teufel.

»Es ist Zeit«, sagt die Gestalt der Finsternis.

Beck macht seinem Gast etwas zu essen, er wärmt die Nudeln vom Abendessen auf, die noch in einem Topf auf dem Herd stehen. Irgendwo hat er noch Soße. Der Teufel ist hungrig, und er fragt auch nach einem Bier. Beck sagt ihm, dass er keinen Alkohol mehr trinkt.

Da lacht der Teufel laut. »Herr Beck …«, krächzt er. »Sie haben sich total verändert.«

Beck betrachtet den finsteren jungen Mann in seiner hellen Küche. »Du dich auch, Rauli. Du dich auch.«

Eine Weile sieht Beck seinem ehemaligen Schüler dabei zu, wie er isst. Gierig verschlingt er die Nudeln, er trinkt Wasser dazu, isst weiter, dann, endlich, ist er satt.

»Wieso bist du gekommen?«, fragt Beck erneut. Er ist überwältigt von seinem Besuch. Es war die Frage seines Lebens, ob er sich in Rauli getäuscht hatte, und er spürt, dass heute die Nacht der Antwort ist.

»Ich war wegen Promo in Mailand. Und Ihre Adresse steht in Ihre E-Mails unten.«

»Ich dachte, du hast sie nie gelesen«, sagt Beck leise.

»Ich halt das nicht mehr aus«, sagt Rauli.

»Was? Was hältst du nicht mehr aus?«

»Mein Leben, das alles. Ist alles scheiße, habe das nie gewollt.«

»Aber du bist berühmt, du hast Geld.«

»Ist alles scheiße!«

Beck betrachtet Rauli. Er läuft in zerschlissenen, aber teuer wirkenden, dunklen Klamotten herum. Sein Gesicht ist fahl, man sieht ihm an, dass er der Plastiktüte von Charlie nicht nur passiv nachgetrauert hat. Seine Haare sind noch immer pechschwarz und strähnig, etwas zu lang. Er sieht heruntergekommen aus. Nur die Augen wirken lebhaft, die Pupillen rasen hin und her.

Das Essen hat Rauli schläfrig gemacht, aber er will noch nicht schlafen, es gibt viel zu reden, so viel zu reden. »Wie läuft es bei Ihnen, Herr Beck?«

»Ganz gut.«

Rauli sieht sich um. »Hätte nie gedacht, dass Sie aus München weggehen. Sie haben echt alles total geändert, Sie haben wirklich noch mal von vorne angefangen … Was machen Sie hier?«, fragt er, während er Wasser trinkt.

»Ich bin Lehrer«, sagt Beck.

Es bleibt für eine Sekunde still. Dann fängt Rauli laut an zu lachen. Er kann nicht aufhören, und für einen Moment kommt wieder der kleine Junge in ihm durch, leuchten seine Wangen. Er lacht so sehr, dass ihm das Wasser aus der Nase schießt, worüber er noch mehr lachen muss, bald haut er auf den Tisch, weil er nicht mehr kann.

Beck fängt ebenfalls an zu lachen, und so lachen sie beide

in der Küche, ohne eigentlich zu wissen, worüber. »Na ja«, sagt Beck, als er sich beruhigt hat. »Ich unterrichte eher aus Spaß. In Musik, in Deutsch. Die Kinder kommen zu mir, ich gebe Stunden, einmal die Woche fahre ich nach Neapel, ebenfalls für Deutsch. Es ist überschaubar.«

»Sie brauchen das Geld?«

»Ja.«

»Sie hätten damals nicht die Vertrag zurückgeben sollen.«

»Nein.«

»Ich kann Ihnen Geld geben.«

Beck spürt, dass Rauli die vertauschten Rollen gefallen. »Danke, das ist nett von dir, aber ich will nichts, ich hab alles.«

Rauli sieht sich um. »Wo ist Lara?«

»In Rom.«

»Wie geht es ihr?«

»Ganz gut, denke ich.«

»Sehen Sie sie oft?«

»Eher nicht.«

»Lieben Sie sie noch?«

Pause.

»Ja.«

Rauli nickt. »Das ist gut. Lieben ist immer gut.«

»Du hast eine Freundin?«

»Ach, Freundin, das ist nicht richtiges Wort. Ich habe Affären. Ist aber alles scheiße. Ich liebe keine. Ich schlafe mit Frauen, aber sind alle hohl. Hübsch und hohl. Ich habe immer nach Liebe gesucht, aber es soll nicht sein, Herr Beck.«

»Verstehe. Das tut mir leid.«

»Kommen Sie mit Lara wieder zusammen?«

»Ich hoffe es.«

»Sie sollten versuchen. Ich fand sie immer sehr nett.«

»Ich weiß.«

»Und, kommen Sie jetzt mit ihr zusammen?«

»Du wirst dich wundern«, sagt Beck. »Sie hat mich letzte Woche angerufen. Wir haben geredet, über alles.«

»Haben Sie ihr gesagt, dass Sie sie lieben?«

»Das weiß sie.«

»Aber Sie müssen es ihr sagen!«, sagt Rauli, der wie früher den unsichtbaren Doktorhut der Hobbypsychologie auf dem Kopf trägt. Da ist er wieder, der kleine Klugscheißer, denkt Beck.

»So leicht ist das nicht. Es gibt Dinge, von denen du nichts weißt, sehr komplizierte Dinge. Es ist eben alles ein bisschen schwierig.«

»Egal. Wenn Sie sie lieben, müssen Sie ihr das sagen.«

»Ich denk drüber nach. Sie wollte sich übrigens diese Woche noch mal bei mir melden.«

»Und, hat sich gemeldet?«

»Nein, bis jetzt noch nicht … Es ist schon komisch. Früher hat sie immer auf mich gewartet, und jetzt warte ich nur noch auf sie.«

»Wie war das eigentlich damals? Ich meine, Sie sind doch wegen ihr nach Italien gegangen, oder? Nach unsere Reise, sind Sie da wieder zusammen gewesen?«

Beck deutet ein vielsagendes Lächeln an, schweigt jedoch. »Es spielt keine Rolle, oder?«, sagt er schließlich.

»Natürlich spielt es ein Rolle. Wenn ja, dann haben Sie

etwas, woran Sie immer denken können. Egal, was jetzt ist, niemand kann es Ihnen mehr nehmen … Ich wünschte, ich hätte auch so Erinnerungen, aber ich schlafe nur mit Frauen, es ist alles kalt …« Rauli bricht ab und sieht sich um. »Sie malen?«

»Ja.«

»Darf ich ehrlich sein?«

»Nein.«

»Okay, dann nicht.«

Beide sehen zur Katze, die gerade den Raum verlässt. Dann blickt Beck wieder auf. Er merkt zum ersten Mal, dass Rauli wie ein Erwachsener aussieht. Nicht mehr wie ein Kind. Er ist jetzt sechsundzwanzig, seltsam gealtert, schlecht rasiert. Noch immer ist da etwas Junges in seinem Äußeren, aber er sieht jetzt genau so alt aus, wie er ist, vielleicht noch älter.

»Aber sag mal, du lebst jetzt seit Jahren im Ausland. Wieso sprichst du eigentlich noch so gut Deutsch?«

»Spreche ich gar nicht.«

»Doch.«

Rauli seufzt. »Meine Agentin ist Deutsche. Habe ihr gesagt, sie soll mich korrigieren, wenn ich ein Fehler mache. Mich ärgert ein bisschen, dass Genadij noch immer so gut Deutsch spricht.«

»Moment … Ich dachte, Holger Gersch ist dein Agent.«

»Holger Gersch ist ein Arschloch!«

»Ich weiß.«

Rauli seufzt wieder. »Es tut mir leid.«

»Ach was.«

»Doch, alles, was damals geschehen ist, tut mir leid.«

»Schon okay.«

Rauli nickt. Er wischt sich eine Strähne aus dem Gesicht. »Was ist eigentlich mit Charlie?«, fragt er. »Ich habe neulich an diese Reise gedacht, es war wie ein komische Traum … Allein das mit sein kleine Finger, er hat …«

»Charlie ist tot.«

Sekundenlange Stille. Rauli will es erst nicht glauben. Er lässt sich von Beck alles erzählen, dann schweigt er wieder und denkt nach. Fragt, wieso ihm damals niemand etwas gesagt habe.

»Wie denn? Du warst ja sofort weg«, sagt Beck nur.

Rauli wirkt verlegen. »Richtig.«

»Ja«, sagt Beck.

»Wie lange ist her?«

»Mehr als acht Jahre.«

Beide setzen sich aufs Sofa. Sie unterhalten sich noch eine Weile über Charlie, dann reden sie von den alten Zeiten. Beck holt den Zündschlüssel der roten Corvette aus einer Schublade, um ihn Rauli zu zeigen. Sie sprechen über die Reise in die Türkei, über Tchik, die ungarische Prostituierte, die Verfolgung in Budapest, die Tage in Istanbul. Schließlich drehen sich die Anekdoten um München: Wie sie sich kennengelernt haben, wie Beck hinter das Geheimnis der gelben Zettel kam, wie Rauli mit Papierkugeln beschmissen wurde oder wie er, als Lara und Beck angegriffen wurden, eine Scheibe zerschossen hatte. Sie lachen viel, und für einen Moment ist es, als wäre Rauli nie weg gewesen.

»Ich weiß noch, wie du dir den Namen von dieser Anna in den Arm geritzt hast«, sagt Beck schließlich.

Rauli nickt. Dann streift er sein Hemd hoch. Auf seinem rechten Arm steht noch immer leuchtend rot: »ANNAP«.

»Aber wieso?«, fragt Beck. »Das wächst doch raus.«

»Ich habe nachgeritzt.«

»Was?«

»Ich will mich erinnern, dass ich früher mal richtig geliebt habe.«

»Aber … das ist ja verrückt.«

»Ja, vielleicht.« Rauli lächelt. Dann versteckt er seinen Arm wieder unter dem Ärmel des Hemds. »Es tut nicht weh. Nur falls Sie denken, ich will Schmerzen haben oder so … Tut überhaupt nicht weh. Beim ersten Mal hat es weh getan, jetzt nicht mehr …« Er senkt den Blick. »Sie hat damals meine Liebe zerstört, Herr Beck.«

»Wie meinst du das?«

»Anna … Ich hab sie damals so sehr geliebt, und es … Ich weiß nicht. Danach habe ich nie mehr so geliebt. Ich war auf die Höhepunkt, auf die Höhepunkt von allem. Ich dachte, ich kann alles schaffen, ich kann …« Er bricht kurz ab. »Es war, als ob ich damals bei Anna meine ganze Liebe aufgebraucht habe. Als wär ein Teil von mir für immer bei ihr. Verstehen Sie, Herr Beck? Verstehen Sie das?«

»Ich glaube schon.« Becks Blick schweift ab. »Was Anna jetzt wohl macht?«

»Sie studiert Literatur in Wien.«

»Woher weißt du das?«

»Sie hat es mir gemailt. In Graz war sie sogar auf ein Konzert von mir. Sie wollte mich nachher sehen, aber ich wollte das nicht.«

»Weil sie dich gekränkt hat, oder …«

»Nein, nein. Nicht deshalb. Ich hab einfach eine gewisse Bild von ihr. Das will ich nicht zerstören.« Rauli wirkt nachdenklich, seltsam abwesend. Dann sieht er Beck in die Augen. »Ich hab Sie damals übrigens gesehen.«

»Wobei gesehen?«

»Wie Sie Anna geküsst haben. Damals bei diese Sommerfete, auf der Laufbahn. Ich bin Ihnen nachgegangen.«

Beck braucht einige Momente, bis er versteht. »Aber wieso hast du nie etwas gesagt?«

»Ich wusste nicht, was ich sagen sollte. Außerdem hatte ich damals ein schlechtes Gewissen, wegen Gersch, weil ich es hinter Ihre Rücken gemacht habe. Wir waren quitt. Ich fand es nur seltsam: Sie wollten Musik, ich hatte Musik. Ich wollte Anna, Sie hatten sie.«

»Wir haben wohl beide das Falsche bekommen.«

Rauli nickt. »Was ist eigentlich mit mein Revolver?«, fragt er unvermittelt. »Haben Sie ihn noch?«

»Vielleicht.«

»Und, kriege ich ihn jetzt wieder?«

»Nein, sicher nicht.« Beck betrachtet den alt gewordenen Jungen. »Ich seh dich übrigens oft auf MTV.«

»Ja?«

»Ja, und deine Interviews sind Mist.«

»Ich weiß, ich muss sie aber machen.«

»Quatsch. Du könntest einfach mal die Klappe halten. Du plapperst in jedes Mikrophon.«

»Ja, das ist schlecht. Ich werde mir Mühe geben, Herr Beck.«

Herr Beck, denkt Beck. Es klingt immer noch so ehrfurchtsvoll aus Raulis Mund.

»Wie läuft's mit dem Songschreiben?«

Rauli zuckt mit den Schultern. »Es ist schwer. Mir fehlt die Liebe beim Schreiben. Ich muss mich immer so anstrengen ... Ich bin nie so gut, wie ich sein könnte, das macht mich fertig. Meine Karriere ist nie so geworden, wie ich wollte. Ich weiß, dass ich eigentlich alles besser machen könnte.«

»Nimmst du Drogen?«, fragt Beck, ohne es eigentlich fragen zu wollen. »Entschuldigung!«, sagt er sofort. »Das geht mich nichts an!«

Rauli bleibt einen Moment stumm. Er wirkt gelassen und fast ein wenig froh, darüber reden zu können. »Früher habe ich mehr genommen als heute. Habe alles genommen.«

»Wieso?«

»Weiß nicht.« Rauli zuckt mit den Schultern. »Habe zu viel nachgedacht. Wollte nicht so viel nachdenken, hat mich alles zerstört.«

»Wer gedankenbegabt ist, ist auch gedankengefährdet?«

»So ungefähr.«

»Denkst du noch oft an den Tod?«

»Nein.«

»Aber früher hast du oft an den Tod gedacht.«

»Ja.«

»Warum?«

»Weil ich ihn mir nicht vorstellen konnte.«

Beck kaut auf einem Fingernagel und mustert Rauli. »Jedenfalls siehst du beschissen aus.«

»Ich weiß, Herr Beck. Ich brauche Sonne, Erholung ... Vitamine.«

»Und keine Drogen.«

»Ja, Genadij sagt das auch ständig. Und ehrlich gesagt bin ich selbst fertig damit.«

Beck nickt, er weiß jedoch nicht, ob Rauli das alles ernst meint. Es wär ihm zu wünschen, denkt er, und ein bisschen glaubt er auch daran.

»Wie geht es Genadij eigentlich?«

»Oh, gut. Er ist total happy. Er liebt Geld, er kauft sich dauernd Autos und Frauen.«

»Wo wohnt er?«

»Wir wohnen noch immer zusammen, in London.« Rauli sieht Beck lange an. Dann nimmt sein Gesicht den vertrauten spitzbübischen Ausdruck an. »Kann ich noch frische Nudeln haben?«

Beck hat ihm neue Nudeln gemacht. Es ist inzwischen weit nach drei Uhr nachts. Nachdem Rauli fertiggegessen hat, löffelt er ein Vanilleeis. Die Katze, vom Eis angelockt, streunt schnurrend um ihn herum, sie miaut. Rauli lächelt. Er hebt sie zu sich hoch, sieht ihr in die Augen, reibt seine Nase an ihrer.

»Ich mag Katzen«, sagt er. »Bei uns früher in Litauen hatten wir auch ein Katze, sie hat Mutter gehört. Trotzdem war Mutter immer streng, wenn ich sie nicht wie Tier behandelt habe, sondern wie ein Mensch. Manchmal, wenn ich allein gegessen habe, Katze saß mit am Tisch.« Rauli streichelt das Tier. »Wissen Sie, Herr Beck, ich hätte auch gern wieder so ein Katze, genau wie die hier, getigert, mit weiße Nase. Sie sieht aus wie die Katze von meine Mutter.«

»Na ja, ich kann sie dir aber leider nicht überlassen.«

»Vielleicht kann ich sie gegen etwas eintauschen?«

»Und gegen was willst du sie bitte tauschen?«

»Weiß nicht, Herr Beck. Geld, ein Treffen mit Heather Graham, was Sie wollen?«

Rauli krault das schnurrende, warme Tier am Ohr. Schließlich nimmt Beck es ihm wieder ab. Er küsst die Katze auf die Stirn und lässt sie laufen, dann sieht er Rauli ins Gesicht. »Glaub mir, du kleiner Teufel, es gibt wirklich nichts in der Welt, für das ich diese Katze eintauschen würde, tut mir leid.«

»Nicht mal für ein Auto?«

Beck lächelt. Alles ist halb Scherz, halb Ernst. »Nein, nicht mal für ein Auto.«

»Aber Herr Beck, etwas muss es doch geben, zum Tauschen, irgendwas. Alles hat sein Preis, glauben Sie mir.«

»Nein, es gibt wirklich nichts.«

»Schade. Manchmal denke ich, ich lasse diese ganze Musikscheiße hinter mir und zieh aufs Land und habe dann ein Katze wie diese. Sie sieht wirklich so aus wie die von Mutter.«

»Vergiss es, ich bin nicht käuflich. Die Katze bleibt hier. Ende der Diskussion.«

Rauli nickt betrübt.

Schließlich ist er mit dem Eis fertig. Er streckt sich und gähnt. Beck beißt in einen Apfel. »Hast du inzwischen eigentlich deine Finnlandreise gemacht?«

»Ja, vor ein paar Jahre.«

»Wie war's?«

»Na ja, ich dachte, ich besuche die Heimat von meine Mutter, reise mit ein Rucksack durch das Land, lerne interessante Leute kennen und verliebe mich vielleicht in ein hübsche finnische Mädchen. Aber stattdessen war es arschkalt, ich hab mit niemand geredet, und kein Mädchen hat mich auch nur angesehen. Ich bin zwei Wochen völlig allein umhergereist. Es war so beschissen. Ich war total froh, als ich endlich wieder in ein Flugzeug nach London saß. Nie wieder will ich dahin.« Er lacht.

Beck hat sich ans Waschbecken gelehnt, die Hände in den Hosentaschen. »Wieso bist du damals gleich abgehauen?«

»Was?«

»Damals, nachdem wir wieder in München waren, bist du sofort weggegangen.«

»Ja, das ist wahr.«

Rauli senkt den Kopf. Es ist so spät, er darf ehrlich sein. Er sieht weg, sieht zur Katze, die zurücksieht. Dann steckt er sich eine Zigarette an und raucht, bläst den Rauch Richtung Spüle, macht den nächsten Zug. Eine Ewigkeit lang fällt kein Wort.

»Er hat mich doch geschlagen«, sagt er schließlich leise.

»Wer?«

»Er.«

Beck denkt nach, dann wird es ihm klar. Alles wird ihm klar.

»Dein Vater?«

Rauli sieht noch immer zur Katze, nimmt wieder einen Zug. Er nickt.

»Wieso … wieso hat er dich geschlagen?«

Jetzt endlich dreht sich Rauli um, und auf einmal ist er wieder ein hilfloses Kind. Er zuckt mit den Schultern. »Ich weiß nicht, Herr Beck. Ich wünschte, ich weiß es. Manchmal glaube ich, wegen Mutter, weil sie krank war. Seitdem ist Papa immer ausgerastet. Nach ihre Tod ist schlimmer geworden, vor allem in München. Er hatte zu viel Zeit, ist oft allein gewesen und hat gesagt, wir sollen nicht weg, wir sollen ihn nicht allein zu Hause lassen. Er hat angefangen zu trinken.«

Beck sagt nichts.

Rauli macht eine Pause, er betrachtet seine Fingernägel, als er fortfährt. »Damals, als Sie bei uns waren, war es am schlimmsten. Irgendwie hat er gewusst, dass ich in Schule durchfalle. Als Sie weg waren, hat er geschrien, dass ich ein Versager bin. Er hat mich so sehr geschlagen, dass ich vier Tage nicht richtig gehen konnte. Immer wieder hat er nach mir getreten, bis Genadij gesagt hat, wenn er mich noch einmal schlägt, würde er ihn erschießen.«

»Mit was?«

»Mit dem Revolver.«

»Also war es eigentlich Genadijs Revolver?«

»Ja, er hat ihn mir nur für Schutz gegeben. Papa wusste ja nicht, dass Sie ihn hatten.«

Beck versucht das eben Gehörte mit seiner Erinnerung an den netten Valdas Kantas zu vergleichen. Es passt nicht zusammen. »Ich dachte, du liebst ihn«, sagt er schließlich. »Für mich hat es immer so ausgesehen, als hättet ihr euch lieb.«

Rauli nickt. Sein Gesichtsausdruck ist weich geworden. »Natürlich liebe ich Papa. Ich kann nicht anders … Ich weiß, wieso er so geworden ist. Aber …«, Rauli spielt mit seinen Händen, »aber ich hasse ihn auch. Ich hab mir so oft gewünscht, ich wäre groß und könnte mich wehren. Ihn schlagen. Aber ich bin nie groß geworden.«

»Und deshalb bist du abgehauen?«

»Ja. Sobald ich das erste Geld hatte, bin ich mit Genadij gegangen.«

Beck sieht auf die Narbe an Raulis Wange. Er erinnert sich, wie Valdas Kantas damals behauptete, der Junge habe sich nur beim Spielen mit einer Glasscherbe geschnitten.

»Was war mit deinem Vater?«

»Habe ihm Geld dagelassen. Aber ich will ihn nie wieder sehen. Ich hab kein Ahnung, was er macht. Genadij telefoniert manchmal mit ihm, aber ich will nichts wissen.«

Beck ist sich nicht sicher, wie er mit alldem umgehen soll. Auch er fühlt die Müdigkeit. »Hat dich dein Vater wirklich gezwungen, Gitarre zu spielen?«

»Ja, meistens.«

»Und deshalb das Schlittschuhlaufen, als Protest?«

Rauli schüttelt den Kopf. »Nicht wirklich. Ich wurde früher nur immer von Lehrern oder Schülern gefragt, wieso ich blaue Flecken habe, also habe ich mir irgendwann ein Sport überlegt, wo niemand mehr fragt. Ich wollte selbst nicht mehr wissen, welche blauen Flecken von Papa sind. Ich wollte so viele eigene blaue Flecken haben, dass es egal ist, woher ich andere habe, und von wem oder was.« Er verzieht sein Gesicht. »Und ich dachte, wenn ich die dreifache Salchow nur ein einziges Mal schaffe, dann habe ich alles überwunden. Bescheuert, ich weiß.«

Beck richtet für seinen Gast die Couch her. »Wie lange willst du eigentlich bleiben?«

Rauli geistert inzwischen durch das Haus. »Ein paar Tage, wenn ich darf«, antwortet er dumpf von irgendwoher. »Habe mich von meine Freundin getrennt.«

»Also doch«, sagt Beck leise.

»Ich brauch ein bisschen Ruhe. Obwohl ich total viele Termine habe. Meine Agentin wird mich umbringen.«

»Scheiß auf die Agentin. Du brauchst Erholung, wenigstens zwei, drei Tage.«

»Ja.«

Beck bezieht das Kopfkissen, die Decke, er streicht alles glatt und stellt einen Teller mit einem Stück Kuchen aus dem Kühlschrank neben die Couch, falls Rauli noch mal Hunger haben sollte. Dann löscht er das große Licht an der Wohnzimmerdecke, nur die kleine Tischlampe leuchtet den Raum noch aus.

Als er im Flur ist, wird Beck klar, wie verdächtig ruhig es geworden ist. Er geht sofort ins Arbeitszimmer und sieht Rauli, der sich über mehrere Blätter mit Noten beugt. Es sind Becks Songs, die Texte und die Melodien.

»Immer noch neugierig, was?«

Rauli schreckt nicht auf, sondern liest einfach weiter. »Sind das Ihre neuen Songs?«

»Ja.«

»Sie haben sie in die letzten Jahren geschrieben?«

»Ja«, sagt Beck. Er wird nervös. »Und was sagst du, als alter Hase im Musikgeschäft?«, witzelt er mit gekünstelter Stimme. Man hört seine Angst.

Rauli scheint ehrlich hin- und hergerissen. Er nimmt einen Songtext in die Hand, auf dem *On The Road To Raito* steht und in dem Beck seine Anfänge in Italien beschreibt. »Songs sind schon ganz gut. Vor allem die Texte, viel besser als früher.«

»Ich hab das Gefühl, ich hab wieder mehr zu sagen.«

»Merkt man … Aber die Melodien …«

»Sie sind beschissen«, sagt Beck.

»Sie sind nicht schlecht«, sagt Rauli. Doch diesmal lügt er miserabel. Er sieht Beck an, diesen grüblerischen Mann Mitte vierzig, der seit Jahren Songs schreibt und immer scheitern wird, weil er diesen einen genialen Moment nicht hat, der sein Schicksal wenden kann. Rauli weiß das, und er weiß, dass auch Beck es weiß. »Melodien sind wirklich nicht schlecht«, wiederholt er, aber er klingt hilflos.

»Ich habe gesehen, dass du noch immer mit meiner alten Gitarre spielst.«

»Ja, die Stratocaster.«

»Ich freue mich jedes Mal, wenn ich sie sehe.«

Rauli nickt. Eine Weile stehen sie sich gegenüber, Beck und er. Sie sehen sich an, nach so vielen Jahren ist alles anders und doch so vertraut. Dann lächeln beide und schauen weg. Es ist eine gelöste, wunderbare Stimmung, ein Moment, an den sich beide später noch gern erinnern werden. Ihr Moment.

Schließlich geht Beck auf Rauli zu und legt ihm die Hand auf die Schulter. »Es ist schön, dass du da bist.«

»Ja.«

»Ich hab dir übrigens dein Bett gemacht.«

»Ich bin total müde.«

»Am besten schläfst du dich erst mal aus. Es gibt keinen besseren Ort, um auszuspannen, du musst dir morgen unbedingt das Meer ansehen.«

»Mach ich.«

»Gute Nacht«, sagt Beck und wartet darauf, dass Rauli das Zimmer verlässt.

Rauli geht jedoch nicht. Er starrt noch immer auf die Blätter mit den Melodien auf Becks Schreibtisch. »Ich habe mich nie bei Ihnen für Ihre Hilfe bedankt, oder?«

»Du musst dich nicht bei mir bedanken, ich muss mich bei dir bedanken.«

Rauli hört nicht zu, er scheint nachzudenken. »Ich habe mich nie bedankt«, sagt er noch mal.

»Hör auf«, sagt Beck.

Rauli nickt und gähnt gleichzeitig. »Ich bin müde«, sagt er überflüssigerweise. Dann verabschiedet er sich und geht zum Schlafen rüber ins Wohnzimmer.

Als Beck am nächsten Tag aufwacht, merkt er, dass er verschlafen hat. Sonst steht er früh auf, aber diesmal ist er einfach zu spät ins Bett gegangen. Man steckt solche langen Nächte nicht mehr so einfach weg wie noch mit dreißig, denkt er.

Es ist bereits früher Mittag, als er das Bett verlässt. Er streckt sich und ruft Raulis Namen. Beim Gedanken, mit seinem alten Schüler vielleicht Musik zu machen, leuchtet sein Gesicht. Wieder ruft er nach Rauli, während er sich überlegt, wo sie frühstücken sollen. Was gibt es nicht alles zu bereden!

Er öffnet sachte die Wohnzimmertür und erschrickt.

Das Bett von Rauli ist leer und gemacht.

Beck wird nervös. Er geht in seinem Haus umher, doch nirgends ist eine Spur von Rauli zu finden. Er öffnet alle Türen, doch auch die übrigen Räume sind leer. Rauli ist einfach abgehauen, ohne etwas zu sagen. Wie damals, nach der Reise nach Istanbul. Nichts hat sich geändert.

Beck fasst sich an die Brust. Raulis zweites Verschwinden ist, als hätte man etwas aus ihm herausgerissen. Nicht das Herz oder ein anderes Organ, ohne das er nicht mehr leben könnte, aber etwas, ohne das er nur mühsam leben wird, das ihn dahinsiechen lässt.

Er trottet durch sein leer wirkendes Haus. Nach dem Rauswurf aus der Band und Raulis Alleingang vor acht Jahren ist es jetzt das dritte Mal, dass er an einem Wendepunkt seines Lebens einen Tiefschlag erleidet.

Wo ist die Katze?

Er sucht sie eine Weile, doch dann wird ihm schlagartig klar, dass Rauli sie am Morgen heimlich mitgenommen hat. Da er sie nicht eintauschen konnte, hat er sie eben gestohlen, er wollte sie haben.

Beck schluckt. Sein Herz krampft sich kurz zusammen, die Beine sacken weg. Er lässt sich auf einen Stuhl im Wohnzimmer fallen, atmet tief ein und aus. Ihm ist schwindlig. Gleichzeitig wird ihm bewusst, wie einsam er ohne die Katze ist. Nun ist er ganz allein. Und das alles, weil er schon wieder auf Rauli Kantas hereingefallen ist! Beck ist wütend auf ihn, aber noch wütender auf sich selbst. Wie kann er nur so entsetzlich dumm sein und den gleichen Fehler immer wieder machen?

Er muss mit jemandem reden. Doch wen er auch anruft; er erreicht niemanden, höchstens den Anrufbeantworter. Schließlich wählt er Laras Nummer. Seine letzte Hoffnung. Es läutet, einmal, zweimal, dreimal ... Doch auch sie geht nicht ran.

Beck legt das Telefon weg. Er steht mühsam auf und taumelt in sein Arbeitszimmer. Dort sieht er seine Notenzettel. Die Trümmer seines Lebens. Die Melodien, die alle nett und gleich sind und bei denen es nicht einen Funken Inspiration und Genialität gibt. Am Ende sind auch sie nur belanglos. Wie alles andere, und vor allem: wie er selbst.

Beck fängt an, einzelne Blätter zu zerreißen. Es sind seine neuen Songs. Er will sie nicht mehr. Die Rückkehr von Rauli hat etwas in ihm aufgewühlt, hat seine Fassade aufgebrochen. Die alte Wut und die Enttäuschung kommen zurück, begleitet von den ewigen Zweifeln, es nicht mehr zu schaffen. Wieder zerfetzt er ein Notenblatt, dann noch eines. Worte werden auseinandergerissen, schöne Textzeilen, die niemals gehört werden, weil ihnen die Melodie fehlt. Der Hit wird nicht kommen, weil er sein Leben lang die verdammten Noten in der falschen Reihenfolge spielen wird.

Beck weiß, dass er versagt hat. Er hat alles gewagt, ist nach Italien gegangen, hat auf die Musik gesetzt, vergebens. Und jetzt fühlt er sich zu schwach, um noch irgendwas anderes anzufangen. Wohin soll er auch gehen? Zurück nach München? Niemals. Er wird sein gescheitertes Leben einfach weiterführen müssen, bis er dann irgendwann stirbt. Eines von über sechs Milliarden Lichtern, das eines Tages einfach erlischt. Doch darauf hat er keine Lust. Raulis Besuch brachte keine Zuversicht, er brachte das Ende. Beck muss an eine Zeile aus dem Song denken, den Rauli vor über acht Jahren über ihn geschrieben hatte: *»Your life is dead, but you're still here.«*

Und für eine Sekunde blitzt in Becks Gedanken, wie ein dunkler Weggefährte, der Revolver auf, verborgen in einer Schublade im Gang.

Dann wieder Wut und Enttäuschung. Beck zerknüllt erneut ein Blatt Papier, mit zusammengekniffenen Augen, um es nicht ansehen zu müssen. Diesmal ist es der Zeitungsartikel über das Konzert mit New Order. Er zerfetzt ihn, auch die Fotos an der Wand, die ihn mit seiner alten Band zeigen. Vernichtet alles aus dieser Zeit, die ihm so viel versprochen und so wenig gehalten hat. Er ist jetzt in einem Rausch, einem endgültigen Rausch. Alles wird dunkel, alles ist aus, ein Lebenstraum wird ausgelöscht, ein ganzes Leben wertlos und vernichtet, denn was ist ein Leben ohne Hoffnung, und die Hoffnung ist tot.

Doch dann wird Becks Blick plötzlich klar. Dort, auf seinem Schreibtisch, liegt noch ein weiterer Zettel, und der ist nicht von ihm. Beck erkennt die schludrige Schrift sofort, er wird sie niemals vergessen. Bloß ein paar Zeilen sind auf das Blatt geschmiert, ziemlich unleserlich.

Es sind Noten.

Beck erlebt eine verschwommene Erinnerung. Eine Melodie, die er lange nicht mehr gehört hat. Er fängt an, die Noten zu summen. Seine Stimme ist brüchig, er merkt, wie ihm vor Aufregung die Luft wegbleibt, aber er summt weiter. Ein einzelner Schweißtropfen rinnt einsam seinen Rücken hinab.

Dann, als ihm klar wird, gegen was die Katze eingetauscht wurde, als er das Geschenk begreift, setzt Beck sich auf sein Bett und fängt an zu weinen. Er kann nicht anders, Tränen benetzen das Papier. Er weint, bis er schläfrig wird vor Glück, bis er nicht mehr kann, bis Hoffnung, Anspannung und Erlösung eins werden, bis er endlich versteht. All die Jahre des Hoffens, des einsamen Hoffens, sie sind vorbei. Die Suche ist vorbei.

Beck wischt sich die Augen trocken und fängt wieder an, diese vertraute Melodie, die auf dem Zettel steht, zu summen.

Als er schließlich verstummt, erkennt er erst die beiden Worte, die Rauli am Morgen, bevor er ging, auf den linken oberen Rand hingekritzelt hat.

Beck spricht sie leise vor sich hin, immer und immer wieder wiederholt er diese beiden Worte, die alles verändern werden:

Finding Anna

Danksagung

Special Thanks: Ich möchte mich zuallererst bei Georg Grimm bedanken. Jahrelang musste er die ersten Fassungen meiner Romane lesen, und statt mich auf Schmerzensgeld zu verklagen, hat er mich immer gefördert. Ohne ihn und seine Hilfe wäre dieses Buch nicht möglich gewesen.

Besonderer Dank gilt meiner Schwester, die mich sehr unterstützte und sogar die ursprüngliche 1500-Seiten-Fassung las, die damals noch »Becks letztes Jahr« hieß. Robert Entzian und Adrian de Carolis haben lange vor allen anderen nicht nur an mich, sondern auch an dieses Buch geglaubt. Und Ingo Schuenemann ist mir von frühester Stunde an mit klugen Korrekturen zur Seite gestanden, er war mir immer ein guter Zuhörer und Freund.

Ein riesiges Dankeschön an meine Lektorin Ursula Baumhauer für ihre Hilfe und die beflügelnde Zusammenarbeit. Sehr dankbar bin ich auch meinem Agenten Thomas Hölzl, der mir als erster Mensch im Literaturbetrieb sein Vertrauen schenkte und sich für mich einsetzte.

Last but not least danke ich meinen Eltern für ihre Kommentare und Anmerkungen und natürlich für ihre Liebe, ihre inspirierende Unterstützung und dafür, dass es sie gibt.

Weiterer Dank geht an: Felix Schwadorf, einen der talentiertesten, selbstlosesten und liebenswürdigsten Menschen, die ich kenne, und der so viel für mich tat. An meine Cousine Viktoria, die meine schriftstellerischen Ambitionen von Beginn an ernst nahm, und an meine Cousine Eva und ihre Tochter Helene, für die vielen wunderbaren Abende bei ihnen. An meinen Onkel Dionys, der mir auf einzigartige Weise den Rücken freihielt. An Norris und Ferdinand, die mir ebenfalls sehr halfen, sowie an Lukas, Ricke, Klaus und Natalia.

Sarah Omar danke ich fürs Mut-Zusprechen und eine wichtige Zeit. Meinen Freunden Ferdinand Neumayer, Michael Bieber, Alexander Vogt und Josha Henrich dafür, dass sie sich über Jahre mein Schriftsteller-Gequassel angehört haben, ohne einfach aus dem Zimmer zu gehen oder mich zu erwürgen. Und Veronika Vilgis für eine Mail, die mir in einer schwierigen Phase wieder Zuversicht gab.

Dem »Menschen bei Maischberger«-Team verdanke ich zwei anregende Jahre, die mich prägten und an die ich immer mit einem Lächeln denken werde. Ganz besonders danke ich Theodor Lange, dessen Humor ich sehr vermisse, Franziska Müller, die mir immer Mut machte, Daniel Brand und Melanie Heilig sowie Bettina Lindner, Britta Holle und Dagmar Frings vom WDR. Zu Dank verpflichtet bin ich außerdem Genadijus Smertjevas, Arian Tan, Eberhard Büser, Attila von Thermann, Filiz von Thermann, Robert Hörmann und Werner Thamm – er war der beste Lehrer, den ich jemals hatte, und begeisterte mich für die Literatur.

Ganz herzlich möchte ich mich bei allen Mitarbeitern im Diogenes Verlag bedanken, insbesondere: Cornelia Künne für ihre Hilfe, Susanne Bauknecht für frischen Lesestoff, Winfried Stephan, Corry Eberle, Jakob Keel, Susanne Bühler, Ruth Geiger, Lisa Jordi und Regine Mosimann. Und natürlich bei allen anderen für die so liebevolle und umsorgende Art, mit der ich aufgenommen wurde. Ich freue mich jedes Mal, wenn ich durch die grüne Eingangstür gehe.

Mein besonderer Dank geht deshalb an Daniel Keel für sein Vertrauen und das aufregendste Telefonat meines Lebens.

Benedict Wells

Das Diogenes Hörbuch zum Buch

Benedict Wells
Becks letzter Sommer

Ungekürzt gelesen von CHRISTIAN ULMEN

8 CD, Gesamtspieldauer 578 Min.

Benedict Wells
im Diogenes Verlag

Becks letzter Sommer
Roman

Beck ist nicht zu beneiden. Mit der Musikerkarriere wurde es nichts, sein sicherer Job als Lehrer ödet ihn an, und sein Liebesleben ist ein Desaster. Da entdeckt er in seiner Klasse ein unglaubliches Musiktalent: Rauli Kantas aus Litauen. Als Manager des rätselhaften Jungen will er es noch mal wissen, doch er ahnt nicht, worauf er sich da einlässt… Ein tragikomischer Roman über verpasste Chancen und alte Träume, über die Liebe, Bob Dylan und einen Road Trip nach Istanbul. Ein magischer Sommer, in dem noch einmal alles möglich scheint.

»Witzig, melancholisch und tiefgründig.«
Sabine Radloff / Süddeutsche Zeitung, München

»Jede Figur bezaubert in dieser erstklassigen Tragikomödie.« *Elle, München*

»Das interessanteste Debüt des Jahres. Einer, der sein Handwerk versteht und der eine Geschichte zu erzählen hat.« *Florian Illies / Die Zeit, Hamburg*

Auch als Diogenes Hörbuch erschienen,
gelesen von Christian Ulmen

Spinner
Roman

Ich habe keine Angst vor der Zukunft, verstehen Sie? Ich hab nur ein kleines bisschen Angst vor der Gegenwart.
Jesper Lier, zwanzig, weiß nur noch eines: Er muss sein Leben ändern, und zwar radikal. Er erlebt eine

turbulente Woche und eine wilde Odyssee durch Berlin. Ein tragikomischer Roman über Freundschaft, das Ringen um seine Träume und über die Angst, wirklich die richtigen Entscheidungen zu treffen.

»Wie Benedict Wells versteht, sein Alter Ego in seiner ganzen Unbefangenheit dem Leben gegenüber darzustellen, geht weit über ein auf ein jugendliches Lesepublikum zugeschnittenes Generationenbuch hinaus. Wells' Sprache ist roh und unfrisiert, und seine Geschichte grundiert von bisweilen bitter-poetischem Humor.« *Peter Henning / Rolling Stone, München*

»Benedict Wells findet starke Worte für die Orientierungslosigkeit seiner Generation. Ein wunderbares Buch über die Angst vor dem Erwachsenwerden, teilweise brüllend komisch.«
Lilo Solcher / Augsburger Allgemeine

»Jesper Lier ist ein chaotischer Held in einer chaotischen Geschichte, die einfach nur toll ist.«
Jan Drees / WDR, Köln

Fast genial

Roman

Ich hab das Gefühl, ich muss meinen Vater nur einmal anschauen, nur einmal kurz mit ihm sprechen, und schon wird sich mein ganzes Leben verändern.
Die unglaubliche, aber wahre Geschichte über einen mittellosen Jungen aus dem Trailerpark, der eines Tages erfährt, dass sein ihm unbekannter Vater ein Genie ist. Gemeinsam mit seinen Freunden macht er sich in einem alten Chevy auf die Suche nach ihm. Eine Reise quer durch die USA – das Abenteuer seines Lebens.

»Spannend wie ein Krimi. Benedict Wells ist mit *Fast genial* ein ziemlich geniales Buch gelungen.«
Claudio Armbruster / ZDF-Heute Journal, Mainz

»Die Idee ist großartig. Mit dieser Geschichte kriegt man auch junge Leute ans Lesen.«
Elke Heidenreich / Westdeutscher Rundfunk, Köln

»Ein faszinierender Roman. Eine universelle Geschichte über das Erwachsenwerden, berührend und spannend.« *Der Spiegel, Hamburg*

Vom Ende der Einsamkeit

Roman

Eine schwierige Kindheit ist wie ein unsichtbarer Feind: Man weiß nie, wann er zuschlagen wird.
Jules und seine beiden Geschwister wachsen behütet auf, bis ihre Eltern bei einem Unfall ums Leben kommen. Als Erwachsene glauben sie, diesen Schicksalsschlag überwunden zu haben. Doch dann holt sie die Vergangenheit wieder ein.
Ein berührender Roman über das Überwinden von Verlust und Einsamkeit und die Frage, was in einem Menschen unveränderlich ist. Und vor allem: eine große Liebesgeschichte.

»Benedict Wells ist ein literarisches Wunderkind. Der Roman entwickelt einen Sog wie ein guter Krimi, lebensklug und voller Mitgefühl für seine Figuren.«
Martin Wolf / Literaturspiegel, Hamburg

»Große deutsche Gegenwartsliteratur.«
Denis Scheck / WDR Fernsehen

Auch als Diogenes Hörbuch erschienen,
gelesen von Robert Stadlober

Jakob Arjouni
im Diogenes Verlag

Jakob Arjouni, geboren 1964 in Frankfurt am Main, schrieb mit neunzehn seinen ersten *Kayankaya*-Roman. Für *Ein Mann, ein Mord* erhielt er 1992 den Deutschen Krimi-Preis, und seine Veröffentlichung *Idioten. Fünf Märchen* stand monatelang auf den Bestsellerlisten. Arjouni lebte mit seiner Familie in Berlin und Südfrankreich. Er starb am 17. Januar 2013 in Berlin.

»Seine Virtuosität, sein Humor, sein Gespür für Spannung sind ein Lichtblick in der Literatur jenseits des Rheins, die seit langem in den eisigen Sphären von Peter Handke gefangen ist.« *Actuel, Paris*

»Seine Texte haben Qualität. Sie sind ambitioniert, unaufdringlich-provokativ, höchst politisch.«
Barbara Müller-Vahl / General-Anzeiger, Bonn

Happy birthday, Türke!
Kayankayas erster Fall. Roman
Auch als Diogenes Hörbuch erschienen, gelesen von Rufus Beck

Mehr Bier
Kayankayas zweiter Fall. Roman
Auch als Diogenes Hörbuch erschienen, gelesen von Rufus Beck

Ein Mann, ein Mord
Kayankayas dritter Fall. Roman
Auch als Diogenes Hörbuch erschienen, gelesen von Rufus Beck

Magic Hoffmann
Roman
Auch als Diogenes Hörbuch erschienen, gelesen von Jakob Arjouni

Ein Freund
Geschichten

Kismet
Kayankayas vierter Fall. Roman

Idioten. Fünf Märchen

Hausaufgaben
Roman

Chez Max
Roman
Auch als Diogenes Hörbuch erschienen, gelesen von Jakob Arjouni

Der heilige Eddy
Roman
Auch als Diogenes Hörbuch erschienen, gelesen von Jakob Arjouni

Cherryman jagt
Mister White
Roman

Bruder Kemal
Kayankayas fünfter Fall. Roman

Die Kayankaya-Romane in
einem Band im Schuber
Happy birthday, Türke / Mehr Bier /
Ein Mann, ein Mord / Kismet / Bruder Kemal

Astrid Rosenfeld
im Diogenes Verlag

Astrid Rosenfeld wurde 1977 in Köln geboren. Nach dem Abitur ging sie für zwei Jahre nach Kalifornien, wo sie erste Berufserfahrungen am Theater sammelte. Danach begann sie eine Schauspielausbildung in Berlin, die sie nach anderthalb Jahren abbrach. Eine Zeitlang hat sie in diversen Jobs in der Filmbranche gearbeitet, unter anderem als Casterin. Ihr Debütroman *Adams Erbe* erschien 2011 und schaffte es auf Anhieb auf die Longlist für den Deutschen Buchpreis. Astrid Rosenfeld lebt als freie Autorin in Berlin und Marfa, Texas.

»So möchte man schreiben können: federleicht und doch mit Tiefgang, witzig und locker und doch niemals platt, spannend, aber doch leise und ohne aufgeplusterte Action.«
Birgit Ruf/Nürnberger Nachrichten

Adams Erbe
Roman

Elsa ungeheuer
Roman
Auch als Diogenes Hörbuch erschienen,
gelesen von Robert Stadlober

Sing mir ein Lied
9872 Meilen und eine Geschichte
Mit Fotografien von
Johannes Paul Spengler

Zwölf Mal Juli
Roman
Auch als Diogenes Hörbuch erschienen,
gelesen von Luise Helm

Emanuel Bergmann
Der Trick
Roman

1934, in Prag, bestaunt der fünfzehnjährige Rabbinerssohn Mosche Goldenhirsch im Zirkus die Zauberkunststücke des legendären ›Halbmondmanns‹ und seiner liebreizenden Assistentin – es ist um ihn geschehen, und zwar gleich doppelt. Er rennt von zu Hause weg und schließt sich dem Zirkus an, der nach Deutschland weiterzieht.

2007, in Los Angeles, klettert der zehnjährige Max Cohn aus dem Fenster seines Zimmers, um den Großen Zabbatini zu finden, einen alten, abgehalfterten Zauberer. Der Junge ist überzeugt: Nur Magie kann seine Eltern, die vor der Scheidung stehen, wieder zusammenbringen.

Eine bewegende und aberwitzige Geschichte, die Zeiten und Kontinente umspannt, ein Roman über die Zerbrechlichkeit des Lebens und den Willen, sich verzaubern zu lassen.

»*Der Trick* ist ein spannender, sensibler, sehr schön erzählter Roman über die Kraft der Magie, die sich auch in Momenten entfalten kann, in denen man nicht damit rechnet.« *Katja Weise* / NDR *Kultur, Hannover*

»Der Roman spielt auf zwei Ebenen, in Nazi-Deutschland und im heutigen Kalifornien. Das ist geschickt konstruiert und süffig erzählt.« *Martin Ebel* / *SonntagsZeitung, Zürich*

»Emanuel Bergmann ist wirklich ein begnadeter Erzähler.« *Stefan Keim* / WDR 4, *Köln*

Auch als Diogenes Hörbuch erschienen,
gelesen von Stefan Kaminski